La Tormenta

Libro 1 de la serie El Fin de la Guerra

© Derechos de Autor 2024
Todos los Derechos Reservados

Tabla de Contenido

Y Así Terminó

—Nos quedamos demasiado tiempo. Nos envalentonamos, empujamos, invadimos... y cuando terminamos, cuando el mundo sintió nuestra presencia en cada rincón, sintió nuestras manos en sus espaldas, empujando nuestro camino en todos los aspectos de sus vidas, creencias, incluso en su propia existencia... nos odiaban. Dios, nos odiaban. En retrospectiva, no puedo convocar ninguna sorpresa real por lo que sucedió después. Nuestro tiempo había llegado. Por nuestra hipocresía, por nuestros crímenes, cada uno de nosotros pagó un precio terriblemente alto. El mundo que habíamos conocido, la nación de la que nuestros padres se les dijo que se sintieran orgullosos, un lugar de comida rápida y 'papas de la libertad', hogar del consumidor, centro del capitalismo, líder mundial, todo dejó de existir. Fue un final lento y doloroso, un gemido prolongado de la muerte, mientras nos desgarrábamos lentamente a nosotros mismos y luego permitimos que otros terminaran lo que quedaba.—

—¿Qué quedó en las ruinas del mundo que fue? Nosotros. Y esta es nuestra historia, mi historia, y la historia de todos nosotros. Hemos sobrevivido. Hemos seguido viviendo... en un mundo donde los fantasmas nos persiguen y los recuerdos susurran en nuestros oídos. La vida continúa, día a día, y por la piel de nuestros dientes y la fuerza de nuestra voluntad, seguiremos adelante. ¿Qué más podemos hacer?—

—Diario de Jess

El —Lunes Negro— la economía de los Estados Unidos, que ya se tambaleaba, colapsó en completo caos. En los últimos años, uno tras otro, los estados se encontraron sin dinero y sin opciones. El gobierno federal dejó de prometer rescates y, en cambio, predicó la "independencia estatal" y "más autonomía". Los proyectos de carreteras y otras obras públicas se detuvieron, y dejó a cientos de miles de empleados estatales e incluso federales con cheques sin valor.

En el extranjero, las cosas también se movieron rápidamente. Silenciosamente, sin fanfarria ni publicidad, las tropas estadounidenses se retiraron de los conflictos de Oriente Medio y Asia. En algunos lugares se fueron bajo la cubierta de la noche, dejando un agujero abierto y desolador en su ausencia. Irak y Afganistán se sumergieron en una guerra civil dentro de días de ser abandonados, mientras que sus vecinos observaban y trataban de decidir cómo fortalecer sus fronteras y contener la violencia mientras también se aprovechaban de los conflictos.

¿Dónde había comenzado todo? Algunos decían que comenzó con la OPEP que ya no honraba el acuerdo de décadas para fijar precios y vender su petróleo basado en la moneda estadounidense. Otros afirmaban que el principio del fin llegó cuando China exigió el pago en yenes, no en moneda estadounidense, por los miles de millones de deuda que los Estados Unidos le debía. Otros señalaron mucho más atrás a las estrategias implementadas después de la Segunda Guerra Mundial que transformaron a los Estados Unidos en una potencia económica y política mundial y una nación consumidora.

Sin embargo que hubiera comenzado, ahora se estaba derrumbando en ruinas. Los Estados Unidos se había extendido demasiado y el futuro de sus ciudadanos, financiera y políticamente, en los corazones y mentes de las personas en todo el mundo. Desde la política exterior no tan benigna, hasta las guerras interminables libradas en Oriente Medio, nuestro país, una vez alabado como líder mundial, se convirtió en un matón carente de sentido. Éramos el tirano, el monstruo en la puerta. Donde una vez hubo manos llenas de dinero para aparentemente cualquier país que lo pidiera, ahora solo había deuda y abandono.

Las milicias que desaparecieron bajo tierra o fueron disueltas a la fuerza a mediados de la década de 1990 regresaron con un fervor feroz. Tal vez nunca se habían ido realmente. Pero todos, desde los luditas hasta los neo-nazis y pequeños grupos de supervivientes, se estaban formando, cada uno buscando poner en práctica su propia visión única de cómo debería funcionar el mundo. Y con esos miles de voces clamando por diferentes métodos, diferentes enfoques, combinados con el colapso financiero desde dentro, el abandono por el resto del mundo y los bancos extranjeros exigiendo pagos, estas cosas llevaron a una de las naciones más poderosas del mundo a sus rodillas. Soltó un gran suspiro y rápidamente se deshizo por las costuras. El sistema federal colapsó primero, luego los estados, rompiéndose en pedazos de territorios, áreas llenas de luchas internas e inestabilidad. Entre las facciones militares, abandonadas por su gobierno, surgió una peligrosa y poderosa red de antiguos soldados en el Oeste. Se llamaban a sí mismos el Frente Occidental.

Consistiendo en unidades de Fort Pendleton y Fort Irwin y recogiendo a lo largo del camino a grupos variados de milicias militares, el Frente Occidental abrió camino a través de Nevada y Colorado. Sus números subían y bajaban, pero a medida que más y más de la infraestructura básica del país se derrumbaba, su poder en números y armamento aumentaba. Miraban hacia el este y se corrían rumores de que pronto estarían en movimiento.

Jess tenía doce años el Lunes Negro, y Christopher quince. Pero ambos recordaban ese día, al igual que sus padres antes que ellos recordaban la caída de las Torres Gemelas o el día en que dispararon al Presidente Reagan. Mamá perdió su trabajo dos meses antes después de los últimos despidos, y papá se fue a casa después de pasar la mitad del día sentado. Sin negocios, sin clientes, nadie en las calles. Como si sonara una campana de muerte, aquellos que aún estaban empleados, aquellos que aún tenían trabajos y lugares a los que ir, de repente se encontraron en casa, preguntándose qué pasaría después. Esa noche vieron la televisión en un shock sordo mientras el Presidente celebraba una conferencia de prensa para anunciar que todas las deudas, tanto extranjeras como privadas, serían anuladas. Los británicos, fuertemente invertidos en bancos estadounidenses, ya amenazaban con embargos. Los chinos habían estado protestando durante semanas por los problemas de comercio/importación, y su gobierno hacía amenazas que continuaban creciendo en claridad e intensidad.

El mundo se desmoronó. Los padres de Jess dijeron poco, y en los meses y años que siguieron, simplemente se apretaron el cinturón, plantaron huertos, comenzaron a criar gallinas para huevos y carne, y se las arreglaron con menos. A medida que la infraestructura continuaba colapsando, las utilidades y los suministros fuera del área fallaron. Primero hubo apagones parciales, solo una pausa en el flujo eléctrico que rara vez hacía que los ordenadores se reiniciaran. Más tarde hubo apagones totales, primero por unos minutos y finalmente por horas e incluso días seguidos. El precio del gas natural se disparó tanto que el padre de Jess, Michael, instaló una estufa de leña en la sala de estar contra la pared oeste. Era un antiguo tesoro, pero también era una estufa de trabajo honesta y buena, y la madre de Jess, Tess, la experimentaba regularmente, produciendo hogazas de pan que gradualmente se transformaron de carbono negro incomible, a mitades negras y mitades doradas desiguales, hasta hogazas perfectas y hermosas en un lapso de unos meses. —Los pioneros lo hicieron—, dijo orgullosa, —¡y yo también puedo hacerlo!—

Pero el verdadero Lunes Negro, el que llegó el 4 de noviembre, fue el que destrozó el mundo de Jess. Y cuando terminó, cuando las tropas del Frente Occidental atravesaron la pequeña ciudad de Belton, con apenas un bostezo de resistencia por parte de sus habitantes aterrorizados, destruyendo a cualquiera que se atreviera a luchar, Jess aprendió cómo se sentía la verdadera pérdida.

En los campamentos, a kilómetros al sur, semanas de marcha después, y horas de esperar en fila a punta de pistola, se encontró empujada hacia una tienda. Había una larga mesa plegable, tres hombres sentados detrás de ella, con varias listas de control sobre la mesa plegable desgastada frente a ellos.

—¿Nombre? —preguntó uno de ellos, casi sin levantar la vista.

—Jessica Aaronson —respondió ella. El segundo hombre pasó el dedo por las listas. —¿Edad? —preguntó, aburrido.

—15.

—¿Padres? —preguntó.

—Daniel y Julie Aaronson. —Examinó más a fondo, sin encontrar nada. —¿Algún otro pariente?

—Mi hermano, Christopher Aaronson —intentó mantener la calma. Había tanta gente aquí, tantos lugares donde podrían estar. Estuvo a solo unos kilómetros en la tienda, comprando harina y regateando con el dueño de la tienda, Michael Banks, por el precio de las manzanas cuando las tropas irrumpieron. Al escuchar los disparos y el tanque, Banks sacó un arma de un escondite detrás del mostrador. Los invasores lo mataron en el acto al ver el rifle en sus manos. Su sangre todavía manchaba su camisa. Durante tres días buscó desesperadamente a su familia mientras hombres armados mantenían bajo vigilancia cercana a los grupos de prisioneros desaliñados y exhaustos.

El segundo hombre no encontró nada en sus listas. Menosprendió la cabeza al tercero, que la miraba a Jess de una manera que le hacía estremecerse.

Temblando. Había llovido antes mientras esperaba en la fila, y estaba mojada y fría, sucia y asustada. Muy aterrorizada para preocuparse de que había comido poco más que un puñado de comida en los últimos días. ¿Dónde estaban mamá y papá? ¿Y Chris? ¿Dónde demonios estaba todo el mundo? Belton no era un pueblo grande, pero tampoco tan pequeño. Jess solo vio a una vecina que reconocía, la señora Dillon, de la calle de abajo.

El tercer hombre sonrió ampliamente ante su malestar. Era una sonrisa malévola, llena de malicia, y Jess tembló en su camisa húmeda.—Bueno, está disponible para asignación entonces —escribió su nombre en su lista y marcó la casilla de Entretenimiento de Tropas, luego se dirigió al guardia—. Llévala a la Tienda Cinco. —Mientras el soldado la tomaba del brazo y la llevaba, podía escucharle decir—: Pasaré luego para ver cómo te has acomodado. —Rió entonces, y no era un sonido agradable. Escuchó que gritaba "¡Siguiente!" para que el siguiente en la fila avanzara.

Sus pies resbalaron en el barro y el soldado mantuvo un firme agarre en su brazo, prácticamente arrastrándola. La señora Dillon estaba allí en la fila.—¿Encontraste a tus padres, cariño? —preguntó.

Jess estaba a punto de llorar.—No, señora Dillon. Me están llevando a la Tienda 5; por favor, ve a buscar a Chris o a mi mamá o papá, ¡por favor! —Se quebró en llanto, en parte por el doloroso agarre que el soldado tenía en su brazo, en parte por el terror absoluto. ¿Qué demonios era la Tienda 5?

Detrás de ella, la señora Dillon se quedó inmóvil, su cabello gris, usualmente impecable, estaba desordenado. Hebras grises sobresalían salvajemente de su moño, agitándose al viento tardío del otoño. Un joven, vestido con un uniforme del Frente Occidental descolorido y manchado de azul y rojo, estaba cerca. Se sonrió mientras observaba a la niña siendo arrastrada. La anciana se volvió hacia él y agarró su manga. Tenía apenas quince años, si acaso. Ella le sacudió el brazo y le exigió, —¿Adónde la están llevando?

—¡Déjame en paz, señora! —gimió, y el guardia apostado cerca le apuntó con su rifle y le gritó que volviera a la fila.

—¿Adónde la están llevando? —insistió. —¿Qué es la Tienda 5?

—Esa es la tienda de las putas, señora. Ella va a ser el entretenimiento para los hombres.

Su agarre se aflojó y sus ojos se abrieron de horror. Él le sonrió maliciosamente, mostrando una boca llena de dientes manchados de tabaco y torcidos.

Su lengua salió para lamer sus labios resecos. —Ella va a 'recibirlo bien también. —Se liberó de su mano y empujó a la anciana con fuerza. —Ahora vuelva a la fila.

Luego escupió una larga mancha marrón en la tierra, marcando el zapato de la anciana con jugo de tabaco mientras se alejaba. Ella se quedó allí, temblando, lágrimas de compasión corriendo por su rostro arrugado. Una niña pequeña, delgada y fea, detrás de ella en la fila se inclinó y susurró,

—Bienvenida al infierno.

La señora Dillon no tuvo que esperar mucho. Apenas diez minutos después y era su turno ante los tres hombres sentados.

—¿Nombre?

—Esther Dillon.

—¿Edad?

Su labio tembló, —Tengo sesenta y ocho años.

—¿Familia?

—Solo mi esposo, Murray, y murió el año pasado.

El segundo hombre ni siquiera se molestó en mirar hacia arriba, pero el tercero sí. Y con una sonrisa fría, simplemente anotó su nombre, marcó la casilla de Desecho de Rango y asintió al guardia. —Llévenla al rango.

La anciana se fue en silencio. La mayoría lo hacía. Si alguien prestaba atención, lo que no hacían, habrían escuchado el disparo único unos minutos después. Ella era la décima aquella mañana.

Bienvenido al Infierno

—*Hay quienes se alimentan del miedo. No es la guerra lo que los hace malvados; ya son brutales y sádicos por naturaleza. La guerra simplemente les da cierto nivel de libertad para hacer lo que quieran, para actuar según sus deseos más oscuros y profundos.* **—Diario de Jess**

La Tienda Cinco era grande, más grande que cualquiera de las otras tiendas en este infierno lodoso. Estaba apartada de las demás y la única forma de entrar o salir estaba rodeada de alambre. Tiraron la cortina de la entrada hacia un lado. Era oscuro dentro de la tienda, y hombres entraban y salían. Un puñado de ellos se volvieron para evaluar la nueva presa que estaban arrastrando.

Jess se había resbalado dos veces, cayendo en el barro y cubriendo la parte delantera de sus pantalones, su brazo libre y parte de su camisa, ya que el soldado ni siquiera había pausado, solo la arrastró hasta que recuperó el equilibrio suficiente para trotar de manera desigual a su lado. Su brazo ardía donde el soldado lo sujetaba y estaba segura de que habría moretones por su implacable agarre de hierro.

De repente, justo dentro de la cortina de la tienda, se detuvieron. La tienda parecía un laberinto de pasillos y habitaciones divididas. Jess escuchó a una mujer gritar, no, al menos dos, y los inconfundibles sonidos del sexo. *Oh Dios. Oh Dios, oh Dios, oh Dios.* Su corazón latía más rápido. Se quedó inmóvil, escuchando los sonidos y dándose cuenta... sabiendo qué tipo de lugar era la Tienda 5.

El soldado que la sujetaba sintió cómo se enderezaba a su lado, la miró y probablemente leyó el destello de miedo en su rostro, la comprensión en sus ojos. Esperó un momento, incluso aflojó su agarre ligeramente... la media sonrisa en sus labios revelaba su oscuro entretenimiento.

Pasaron los segundos, tres, cuatro, y en el quinto segundo, ella tiró con fuerza y le dio un codazo a la izquierda, retrocediendo para intentar escapar. Su codazo falló. Él lo esperaba. El soldado le pateó las piernas para derribarla con un movimiento despiadadamente eficiente. Le sonrió burlonamente; y Jess se sintió estúpida. Él sabía que lo intentaría, e incluso la había dejado intentarlo para que ocurriera exactamente esto. El barro era frío y se deslizó por su camisa. Intentó golpearlo y eso le valió un poderoso puñetazo, que él le dio en la nariz antes de que su cuerpo incluso tocara el suelo. Su cabeza golpeó el suelo y Jess se desmayó.

Lo que el soldado no había preparado era el cuchillo que misteriosamente había aparecido en su mano. Lo había agarrado del estuche mientras caía. Sus ojos se abrieron de golpe, y ella le cortó la parte posterior de la rodilla derecha, hiriéndolo profundamente mientras él caía al suelo. ¡Perra! Se dio la vuelta, arrastrándose lejos de él, tropezando para ponerse de pie, sangre corriendo por la nariz por su puñetazo, y corrió... directamente hacia los brazos de dos soldados que entraban a la tienda.

Esta vez, cuando la derribaron al suelo, se quedó allí. El soldado herido se arrastró lo suficientemente cerca e intentó estrangularla con sus manos.

Los otros hombres se rieron mientras lo arrastraban para apartarlo de ella, —"¡Tendrás tu oportunidad de recuperarla, Robbie, imbécil, tan pronto como te arreglen!"—

Y con eso, llegaron los paramédicos y lo ayudaron a escabullirse, y Jess yacía en el suelo, temerosa de levantarse, sangrando por la nariz y la boca ahora, y escuchando sus aullidos furiosos mientras se dirigían hacia la tienda del hospital. El soldado la pateó en las costillas, con fuerza, y ella jadeó de dolor.

—"Eso es por Robbie. Ahora quédate ahí hasta que te digamos que puedes moverte, perra"—. Solo podía ver sus botas, pero Jess estaba segura de que estaba sonriendo.

Un tercer par de pies se acercó desde lo profundo de la tienda. —"¿Quién tenemos aquí, querido Cooper?"—, la voz no era masculina ni femenina, desafiaba la clasificación. Jess se tentó a volverse y mirar a quien habló, pero temía que el bastardo sádico que la tenía al pie le diera otro puntapié.

Cooper era alto con cabello negro azabache y ojos azules pálidos. —"Una nueva zorra para ti, Carmen"—, respondió—, "y es una bravía"—. Se agachó y la sacó de un tirón de sus pies sin esfuerzo. Su cabeza latía de dolor al ver que Carmen seguía sin describirse. Hombre, mujer, la criatura desafiaba la identificación. Y su expresión era completamente despiadada también.

—"Hm... bastante sucia, ¿no? ¿Acaso tus mamá y papá no te enseñaron a no revolcarte en el barro?"— Carmen miró desde lo alto de su nariz, vagamente divertido. —"Desnúdala, Cooper"—.

El soldado que la tenía la sonrió y la arrastró más cerca contra él, acariciando su pecho, apretándolo dolorosamente. El segundo hombre desenfundó un largo cuchillo de caza. Jess aceptó la desesperanza de su situación. Si luchaba, dudaba que dejarían de cortarla con esa cosa viciosa. Como era, lo hicieron rápidamente; el Teniente Cooper pareció decepcionado por su falta de resistencia. Se la quitaron todo, y Jess se quedó allí temblando bajo el aire frío. Sin ropa, no podía salir de la tienda. Si los provocaba, la violarían aquí mismo, tal vez incluso la golpearan más, incluso la matarían.

Mantente viva. Espera el momento. Todo esto, TODO ESTO pasará—se aconsejó a sí misma en silencio—, retenió las lágrimas y soportó sus burlas. Se aburrirían, querrían a alguien más entretenido. *Espera. Espera. Espera el momento.* Y antes de que se diera cuenta, la criatura Carmen la arrastró hacia duchas rudimentarias.

Su compostura era frágil. Sobrevivió al agua helada que le tiraban a la cabeza; la escoba frotó bruscamente contra su piel rápidamente entumecida. Las largas uñas de Carmen se clavaron en su piel mientras la arrastraba goteando por un corto pasillo, a través de una cortina, y dentro de una habitación con una cama sucia. Sin embargo, no sobrevivió a lo que sucedió a continuación.

Carmen era fuerte. Empujó a Jess hacia la cama y antes de que pudiera reaccionar o levantarse, Carmen agarró una muñeca y la aseguró al marco de la cama con un par de esposas. El Teniente Cooper fue el primero en entrar, se apresuró y ya se estaba quitando el cinturón mientras Carmen salía y anunciaba, —¡Está todo para ustedes, muchachos!—

Y horas más tarde, cuando los hombres la habían usado violentamente, se habían reído de sus lágrimas y se habían corrido dentro de ella con gruñidos satisfechos, uno tras otro tras otro, ella yacía allí en shock. Tenía sangre en sus muslos, moretones en sus brazos y piernas. Acentuaba desde lo más profundo de sus huesos y se preguntaba si el Infierno podría ser peor.

Hora de Irse

—*Hay momentos en los que todo es demasiado, demasiado doloroso para recordar. Sin embargo, luego miro a mi alrededor hacia aquellos a quienes amo y me doy cuenta de que no estaría aquí, con estas personas que amo y que me aman, si aquellas cosas terribles no me hubieran sucedido a mí. ¿Cómo reconcilias eso?* —**Diario de Jess**

Era hora de irse.

Mamá y papá no estaban allí. Chris tampoco. No había palabras amables de ninguna cara familiar, solo los soldados, jóvenes, viejos, con olor a que nunca se habían duchado, peludos, de piel lisa, todos ellos sobre ella, usándola.

Después de un tiempo, su cuerpo se había acostumbrado a ello, incluso si su alma no podía. Los soldados, aquellos que se reían de su miedo y dolor, ahora se aburrían de su falta de respuesta y elegían a otras chicas. Los mismos hombres que buscaban a las chicas recién capturadas o a las que nunca aprendieron a lidiar con el abuso, estos hombres eran los peores. Tomaban un gusto malvado en ello; mientras que muchos de los otros venían solo por el simple alivio del sexo. Algunos de los hombres podrían incluso haber sido amables. Uno o dos incluso se encontró pensando que los habría salido con él, que habría estado interesada... pero nunca en estas circunstancias.

Ellahabía intentado ser valiente, pero los primeros días habían dolido tanto. Algunos de ellos se reían de sus lágrimas o, como ese horrible Teniente Cooper, encontraban un placer perverso en su miedo y dolor. Él la visitaba día tras día, tomando su tiempo para herirla de nuevas e inimaginables maneras. Cooper era un asiduo de la Tienda 5. Parecía preferir a las chicas rubias de ojos azules y Carmen, la directora andrógina de voz áspera y angular de la Tienda 5, parecía ansioso por darle lo que quisiera.

Después de todo, estaba ascendiendo en los rangos. Cooper recientemente llamó la atención de Grangery fue ascendido a teniente segundo. Darle lo que quería significaba que mantendría a Carmen bien surtido con cocaína, metanfetaminas, lo que fuera que las tropas del Frente Occidental lograran encontrar en sus incursiones.

Jess se sometió a todos ellos. No opuso resistencia, en absoluto, no después de esos primeros días. Que la golpearan o patearan daba un dolor infernal, así que hizo todo lo posible para evitarlo. Dejó que sus ojos se apagaran y su cuerpo se volviera flácido. Con el paso de los días, la mayoría de sus moretones desaparecieron. Al principio la observaban de cerca, especialmente esa criatura horrible, Carmen, esperando que intentara escapar de nuevo.

—Mantenerme alimentada, para que esté fuerte. Encontrar ropa. Encontrar un arma.—

Comió todo lo que le dieron, pero lentamente, para que pareciera que no tenía mucha apetito. No fue difícil fingirlo. La comida era terrible y en muchos días estaba segura de que moriría en ese horrible lugar. Muchas chicas lo hacían, algunas por abuso, pero generalmente por su propia mano. En el último mes había visto a los soldados sacar a chicas por la mañana, más allá de las demás, sus cuerpos rígidos y ojos fijos y mirando, habiendo descubierto cómo escapar del campamento por algún ingenioso método de suicidio.

De alguna manera, las envidiaba. Parecía más fácil, en lugar de lidiar con los nuevos horrores de cada día. Hace un mes, cuando el campamento se movió a una nueva área, devastando algún pueblo nuevo y reuniendo a los residentes. Los clasificaron de manera similar a como se clasificaron los residentes de Belton, la ciudad natal de Jess.

Una de ellas, una adolescente, luchó. De hecho, logró matar a uno de sus violadores, su cuchillo oculto se hundió en su pierna, la arteria femoral, y él se desangró en segundos. Pasaron los siguientes cinco días violándola. Después, le cortaron la garganta y dejaron su cuerpo desnudo allí en el suelo helado mientras el campamento seguía adelante.

Dos veces se movió el campamento, marchando durante días seguidos. Dos veces Jess observó atentamente una oportunidad para escapar. Otras dos chicas lo habían intentado; las balas las atravesaron antes de que recorrieran cincuenta yardas. Era una buena lección: fallar en escapar, y no tendrías otra oportunidad.

Jess miró con ojos muertos el paisaje del campamento mientras comía lentamente su comida. Cada día, se sentaba en la mesa desde un ángulo diferente, estudiando los detalles sin moverse. Lo hacía con poco movimiento y sin curiosidad obvia. Para quien la observara, parecería que en realidad no notaba su entorno. La Tienda 5 estaba cerca del centro del campamento. La tienda de comida a solo unos pasos. Las duchas de los hombres estaban al norte, pero se usaban poco ya que hacía demasiado frío. Los retretes estaban al sur esta vez. Gracias a Dios por eso. En el último campamento, un par de idiotas llamados Easter y Burton los habían cavado al oeste del campamento y el viento había llevado su hedor fétido por todo el campamento durante varias semanas miserables hasta que el campamento se movió.

Jess sabía lo que necesitaba hacer. No lo cuestionó, no lo meditó, de ninguna manera. Iba a vivir... o matar a tantos soldados como pudiera antes de morir.

Después de semanas que se convirtieron en meses, habían dejado de vigilarla tan de cerca. Uno de sus 'visitantes' había dejado caer un cuchillo, un pequeño Muela aún en su funda. Jamás volvió a visitarla, ni informó de la pérdida, probablemente porque había muerto en una redada dos días después. El cuchillo era pequeño y encajaba en la mano de Jess como si hubiera sido hecho para ella.

Mientras yacía en la cama, escuchando los movimientos del campamento circundante en la oscuridad previa al amanecer, Jess se resolvió a que tendría que ser de noche, y pronto. La luna era nueva y la oscuridad ayudaría a esconderlos.

Ellos... ya no era solo ella la que necesitaba escapar. Su amiga Erin también estaba en la Tienda 5. Sabía en qué habitación estaba Erin y cómo llegar a ella. Casi le costó mantener la compostura cuando vio a su mejor amiga arrastrada dos meses atrás. Erin había estado con su familia, visitando amigos en Clinton, cuando el Frente Occidental atravesó Belton. Jess pensaba en su mejor amiga con frecuencia, esperaba que estuviera a salvo, y deseaba haber ido con ella en el viaje.

No mostró reacción ante las llamadas de Erin, ni siquiera se volvió a mirar en su dirección. En cambio, Jess se sentó en una de las mesas destrozadas con varias de las otras chicas, y continuó masticando la carne medio quemada, medio cruda, y su larga melena rubia caía en un revoltijo alrededor de su rostro. Sentía varias miradas fijas en ella mientras Erin gritaba su nombre.

Déjelos pensar que estaba en catatonia. Déjelos pensar que estaba tan trastornada por dentro que nada la afectaba más. Déjelos pensar en ella como una pieza de mueble. Los muebles no piensan, no conspiran, y ciertamente no intentan escapar. Los muebles están allí para ser usados y luego ignorados hasta que vuelven a ser útiles. Cómo esperaba que así fuera lo que pensaran de ella ahora. Porque si lo hacían, entonces no sabrían lo que estaba pasando hasta que fuera demasiado tarde.

Su falta de respuesta pareció satisfacer al guardia. Tenía la tarea de vigilar a un puñado de chicas mientras comían su comida. Las otras chicas la miraron, apenas interesadas, varias de ellas con los ojos vidriosos por las drogas que habían conseguido de los hombres. Jess vio lo que las drogas hacían y alternó entre codiciarlos y odiar ver lo que hacían a las demás. Aliviaban algo del dolor, les hacían no importarles ser violadas cada día. También las transformaban lentamente. Desde lo que Jess vio, *ellas* eran los muertos vivientes, no ella.

Le había matado escuchar los gritos de Erin más tarde esa mañana. Habría dado cualquier cosa por no oír el dolor de su amiga. Incluso rezó a un Dios indiferente para que la dejara sorda. No hizo ninguna diferencia, y de alguna manera se sentía responsable. De alguna manera, los sacaría de allí, ambos.

El tiempo seguía siendo frío, a veces extremadamente frío. Las noches seguían por debajo de cero y Carmen se vio obligado a repartir ropa para mantener a las chicas calientes durante las frías noches y días. Se distribuyeron calcetines, pero no zapatos. Jess se las ingenió para robar un calcetín extra aquí o de alguna manera 'perder' una camisa. Ella trabajó lentamente en el agujero de la parte inferior de su colchón hasta que estuvo lo suficientemente abierto para esconder la ropa extra. Sin zapatos para proteger sus pies, necesitarían tantas capas de calcetines como pudieran esconder. La ropa extra les ayudaría a mantenerse calientes en las frías noches.

Afortunadamente, la ropa era la misma que la de los uniformes del Frente Occidental, un descuido por parte de los captores de Jess que podría ayudarla a pasar desapercibida cuando ella y Erin hicieran su escape. No había manera de que se fuera sin su mejor amiga. Escaparían o morirían juntas. Era lo menos que podía hacer.

Las esposas habían impedido que Jess escapara hace mucho tiempo. Había intentado todo, sujetapapeles doblados, una uña, pero nada podía mover el mecanismo de bloqueo. La solución a ese problema llegó en forma de una visita de Allen Banks.

La noche anterior, justo antes de que el campamento se preparara para dormir, Allen había llegado a su habitación. Allen era unos años mayor, también de Belton; había estado en el mismo grado que su hermano. Solía visitar su casa con frecuencia ya que sus abuelos vivían a unas pocas manzanas de distancia. Durante los largos meses de verano, hacía una aparición regular cada cuatro o cinco días.

Llegaba a la casa, rojo y sudoroso después de empujar la vieja segadora de su abuelo por el césped grande de sus abuelos. Allen siempre había sido un poco rechoncho, y apenas reconoció al hombre de cabello castaño y delgado que apartó la cortina y se acercó a la cama.

Entró, no dijo nada y ella tampoco, ninguno de sus rostros mostró ningún reconocimiento. Se subió encima de ella y se inclinó como si fuera a besarle el cuello mientras susurraba en su oído, —Jessie, se avecina una gran tormenta mañana, o al día siguiente a más tardar— presionó algo en su mano, —Sal de aquí. Dirígete hacia el oeste. Chris está *vivo*. Nos uniremos a ti si podemos, pero nos vigilan incluso más de cerca que a ti. Cuando llegue el momento, *sal*, y no te atrevas a mirar atrás ni a esperar por nosotros. ¿Entendido?—

Ella dio un ligero estremecimiento en respuesta, y él supo que lo había escuchado. Sus labios rozaron su mejilla, se detuvo por un largo segundo, luego se apretaron contra los suyos por un momento. La sorprendió, tanto como el cambio de tono cuando se sentó y le dio una palmada en el muslo. —Esta pequeña perra es la pieza de mierda más aburrida que he tenido en mucho tiempo. ¡Carmen! ¡Tráeme algo que no se quede aquí como un maldito tronco!—

Dos hombres que pasaban por la cortina abierta se rieron mientras Allen salía a unirse a ellos. Jess echó un vistazo al pedazo de metal en su mano: ¡una llave de esposas de verdad! Rápidamente la escondió. Más tarde, escondió la llave de las esposas en el agujero de su colchón.

¡Chris estaba vivo! Se compuso antes de que su rostro delatara sus emociones. Por primera vez en meses, comenzó a albergar esperanzas. El beso de Allen aún ardía en sus labios. La llave los liberaría.

Cada noche, antes de que Carmen se durmiera, daba una vuelta para asegurarse de que las esposas de cada chica estuvieran bien ajustadas a una muñeca y sujetas a la cama. Para entonces, el campamento estaba oscuro y silencioso, con guardias de servicio y el resto dormido. Jess esperaba en la oscuridad, con los ojos abiertos y fijos, el cuerpo tenso, hasta estar segura de que todos los que estaban cerca estaban profundamente dormidos. Encajó la llave en la cerradura, liberó su muñeca dolorida y llena de costras de su cautiverio y se deslizó silenciosamente por un pasillo para explorar.

Dos guardias y un cambio de turno cada cuatro horas. La entrada era la única forma de entrar o salir de la tienda. A menos que... Jess pensó en el cuchillo que había escondido en su colchón. ¿Sería capaz de cortar la tela de la tienda?

La parte más difícil de todo era volver a ponerse las esposas esa noche y luego acostarse para enfrentarse a otro día. Si no estaba lista, *completamente* lista, significaría fracaso. El fracaso significaba la muerte, y Jess no estaba lista para morir, no todavía.

Ya era finales de marzo. La primavera y el clima más cálido estaban a la vuelta de la esquina. El campamento se preparaba para la noche. La falta de electricidad combinada con las noches frías significaba que, después de la puesta del sol, la actividad se reducía a un reptar. Jess había escuchado a Carmen comentarle a uno de los guardias que se avecinaba un mal tiempo.

—Parece que se está formando una tormenta infernal. Viene rápido y fuerte desde el oeste. Sería mejor asegurar a todas las chicas ahora antes de que llegue—. Se alejaron dos soldados que protestaban en voz alta hasta que el sombrero de uno de ellos se le voló de la cabeza y corrió tras él. El soldado solitario, sin compañero que lo apoyara, se marchó con mal humor.

La noche llegó temprano, con nubes tormentosas negras liderando el camino, bloqueando el débil sol de la tarde. El viento comenzaba a aullar, arrancando las tiendas y obligando a los soldados a apagar las fogatas por temor a que salieran chispas. La visibilidad era escasa y el trueno resonaba en la distancia.

Jess cerró los ojos, esperando que el sonido de los pasos se apagara y la oscuridad descendiera. Si tan solo pudieran escapar antes de que llegara la tormenta. Esperó largos momentos, sus oídos atentos a cualquier sonido artificial por encima del viento y el chapoteo de la lluvia sobre las tiendas. El lienzo se contraía y temblaba. Era ruidoso. Eso era bueno, mejor para ocultar cualquier sonido que ella y Erin pudieran hacer.

Finalmente, cuando se tranquilizó de que Carmen y los guardias se habían asentado para la noche, deslizó la pequeña llave del agujero del colchón y la introdujo en las esposas. —*Uno... dos... tres*— [clic]

La esposas se soltó de su muñeca. Se sentó en silencio, el corazón latiendo con fuerza, se dio la vuelta y alcanzó la otra esposas en la oscuridad, la abrió rápidamente y la retiró del marco de la cama. No parecía un arma muy poderosa, pero ¿quién sabía cuándo podría resultar útil? Se la metió en el bolsillo de la camisa que había 'liberado', volvió a meter la mano en el agujero del colchón, sacó los tres pares de calcetines y se los deslizó por los pies. Tres pequeños rollos de pan mohoso siguieron a las esposas a su bolsillo. El alimento es alimento, y este pedazo era mejor que nada.

Finalmente, se quitó la fina manta de la cama, tomando un momento para doblarla y enrollarla en un paquete lo más pequeño y fácil de transportar posible. Al entrar en el largo pasillo, el corazón de Jess latía con tal fuerza que palpitaba en sus oídos. Fuera de la tienda, la lluvia había aumentado su ritmo, el viento aullaba lamentablemente. Temblaba mientras se encontraba en el estrecho pasillo. Había observado, escuchado y sabía exactamente dónde estaba Erin. Ella misma había contado los pasos cuando la escoltaron a las duchas y de regreso. —*Solo dieciocho pasos*—, se aconsejó, —*solo dieciocho pasos, puedes hacerlo*—. Se obligó a moverse hacia adelante, contando cada paso y sabiendo, incluso en la absoluta oscuridad del pasillo, que si extendía la mano, ahora estaría directamente en la habitación de Erin.

Sus ojos se esforzaban por captar cualquier luz, pero no había ninguna, así que Jess los cerró y visualizó la cama y su ubicación, y se movió hacia ella desde la memoria. —*Solo un paso más*—, y sintió el lado de la cama contra su cadera izquierda. Ahora, la parte difícil: ¿cómo despertar a Erin sin hacer que grite o haga ningún ruido que despierte a los demás?

Alargó la mano izquierda y buscó a su amiga en la oscuridad. Tocó el cabello y sintió que Erin se despertaba y comenzaba a tensarse mientras sacudía el sueño y se daba cuenta de que alguien estaba de pie sobre ella. Jess se inclinó, —Erie, soy yo—, susurró, usando su apodo de la infancia y esperando a Dios que la tormenta fuera lo suficientemente fuerte para asegurar que su voz no llegara a ningún otro.

Su amiga comenzó a temblar y sollozar en silencio, encontró la mano de Jess y la agarró con fuerza. Se abrazaron, ambos llorando. Había sido tan difícil para ella ignorar a su amiga, fingir no verla. Erin soltó un pequeño sollozo, —Shh, está bien, saldremos de aquí esta noche—, Jess susurró al oído de su amiga y le acarició la espalda con el brazo libre. Una vez que Erin se calmó lo suficiente para soltar su mano, Jess rápidamente desató las esposas y la liberó.

Ella se sentó en el borde de la cama y con cuidado quitó un par de calcetines, los metió en las manos de Erin para que los pusiera y despojó la cama de sus dos finas mantas. Luego se arrastró hasta la pared exterior de la tienda y esperó un fuerte vendaval y el trueno que lo acompañaba para comenzar a apuñalar la lona con el pequeño cuchillo. Tomó mucho tiempo hacer un agujero en la gruesa tela a pesar de la hoja afilada, pero las chicas se turnaron mientras Jess explicaba en un susurro sobre la visita de Allen y la idea de usar la tormenta como cobertura para su escape.

La lluvia ahora caía a raudales sobre la tienda, causando varias goteras donde había agujeros o áreas delgadas y desgastadas en el techo de lona gruesa. Las chicas trabajaron lo más rápido que pudieron, sus muñecas dolían por el esfuerzo y sus rodillas estaban doloridas y frías por arrodillarse en el suelo. Tenían que salir y alejarse lo más posible para que sus huellas fueran lavadas por la lluvia.

Finalmente, el agujero en la lona era lo suficientemente grande para pasar. Sería un estrecho paso. Jess agarró la mano de Erin y la acercó, le dio otro abrazo rápido. —¿Estás lista?— apenas pudo escuchar a su amiga susurrar que sí sobre el trueno casi constante, —Bien. Esto es lo que vamos a hacer. Sube por el agujero y luego dirígete hacia la derecha. Ese es el refugio más cercano, en los árboles a unos pocos cientos de yardas. Pase lo que pase, no te detengas y no permitas que te atrapen, no importa qué, ¿de acuerdo?—

Erin simplemente le devolvió el abrazo en respuesta, y Jess pudo sentir que asentía con la cabeza en acuerdo. Ella agarró las mantas, le dio una a Erin y se quedó con la otra. También le entregó uno de los pares de esposas, —Por si acaso— y luego se arrastró por el agujero.

La lluvia les empapó instantáneamente. Era intensa ahora, y el rayo no estaba demasiado lejos. Tenían que apresurarse. Erin siguió, su manta agarrada con fuerza en sus manos. Un rápido vistazo a su alrededor mostró nada en la oscuridad. Por lo que a cualquiera de ellas le importaba, un centinela podría estar de pie junto a ellas. Jess tenía un mapa mental firme del campamento; había echado furtivos vistazos cada vez que las chicas eran conducidas al comedor para sus dos miserables comidas al día.

Miró a su alrededor, guiñando los ojos a través del agua que caía del cielo, más pesada que una ducha, y helada. ¿Dónde encontrarían a Chris y Allen, en qué tienda estaban?

Las palabras de Allen resonaban en sus oídos. —*Cuando llegue el momento, tú* te vas, *y no mires atrás ni esperes por nosotros.*— Las lágrimas se unieron a la lluvia en su rostro. —Oh Dios, Chris, ¿qué debo hacer?— Incluso Erin no escuchó sus palabras; se perdieron en la violenta lluvia. Ella agarró el brazo de Jess, demasiado asustada y desorientada para irse sin ella. Jess tenía que tomar una decisión.

Ella agarró a Erin con su mano libre y la atrajo hacia sí, señalando la línea de árboles. En ese momento, el relámpago se acercó y iluminó el cielo hacia el oeste, mostrando la línea del bosque, los contornos de las tiendas y no había nadie más a la vista. Caminaron rápidamente. Jess luchó contra el impulso de correr. No tenían mucho tiempo, pero temía caer en el terreno irregular y torcerse un tobillo. Si se lesionaban ahora, no podrían correr a toda velocidad más tarde.

Cada parte de ellas estaba empapada por la fuerte lluvia y temblaban, con la adrenalina corriendo por sus venas. Se acercaron al borde del campamento y Jess captó un destello de luz cuando una cortina de tienda se abrió y un centinela salió, sosteniendo una pequeña linterna. Ella arrastró a Erin hacia la sombra de la tienda, su corazón latía rápido y dolorosamente en su pecho. El hombre estaba a solo unos pasos de distancia. Se quedó allí bajo la lluvia, con la espalda hacia ellas, su cabeza inclinada hacia un lado como si escuchara algo.

La lluvia le caía encima, formando surcos en su impermeable, y aún así se quedó allí. La luz amarillenta de la linterna se movía perezosamente, iluminando vagamente varios rincones oscuros del campamento.

Las chicas se abrazaron, con los corazones martilleando en sus pechos, aterrorizadas de que el soldado pudiera darse la vuelta. El relámpago ahora iluminaba el cielo sobre el campamento. Finalmente, después de lo que parecieron horas, en lugar de segundos, él gruñó, apagó la linterna y se deslizó de nuevo dentro de la tienda.

Se arrastraron más allá de su tienda y comenzaron a correr hacia los árboles. Su enfoque estaba en la seguridad, la protección de los árboles, y se movían tan rápido como les permitían los calcetines finos en sus pies hacia la línea de bosque en la distancia. Una vez que llegaron al bosque, su progreso se ralentizó, el denso y retorcido suelo del bosque los frenaba considerablemente. Al menos ahora estaban fuera de la vista del campamento. Arriba, el relámpago se encendía, golpeando un árbol a unos pocos metros de distancia. Jess podía sentir sus cabellos erizarse y su cuerpo resonar dolorosamente mientras la corriente pasaba a través del árbol y en el suelo circundante. El estallido simultáneo del trueno fue ensordecedor.

Si no hubieran estado tan ocupadas tratando de poner la mayor distancia posible entre ellas y el campamento, las chicas se habrían reído de la ironía. Corriendo directamente hacia una tormenta, una tormenta de relámpagos, ¡y nada a su alrededor más que árboles! Pero al menos podían ver su camino a través de la oscuridad y la lluvia. El espectáculo de luz lo aseguraba.

Jess miraría más tarde sus pies, magullados, raspados y hinchados, y se preguntaría cómo no había sentido nada mientras corrían a través de los giros del bosque, cayendo, levantándose y simplemente corriendo sin un objetivo claro excepto poner la mayor distancia posible entre ellas y el campamento de los soldados.

La tormenta pasó sobre ellas y se movió hacia el este, y ellas continuaron hacia el oeste. Lentamente, la lluvia disminuyó. Horas más tarde, el amanecer iluminó las copas de los árboles, filtrándose lentamente en el bosque húmedo debajo. Para entonces, ambas estaban exhaustas, sucias, arañadas y sangrando. El miedo las había impulsado a través del bosque, profundamente en su núcleo, pero la luz del nuevo día, despejado y apenas por encima de la congelación, parecía drenarles toda la energía. Su carrera se había ralentizado a un caminar y finalmente a un lento tambaleo.

—Tengo que detener a Jess—gimió Erin con dificultad. —¿Crees que es seguro detenernos un rato?— Su cabello estaba lleno de enredos, cardos y ramitas. Su rostro estaba rayado y tenía innumerables rasguños e incluso cortes en las piernas, la sangre manchada y seca, donde había caído mientras corría. Jess pensó que su amiga parecía un desastre. Pero, por otro lado, probablemente ella también se veía igual; simplemente no tenía un espejo para mirarse.

Delante de ellas había un arroyo, alto y corriente por la lluvia de la noche, sauces en la orilla opuesta, y bancos sólidos de piedra caliza a lo largo de la orilla este. Un árbol caído había creado un puente y había un rincón en la orilla opuesta, cubierto de hojas y musgo. Parecía tan atractivo como la cama más suave y cubierta de satén en la que las chicas podían imaginar dormir. Ambas lo notaron al mismo tiempo y asintieron en silencio, demasiado exhaustas para desperdiciar su aliento o energía en palabras—sí, sería suficiente. Cruzaron el arroyo hacia el rincón mullido y cubierto de musgo.

Tomaron agua fresca, que se había acumulado en una hendidura de una roca en forma de cuenco cerca de sus pies. Jess se maravilló al darse cuenta de que de alguna manera habían logrado mantener las mantas durante su escape desesperado. Jess arrolló una manta para formar una especie de gran almohada y ambas se hundieron contra ella, acurrucándose una junto a la otra y temblando con sus ropas mojadas. La otra manta apenas les cubría. Pasaron los minutos.

—Jessie—empezó a temblar Erin—. Mataron a mi mamá y a mi papá. —Y luego dispararon a Toby—añadió—porque intentó detenerlos para que no me llevaran. Jess abrazó a su amiga y la sostuvo estrechamente mientras las lágrimas caían.

—Se han ido, Jessie, los mataron y luego me llevaron... y te vi...—su voz se quebró—y te llamé y no me miraste, Jessie... ni una sola vez.

Jess también estaba llorando ahora. —¡Oh, Erie, lo quería! Quería detenerlos, quería correr entonces, pero tenía miedo. Lo siento mucho, Erie, lo siento mucho—

Y no dijeron más; simplemente se abrazaron y lloraron hasta que estaban demasiado exhaustas para llorar más. Y luego las dos chicas durmieron. Sería a última hora de la tarde antes de que alguna de ellas se despertara.

La Historia de Allen

"Es la pregunta, el final desconocido, lo que más me molesta. Cuando reflexiono sobre la suerte de nuestra huida aquella noche del campamento del Frente Occidental, que nadie nos vio ni nos detuvo, me pregunto cómo lo logramos cuando tantos otros fracasaron. Me maravillo de lo afortunadas que fuimos Erin y yo, pero las preguntas siempre me atormentan. ¿Qué pasó con Chris? ¿Qué pasó con Allen? ¿Lograron escapar? ¿Murieron intentándolo? Odio no saberlo. Sigo pensando que en algún lugar, mis padres podrían seguir vivos. Que Chris y Allen podrían seguir vivos. Una parte de mí también tiene miedo. Tengo miedo de dejar de pensar en ellos. Supongo que temo que si no los mantengo vivos en mis recuerdos, será como si nunca hubieran existido. Y que, en consecuencia, una parte de mí también dejará de existir."
—Diario de Jess

Allen era hijo único, algo regordete durante la mayor parte de sus dieciocho años, con cabello castaño y amables ojos marrones. Nunca había destacado en nada en particular, pero era amable y considerado con familiares, amigos y extraños por igual. Su persona favorita en el mundo era su abuelo, Thurman Banks, un hombre de voz suave con una mata de pelo blanco y ojos marrones del mismo color que los de Allen. Después de que el viejo Thurman se lastimara la rodilla una primavera, Allen había tomado la costumbre de ir a la casa de sus abuelos y cortar el césped con la antigua cortadora de césped manual del abuelo. Le llevaba un tiempo, pero luego se refrescaba con un gran vaso de limonada de arándanos, cortesía de la abuela. Más tarde, incorporó la costumbre de pasar por la casa de Chris para jugar un videojuego o atrapar la pelota.

Nunca sería tan bueno como Chris en ninguna de las dos actividades, pero su amigo siempre se alegraba de verlo y la señora Aaronson lo saludaba con un abrazo y lo hacía pasar por la puerta principal. Le daba un suave empujón hacia el sótano, donde Chris y su amigo Toby McGowen solían pasar el rato. Chris era guapo, rubio y de ojos azules. Era el mariscal de campo estrella del equipo y se hablaba de una beca de fútbol, incluso en estos malos tiempos. A veces le parecía a Allen que Chris era todo lo que él no era: guapo, atlético y popular. Pero Chris también era una persona con los pies en la tierra y agradable. Cuidaba de todos, y había defendido a Allen, lo había protegido de las burlas sobre su cintura regordeta y sus bíceps poco definidos. Había sido un amigo honesto y verdadero desde la escuela primaria.

Allen se quedaba durante horas, a veces para cenar, a veces a dormir si era sábado. Eventualmente sonaba el teléfono y era el abuelo llamando para llevarlo a casa. En las noches que se quedaba a cenar, evitaba mirar a la hermana pequeña de Chris, Jess. Su cabello rubio caía en ondas alrededor de sus hombros. Sus ojos eran de un azul sacado directamente de la caja de Crayola y, como su hermano, era infaliblemente amable. Nunca jugaba a ser la hermanita molesta y a menudo se unía a ellos en el sótano con su mejor amiga Erin, la hermana de Toby. Jugaban interminables videojuegos o, en años posteriores, cuando fallaba la electricidad, iban de excursión y hacían picnics en los bosques y parques cercanos.

De alguna manera, Allen siempre había estado enamorado de Jess. Era linda, dulce y no parecía notar que él no era tan guapo o atlético como los otros chicos. Le brindaba su amistad y, gracias al hecho aleccionador de que era demasiado bonita para que él se atreviera siquiera a invitarla a salir, alimentaba su pequeño enamoramiento en silencio y no buscaba que fuera algo más que eso. No tenía el valor de arriesgarse al rechazo, y después de todo, era la hermana pequeña de Chris. Estaba seguro de que ella no se daba cuenta de sus sentimientos, de todos modos.

Esas interminables noches de verano en Belton parecían tan imposiblemente lejanas. Lo que no quería recordar eran las últimas horas que había pasado en la ciudad donde nació. Los soldados y las armas, los incendios en las casas, y por todas partes gente gritando. Todavía tenía pesadillas con la señora Brown llorando en la calle sobre el cuerpo sin vida de su marido y uno de los niños de una manzana más arriba llorando por sus padres.

Había visto a su profesora de Inglés Avanzado de 10º grado, la señora Grady, con la mitad de la cara quemada. Había huido de su casa mientras las llamas lamían las paredes y consumían su techo, sólo para ser abatida en la calle por una bala. Se había quedado allí después de que sonara el disparo con una expresión de sorpresa en el rostro. La mancha roja se extendió por su blusa blanca, y lentamente se desplomó en el suelo.

Otros habían sido disparados cuando intentaron volver para rescatar mascotas, otros miembros de la familia o posesiones. La mitad de la ciudad parecía estar en llamas, y él no discutió con los soldados cuando le apuntaron con sus armas. Levantó los brazos, se sometió a ellos mientras lo empujaban al suelo y registraban bruscamente sus bolsillos en busca de armas. El soldado que registraba a Allen encontró su billetera, sacó el dinero que había dentro y lo golpeó con fuerza cuando levantó la cabeza para objetar.

La billetera, ahora vacía de dinero, fue arrojada a un lado. Sus manos fueron atadas frente a él con bridas de plástico y fue empujado a un gran grupo de residentes aterrorizados.

Era material de pesadillas, ver tu hogar destruido, no saber si tus padres estaban vivos o muertos, y que la mayor parte de lo que amabas, lo que entendías del mundo, había cambiado irremediablemente. Los padres de Jess estaban entre el mismo grupo de prisioneros que Allen. El Sr. Aaronson se mantuvo relativamente calmado, luchando por aliviar los temores de su esposa, y la Sra. Aaronson estaba casi histérica, preocupada por Jess y Chris. Había enviado a Jess a la tienda y Chris se había ido temprano en el día para visitar a un amigo. No sabía dónde. Los tres se habían acurrucado juntos mientras los sacaban de la ciudad, hacia el sur por la carretera Y, durante millas. Había otros grupos de prisioneros, principalmente hombres y mujeres jóvenes. A veces dejaban atrás a los niños si causaban problemas a los soldados. Esto incluía moverse demasiado lento o llorar demasiado fuerte. Al final del segundo día, la mayoría de los adultos se habían agotado tratando de cargar a los niños y evitar un enfrentamiento con los soldados.

Ya habían sido asesinados varios ancianos cuando se quedaban atrás. Los rumores corrían con rapidez. Alguien informó haber visto a los soldados prender fuego a la residencia de ancianos y reírse mientras sus residentes de edad avanzada intentaban escapar, disparándoles a ellos y a quienes corrían a ayudar. Era brutal, increíble, y Allen se preguntaba qué había pasado con la humanidad de los soldados. No estaban en un país extranjero, donde la gente se veía diferente o hablaba un idioma diferente. Los soldados estaban disparando a personas que parecían sus madres, padres, abuelos.

Allen fue testigo del final de los Aaronson el tercer día. Uno de los soldados, obviamente al mando de los demás, había tenido suficiente de los rezagados. Cuando el hombre apartó su cabello negro de sus ojos helados, Allen no vio rastro de humanidad en él. El teniente Cooper ordenó a los adultos que llevaban a los niños que los dejaran y a todos que comenzaran a marchar. Los niños estaban exhaustos. Literalmente no podían caminar más, y a medida que se quedaban atrás, Julie y luego Michael intentaron romper filas para ayudarlos. La brecha entre el grupo de prisioneros y los niños se hacía más grande y los más pequeños comenzaron a llorar de miedo. Allen miró impotente mientras el diablo de cabello negro y ojos azules disparaba a los padres de Jess y Chris. Se sentía congelado en el tiempo y el espacio, y el mundo parecía vacío. Un soldado flaco y maloliente le dio un buen empujón con su rifle. Ayudarlos significaba unirse a su destino y, por más que lo intentara, no estaba listo para morir. Se apartó de los cuerpos, de los pequeños niños agrupados allí en el camino, y permitió que los soldados lo llevaran con los otros prisioneros.

Mientras marchaba, Allen pensó para sí mismo: "Esto es lo que la guerra nos hace. La guerra quita la mejor parte de nosotros y nos convierte en otra cosa". Observó cómo aquellos con un resto de humanidad se apartaban mientras inocentes eran asesinados.

El deseo de sobrevivir es fuerte. Y al final, incluso el bondadoso Allen valoró la vida más que la moralidad. Lo que Allen hizo en los próximos días, semanas y meses, lo que hizo para sobrevivir, lo atormentaría en sus sueños todas las noches por el resto de su vida.

Qué irónico que, desde la invasión de Belton y su propia conscripción, su peso se hubiera derretido, revelando un perfil sorprendentemente atractivo. Entre las marchas, los golpes y las amenazas, y su conscripción en esta excusa bastardizada de compañía, había perdido la grasa infantil que lo había seguido tan obstinadamente en la adolescencia y la juventud. Sus brazos y piernas ahora eran delgados y musculosos, su estómago apretado y plano. La primera vez que vio su reflejo, retrocedió sorprendido. Un hombre diferente, un extraño con ojos atormentados y vacíos, lo miraba.

El ejército al que había sido forzado a unirse no era un ejército, ni siquiera una compañía. No eran soldados, eran terroristas, ladrones y matones, todos en uno. Para salvar su propia miserable vida, les había convencido de que quería unirse. Allen había pateado y golpeado a los otros reclutas. Había visitado a las mujeres en las tiendas. Había gritado "¡Sí, señor!" con los demás. Había hecho todo esto para vivir otro día.

Había localizado a Chris y cuidadosamente encontrado una manera de reunirse y planear una fuga. Ambos seguían siendo vigilados, Chris más que Allen, porque había resistido. Allen había encontrado una manera de acercarse a él y hablar. Escogió una pelea y perdió, obteniendo el deber de limpiar los baños. Sabía que Chris ya estaba allí. Luego le había dado un puñetazo a Chris, le había gritado, había hablado mal de él, y después del shock inicial, su amigo se dio cuenta del acto y jugó junto.

Seguían metiéndose en problemas suficientes para ser asignados a los trabajos sucios que nadie más quería. Luego se lanzaban insultos el uno al otro para que todos estuvieran seguros de que se odiaban. Encontró formas de comunicar movimientos importantes de tropas y otras noticias a su amigo. Allen pudo informarle a Chris que Jess y su amiga Erin estaban ambas en la Tienda 5.

Cuando Chris escuchó sobre eso, casi arruinó todo para ambos. Se descontroló tanto. La idea de que Jess estuviera en ese lugar horrible lo detuvo en seco, y había agarrado el hombro de Allen con un fuerte apretón. Allen le había dado un puñetazo fuerte, lo suficiente para derribar a su amigo en el suelo con un golpe. No había dicho nada durante mucho tiempo después de eso, solo miraba al vacío. Luego se levantó, se sacudió el polvo y se recuperó.

Con el tiempo, a través del frío amargo del invierno, encontraron formas de reunirse. A veces encontraban una manera de hablar mientras estaban en fila para la comida, cerca de las duchas, o escogiendo una pelea y obteniendo el deber de limpiar los baños nuevamente.

Lo que fuera necesario, tenían que escapar y llevarse a las chicas con ellos. Fue Chris quien logró conseguir la llave de las esposas. La pasó a Allen con reticencia. Habían discutido esto una y otra vez. Él quería ir a la Tienda 5 y ver a Jess. Allen sabía lo que sucedería. Chris se volvería a descontrolar y causaría un escándalo. Lucharía por sacarla, y ambos terminarían muertos. Jess necesitaba escapar y Allen haría lo imposible para asegurarse de que eso sucediera.

El invierno estaba terminando y el clima pronto cambiaría de vientos fríos a fuertes y tormentosos aguaceros. Había visto las primeras malas hierbas y flores de primavera emergiendo. Había un parche de jonquils y tulipanes en las ruinas de una vieja granja a solo media jornada de aquí. Fue enviado como parte de una partida de saqueo a mediados de marzo y reconoció que el invierno terminaría pronto, incluso temprano, si el aumento de vegetación y verde eran alguna indicación. Su participación voluntaria en ese particular saqueo alivió cualquier preocupación persistente sobre dónde estaban sus lealtades. Esto lo liberó para moverse libremente por el campamento, que era el siguiente paso final necesario para poner en marcha su fuga.

El saqueo, que incluía acciones que lo atormentaban con pesadillas; fue un éxito y él y los otros soldados fueron recompensados con una visita a la Tienda 5. Había estado allí dos veces antes, una después de haber pateado la mierda de Chris, golpeándolo en la cara mientras le deslizaba la nota que había escrito a su amigo en el bolsillo delantero mientras yacía aturdido y sangrando en el suelo. La otra vez fue cuando mantuvo a raya a un pobre recluta novato y lo detuvo de intentar una fuga muy mal planificada. Hizo que pareciera que el chico había estado robando raciones extra en lugar de prepararse para escapar. Había salvado la vida del chico, pero dudaba que el chico incluso se diera cuenta. En cualquier caso, realmente no le había ayudado mucho. Unos días después, el chico hizo otro intento, y esta vez nadie se había molestado en intentar detenerlo. Fue asesinado a menos de diez yardas de la línea de árboles.

Allen sabía exactamente dónde estaba siendo retenida Jess, aunque antes de esto no había estado en su habitación. Sus gritos, que llegaban desde el otro extremo de la tienda la primera vez que había visitado la tienda, le habían dado pesadillas. La idea de que la estuvieran usando de esa manera le retorcía el estómago y había tenido dificultades para contenerse de correr, matar a ese monstruo Cooper y tratar de escapar de manera estúpida y condenada. Había pasado un mes sólido antes de que pudiera regresar y, incluso entonces, no estaba seguro de que pudiera verla así, así que se quedó en el otro lado y no intentó contacto. Ahora que llegaba la primavera, con la posible cobertura de tormentas eléctricas, todos podían escapar. Las huellas no podían ser rastreadas tan fácilmente sin nieve y hielo en el suelo.

Allen tomó un profundo respiro al entrar en la tienda, su estómago retorciéndose ante los sonidos que salían de este horrible lugar que mataba almas. Había pasado casi cuatro meses desde que la había visto. Se preparó para ello y apartó la cortina de su habitación y entró. Ella estaba allí, no esposada, gracias a Dios; solo lo hacían de noche ahora. Llevaba una camisa de uniforme del Frente Occidental descolorida y tenía una manta delgada cubriendo el resto de su cuerpo. Alguien acababa de terminar con ella. La bilis subió a la garganta de Allen cuando el soldado pasó con paso arrogante, abrochando los pantalones. Ignoró al soldado y se contuvo de hacer una gran violencia en ese momento. Todo lo que pudo hacer fue no darse la vuelta y agarrar al tipo por detrás en un estrangulamiento. Sería justo y satisfactorio sofocarlo hasta la muerte.

Ella no lo reconoció hasta que él se subió encima de ella y se inclinó cerca. En ese momento, se enderezó. Ciertamente había sucedido antes con algunos de los chicos que había conocido en la escuela secundaria.

Eran reclutas, aquí bajo las mismas circunstancias que Allen. Pero a medida que los meses se extendían y la distancia entre Belton y este lugar crecía, ellos cambiaban lentamente. La tienda había visto un aumento lento en las visitas de reclutas. Evitaban el contacto visual si se encontraban en los pasillos, pero la vergüenza no los detenía de regresar.

Su cuerpo era cálido y suave debajo de él. Olía, maldición, olía a vainilla y almizcle. Le susurró en la oreja sobre el plan y le deslizó la llave de las esposas. Se avergonzó de darse cuenta de que tenía una erección, aunque ¿quién podría culparlo? Era natural; ella era hermosa y dulce, incluso ahora en este terrible lugar. Ella era todo lo que él había deseado. Tal vez después de que todo esto terminara, cuando escaparan, con esfuerzo exilió el pensamiento y la esperanza de ello de su mente. De vuelta al negocio. Era hora de actuar con dureza, como lo hacía con Chris delante de los demás. Le dio un ligero beso en la mejilla y tomó una gran libertad: besarla en los labios. Luego le había abofeteado la pierna con fuerza, hablado mal de ella, y se levantó y salió de la habitación. Era la salida grandilocuente y dramática, y tuvo su efecto. Carmen, esa criatura monstruosa y sin sexo, rió y lo señaló hacia otro cuarto abierto en el pasillo.

Mientras se alejaba, su mano se acercó a sus labios, aún sintiendo la suavidad de los suyos contra los suyos y se dio cuenta de que lo único que lo había detenido de agarrarla y correr como el infierno hacia la puerta era la imagen de Chris tratando de hacerlo y cómo se vería cuando fallara. Había hecho lo que podía. Ahora Jess tendría que sacar a ella y a Erin en el momento adecuado. Cruzaron los dedos, cruzaron los pies y una gran cantidad de suerte, y todos podrían salir de allí con vida.

Su linda fantasía de escapar de la mano en mano juntos fue destruida cuando Chris se negó a ir hacia el oeste esa noche fatal. En cambio, insistió en dirigirse hacia Tennessee. "Las chicas necesitarán una ventaja, y mucho tiempo. Me dirijo al sureste, así que espero que los rastreadores sigan mi pista. Hay tres otros que saben que estamos planeando algo y quieren participar".

Allen no le gustó el sonido de esto. Juntos, tenían más posibilidades de sobrevivir. Pero ¿tres nuevos tipos que no había conocido y no sabía si incluso podía confiar en ellos?

¿Solo, qué harían las chicas en la naturaleza? ¿Cómo cubrirían sus huellas o sobrevivirían? Le hizo todas estas preguntas y más a Chris.

"Erin sabe muchas habilidades de supervivencia. Sus padres eran algo así como fanáticos de la supervivencia y Toby sabía tanto que podría enseñarnos a todos cómo vivir de la tierra y sobrevivir en cualquier temporada. La familia iba de campamento todo el tiempo. Jess tiene la llave. Así que ella las sacará de allí y Erin les dará de comer. Además", dijo, sonando mucho más confiado de lo que se sentía, "solo necesitamos hacer grandes círculos y luego reunir a todos en Belton. No todo se quemó, no todos están muertos".

Allen solo sacudió la cabeza. Esto no era lo que habían planeado. "Iré al noroeste, volveré a la Carretera 60; espero encontrarlos en el camino a Springfield. No vayas muy lejos a Tennessee, vuelve y nos reuniremos todos de nuevo".

Era un pensamiento ilusorio, este plan de ellos. Su éxito dependía de tantas variables, y cada una de ellas tenía que ir bien para que tuviera éxito. A pesar de los horrores de los últimos meses, Allen y Chris aún eran jóvenes e idealistas. No tenían idea de lo mal que saldría el plan.

En la violenta tormenta que siguió, los tres otros hombres fueron tiroteados en la espalda antes de que corrieran más allá de la tienda más externa al norte. Las chicas lograron escapar y se dirigieron hacia el oeste, directamente hacia la tormenta. Allen las vio desaparecer entre los árboles. Su escape fue exitoso. Nadie levantó la alarma hasta que uno de los guardias fue a buscar algo dulce a las tres de la mañana. Cuando se dio cuenta de que la cama de Erin estaba vacía excepto por una almohada colocada estratégicamente, despertó todo el campamento. Chris también había corrido hacia la noche sin incidentes, dirigiéndose al sureste hacia Tennessee. Allen había retrasado su partida hasta estar seguro de que nadie seguía a las chicas. Fue capturado al día siguiente mientras yacía envuelto en una manta empapada, habiendo desmayado debajo de un árbol caído, exhausto de correr.

El recuerdo del cuerpo de Jess debajo de él lo mantuvo enfocado cuando lo interrogaron. No dijo nada cuando sus puños le rompieron la nariz y le sacaron dos dientes. Pero había gritado, oh Dios, cómo había gritado, cuando el cuchillo de Cooper se cortó profundamente en sus tobillos, asegurándose de que nunca, nunca más pudiera escapar. O caminar realmente. Pero Allen sabía que su tiempo había terminado. Habían tirado los dados y mientras algunos habían ganado para jugar otro día, él era un hombre muerto. Dijo lo menos posible, apretando los dientes mientras Cooper lo cortaba, y finalmente gritando cuando el dolor se hizo demasiado. No les dijo nada, nada más de lo que ya sabían. Sabían que Jess, Erin, Allen y Chris habían venido todos del mismo pequeño pueblo. En su corazón, alimentaba la esperanza de que su escape era seguro ahora. Habían pasado tres días y no había noticias.

Cooper se inclinó cerca, empujó el cuchillo hasta el final y lo giró de un lado a otro en el vientre del desertor. Sonrió cuando los ojos de Allen se nublaron de agonía. Calculó que tenía unos veinte minutos, tal vez treinta, antes de que el pequeño gilipollas muriera. Tomó su tiempo, describió cómo se había acostado con las pequeñas putas, ambas, pero especialmente la pequeña rubia, de todas las maneras posibles, una y otra vez. Prometió al muchacho que lo haría de nuevo, cuando las encontrara, una y otra vez, hasta que ambas estuvieran muertas. Estaba enfadado y frustrado. Kipling se enfadaría cuando se enterara de que había apuñalado a este pequeño zorro, pero en ese momento no le importaba.

Allen sabía que estaba muriendo. Se sentía apartado de todo, ya que el dolor parecía desaparecer. Aún podía olerla. Ese dulce y fresco aroma cuando se había acostado contra ella en la Tienda 5 se quedó con él. Apreció ese recuerdo, lo mantuvo cerca e ignoró al hombre que estaba sobre él.

Cooper se enfadó porque el chico tardó casi 40 minutos en morir. Nunca había visto a nadie aguantar tanto tiempo. Pero lo que más le enfadó es que cuando el maldito tonto finalmente murió, estaba sonriendo.

Refugio en el Bosque

"*No sé qué pensaba. Supongo que era que, de alguna manera, Chris y Allen aparecerían mágicamente. A medida que caminábamos, hacíamos senderismo y cojeábamos en los días siguientes, los buscaba, seguro de que estarían justo detrás del próximo árbol. Cada crujido de un árbol, cada susurro de hojas, saltaba y miraba. En mi mente, solo había dos resultados: serían mi hermano y amigo, o serían soldados del campamento. En cierto modo, ese sentimiento me acompañó todo el camino a casa y me acompañó allí durante años. Si solo pudiera girar lo suficientemente rápido, ahí estarían".* **—Diario de Jess**

Un zumbido agudo en el oído de Jess la despertó sobresaltada. Su cuerpo ardía en algunos lugares y sus pies palpitaban. De nuevo, escuchó el zumbido en su oído. Era un mosquito, maldito temprano en la temporada y hambriento por la poca sangre que podía encontrar. Jess lo abofeteó y luego miró las numerosas rasguños en sus brazos y piernas. Qué noche había sido, habían estado demasiado ocupados huyendo por sus vidas para siquiera sentir sus heridas hasta ahora. Los ojos de Erin se abrieron, con las pupilas dilatadas por el miedo, su cuerpo tenso. Se sentó, desorientada y mirando alrededor de manera desesperada, "¿Qué? ¿Dónde?"

"Está bien, Erin, todo está bien. Es solo un mosquito que viene a terminarnos". Jess bromeó con su amiga y se alegró de verla sonreír débilmente en respuesta. Sentía tan bien tener a su mejor amiga en el mundo de nuevo. No había tenido pesadillas, y a pesar de sus moretones, rasguños y pies hinchados, se sentía como si ella y Erin fueran las dos personas más afortunadas del mundo en este momento. Y luego sus pensamientos se dirigieron a Allen y Chris. ¿Habían logrado escapar? Se imaginó una reunión, y luego los cuatro juntos partiendo y regresando a Belton. Escaneó los árboles y el miedo y la amargura volvieron a surgir dentro de ella, ¿cómo podrían encontrarlos si Jess no tenía idea de dónde estaban?

Fue en ese momento cuando su estómago rugió dolorosamente, haciendo saber su presencia y su vacío hambriento. Jess miró alrededor, nada más que árboles y más árboles y el ahora tranquilo arroyo goteante a sus pies. Su corazón se hundió. ¿Qué demonios podías comer en un bosque?

El sol se estaba ocultando, proyectando largas sombras a su alrededor. No llegarían muy lejos en la oscuridad, no sin luna, y Jess había planeado su escape teniendo en cuenta eso, y una conveniente tormenta eléctrica. Se volvió hacia Erin, que ahora estaba agachada junto al arroyo, metiendo sus largos dedos en el barro cerca de la base de una planta que crecía en las aguas poco profundas. Una extensión similar a una espadaña en la parte superior del tallo ondeaba en protesta mientras Erin tiraba de toda la planta, sacándola con las raíces. En unos meses, la lanza que ahora comenzaba a emerger se volvería de un marrón oscuro. Por ahora, era de un color cremoso, apenas amarillo, un nuevo crecimiento respondiendo a las temperaturas lentamente más cálidas.

Jess solo miró a su amiga boquiabierta y se preguntó si había enloquecido por completo. "Uh, Erin, ¿qué estás...?"

Erin se volvió y empujó toda la planta hacia Jess. "Límpiale todo el barro, ¿quieres? Tómate especialmente en cuenta para quitarlo de las raíces y el interior de la planta. Volveré".

Y sin más explicaciones, se fue, dirigiéndose lejos del arroyo, hacia un denso grupo de árboles. Unos minutos después regresó, con un bolsillo abultado y su camisa sostenida como un delantal delante de ella, con varias hojas y flores sobresaliendo.

"Vi algunos helechos, pero no brotes de violín; no puedo esperar hasta que podamos recogerlos". Erin miró a Jess, que estaba allí parada, con una expresión confundida, la espadaña goteando barro por sus brazos. "Todavía no has lavado eso. ¿Qué estás esperando? ¿No tienes hambre?" se rió de la expresión confundida de Jess, "Estás sosteniendo parte de nuestra cena allí, y yo tengo hambre". Le dio a su amiga un pequeño empujón, "Lávalo y te lo explicaré".

Si su amiga estaba perdiendo la mente, estaba actuando particularmente calmada mientras lo hacía. Jess obedeció, desconcertada por la idea de comer una vieja maleza mugrienta. Mientras frotaba el barro y esperaba hasta que el agua corriera limpia, Erin recordó acampadas con su familia a lo largo de los años.

"Recuerdas cómo era mi papá, siempre metido en esas cosas de supervivencia". Se rió mientras las lágrimas brillaban en sus ojos, "Solía poner alguna película tonta vieja, Red Dawn, y nos decía que prestaran atención porque así es como terminaría el mundo". Menos mal que no lo tomó en serio.

Terminó de lavar la espadaña y se quedó en silencio por un momento, reviviendo su pérdida antes de sacudirse la memoria y traer sus pensamientos de nuevo al presente.

"No podemos comer los brotes de violín hasta que salgan en unas dos semanas, y eso es una lástima. Son los mejores. Por lo general, los recogemos, los cocinamos y los cubrimos con Cheez Whiz, ¡delicioso!" Lavó el resto de las hojas y flores libres de cualquier insecto o barro adherido.

Jess no estaba tan segura de sus planes para la cena. "¿Estás segura de que esto no nos hará enfermar? Quiero decir, si fuera comida, ¿no lo comería todo el mundo?" Esto le valió una risa de Erin, que le entregó un puñado de algo que parecía hojas de trébol gigantes.

"Es silvestre, tonta, no como un cultivo que hay toneladas y toneladas. Come esto, es acedera, rica en vitamina C". Contuvo otra risa cuando Jess puso las hojas en su boca y mordió y hizo una mueca.

"¡Es agrio!"

"Sí, bueno, es bueno para ti, así que cómelo". Erin le entregó algunas otras hojas. "Y en realidad encontré un pequeño parche de diente de león".

"¡No voy a comer una vieja maleza!"

La sonrisa de Erin desapareció. "Si quieres sobrevivir, lo harás. Esto es comida, Jess, y es todo lo que tenemos. Recogí algunas bellotas, pero necesitamos asarlas, y no creo que debamos arriesgarnos a hacer fuego todavía. Necesitamos energía para seguir moviéndonos y salir de este bosque y alejarnos lo más posible de esos bastardos". Su rostro adoptó una mirada embrujada. "Nos sacaste de ese horrible lugar, ahora yo mantendré viva a nosotras. ¿De acuerdo?"

Jess asintió. Su amiga realmente parecía saber lo que hacía. De hecho, cuando lo pensó, tenía tanta hambre que no le importaba lo que fuera. "De acuerdo, Erin" y metió las hojas en su boca. No estaban mal. Le recordaban el sabor picante de la rúcula. Su estómago pareció rugir un poco menos, así que ya fuera "comida" o no, al menos una parte de ella no parecía saber la diferencia.

Más tarde, su mano se posó sobre un bulto en su bolsillo y sacó las tres galletas duras. Ayudaron a proporcionar algo de sustancia a las hojas verdes que habían comido, y ella y Erin se abalanzaron sobre ellas con gratitud.

Mientras comían, el sol se ocultó detrás de los árboles y la oscuridad cayó rápidamente. Las chicas terminaron su escasa comida y aprovecharon los últimos hilos de luz para lavar sus brazos, piernas y pies en el agua clara y fría.

Con la oscuridad envolviéndolas, se arremolinaron en su nido, se abrazaron y acercaron la manta. En cuestión de momentos, ambas estaban profundamente dormidas.

Soldado Corriendo

"*El coraje no es la ausencia de miedo, sino más bien el juicio de que algo es más importante que el miedo.*" —*Ambrose Redmoon*

Chris había corrido durante toda la noche, a través de la lluvia y el rayo. Seguía corriendo, dirigiéndose al sur. Calculó que había recorrido al menos diez millas. Se había mantenido en las carreteras y calculó que podría esconderse a tiempo si veía luces. Las carreteras habían estado vacías. Las señales de la Ruta VV habían cedido el paso a la Carretera U y Chris vio que todavía se dirigía al sur cuando el sol comenzó a despejar las nubes en el este. Hacía frío y su chaqueta seguía mojada, a pesar de que la lluvia había terminado hace horas. Sus pantalones también estaban mojados, pero el resto de él estaba seco y cálido por la carrera. Después de meses de ser trasladado de un lugar a otro, junto con todas las tareas de excavación de letrinas que le habían asignado, su cuerpo estaba en perfectas condiciones. Pero incluso él tenía sus límites. Era hora de detenerse, descansar y comer algo de la comida que había logrado esconder en los últimos días.

Un grupo de árboles a unos cientos de yardas de la carretera parecía prometedor. Chris podía ver varios abetos. Todos los árboles caducifolios aún estaban desnudos, pero podía crear un nido en la base de los abetos y estar fuera de vista. Se apartó de la carretera, evitó los parches de barro que podrían delatar su presencia y trepó por una sección doblada de la cerca de alambre. Podía ver una casa en la lejanía. Había humo que salía de la chimenea, así que estaba ocupada, pero con solo un uniforme del Frente Occidental, calculó que sus posibilidades de ser disparado eran mucho más probables que una oferta de comida. Tal vez después de dormir un poco y cuando estuviera más cerca del crepúsculo, reconsideraría sus opciones.

Movió las ramas inferiores del abeto más grande, cortando una o dos para hacer una cama de agujas de pino debajo de él como almohadón y para aliviar el frío y el suelo húmedo. Los últimos meses lo habían preparado para hacer con poco. Recordó las primeras semanas después de que las tropas habían invadido Belton. Desde el estrés y el miedo mientras eran conducidos al sur, hasta el suelo frío y duro en el que temblaba cada noche, casi había sido quebrado por el agotamiento puro. Eventualmente, había aprendido a dormir siempre que tenía la oportunidad, sin importar la hora del día, y en casi cualquier condición excepto un tiroteo. Sabía que serían diez minutos, como máximo, antes de quedar profundamente dormido. A su alrededor, los pájaros se estaban despertando y chillando entre sí. Se acercó más a su mochila, revisó doblemente que su pequeño nido estuviera bien escondido y cerró los ojos.

Se preguntó dónde estaban Jess y Erin. Dios, esperaba que hubieran escapado. ¿Estarían los soldados buscando a ellas? ¿Rastreándolas? Su familia nunca había sido lo que se llamaría religiosa; y sus padres nunca los habían llevado a la iglesia los domingos. Pero calculó que haría sus oraciones de todos modos. Cerró los ojos y pensó: "Por favor, Dios, que Jess y Erin hayan salido de allí". Teniendo en cuenta lo que habían escapado, necesitaban una intervención divina solo para sobrevivir y no ser recapturados. Mantuvo los ojos cerrados y pensó en todos ellos: él, Allen, Jess, Erin, todos ellos regresando a casa. Qué maravilloso sería. El día de ensueño lo atrajo y sucumbió al sueño.

Fue el perro quien lo despertó. Olfateó con cautela, moviendo la cola lentamente. El sol se estaba ocultando detrás de otra capa de nubes y podía escuchar un trueno en la distancia. Más lluvia en camino. Chris pensó que eso era bueno, mantendría los signos de su paso al mínimo. El perro que lo olfateaba era un mestizo, pero tenía un collar, así que... Oh no, este viejo mestizo era definitivamente un macho. Chris se preguntó si pertenecía a los ocupantes de la casa cercana. No había ladrado ni había dado su posición, hecho por el cual Chris estaba profundamente agradecido.

Un momento después, alguien llamó desde lejos, demasiado lejos para escuchar un nombre, y el perro se alejó. Chris permaneció allí, inmóvil, seguro de que llevaría a su dueño de vuelta a su escondite en cualquier momento. Los minutos pasaron y nadie vino y la oscuridad cayó temprano mientras la cubierta de nubes se movía y el trueno resonaba más fuerte.

Salió lentamente de su escondite cuando la última luz se desvaneció. La casa en la distancia parecía vieja, y esperaba que tuvieran una bodega de raíces o una casa de humo. Eran típicamente separadas de la propiedad y a menudo tenían comida almacenada en ellas. Este tarde en la primavera, no quedaría mucho, pero necesitaba algo además de las galletas duras que tenía en su mochila. Alguna parte de él se estremeció al pensar en robar. Eso era lo que era. Pero ¿qué haría después de que se terminaran las galletas? También necesitaba agua limpia y se preguntó si la lluvia había lavado las cosas lo suficiente para arriesgarse a beber de charcos. Aquel mañana no había visto arroyos a la vista.

El viento se había levantado y podía sentir algunos puntos húmedos restantes en sus pantalones. No importaría, si el trueno y las nubes negras en el horizonte eran alguna indicación, estaría empapado de nuevo en unas pocas horas. Caminó lentamente a través del pasto alto hasta llegar al borde de un gran campo de maíz. Solo quedaban restos de la cosecha del año pasado. Pronto estaría lleno de verde de nuevo. La plantación comenzaría en serio en menos de dos semanas.

Sus pensamientos se dirigieron al jardín de su familia en Belton. Para finales del invierno, su madre estaría ocupada dando instrucciones detalladas para el resto de la familia sobre dónde plantar y qué. Podía verla sentada en la mesa de la cocina, libros de jardinería esparcidos a su alrededor para referencia. Había numerado todos los maceteros elevados en el patio y los había marcado claramente. Cuando su padre terminaba de arar la tierra y quitar las malas hierbas, a Chris y Jess siempre se les encargaba plantar las semillas según los diagramas que su madre había dibujado con esmero durante los últimos meses. Sonrió al pensar en ello. Ella siempre murmuraba sobre la plantación compañera y la "rotación de cultivos" mientras marcaba, tachaba y ajustaba para nuevas plantas cada año.

Antes de encontrar a Allen, había mantenido la esperanza de que aún estuvieran vivos. Pero Allen no dijo nada cuando se le preguntó, solo miró el suelo y negó con la cabeza. Si Jess y Erin no habían logrado escapar... el estómago de Chris se revolvió al pensar en ello... entonces realmente no habría nada que regresar.

Perdido en sus pensamientos, había caminado todo el largo del campo y ahora estaba casi en la casa. Podía verla en destellos de relámpagos. Era vieja, como había esperado, probablemente de finales de 1800. Las ventanas del primer piso estaban cerradas con tablones, y parecía que uno de los edificios anexos había ardido. El trabajo de los soldados del Frente Occidental, sin duda. Podía ver una luz pálida de una de las ventanas superiores. Parpadeaba, así que tenía que ser una vela o una lámpara de aceite. Tal vez incluso una chimenea. Recordó haber visto humo saliendo de una chimenea aquella mañana. Peligroso hacerlo, pero probablemente los ocupantes estuvieran armados, y las tropas buscaban mejores presas en las ciudades o pueblos más grandes cuando era posible, razón por la cual quienes vivían allí habían sobrevivido tanto tiempo sin que su hogar fuera incendiado con ellos dentro.

Exploró cuidadosamente, esperando que el perro no ladrara, y encontró la bodega de raíces a unos pocos metros de la parte trasera de la casa. No estaba cerrada, y cuidadosamente levantó la puerta y se deslizó dentro. Estaba oscuro como una tumba y tropezó con los escalones de piedra desiguales y casi cayó, golpeando su espinilla con fuerza. Estaba seco, bien cuidado y solo un poco mohoso, a pesar de tener paredes de tierra. Metió la mano en su bolsillo, sacó un encendedor y lo sacudió. Estaba bajo, pero necesitaba algo de luz. La pequeña llama reveló una habitación sorprendentemente grande y varias estanterías aún estaban llenas de comida. Vio una variedad de productos en conserva y agarró la primera cosa verde que pudo encontrar. Judías verdes a juzgar por su aspecto. También metió en su bolsillo tres manzanas, un frasco de huevos encurtidos y dos papas. Su dedo comenzó a quemarse dolorosamente, y dejó caer el encendedor y perdió la luz durante unos segundos de pánico.

La lluvia había comenzado a golpear la puerta de madera de la bodega mientras redescubría el encendedor y echaba un último vistazo alrededor. En la estantería inferior había una fila de lo que parecía carne enlatada. Agarró una y la puso en su mochila, y se dirigió hacia la puerta. Era suficiente para durarle varias comidas y millas de caminata. La supervivencia era supervivencia, pero no le gustaba la idea de tomar de otros. Esperaba poder devolverles algún día.

Se contuvo de correr mientras se dirigía de regreso hacia la carretera. Era estúpido y peligroso correr en un terreno irregular. Como era, torció los tobillos dos veces en el camino de regreso a la carretera y empapó completamente uno de sus zapatos cuando resbaló en un charco.

Tan pronto como sus pies tocaron el asfalto, giró a la derecha y se dirigió al sur a un trote lento. Tenía millas por recorrer antes de sentirse seguro de dirigirse de nuevo al este y finalmente al norte hacia Belton y las chicas. De nuevo, oró por su escape. Después de una breve pausa para comer, Chris siguió la carretera, lejos de Belton, lejos del campamento, y hacia la tormenta.

Zapatos Rotos

"Sin Erin, Dios mío, no sé cómo habría sobrevivido. No importaba lo que pasara, sabíamos que teníamos al otro, y eso nos mantuvo adelante esos primeros meses. De alguna manera, saber que alguien más había pasado por eso, conocernos como lo habíamos hecho toda nuestra vida, de alguna manera nos dio a ambos el impulso para despertarnos cada mañana y probar. No puedes imaginar lo difícil que fue. Algunos días solo quería quedarme allí y no moverme, no comer, solo esconderme de mí misma y del mundo y evitar la vida. Todo lo que conocía me había sido arrebatado, excepto por Erin, oh Dios, Erin, cuánto te extraño. Incluso ahora, todos estos años después, creo que te extrañaré para siempre". **—Diario de Jess**

Jess se despertó con frío. Erin había logrado arrancar toda una manta y la mayor parte de la otra completamente de ella, y mientras Jess se despertaba en el frío amanecer, su estómago se retorció y vomitó. Tropezó con dificultad hacia el arroyo, que había disminuido a un ritmo tranquilo, y el contenido escaso de su estómago salpicó sobre las rocas. "¿Jessie? ¿Estás bien?" La voz somnolienta de Erin rompió a través de los vómitos retorcidos del estómago, "¿Estás bien?"

"Sí... sí... solo... espléndido", logró decir entre vómitos. Su estómago dejó de retorcerse terriblemente, y se puso de pie, mareada y todavía un poco nauseada. "He tenido esta maldita gripe estomacal durante las últimas dos semanas". Gimió mientras su estómago se retorcía de nuevo y no notó la mirada angosta y fruncida de Erin.

"¿Cuánto tiempo llevas enferma, Jess?" La voz de Erin estaba clara de cualquier somnolencia ahora. Sonaba asustada.

"Unos... ¡oh!" Jess se inclinó hacia el arroyo y vomitó de nuevo, "¡Oh, hombre, esto apesta! Um... llevo", se inclinó y vomitó, "unos tres semanas ahora. ¿Por qué?"

"¿Cuándo fue tu última regla?" Erin insistió.

Jess la miró de manera extraña. "No sé, un mes, tal vez dos".

"¿Exactamente cuándo?"

"¿Cómo diablos debería saberlo?"

"Bueno, ¿crees que es posible que...?"

El miedo se encendió dentro de ella. Las piezas cayeron en su lugar. Peor que el retorcerse de su estómago o lo mal que le dolían los pies. Solo el pensamiento de...

"¡NO! ¡Maldita sea! Te dije que tengo gripe estomacal. Jesús, Erin, deja ya de hacer veinte preguntas!" Jess casi gritó, su ser entero en caos. No podía estar embarazada, no de esa manera. Oh Dios, oh Dios, oh Dios. El pánico se elevó dentro de ella y se inclinó casi por la mitad y vomitó de nuevo. Nada más que bilis ahora. De manera furtiva, su mano alcanzó su vientre, buscando un bulto revelador. Nada.

Jess miró a Erin, que la estaba mirando de vuelta, con preocupación y miedo evidentes en sus ojos verdes. Que ambas supieran la verdad era obvio, pero Jess no estaba lista para aceptarlo y Erin no vio ningún punto en presionarlo.

Al final, sería evidente pronto, de una manera u otra. Un largo y incómodo silencio pasó entre ellas.

Erin finalmente lo rompió diciendo: "Intentaré encontrar algo de comida, ¿de acuerdo?" Echó un vistazo a su amiga, Jess estaba encorvada en una roca grande, mirando al arroyo burbujeante. "Incluso si necesitas esperar un poco para comerla, ya sabes, dejar que tu estómago se calme, será bueno tenerla a mano". Alcanzó y apretó el hombro de Jess y se fue en silencio, subiendo la colina hacia el oeste, buscando una buena pendiente al norte para encontrar algunas verduras frescas para que comieran.

Ayer había sido inusualmente cálido, lo que les había permitido dormir cómodamente con poca cobertura o refugio, pero hoy estaba en línea con los primeros días de primavera, frío por la mañana y temperaturas frescas. El frío persistente de la noche hacía que cada parte del cuerpo se sintiera rígida y cada moretón y corte se magnificara. Sus pies palpitaban de dolor, y Jess notó la multitud de palos y espinas envueltos en el barro seco que envolvía los calcetines gruesos. Necesitaban zapatos, mantas, comida y algún lugar donde pudieran esconderse con seguridad hasta que el campamento fuera atacado y las tropas se movieran más al sur hacia Arkansas. Tiró del barro en su calcetín y vio cómo piezas se desmenuzaban.

Intentó recordar cuándo había sido su última regla y no pudo. No era como si siempre hubieran sido regulares. No podía pensar en una desde, bueno, desde antes de que las hubieran tomado. Mierda. De nuevo, su mano alcanzó su vientre. Espera, no estaba plano, había un pequeño bulto, firme, no suave. ¡Mierda, mierda, mierda!

Y luego Jess se dio cuenta de que no importaba. Morirían aquí, en medio del bosque, y la cosa horrible moriría dentro de ella. Y eso era bueno. No era más que un parásito, un invasor, como los soldados. Casi sonrió de satisfacción al pensar en que moriría con ella. Pero se quedó allí, su trasero dolorido por el suelo, el cuerpo doliendo, sus pies moretones y hinchados ardiendo, y su sonrisa se volvió hacia abajo. Fue reemplazada por una mueca casi feroz. Sentía la ira acumularse dentro de ella. No estaba lista para morir. No del todo. Lo que fuera que mañana traería; ella iba a vivir, y a la mierda con todos ellos.

Una voz tranquila interrumpió sus pensamientos. "¿Jess? ¿Estás bien?" Erin había regresado mientras Jess estaba sentada allí, sumida en sus pensamientos. Jess pudo ver que su amiga tenía más de esa maldita acedera en sus manos que había sabido tan amarga, más otras cosas verdes que parecían igualmente poco apetitosas. Erin miró a Jess con preocupación y miedo.

"¿Eh? Oh, hey Erin. Sí", su cuerpo se relajó un poco, y la mueca desapareció de su rostro. Fue reemplazada por una sonrisa satisfecha. "Sabes, mejor debería aprender más sobre algunas de esas habilidades de supervivencia que aprendiste de tu familia. Y tenemos que encontrar zapatos para usar, estos calcetines no durarán mucho".

Antes de que Erin pudiera responder, continuó: "Y he estado pensando en esos lagos que pasamos con el campamento. ¿Sabes los que están al norte? Tendrían peces y podríamos encontrar un bote para ayudarnos a movernos y mantenernos fuera de la carretera. Si llegamos un poco más al norte, podríamos tener una fogata, tal vez atrapar y cocinar algo. Y sabes, he estado pensando..."

Erin rió y la abrazó. Lo que fuera que viniera, tenían al otro y el alivio de su nueva libertad se derramó sobre ambas chicas. Algunas de las plantas se escaparon de las manos de Erin. Jess estaba bien, ella estaba bien, y el resto se resolvería con el tiempo. Se dirigirían hacia el norte hacia los lagos. Era un plan.

Comieron las verduras que Erin había recogido, y trataron de tragar un poco más de las raíces tuberosas, pero sabían y olían como la mugre de la que habían sido arrancadas. Ambas chicas escupieron las raíces en lugar de perder la poca comida que tenían en sus estómagos. El aire se estaba calentando considerablemente, y el sol estaba subiendo constantemente en el cielo. Era hora de moverse.

Habían venido del este, y ahora se dirigían hacia el norte, siguiendo el arroyo a medida que crecía constantemente en ancho desde los pocos pies de ancho donde habían acampado hasta más de diez, incluso veinte pies de ancho, en algunos lugares. Recogieron plantas mientras caminaban, mordisqueándolas para mantener su hambre a raya. Había mucha cebolla silvestre. Creció por todas partes, y las chicas supusieron que era un favorito de los venados, ya que vieron huellas dondequiera que vieron cebolla y las partes superiores de la planta verde habían sido obviamente mordisqueadas.

El camino no era fácil, especialmente ya que sus pies moretones sentían cada roca, rama y zarza. No había marcadores de millas para decirles cuán lejos habían viajado ese día, pero la cantidad de maldiciones parecía aumentar constantemente a medida que el día avanzaba. Ya el sol comenzaba a hundirse en el cielo. No pasaría mucho tiempo hasta la puesta del sol, y Erin se detuvo por enésima vez para sacar un palo particularmente doloroso de su calcetín ahora desaliñado y lleno de agujeros.

Jess iba un poco delante de ella, tropezando a lo largo, exhausta y maldiciendo, "Árboles y bosques y maldita naturaleza. Lo que daría por..." Se detuvo y miró hacia adelante y a través del arroyo hacia el este. "Oh, Dios mío... Oh, Dios mío... ¡Erin! ¡Hay una casa allí!" Su voz cayó a un susurro agudo, asociando repentinamente una casa con personas, y el miedo de que pudiera estar ocupada.

No era realmente una casa, más bien una cabaña de caza. Las chicas pudieron verla claramente a medida que cruzaban el arroyo y atravesaban el agua helada, que empapó sus calcetines y adormeció sus piernas hasta las rodillas. Con los dientes castañeteando, se acercaron sigilosamente a través de los árboles, buscando señales de vida. Sus oídos se esforzaban por escuchar cualquier sonido, pero no había más que la vida silvestre.

Por una pendiente empinada, y hasta el porche delantero que crujía, les tomó un momento encontrar el coraje para superar el simple cerrojo de la puerta con algunos empujones bien colocados. El marco de la puerta se astilló, y las chicas miraron dentro de la cabaña de una habitación escasamente amueblada. Había una cocina en la pared oeste con una pequeña ventana que daba al arroyo, y una pequeña sección con cortinas en la esquina noroeste resultó ser un baño rudimentario. En la pared sur a su izquierda había una cama individual empotrada en la pared, armarios arriba y abajo, y una pequeña mesa y silla junto a ella. En la misma pared que la puerta había un sofá que había visto mejores días y una ventana con cortina arriba.

Todo estaba cubierto con una gruesa capa de polvo. Después de días de dormir en la dura y fría tierra, tanto Jess como Erin pensaron que habían muerto y habían ido al cielo.

Un poco de exploración fuera en la luz rápidamente desapareciendo aguas arriba reveló un grupo disperso de cabañas, la mayoría ocultas entre los árboles. El silencio era abrumador; ninguna de las otras cabañas parecía estar ocupada. Erin notó que la cabaña podría tener agua corriendo una vez que se bajara el tubo de conexión al arroyo. La fuerte pendiente del arroyo a la cabaña traía un sólido flujo de agua directamente hasta el fregadero. Por supuesto, no había electricidad, pero había una estufa de propano, una lámpara de aceite con una botella llena de aceite, un generoso suministro de propano y un tesoro de alimentos enlatados en los armarios. También encontraron dos cañas de pescar, un rifle .22 Rimfire y cuatro cajas de municiones. Erin cerró los ojos en silencio para agradecer ese hallazgo.

Para su deleite, también encontraron una gabardina forrada y cálida, mantas e incluso un par de zapatos. "Aquí, Jess, prueba estos. Definitivamente son demasiado pequeños para mí", Erin pasó los zapatos a su amiga. Los zapatos estaban hechos de lona y tenían varios agujeros. "Estos zapatos están casi desgastados", observó Jess, pero los probó de todos modos. "¡Hey, encajan!"

Erin sonrió. "Mejor que los calcetines, incluso si están llenos de agujeros. Entonces, ¿eso significa que me toca la cama esta noche?"

Jess solo asintió, le asomó el dedo gordo izquierdo por un agujero en el zapato y sonrió. Sacudieron las mantas afuera y usaron una toalla de cocina desgastada para quitar la mayor parte de la gruesa capa de polvo. A juzgar por las fechas de vencimiento en los alimentos y el grosor del polvo, quienquiera que fuera el propietario de esta cabaña no había estado allí en mucho tiempo.

No había nada que identificara a quién había estado en este lugar. Ambas chicas se preguntaron, ¿el propietario aún estaba vivo? ¿Por qué esta cabaña, tan remota como era, había sido abandonada?

Si esta cabaña pudiera hablar, le habría contado a las chicas sobre un escritor y crítico llamado M.G. Wood, quien había sido el propietario de la cabaña y doscientas cincuenta acres de tierra que se extendían al norte y al oeste. Wood había comprado la gran propiedad poco después del primer colapso inmobiliario real de 2008 y tenía grandes planes para ella. Había mucho espacio para un lodge principal y una sucesión de pequeñas cabañas simples, un retiro de escritura tranquilo y pacífico.

El anciano que había sido el propietario anterior de la propiedad había construido la serie de cabañas y las había alquilado durante los meses cálidos para cazar y pescar. Después de su muerte por cáncer en 2008, sus parientes distantes en Brooklyn, Nueva York, estaban más que felices de deshacerse de la propiedad por una fracción de lo que valía. Cualquier dinero, decidieron, era mejor que ningún dinero y un número inmundo de árboles y tierra. ¿La gente realmente vivía en el país de tránsito? ¿Por qué?

El estancamiento inmobiliario fue seguido por la Gran Recesión. A finales de 2012, la burbuja inmobiliaria se convirtió en un pozo sin fondo gigantesco a medida que los préstamos Alte y Option Arm subían a tasas más altas. Y mientras el nuevo propietario luchaba con sus propios problemas financieros, los sueños de retiros de artistas se desvanecieron y pasaron los años mientras la cabaña permanecía sola en el bosque, a quince millas de la carretera de dos carriles más cercana.

Esa noche, Jess y Erin festejaron con atún y una gran lata de hominy. Ignoraron las fechas de vencimiento. La mayoría de las latas mostraban fechas que eran un año o más pasadas, y la comida sabía bien a las chicas, cuyos paladares ya no eran tan exigentes. Después de todo, habían comido casi nada durante los últimos tres días. Bebieron agua hervida plana a la luz de la lámpara. Erin había insistido en encender la estufa y hervir toda el agua antes de beberla.

"Giardia, nos dará diarrea, entre otras cosas", explicó, "así que es una buena idea hervir el agua antes de beberla". Después de los pequeños bocados de plantas silvestres que habían comido durante los últimos dos días, y las raciones del ejército que habían estado comiendo durante meses antes de eso, su cena era casi demasiado rica para comer. La luz exterior se había desvanecido por completo mientras lamían los restos del jugo de atún de sus dedos, sentadas en el suelo con la lámpara baja entre ellas.

No pasó mucho tiempo antes de que la apagaran por completo, en parte por miedo de que alguien viera la luz, y en parte por la necesidad de conservar sus recursos. Y la noche las encontró arremolinadas juntas en la cama estrecha por calor y tranquilidad. Las chicas dormían, apenas moviéndose, cuando el viento se intensificó y la lluvia llegó.

Un Vuelo Interrumpido

"*La memoria es una forma de mantener lo que amas, lo que eres, lo que nunca quieres perder*".—**Kevin Arnold**

Estaba en casa. Dentro hacía frío, como si el calor del horno no pudiera contrarrestar el frescor de la mañana de primavera. Chris podía oler el pan horneándose, pero la casa estaba vacía, y nadie respondió cuando llamó. El único ruido era un camión que pasaba por fuera y las voces de hombres hablando en voz baja en la distancia. La habitación de Jess parecía como si hubiera saltado de la cama. La cama estaba sin hacer y había un par de calcetines sucios a un lado. Una nota en el suelo, escrita a mano por su madre, decía: "Querida Jess, por favor ve a la ciudad, lleva esa carga de manzanas y mira qué puedes conseguir de harina y azúcar". Al leerla, supo entonces que estaba soñando. Jess había ido a la tienda ese día, el último día que todos habían estado juntos como familia. El último día que alguno de ellos había estado libre.

Se dirigió a su habitación. Se veía exactamente como la había dejado y era mucho más desordenada que la de Jess. Ropa sucia, cama sin hacer, y sus pertenencias estaban esparcidas por todas partes, un laberinto de desorden en el suelo. De alguna manera, se sorprendió por ello.

"Era un desastre completo", murmuró Chris para sí mismo. Cerró la puerta y se dirigió a la habitación de sus padres. Estaba vacía. La cama estaba hecha y los pijamas de su madre estaban plegados con cuidado cerca de la almohada en su lado de la cama.

"Quizás todos están afuera", pensó y se dirigió de nuevo por la cocina para ir al patio trasero. El pan estaba horneándose en el horno y podía decir que casi era hora de sacarlo. A lo largo de los años, todos habían desarrollado un olfato para ello. La harina era escasa, así que comían cada pedazo que salía de ese horno. Si no querían pan quemado, era del interés de todos estar atentos (o con el olfato alerta).

Abrió la puerta corrediza de vidrio, y el sol cegó sus ojos. Tuvo poco tiempo para preguntarse cómo la mañana había pasado a la tarde y una bola ardiente que colgaba en el oeste. Los sueños no se rigen por estándares, no conocen leyes científicas o reglas de la física. Su mirada se dirigió a sus padres de pie allí, con los brazos levantados en el aire. Su padre parecía triste. Su madre estaba asustada y lloraba. Michael Aaronson hablaba suavemente: "Por favor, Chris, no dispares a tu madre. Dispara a mí". Chris miró hacia abajo y se dio cuenta de que el rifle en sus manos apuntaba directamente al pecho de Julie Aaronson.

"Estará bien, hijo. Sé que te dijeron que lo hicieras. Solo dispara a mí y deja ir a tu madre". Pero el rifle disparó un tiro y vio a su madre caer al suelo, con sangre manchando la parte delantera de su camisa. Su padre se apartó de Chris, su rostro lleno de pena, y se arrodilló junto al cuerpo de Julie Aaronson, con las manos en su pecho. Sus ojos estaban abiertos y fijos, y había una sola lágrima en su mejilla izquierda. El padre de Chris no parecía notar la sangre burbujeando sobre sus manos y empapando su ropa. Besó a su esposa y luego se volvió para mirar a su hijo: "Oh, hijo, ¿qué has hecho?"

Fue su grito lo que lo delató y trajo a los dos soldados a su escondite. El sueño se desvaneció y Chris abrió los ojos para ver la vista de la boca de un rifle y un pie con botas. Siguió la bota hacia arriba hasta una pierna, luego más arriba hasta el pecho y la barba rastrera y la sonrisa de dientes faltantes de Tim Easter. El bastardo parecía encantado de encontrarlo: "Hola, idiota, ¿a dónde creías que ibas?" Giró su rifle y lo golpeó con fuerza en la frente. Su cabeza rebotó una vez en el suelo y antes de desmayarse, escuchó a Easter y otro soldado riendo.

Dolor. Una gota lenta que se abrió camino desde su frente, por el lado izquierdo de su cabeza y cayendo lentamente, una gota a la vez, de su mejilla. Estaba oscuro fuera. Pero podía oler los frijoles y sentir un poco de calor del fuego de campamento. Chris intentó moverse y no pudo. No era sorpresa. Sus brazos y muñecas estaban atados detrás de él. Podía sentir la corteza áspera del árbol contra su espalda. Easter estaba casi gruñendo al otro soldado, a quien Chris no reconocía: "Mejor dame ese frasco, idiota", gruñó al otro hombre, "lo encontré y estaré jodido si vas a comerlo todo". Por lo visto, los dos soldados estaban a punto de pelear por el frasco de huevos encurtidos que habían encontrado en la mochila de Chris.

Tim Easter era un hombre pequeño, no más de cinco pies y seis pulgadas, si acaso. Era delgado, aunque recientemente había ganado un poco de peso después de que su reserva de metanfetaminas se hubiera agotado. Aún así, era flaco y olía mal.

No solo olor corporal, sino ese tipo de cosas en las que tus dientes se pudren en tu cabeza. Se acarició el funda que sostenía su cuchillo, tratando de decidir si valía la pena cortar al otro soldado para recuperar su parte de la comida. Chris intentó obtener una mejor vista del otro hombre, pero cuando movió su cabeza, el dolor lo atravesó y dejó escapar un pequeño gemido. Esto le valió la atención de ambos hombres. A través de la neblina del dolor, pudo ver que ambos estaban sonriendo con deleite sádico. No reconocía en absoluto al segundo soldado.

"¡Bien! ¡Nuestro pequeño fugitivo se está despertando!" Easter gritó, listo para hacer más daño. Se puso de pie, olvidando los huevos encurtidos, y desenvainó su cuchillo. "Sabes, el Teniente Cooper dijo que te trajera de vuelta, pero no dijo que tuviera que hacerlo todo en una pieza".

Chris le respondió con desprecio: "El Teniente Cooper es un psicópata, y tú solo eres su pequeño lacayo, Easter". Era estúpido intercambiar insultos cuando estaba en tal clara desventaja. El puño que le golpeó en la cara le aflojó un diente y le rompió la nariz.

El segundo golpe lo dejó inconsciente por segunda vez ese día.

Mientras recuperaba lentamente la conciencia, notó que el frasco de huevos encurtidos estaba vacío. Lo mismo ocurría con los frijoles. Su estómago se revolvió y su cabeza latió. Ahora también sangraba de un corte debajo de su ojo derecho, copiosamente de su nariz rota y el corte anterior en su frente. Chris se veía tan mal como se sentía su cabeza.

Escupió un pequeño glóbulo de sangre de su boca y enfocó sus ojos en sus dos captores. Easter se volvió hacia él, ansioso por golpearlo de nuevo.

No le gustaban las peleas justas porque nunca las ganaba. Esta ventaja era más su estilo. "¿Despertaste y listo para más, pequeño imbécil?" le gruñó. Cuando Chris no respondió, simplemente sonrió más: "Tu hermanita, ahora ella siempre estaba lista para más".

Chris intentó contener su respuesta, pero su pulso se aceleró y se enderezó. No era solo su sangre lo que lo hacía ver rojo. Easter sonrió hacia el otro soldado: "Burton, ¿alguna vez tuviste algo de ese dulce culo? La perra estaba en la segunda habitación a la izquierda, era buena follando".

Burton habló: "Oh, sí, dulce culo. Podías decir que le encantaba cada minuto. Lástima que Coop la matara". La furia de Chris hacia los dos había estado creciendo hasta convertirse en una frenesí hasta la última observación. Se enderezó contra los ataduras, inseguro de haber escuchado bien. Easter lo observaba de cerca y asintió.

"Sí, estranguló a esas estúpidas putas, ambas. Las alcanzó la misma noche de la tormenta y hizo que ambas pagaran por todo el problema que habían causado. Lástima también, sobre tu hermana, mierda; ella era buena para al menos unas pocas semanas más de follar".

Chris se lanzó contra sus ataduras y sintió que una de ellas cedía un poco. Escuchó un grito áspero de dolor y luego se dio cuenta de que había salido de su propia garganta. No Jess, oh Dios, no Jess. No debería haber escuchado a Allen, debería haber entrado allí, muerto luchando, cualquier cosa menos dejarlos escapar por su cuenta.

Gimió de dolor: "¡Estás mintiendo!" Si Jess estaba muerta, entonces estaba completamente solo, sin familia, sin nadie a quien regresar.

Mucho a la decepción de Easter y Burton, la noticia de que su hermanita bebé estaba muerta rápidamente convirtió la ira y la negación inicial de Chris en shock y falta de respuesta. Todos sus insultos fueron respondidos con silencio.

No se movió cuando lo patearon o lo golpearon y no dijo nada en absoluto.

Easter y Burton lo dejaron atado al árbol toda esa noche, y no se molestaron en ofrecerle comida o agua.

También se habían divertido mucho contando el destino de Allen Banks a Chris. No tenía idea de que Allen era la única verdad que le contaron esa noche. Todo lo que Chris sabía era que nadie que había escapado esa noche había llegado muy lejos. Él era el único que quedaba. Eventualmente, dejaron de hablar mierda y se aburrieron. Mientras el fuego se convertía en brasas anaranjadas profundas, los dos soldados se envolvieron en sus mantas y se durmieron. Eran indisciplinados, buenos solo para misiones simples como buscar y recuperar o asegurar comida y armas; no pensaron en turnarse para mantenerse despiertos y vigilar a su prisionero.

Mientras los dos soldados dormían, Chris trabajó en una sección de la cuerda, deslizándola hacia arriba y hacia abajo, hacia arriba y hacia abajo sobre la corteza áspera del árbol. Estaba cerca del amanecer cuando la cuerda finalmente se rompió. No corrió. Recuperó un cuchillo descartado de la cena en el suelo cerca del fuego de campamento. Luego, en silencio, arregló las ataduras para que parecieran intactas.

A Easter y Burton se les había encomendado traerlo de vuelta al campamento. Iban a regresar ese día. Si corría, lo perseguirían y probablemente traerían incluso más hombres con ellos. No podía arriesgarse.

Alguna parte oscura de él quería que estuvieran muertos, de todos modos. Esa parte oscura disfrutaba la idea de derramar su sangre y librar al mundo de su presencia repugnante y apestosa. Así que esperó, con los ojos cerrados en pequeños resquicios, hasta que Burton se despertó primero. El hombre se estiró, bostezó y se tambaleó hacia los bosques para orinar, pateando a Easter cuando pasaba junto a él.

Easter maldijo y se sentó, miró a Chris y decidió divertirse aún más. Tiró su manta, se puso de pie y se acercó con paso arrogante al árbol donde Chris se encorvaba y fingía dormir. Se bajó los pantalones y apuntó el chorro de orina directamente a la cabeza de Chris. Lo que sucedió después fue tan rápido, tan brutalmente final, que Easter ni siquiera tuvo tiempo de gritar. Mientras caía al suelo, sangre brotando de sus genitales y, un segundo después, de su cuello, solo parecía confundido. Murió así, en el suelo, su simple mente pequeña incapaz de entender cómo un hombre podía moverse tan rápido cuando estaba atado.

Unos minutos después, el cuerpo de Burton se unió al de Easter. Chris se quedó allí un momento, mirando hacia abajo los dos cuerpos inertes a sus pies y sintiendo nada más que una neblina roja de dolor por dentro y por fuera. Monstruos como estos habían matado a Jess. Monstruos como estos habían matado a sus padres, a sus amigos y a todos los que amaba. Arrastró sus cuerpos hacia el bosque más denso, tan lejos de la carretera como pudo arrastrarlos. Tiró ramas muertas, ramas de árboles y hojas sobre los cuerpos, regresó al campamento y apagó las últimas brasas humeantes. Con suerte, nadie encontraría los cuerpos o el campamento por mucho tiempo, tal vez nunca.

Enjuagó sus manos y su cara lo mejor que pudo en un pequeño arroyo cercano. Había recogido el revólver de Burton y otro cuchillo de Easter. Recogió toda la comida que quedaba, que no era mucho, y la metió en una mochila con una manta. La manta de Burton olía ligeramente menos repugnante que la de Easter, pero ambas eran cosas repugnantes y apestosas. Escogió el menor de los dos males, colgó la mochila en su hombro, metió el revólver en el bolsillo de su chaqueta y se dirigió al pequeño camión de pick-up que habían estado conduciendo.

Lo conduciría hasta que se quedara sin gasolina y luego lo abandonaría, estaba limitado a las carreteras y quería desaparecer. Eso significaba ir a pie y probablemente atravesar el país. Pero por ahora, quería alguna distancia entre los cuerpos y él. Si lo alcanzaban de nuevo, no se molestarían en intentar traerlo de vuelta. Después de lo que había hecho con los otros dos, lo dispararían a la vista y se disculparían con Cooper más tarde.

La aguja del tanque de gasolina mostraba que estaba medio lleno. Era buena suerte, la primera en días. Chris calculó que podría recorrer cien, tal vez incluso 150 millas con el camión antes de que se quedara sin combustible. Mientras manejaba el camión hacia la carretera, Chris echó una larga mirada hacia arriba por la carretera por la que había venido antes de girar y dirigirse al sur. El hogar ya no era hogar. Sin mamá o papá o Jess. El hogar se había ido, y también la vida que había conocido. No sabía a dónde terminaría, pero no podía volver, nunca más.

El camión de pick-up verde descolorido se dirigía al sur, completamente solo en la carretera, mientras la lluvia comenzaba de nuevo.

La Cabaña en el Bosque

"La cabaña que encontramos. Llegó en un momento en que creo que ambos estábamos listos para sentarnos y rendirnos. Teníamos hambre, estábamos exhaustas y cansadas de correr. Todavía puedo ver en mi mente la techumbre hundida y cubierta de musgo. En ese momento, y en los días que siguieron, no era menos que un paraíso. Era un lugar de tranquilidad y refugio. Nuestros cuerpos comenzaron a sanar lentamente; nuestros pesadillas y miedos se calmaron un poco. Y en cierto modo, nuestros corazones también comenzaron a sanar allí".—**Diario de Jess**

Jess comenzó su día estirándose y, al patear Erin en su sueño, cayó con un fuerte y doloroso golpe sobre el suelo de tablas de madera gastadas. "¡Ay!" Inhaló polvo y estornudó violentamente.

Erin se levantó de la cama al oír el ruido y se golpeó la cabeza contra una pequeña estantería en la pared de arriba. Polvo y libros cayeron sobre ella. "¡Ay! ¡Oh, mierda!"

Ambas chicas se miraron fijamente, Jess abrazando su cadera dolorida y Erin su cabeza lesionada, antes de comenzar a reír. Era gracioso, en un tipo de manera 'Tres Chiflados'. Se rieron, maldijeron cuando sus partes del cuerpo dolían aún más, y echaron un buen vistazo alrededor. La luz del día de las dos pequeñas ventanas era débil; afuera, la lluvia había continuado durante la noche. Era ahora la mañana, y no mostraba signos de detenerse. Hacía un suave zumbido contra el techo de la cabaña. Los árboles, que aún estaban desprovistos de hojas, se sacudían de un lado a otro con los fuertes vientos que hacían crujir las ventanas. Jess podía sentir las corrientes de aire cada vez que lo hacían. Era obvio que la cabaña estaba destinada solo para el uso de verano.

Sin una chimenea o aislamiento, apenas era habitable en las frías noches de primavera. Ciertamente no sería lo suficientemente cálido durante un duro invierno. Pero por el momento, era un refugio, y eso era exactamente lo que ambas chicas necesitaban.

Había una filtración considerable sobre el fregadero de la cocina y otra directamente sobre el inodoro. La que estaba sobre el inodoro había logrado empapar el suelo a su alrededor, y una pequeña corriente de agua se inclinó a través del suelo irregular y se acumuló en el centro de la cabaña cerca de la lámpara de aceite y los restos de su cena de la noche anterior.

Erin miró el inodoro mojado, frunció el ceño, "Maldita sea, realmente necesito irme".

Agarró un bol de los armarios cerca del fregadero y cerró la cortina detrás de ella y maldijo aún más cuando se dio cuenta de que no había papel higiénico y que el inodoro estaba completamente seco. Su brillante idea de atrapar las gotas con el bol no funcionó muy bien. El agua simplemente salpicó fuera del bol y la roció con pequeñas gotas, que se dispersaron en todas direcciones como una fina niebla. La dejó a un lado y dejó que el techo goteara sobre su cabeza, maldiciendo y riendo simultáneamente.

"Sabes, podríamos dejar la tapa abierta", gritó a Jess, "Está goteando justo sobre el inodoro. ¡Al menos así habrá agua en el bol!" Terminaron haciendo exactamente eso.

La pequeña estufa generaba un poco de calor, pero ambas chicas estaban preocupadas por hacer que durara, así que la apagaron tan pronto como el agua hirvió y se dividieron una lata grande de estofado entre ellas. Con el desayuno fuera del camino, y la lluvia aún cayendo a buen ritmo, tenían poco que podían hacer excepto explorar el interior de la cabaña. Erin no tenía zapatos para ir a jugar en la lluvia, y Jess no tenía ganas de explorar afuera por su cuenta.

Revisaron toda la comida, enlatada, seca y en polvo, y estimaron cuánta tenían. Tenían suerte, quienquiera que fuera el propietario de esta cabaña la había surtido muy bien. Con ambas comiendo tres comidas cada una, tenían alrededor de tres semanas de suministro de comida a mano, toda el agua que necesitaban gracias al arroyo, un rifle y municiones, la capacidad de pescar y un refugio relativamente seco. Por el momento, estaban más seguras de lo que habían estado en mucho tiempo. Jess tomó nota de las fechas en las etiquetas. Toda la comida había expirado en los últimos dieciocho meses, pero ninguna de las latas estaba abombada o dañada. Probablemente fuera seguro comerla y la cena de la noche anterior había sido comestible. Se preguntó qué había pasado con los propietarios de esta pequeña cabaña y por qué nunca habían regresado a ella.

"Erin, ¿sabes disparar, verdad?" Jess le preguntó a su amiga después de que terminaron de planificar sus comidas para el resto del día.

"Sí, más o menos", respondió Erin, "Tomé este curso de tiro con pistola cuando tenía trece años. Mi papá y Toby solían ir de caza mientras yo me quedaba en casa con mamá o venía a verte, así que no sé mucho sobre rifles". Sacó el rifle de su caja y comenzó a inspeccionarlo.

"No puede ser muy diferente. Veamos..." Erin comenzó a murmurar para sí misma. Encontró un manual desgarrado en la caja y comenzó a consultar de un lado a otro con él. Pronto estaba ocupada montando componentes y excavando en una de las cajas de municiones.

Mientras Erin se perdía en la tarea en cuestión, Jess se mantuvo ocupada guardando toda la comida y luego encendió la estufa. Hervió más agua para hacer chocolate caliente. El anhelo de un chocolate caliente y cremoso que recorriera su lengua era casi doloroso. El agua corría clara y fría desde la llave del fregadero. Era lenta y tenía muy poca presión. El hecho de que estuviera corriendo significaba que no tenía que salir a la lluvia por ella, y eso le parecía más que bien a ella.

La lluvia disminuyó y los brillantes rayos del sol se asomaron a través de las nubes. Cuando el agua llegó al punto de ebullición, Jess disolvió cuidadosamente el contenido de los sobres en dos tazas recién enjuagadas. Erin había desarmado, rearmado, cargado y ahora estaba mirando a través de las miras del rifle mientras lo apuntaba hacia una pared. "Lo tengo todo resuelto", anunció, y luego suspiró de placer cuando Jess le entregó una taza humeante. "Así que es bastante sencillo", pausó y tomó un sorbo cauteloso del chocolate caliente, "Oh, maldita sea, esto está bueno". Sus ojos se revolvieron y sonrió a Jess por encima del borde de su taza y luego notó el sol por primera vez. "¡Oye, la lluvia se ha detenido! Justo en el clavo, podemos salir y echar un vistazo alrededor, ¡quizás incluso hacer algo de práctica de tiro!"

"No disparamos esa cosa hasta que estemos seguros de que no hay nadie a kilómetros a la redonda", interrumpió Jess firmemente. "El sonido como ese se propaga, ya sabes". Erin pareció desinflarse. "Pero puedes mostrarme lo que estabas haciendo y, maldita sea, tal vez podamos intentar cazar algo si el área está despejada".

Las chicas saborearon cada gota de su chocolate caliente y luego Erin señaló y nombró cada parte del rifle, consultando el manual de vez en cuando mientras lo desarmaba y lo volvía a armar nuevamente para beneficio de Jess. Tomó el cuidado de mostrarle la seguridad y explicó cómo cargar el rifle y cómo apuntar, y luego dejó que Jess lo disparara en seco. Jess prestó una atención aguda. Si alguien se acercaba a ellas, ella pensó que los llenaría de agujeros y luego haría preguntas. En un momento, giró el arma, cruzando frente a Erin. Su amiga se agachó, agarró el rifle y gruñó: "Nunca apuntes un arma hacia nadie a menos que quieras matarlos".

Jess le lanzó una mirada de desdén a su amiga, "Erin, cálmate, ni siquiera está cargado".

Erin solo la miró fijamente y dijo, "Jess, siempre asume que un arma está cargada. Siempre trátala como si lo estuviera. De lo contrario, terminarás disparándote a ti misma o a alguien más. Mi papá conocía a alguien que había tenido armas durante años. Un día se equivocó, pensó que su arma estaba vacía, y se disparó en el pie. Papá siempre decía que su amigo tuvo suerte de que solo terminara con un agujero en el pie y no en la cabeza por ser tan estúpido. Así que lo digo en serio, trátala como si siempre estuviera cargada".

Jess se serenó y prometió ser más cuidadosa y se puso la gabardina. Erin agarró una manta para un poco de calor adicional y ambas salieron afuera. La temperatura ya estaba subiendo a medida que el cielo continuaba aclarándose, y considerando que el sol estaba casi en lo alto, también estaba cerca del mediodía. Ninguna de ellas tenía mucha hambre gracias al chocolate caliente, lo que les dio tiempo a las chicas para explorar sus alrededores.

Al oeste había un pequeño cobertizo, más bien una especie de refugio realmente, y estaba cerrado con un robusto candado que resistió sus esfuerzos por abrirlo. Lo dejaron para otro momento cuando pudieran encontrar alguna roca sólida o palanca para forzarlo y luego notaron los restos cubiertos de maleza de un camino. Por lo visto, ni siquiera se podía llamar camino, simplemente dos surcos tallados en la hierba y la maleza y ciertamente no utilizados en ningún momento reciente. Cerca del refugio había un pozo de fuego con dos enormes piedras situadas cerca, obviamente utilizadas como asientos. Las hojas verdes de la hierba crecían en medio del pozo, y parecía que un viejo nido de pájaro había caído en él desde los árboles de arriba.

A la vista, había árboles y maleza, lentamente pasando del marrón invernal muerto al verde en la frescura húmeda de la primavera. Ninguna de las otras cabañas tenía nada surtido dentro, solo muebles desnudos tan cubiertos de polvo como su cabaña había estado.

Ninguna de las chicas tenía interés en explorar demasiado lejos. Erin no tenía zapatos, y los pies de ambas chicas seguían doloridos y hinchados. Paraban a menudo y escuchaban cualquier sonido, cualquier cosa que indicara la presencia de otras personas, soldados o de otro tipo, pero todo lo que oían eran los pájaros, el viento y el agua corriendo en el arroyo. Estaban completamente solas.

Al final, pasaron seis semanas en la cabaña recuperándose, fortaleciéndose y mejorando sus habilidades de supervivencia. Jess descubrió que era una tiradora bastante decente, y Erin se volvió hábil en la pesca. Pudieron complementar y extender el suministro de comida en la cabaña con plantas silvestres frescas, y una buena cantidad de peces, ardillas, conejos y hasta el único pavo salvaje capturados frescos.

Al principio, la idea de preparar la caza que mataban era asquerosa y repelente. Jess encontró que estaba más nauseada que nunca y Erin tuvo que asumir toda la tarea de desollar y preparar la carne para que su amiga pudiera mantener la mayor parte de su comida ganada con esfuerzo. Ahora era obvio que Jess estaba embarazada, pero era algo de lo que ninguna de ellas hablaba.

No hablaban del Tienda 5 ni de sus familias o amigos, y raramente hablaban del futuro. Pero a medida que sus cuerpos sanaban, cayeron en un ritmo tranquilo de supervivencia, lo que ambas necesitaban, tiempo para sanar mental y físicamente.

Los días se alargaron y se caldearon. Era ahora mediados de mayo y el vientre de Jess estaba bien redondeado, bastante pronunciado debido a su delgadez, y sus pechos estaban llenos. Había comenzado a ayudar con el campo de preparación de sus presas después de que su náusea se alivió, pero ahora podía sentir que lo que estaba dentro de ella daba patadas. Dios, cómo lo odiaba, este parásito que la hacía sentirse enferma, le daba forma a su cuerpo en algo que era extraño y torpe, y traía recuerdos que deseaba ardientemente no volver a visitar. Cada vez que probaban algo nuevo, alguna planta silvestre o hongo que Erin le aseguraba que era seguro, Jess secretamente esperaba que la hiciera sentirse lo suficientemente enferma para que se soltara y desapareciera de ella. Así era como lo imaginaba también, simplemente disolviéndose una noche como una mala pesadilla. No le dijo nada a Erin de sus sentimientos sobre este asunto, aunque estaba consciente de que su amiga la miraba de vez en cuando, a punto de hablar del tema tabú. Ella apenas podía soportar pensar en ello. Mejor en cambio sobrevivir y tomar un día a la vez.

Habían logrado entrar en el pequeño refugio y encontraron que había servido como casa de humo en algún momento. El uso posterior parecía indicar que era un lugar para todo lo relacionado con la caza y el campamento. Un tesoro para las chicas que sabían que necesitarían mudarse pronto. Encontraron una gran lona, milagrosamente intacta a pesar de las obvias señales de ratas, un hacha, cuerda y un juego de cuchillos que Erin inmediatamente reclamó serían mucho más adecuados para limpiar la caza que los cuchillos surtidos en la cabaña.

Limpiaron todo del cobertizo de humo y decidieron encenderlo y ahumar algo. Esto resultó en algunos intentos hilarantes de ahumar y conservar la carne primero del pavo que mataron (una muestra lamentablemente escuálida) a más exitosas incursiones en conejos y ardillas ahumados. Erin se volvió tan buena en ello que Jess tuvo dificultades para mantener el suministro de caza fresca hasta que también comenzaron a ahumar los peces recién capturados.

Fue después de una cosecha particularmente grande del cobertizo de humo que se encontraron cenando los últimos de los frijoles verdes. La estufa de propano sería demasiado engorrosa para llevarla con ellos, y casi se les acababa el propano de todos modos, a pesar de su cuidadosa conservación, así que Erin no objetó cuando Jess la encendió y la usó para calentar no solo el agua, sino también la única lata de leche condensada endulzada.

"Es hora de movernos, ¿no?" Jess lo dijo en voz alta, aunque ya sabía la respuesta. Erin había estado en una racha de ahumar y conservar, y con los suministros disminuyendo, era hora de irse. Ambas sabían que no podían quedarse aquí para siempre.

"Tenemos un largo camino por recorrer", Erin dijo como respuesta, "Así que supongo que es hora de que empecemos". Realmente no había nada más que decir. Al día siguiente, empacaron todo lo que podían llevar cómodamente, montándolo en una longitud de lona entre dos robustos palos con correas de cuero forradas de pelo en cada extremo. Las correas se ajustaban sobre sus hombros, una chica al frente, la otra atrás para equilibrar la carga. El forro de pelo sería cálido en el clima caluroso, pero suave contra su piel.

Su suministro de carne y pescado secos duraría un tiempo, una semana o más, antes de necesitar más comida. Y así fue como comenzaron, ambas descalzas, sus pies endurecidos por caminar sin calcetines o zapatos durante muchas semanas. Jess se negó a tomar los zapatos desgastados, no era justo que Erin no tuviera nada y ella sí.

Despojaron la cabaña de casi cualquier cosa que pudieran usar y transportar razonablemente con ellos. Al irse, las chicas cerraron la puerta detrás de ellas, agradecidas en silencio al propietario desconocido que les había ayudado a sobrevivir. Los bosques se cerraron a su alrededor. Seguían los surcos en el camino cubierto de maleza y luego se volvieron hacia el arroyo. Era hora de ir a casa.

Bienvenido a Tennessee

"*El infierno eres tú mismo y la única redención es cuando una persona se pone a un lado para sentir profundamente por otra persona".* – **Tennessee Williams**

El oscuro y poco acogedor cañón de la escopeta fue lo primero en lo que enfocaron sus ojos. La voz fue lo segundo. "Bienvenido a Tennessee, muchacho. Ahora sal de aquí". El dueño de la voz era masculino, con un fuerte acento sureño. No sonaba particularmente acogedor, pero fue la escopeta la que hizo el punto con claridad cristalina. Chris estaba lastimado por todas partes y completamente desorientado. Por un momento, no podía recordar dónde estaba o cómo había terminado en el suelo, cubierto por una manta sucia. Parpadeó y trató de enfocarse en el hombre detrás del arma. El sol naciente brillaba detrás de él y todo lo que Chris podía distinguir era el contorno del hombre.

"Sé que puedes escucharme, muchacho. Así que es mejor que obedezcas lo que acabo de decir. Vuelve de donde viniste. Ahora. Antes de que otros menos amables que yo te encuentren".

¿Alguien que fuera menos amable que apuntarle con una escopeta y decirle que se fuera? Con una declaración como esa, Chris no tenía interés en conocer a nadie más. El anciano le arrancó la manta, exponiendo el uniforme debajo. "No nos gusta que el Oeste nos diga cómo debemos vivir. Además, he escuchado algunas cosas jodidamente perturbadoras que llegan en susurros en el viento. Tienes suerte de que no te dispare ahora mismo, muchacho".

Chris sacudió la cabeza. Mostró que sus manos estaban vacías de armas y trató de no mirar el cañón de la escopeta, porque lo estaba poniendo muy nervioso.

"Señor, fui reclutado. Tomaron nuestra ciudad, la quemaron hasta los cimientos y mataron a la mayoría de nosotros. Escapé y probablemente me estén buscando en este momento". Trató de mirar a los ojos del hombre, pero el sol era tan maldito brillante. "Tengo un tobillo roto y no tengo un arma en absoluto; la perdí cuando casi me ahogo en este maldito pantano".

Como si estuviera de acuerdo, el tobillo roto comenzó a latir sin piedad. Había cojeando casi una milla con él, prácticamente gritando de dolor cada vez que tenía que poner presión sobre él. Los huesos dentro se habían fregado entre sí de una manera que le habría hecho estremecer la piel si no estuviera ocupado tratando de no desmayarse.

"Lago".

"¿Qué?"

"Es un lago, muchacho. Lago Reelfoot. Formado cuando el Nuevo Madrid se volvió loco hace unos 200 años. ¿No prestas atención a tu historia, muchacho?"

Chris pensó que no era su historia, no era de Tennessee. En cambio, simplemente respondió: "Uh, no lo creo, señor".

El hombre solo soltó un gruñido y se quedó allí, sin moverse, solo mirando. Chris se movió incómodo, y los huesos se fregaron juntos. Se apretó los dientes, abortando un grito de agonía. Trató de sentarse pero fue empujado al suelo por el oscuro hocico de la escopeta. Manos ásperas revisaron sus bolsillos, encontraron el cargador de munición adicional que no había logrado perder y le quitaron su cuchillo también. Una vez hecho esto, el extraño le tendió la mano a Chris y lentamente lo ayudó a sentarse.

"Déjame ver ese tobillo, muchacho". Chris pudo ver que el hombre era viejo, tal vez setenta años, su cabello era blanco de principio a fin. "Fui médico hace mucho tiempo, pero no he olvidado todo, solo los nombres de mis nietas ocasionalmente, y generalmente me las perdonan por eso". Le quitó la bota a Chris, lo que sí le valió un grito de dolor. Chris estaba desesperadamente tratando de aclarar las manchas negras frente a su visión mientras el anciano pasaba sus manos ásperas suavemente sobre el tobillo hinchado. "Sí, eso está roto y seguro, eso es". Miró pensativamente a Chris, lo miró de arriba abajo y de abajo arriba.

"Bien, esto es lo que voy a hacer. Voy a sacarte del aire libre", señaló un grupo de árboles a unos 100 pies de distancia. "Y voy a regresar y traer a mis chicas aquí para ayudarte a llegar a nuestra casa. No hay manera de que puedas caminar tan lejos y no hay manera de que un viejo cascarrabias como yo vaya a cargar a un joven fuerte como tú sobre mi hombro".

Con eso, ayudó a Chris a ponerse de pie y envolvió el brazo del muchacho sobre sus hombros. Cien pies se sintieron como cien millas. El hinchazón y el latido de su tobillo roto lo hicieron llorar de dolor para cuando llegaron al borde de los árboles.

El anciano lo acomodó lentamente contra un árbol. La visión de Chris se oscureció y su cabeza se mareó. "No hagas ningún ruido allí, muchacho, ni un susurro. Como dije, hay otros que no te darán el tiempo del día, solo te dispararán cuando vean esos colores. Traeré una camisa y unos pantalones para que te pongas. Volveré en dos golpes". Chris apenas registró la partida del hombre a través de la neblina del dolor. Eventualmente, se relajó lo suficiente como para dormitar ligeramente. Fue un respiro bienvenido del fuego pulsante que consumía su pie.

El murmullo de voces lo devolvió a la conciencia. Dos chicas adolescentes caminaban con el anciano. El anciano había intercambiado su escopeta por dos largos palos y una mochila. Ambas chicas estaban armadas; sus flacas caderas se hinchaban, cada una llevaba un pequeño revólver en un lado y un cuchillo de caza afilado y largo en el otro. Parecían escépticas abiertamente cuando echaron su primer vistazo a Chris.

La mayor, tenía que estar cerca de la edad de Jess, miró su ropa: "Abuelo, dijiste que estaba herido, no mencionaste que era el enemigo".

"No es el enemigo, niña".

"Pero lleva un uniforme del Frente Occidental".

El anciano parecía irritado: "Y él ha explicado por qué, así que es mejor que no te preocupes". Asintió hacia Chris. "Muchacho, te traje ropa de cambio. Tú quítate eso que tienes puesto y déjanos llevarlo a un lugar donde nadie más vaya a buscar. La gente por aquí preferiría dispararte si ven esos colores. Después de que estés bien y muerto, podrían pensar en hacer preguntas. Así que quítate eso y ponte estos". Le lanzó la mochila y Chris la atrapó. Se quitó la camisa rápidamente y luego se sintió claramente incómodo.

La chica más alta hizo un ademán con los ojos: "Oh, por el amor de Dios, no es nada que no hayamos visto antes".

"¡Carrie Lynn Perdue!" Su abuelo gruñó, "¡No uses el nombre del Señor en vano!"

Ella fue instantáneamente sumisa: "Sí, abuelo, lo siento". Su abuelo harrumphó y les hizo señas a ambas chicas para que se dieran la vuelta mientras Chris se quitaba los pantalones. Ambas hicieron ademanes con los ojos y se sonrieron traviesamente mientras se daban la espalda.

Le tomó un buen tiempo maniobrar con su tobillo hinchado, que había duplicado su tamaño desde la noche anterior. Para cuando se puso los pantalones y abotonó su camisa, su cabeza estaba mareada y se sentía enfermo. Cerró los ojos y le ordenó a su estómago que se calmara. Fue sorprendido por la suave y cálida mano que gentilmente tocó su frente.

Ambas chicas eran altas, delgadas y tenían cabello largo y rubio. La más alta, a quien el anciano llamaba Carrie, tenía ojos esmeralda y su hermana menor tenía esos medios azules, medios marrones, medios algo más que la gente suele llamar avellana. En este momento, un par de los ojos verdes más increíbles estaban mirando a los suyos y mostrando preocupación. "Abuelo, también tiene fiebre".

"No me sorprende. Vamos a ponerlo en la camilla y llevarlo a la casa. Liza, tú toma esto y quémalo en los pozos. Asegúrate de que nadie vea y asegúrate de que se queme hasta nada. Luego date prisa de regreso a la casa, ¿entiendes?"

"Sí, señor", la niña chilló y desapareció en el bosque con el paquete de ropa.

Chris se puso de pie lentamente, con Carrie a un lado y el anciano al otro. Lo ayudaron a saltar hasta la camilla, una robusta pieza de lienzo unida a los dos palos, y lo acostaron en ella.

"Podría intentar caminar", dijo Chris, su voz sonó vergonzosamente débil a sus propios oídos. Carrie resopló, se agachó en un extremo y agarró los palos.

"Uno, dos y tres!" Carrie y su abuelo lo levantaron en el aire y comenzaron a caminar con firmeza.

No pasó mucho tiempo antes de que estuvieran jadeando y sofocándose por el esfuerzo. Tomó varias caminatas y luego descansos antes de llegar a su destino. Lo que Chris podía ver de él desde su vista limitada era una granja de tamaño decente y varios edificios anexos. Varias árboles en la periferia de la propiedad habían sido derribados recientemente y Chris notó que la vista desde la casa estaba clara en todas direcciones. Era una propiedad bien situada y defensiva. Cualquiera que intentara tomar la casa no tendría cobertura durante unos 100 yardas en cualquier dirección. A menos que fueras suicida o tuvieras un verdadero deseo de problemas, sería aconsejable encontrar un objetivo mejor.

Liza los alcanzó, apareciendo a la derecha de Chris y agarrando la mitad del lado de la camilla de su abuelo. "No le pusiste venda en los ojos, abuelo. Deberías haberlo hecho".

La respiración del anciano era forzada. "Cuando necesite tu opinión, niña, te diré cuál es. Déjame preocuparme por este tipo. ¿Quemaste esas ropas hasta convertirlas en cenizas?"

"Uh... sí, señor". Tropezó con una roca y se tambaleó hacia la izquierda, y los tres tropezaron y casi lo dejaron caer. El tobillo izquierdo dañado de Chris golpeó fuerte contra el derecho sin daños y se desmayó.

Plaidas y Molduras

"Otras cosas pueden cambiarnos, pero comenzamos y terminamos con la familia". *—***Anthony Brandt**

Chris abrió los ojos y frunció el ceño. El ciervo que estaba sobre él seguía inmóvil. No se movía, no parpadeaba, y ni siquiera parecía respirar. Le tomó varios momentos darse cuenta de que era solo una cabeza, un trofeo de caza, montado en la pared.

Los últimos días habían sido un borrón de dolor. Ciertamente recordaba que le habían puesto el tobillo. Deseaba no recordar eso. Recordaba claramente maldecir y gritar, lo cual seguramente había sido ofensivo para el anciano y su grito había sido vergonzosamente afeminado. La chica bonita con los ojos verdes seguramente debió haber quedado muy impresionada con eso.

Después de eso vinieron olas de calor, luego frío, y el dolor del tobillo dañado, todo en sucesión, mientras luchaban contra la fiebre que lo había afligido. Su caída en el pantano, la exposición al frío y la humedad, así como el estrés de la fuga y la falta de comida durante días, habían abierto la puerta a un fuerte resfriado, completo con tos que lo sacudía, que luego se convirtió en neumonía. Hoy era su primer día lúcido en lo que parecía una eternidad.

Tomó un momento para mirar alrededor de la habitación. Paredes con molduras cubiertas de trofeos de pieles o fotos de cazadores. Estaba acostado en un sofá gastado y abollado con una manta hecha a mano que lo cubría cómodamente.

Podía ver que estaba hecha de franelas a cuadros, probablemente camisas viejas descartadas. Su estómago rugió fuertemente. ¿Cuánto tiempo había pasado desde la última vez que había comido? Recordaba vagamente a los Ojos Verdes, ¿cuál era su nombre?, alimentándolo con caldo con una cuchara. ¿Cuándo había sido eso? ¿La noche anterior?

Una cara juvenil y animada apareció en su campo de visión. Ojos avellana y nariz de hada, y maldita sea, tampoco podía recordar el nombre de esta.

"¡Estás despierto!" Ella le sonrió y luego se dio la vuelta y gritó sobre su hombro, "¡Oye Carrie, dile a Abuelo que está despierto!"

Fue Abuelo quien respondió, "Deja de chillar, niña, estoy aquí mismo". Desde su posición en el sofá, Chris podía ver que este salón daba a un pasillo corto y una cocina más allá. El anciano dejó el canasto de huevos que acababa de traer de afuera y entró lentamente en la habitación. "Entonces, ¿finalmente estás lúcido, muchacho? Has estado cerca de la muerte durante seis días".

¡Seis días! Seis días que apenas podía recordar. Su cerebro todavía estaba borroso por el sueño mientras intentaba calcular cuán lejos había llegado y cuánto tiempo había tomado. ¿Semanas? ¿Meses? Más tarde, haría un mapa y descubriría que había viajado casi trescientas millas. Simplemente seguía adelante, seguía corriendo. No tenía sentido, no entonces, y ciertamente no ahora. ¿Quién demonios corría hacia Tennessee, de todos modos? Y sin embargo, aquí estaba.

El anciano estaba allí, esperando a que Chris abriera la boca y dijera algo, cualquier cosa, "Gracias, señor, por no dispararme". ¿Qué más podía decir?

El anciano rió. Rió hasta que se ahogó y luego se dobló para recuperarse. Agarró el hombro de Chris para apoyarse y logró decir entre jadeos. "Muchacho, eres algo, de verdad lo eres. Has estado hablando durante días sobre Jess y Erin y Allen y creo que sé más sobre ti de lo que tú mismo sabes". Tomó la mano de Chris y la estrechó firmemente. "Soy Fenton Perdue, por cierto. Y me gustaría pensar que tomé la decisión correcta al salvar tu desgraciado trasero. Pero me gustaría mucho escuchar cómo un chico de Misuri terminó en este rincón del bosque, seguro y cómo lo haría".

La chica mayor, Carrie, había entrado en la habitación. A sus talones estaba un niño pequeño, tal vez cinco años, tal vez más joven. Su cabello era rubio y tenía los mismos ojos esmeralda. Carrie no parecía lo suficientemente mayor como para ser su madre, pero se apoyaba contra ella, sus ojos clavados en Chris. Fenton siguió la mirada de Chris, "Ese es mi nieto, Joseph, y por supuesto ya conociste a Liza y Carrie. Lo recuerdas, ¿verdad?"

"Sí, señor, lo recuerdo". Su estómago rugió fuertemente, y Liza se rió.

"Bueno, maldita sea, olvidé mis modales". Fenton parecía avergonzado. "Necesitas comer. No has tenido nada más que caldo durante días". Hizo señas a las chicas, "Ayúdenlo a entrar en la sala de estar y prepararemos un desayuno".

Chris se sentó lentamente, asombrado de lo débil que se sentía. Tan pronto como lo hizo, otra parte de su cuerpo se hizo sentir. Maldita sea, pero necesitaba orinar.

"Yo, eh, creo que puedo hacerlo solo", dijo mientras las chicas intentaban tomar sus brazos y levantarlo. "Yo, eh, ¿podría, eh, usar los servicios?" Liza se reía, y Carrie solo hizo un ademán con los ojos a su hermana. Le sonrió, una sonrisa agradable, y lo sostuvo firmemente mientras se levantaba lentamente.

Una ola de vértigo lo envolvió y manchas negras aparecieron frente a sus ojos. A medida que su visión se aclaraba, se dio cuenta de que estaba apoyado fuertemente contra la chica. Su cabeza se había posado contra la suya y ella estaba desesperadamente tratando de soportar su peso. Su cabello olía a humo de madera y salvia. Nunca había estado cerca de una mujer que olía tan maravillosamente. Ningún perfume en el mundo podría compararse.

Cerró los ojos y olfateó de nuevo. "Um..." El tono incómodo en la voz de Carrie lo sacó de su ensimismamiento, al igual que la urgencia ahora gritona de orinar. Murmuró una disculpa y recuperó algo de su peso, luchando contra el vértigo y la aguda protesta de su tobillo dañado y permitió que ella lo guiara por un pasillo oscuro al baño. Había un balde de agua dentro, sentado junto al inodoro. "Perdimos la presión del agua hace unos meses, así que solo haz lo que necesites y luego entraré y lo enjuagaré con el balde. ¿De acuerdo?"

"Sí, está bien. Gracias, Carrie". Ella desapareció de la puerta abierta. El baño era muy tenue. No tenía ventanas exteriores, y la luz que había provenía de un dormitorio fuera del pasillo. El anciano había mencionado el desayuno, así que debía ser de mañana. Se bajó los pantalones y se sentó en el inodoro, demasiado exhausto para estar de pie, y cerró los ojos con alivio. Unos momentos después, ella entró mientras él estaba luchando con el balde mientras intentaba mantener el equilibrio sobre una pierna.

"Dije que lo haría".

"Lo sé. Yo solo..." su voz se desvaneció. Apenas podía estar de pie, apenas podía caminar, se sentía tan débil como un gatito y todo lo que quería hacer era oler su cabello de nuevo. Ella simplemente olía, tan... su visión se nubló de nuevo. Necesitaba comida, y realmente necesitaba sentarse de nuevo.

"¡Liza! ¡Abuelo! ¡Ayuda!" podía escuchar la voz de Carrie llamando desde lejos y despertó con un sobresalto cuando se estrelló contra el suelo, golpeando su tobillo roto fuertemente contra el gabinete del baño. Manos lo agarraron por todos lados, lo halando y empujando para ponerlo de pie. Se tambaleaban torpemente de regreso por el pasillo con Carrie dirigiendo, "No, Abuelo, no de vuelta al salón. Vamos a llevarlo a la sala de estar. Podemos apoyarlo y alimentarlo más fácilmente allí".

Poco después, estaba acomodado en lo que estaba seguro era la silla reclinable más cómoda en la que había tenido el lujo de sentarse. "No veo por qué tiene que sentarse en mi silla", gimió Fenton.

"Será más fácil montar una mesa para él aquí".

"¡Pero está en mi silla!"

"Oh, Abuelo, sobrevivirás". Y con eso, Carrie entró en la cocina y comenzó a romper huevos y a encender el horno para calentar. "Estoy haciendo galletas y salsa con huevos de lado". Anunció, sus manos ocupadas, "Joseph, ve a buscarnos un tarro de duraznos y sirve un poco para... para..." "Ni siquiera sabemos su nombre".

"Es Chris. Chris Aaronson". Se enamoró en ese siguiente momento. El momento en que la chica se volvió y le sonrió. Sus dientes eran perfectos y su sonrisa lo deslumbró. "Hola Chris", se volvió a su hermano, "Trae un poco de esos duraznos en una taza para Chris, Joseph. Y deja de mirarle, no muerde".

El pequeño niño llenó el tazón y Chris atacó la comida ofrecida, temblando débilmente mientras intentaba contenerse de inhalar los duraznos. Los huevos reemplazaron a los duraznos junto con una taza de café negro humeante. Después siguieron las galletas y la salsa y Chris comió todo lo que le pusieron delante. Incluso pasó un dedo por el plato para atrapar los últimos trozos de salsa y migas.

Miró hacia arriba para ver a toda la familia observándolo. El anciano estaba sonriendo. El pequeño Joseph lo estaba mirando; nunca había visto a nadie comer tanto y tan rápido. Y las chicas parecían complacidas, especialmente Carrie, cuando se lamió el dedo limpio de salsa y le agradeció.

"Ahora, muchacho", dijo Fenton.

"Su nombre es Chris", interrumpió Liza.

"¡Sé cuál es el nombre del muchacho, niña!" Fenton gruñó, "Ahora, muchacho... quiero decir, Chris", hizo un ademán con los ojos a Liza, "Nos gustaría mucho escuchar cómo terminaste en Tennessee".

Chris comenzó desde el principio y les contó cómo el Frente Occidental había invadido Belton, disparando a cualquiera que se resistiera, quemando casas, tomando a los jóvenes y capaces. Explicó cómo su hermana y dos de sus amigos también habían sido retenidos en el campamento, cómo habían planeado una fuga. Les contó que había corrido al sureste del campamento por más de veinte millas y pensó que había escapado con éxito y planeaba girar hacia el norte y rodear Springfield y dirigirse de regreso a Belton cuando dos soldados lo habían atrapado, lo habían golpeado y lo habían atado.

"Descubrí que mi hermana y todos los que habían escapado esa noche ya habían sido capturados y que yo era el último que quedaba. Dijeron que Cooper estaba a cargo ahora y que él había... él había..." Se quebró entonces, incapaz de repetir las terribles y asesinas cosas que los hombres habían reportado que Cooper había hecho a Jess antes de matarla, a Erin y al resto.

"Todos los que conozco están muertos. Mis padres, mi hermana, mis amigos". Sus ojos eran agujeros oscuros de dolor. "Planeaban llevarme de regreso al campamento, pero logré matar a ambos. Si no lo hubiera hecho, nunca habrían dejado de cazarme". Los miró entonces. Las chicas tenían lágrimas en los ojos. "Después de eso tomé el camión, lo conduje hasta que se quedó sin gasolina y luego comencé a caminar. No sé qué esperaba encontrar, o hacia dónde planeaba ir. Simplemente... no podía quedarme allí. Y seguí caminando hasta que caí en ese pantano y perdí mi arma".

"Lago", corrigió Fenton.

"¿Eh? Oh, sí, correcto. Lago. Y fue entonces cuando me encontraste".

Carrie preguntó suavemente, "¿Y adónde irías una vez que estés curado?"

Chris trató de imaginar lo que traería mañana y simplemente encogió los hombros. "No tengo ningún lugar en particular al que ir. Mi familia se ha ido. No quiero luchar en otro ejército, especialmente no en uno que mató a todos los que amé. Yo solo..." su voz se desvaneció. Realmente no había pensado en lo que quería hacer o adónde iría.

Simplemente había seguido caminando y tratado de no pensar en nada más que en comida, refugio y supervivencia básica. Una ola de cansancio lo golpeó entonces. El moverse por primera vez en días, la gran cantidad de comida que acababa de comer, todo lo golpeó a la vez y se encogió.

"Muchacho, estás agotado. Cierra los ojos y descansa. Hablamos más tarde". Mientras Chris cerraba los ojos con gratitud, el anciano suspiró y sacudió la cabeza, "Y, por supuesto, está en mi silla".

Lo último que escuchó Chris antes de sucumbir al sueño fue a Carrie, “Oh, Abuelo, sobrevivirás”.

Un Buen Ajuste

"A*nhelo, como todo ser humano, estar en casa donde quiera que me encuentre".*—**Maya Angelou**

Chris arrancó las malas hierbas de los bancales elevados del huerto de la cocina y las arrojó hacia el recinto donde las gallinas graznaban y se disputaban posiciones. Se inclinaban por los trozos más grandes, picoteaban y discutían por las piezas más selectas. Le recordó dolorosamente a casa. Jess había hecho esto por mamá en el huerto familiar de Belton.

Podrían haber tenido una parcela de tierra más pequeña, no una granja completa con estanque y campos, pero las gallinas son prácticamente lo mismo dondequiera que vayas. Cerró los ojos, recordó su voz mientras hablaba con las gallinas, su cabello rubio ondulado atado en una cola de caballo y las gallinas graznaban de vuelta, moviendo sus cabezas al ritmo mientras ella hablaba. No sabía lo que les decía, pero el sonido de su voz, y el recuerdo de ella ahora, era agridulce.

El sol apenas había salido, la casa detrás de él estaba tranquila, y disfrutó de este momento de soledad. Sería otro día abrasador. Ya hacía un calor incómodo y húmedo. Su tobillo todavía daba calambres, pero había sido puesto recto y esperaba que sanara completamente, con el tiempo. Había bajado las escaleras traseras demasiado rápido, y le había dado un doloroso aviso hasta que se había calmado. No tenía lejos que ir. Los bancales elevados estaban, después de todo, justo al lado de la cocina. Aquí, las hojas enrolladas de lechuga brotaban en un dramático espectáculo de verdes y rojos. Las judías de bambú y las judías verdes crecían bien y había espacio para más en un bancal medio utilizado. El suelo era rico y suelto, bien compostado.

Pensó en su madre, Julie, metiendo sus manos profundamente en el suelo. Ella sonreía y cavaba, deshierba, plantaba y hablaba de los jardines durante horas. ¡Cuánto había amado sus jardines! El recuerdo de su cara sonriente le dolía profundamente. Se imaginó los últimos momentos de sus padres, mientras intentaban desesperadamente detener a los soldados enemigos de abandonar a un grupo de niños pequeños en la carretera a tantas millas de casa. Era justo como ella hablar, intentar detener tal cosa de suceder, y para papá estar a su lado sin importar el costo personal.

Había sacado los detalles de Allen. Había sido difícil de escuchar, pero aún más difícil no saberlo. Su amigo había parecido poseído mientras contaba el final de los Aaronson. Como si pensara que Chris lo responsabilizaría de alguna manera o lo culparía por no intervenir. Si solo no hubiera hecho ese paseo y se hubiera visto atrapado en la primera oleada, habría estado con ellos cuando todo se derrumbó. Chris no culpaba a Allen, en absoluto. En cambio, se culpaba a sí mismo. No había estado allí cuando más lo necesitaban. Y habían muerto allí, a millas de casa, solos. Merecían algo mejor que eso.

Se sentó en el borde de un bancal elevado y miró la vegetación. En todas partes había verde y vida creciendo. Las judías serpenteaban su camino por los postes y las guisantes eran gordos y pesados, listos para ser recogidos. Fresas rojas y gordas se escondían bajo las hojas y él recogió algunas y las comió. Estaban calientes y jugosas, la dulce tanga estallando en su lengua cuando las mordía. Las plantas crecían rápido, pero necesitaría regar hoy. Haría eso y le preguntaría al anciano si quedaban más semillas de judías y calabazas para plantar ya que todavía había tiempo para que crecieran.

Mientras se movía, su tobillo volvió a dar calambres. Todavía lo favorecía, pero se estaba fortaleciendo día a día, y su cojera era apenas perceptible.

Casi saltó de su piel cuando la voz de Carrie sonó a su oído. Sería mucho tiempo antes de que pudiera reaccionar normalmente. Todavía estaba en modo de combate, listo para correr o luchar al menor indicio. Ella le dio una palmada en el hombro y sonrió. "¿Cómo está tu tobillo hoy?"

El maravilloso olor de ella, esta combinación de salvia y humo de madera, lo envolvió, "Yo... eh... está bien. Maldita sea, pero me asustaste mucho".

"Lo siento". Sus ojos esmeralda lo miraron, centelleando de diversión. "No quería". Estaba cerca, demasiado cerca, y Fenton lo mataría casi si tan sólo la tocaba. De eso estaba seguro. Carrie puso su mano en su mejilla.

Chris era guapo, no había duda de eso. Carrie lo miró con sus ojos azules profundos. Las únicas imperfecciones eran la cicatriz en su frente y una nariz ligeramente torcida. Ambas heridas habían venido de esos soldados.

De alguna manera, le hacía más guapo a sus ojos. Tenía una manera de mirarla que la hacía querer acercarse más. Estaba acostumbrada a que los chicos la llevaran de la mano. Había hecho su parte de besos, pero nada más. Ir hasta el final debía significar algo, y ella pensaba que sabía quién era ese chico. A Chris le gustaba ella, pero todavía se apartaba y ella no sabía muy bien cómo manejarlo. A veces se sentía como si estuviera evitando estar solo con ella.

Chris tenía que detener esto. Carrie solo tenía dieciséis años, y Fenton era protector con ambas chicas. El anciano era muy, muy protector. Ambos habían estado bailando alrededor del otro durante semanas. Ella lo coqueteaba constantemente y él luchaba por mantener la imagen de Fenton y su escopeta en primer plano de su memoria. El anciano no iba a aceptar que Chris se acercara a su preciosa nieta. Después de todo, hay límites en la hospitalidad de un hombre.

Le sacudió la cabeza y suavemente le quitó la mano de la mejilla. Carrie pareció herida y un poco molesta, pero luego sonrió y le agarró la mano, tirándolo de pie. "Vamos, quiero mostrarte algo. Si crees que podrías manejar un poco de caminata". Su tobillo volvió a dar calambres en protesta ante la idea de ir a cualquier lugar. Y peor aún, no estaba seguro de que debería estar solo con ella. Cada vez era más difícil resistir el impulso de besarla. Contra su mejor juicio, dejó que lo arrastrara. Salieron más allá del perímetro de la propiedad, hacia los árboles, que rápidamente se convirtieron en un bosque espeso.

El camino era difícil y varias veces se detuvieron para que pudiera descansar un momento. El calor de la mañana se alteró radicalmente bajo el dosel de hojas de los árboles y había una brisa fresca. "Está a solo un poco más de distancia". Carrie lo tiró hacia arriba, y caminaron de nuevo, lentamente descendiendo por una pendiente y cruzando un arroyo animado. Podía ver pequeños peces zambulléndose entre las rocas y varias libélulas zumbando con alas de colores verde y azul iridiscentes. Cruzaron el arroyo, se abrieron paso a través de un grupo de árboles y se detuvieron en un pequeño claro. Había flores silvestres por todas partes y podía ver una chimenea y los restos, en su mayoría intactos, de una pequeña casa de piedra. El techo se hundía y parecía que había sido abandonado por mucho tiempo.

El claro era un paraíso de flores, pájaros cantando y el burbujeo del arroyo detrás de ellos. Carrie sonrió a Chris y se acercó más. "¿Te gusta lo que ves?"

El paisaje se desvaneció, y todo lo que Chris podía ver eran ojos hermosos y piel perfecta y labios suaves. Le pasó la mano por la cabeza, le pasó las manos por su cabello y la besó suavemente. El beso continuó y continuó, intensificándose a medida que su boca se abrió para él y sus lenguas se entrelazaron. Ella se apretó contra él y su otra mano se deslizó lentamente por su espalda, encontrando sus formosos glúteos y tirándola más cerca. Su respiración se había acelerado y en su mente, una guerra se estaba librando. Parte de él quería detener esto; porque estaba seguro de que Fenton aparecería alrededor de la esquina en cualquier minuto con la escopeta y lo mataría por tocar a su preciosa nieta. La otra parte de él quería tirarla al suelo, deslizarse de sus ajustados y sexys jeans y penetrarla.

Unos momentos más tarde y habían terminado en el suelo, su camisa desabotonada y un sujetador blanco y lacy cubría sus jóvenes y firmes pechos. Tomó un respiro profundo y se sentó. Carrie pareció herida. "¿Qué pasa?"

"Aparte del hecho de que eres hermosa y sexy y quiero hacer mucho más que solo besarte?" Chris sonrió, "Estoy pensando que Fenton tiene una maldita escopeta aterradora".

Los ojos de Carrie se iluminaron al escuchar "hermosa y sexy", y se veía decepcionada al mencionar a su abuelo. "Abuelo solo está siendo protector. Desde que nuestros padres murieron, él ha cuidado de nosotras. No me ve como una mujer".

"No eres una mujer, solo tienes dieciséis años", Chris le recordó suavemente, "Y yo tengo casi veinte".

"Tendré diecisiete en menos de un mes, y tienes diecinueve, no veinte", ella respondió, hiriendo su comentario. "Conozco mi mente y no soy una niña tonta".

"No, no lo eres". La besó de nuevo, largo y lento. Estaba lleno de promesa de cosas por venir. "Pero no puedo tener sexo contigo, Carrie. No ahora. Me gustas. Me gustas mucho, maldita sea. Me gusta toda tu familia, por cierto. No quiero enojar a Fenton y no quiero apresurar las cosas contigo". Tomó su mano, miró hacia el suelo, "He estado pensando. He estado pensando mucho y quiero quedarme. Aquí. Con todos ustedes, los Perdue".

Sus ojos brillaron con las siguientes palabras, "Y estoy pensando que nunca he conocido a nadie que pensara que olía tan maravillosamente como tú, o que fuera tan inteligente, divertida y hermosa como tú. Creo que aquí es un buen ajuste para mí. Puedo ayudar con las cosas que Fenton está demasiado viejo para hacer. Podríamos hacer que esta granja funcione, y no solo sobrevivir, sino estar bien aquí. Mejor que bien. Pero si me quedo, entonces tengo que hacer esto bien entre tú y yo. Tengo que hacerlo como Fenton espera que lo haga y cortejar bien y no tener sexo la primera vez que nos vamos a solas juntos".

Ella se rió de eso. Y sabía que tenía razón, incluso si no le gustaba. "¿De verdad quieres quedarte?"

"Sí, de verdad lo hago".

"Está bien".

Regresaron a la casa con una carga de moras. La casa de piedra abandonada era la granja original en la propiedad. Los arbustos de moras eran abundantes allí y habían crecido salvajes después de ser dejados atrás. Envolvieron las moras en la camisa de Chris ya que no tenían una canasta. Cuando regresaron, Fenton estaba sentado en una silla en el amplio porche delantero, limpiando a fondo su escopeta. Parecía enojado. Carrie comenzó a decir algo a su abuelo, pero Chris le entregó la camisa llena de moras y le dio un pequeño empujón hacia la casa. Se arrastró hacia Fenton y se sentó, muy consciente de su pecho desnudo y la mirada fija en el rostro del anciano.

"Sr. Perdue". El anciano harrumphó y no dijo nada. "Mi tobillo está sanando y, si lo desea, puedo irme en unos días más con mis gracias por su ayuda y hospitalidad".

Chris tomó un respiro profundo. "Pero me gustaría quedarme, señor. Creo que podría ser de utilidad aquí. Por un lado, podría sacar algunos de esos arbustos de moras y trasplantarlos más cerca de la casa. Sé cómo cuidar de las gallinas, cultivar vegetales y puedo aprender el resto. He ayudado a mi papá con techos y construcción, y una vez que mi tobillo esté curado, podría arreglar esa fuga en el granero. Si quisiera que me quedara, claro".

Hubo un largo silencio mientras el anciano digirió la oferta y aceitó el cañón de la escopeta. "No soy ciego, ¿sabes? He visto cómo se miran. ¿Qué planean hacer al respecto?"

La escopeta estaba actualmente en piezas. Chris pensó que estaba relativamente seguro. “Señor, me gustaría pedir permiso para cortejar a su nieta”.

Si hubiera podido leer la mente de Fenton Perdue en ese momento, habría sabido instantáneamente que sus palabras y su actitud eran perfectas. Fenton era anticuado. Había sido criado por sus abuelos después de que su padre murió en la guerra y su madre perdió la vida en el parto. Su abuelo le había inculcado un sentido de honor y caballerosidad que estaba muerto en el mundo moderno.

El anciano amaba a sus nietos más que la vida misma. Cuando su padre murió en los bombardeos de Amtrak solo unos meses antes de que naciera Joseph, Fenton había insistido en que los niños y su madre Amy se mudaran de regreso a la granja familiar. Ella había sido una mujer pequeña y delgada que había dado a luz a Joseph tres meses después del día en que enterraron a su esposo. Solo unos meses después, Fenton había insistido en que viera a un médico.

Estaba perdiendo peso y era apática y dormía todo el tiempo. Tuvieron que poner a Joseph en fórmula porque Amy simplemente no tenía suficiente leche para sostenerlo. El médico le hizo una batería de pruebas, miró serio y la envió a un especialista en Nashville. Le diagnosticaron cáncer de páncreas. Murió menos de tres meses después. Había sido solo Fenton y los niños desde entonces.

Dejó de limpiar la escopeta y miró a Chris, encontró sus ojos, los buscó en busca de engaño. Pensó en lo feliz que Carrie había estado en las últimas semanas y lo gentil que Chris era con Joseph.

Incluso Liza parecía apreciar su compañía, especialmente cuando descubrió que compartían un amor por la ciencia ficción. Chris había leído mucho durante las primeras dos semanas mientras su tobillo sanaba.

El amor joven. Me pregunto si realmente funcionará. Pensó en Molly, que había fallecido hace más de treinta años. Se habían conocido en un baile cuadrado cuando ella tenía quince años y él dieciocho, casi diecinueve.

Su padre había sido médico y su madre enfermera en la guerra. Querían algo más para su hija que una vida como esposa de granjero. Pero a medida que pasaban los años, habían visto cuánto se amaban los dos. Fenton había terminado siendo reclutado y enviado a Vietnam como médico. A miles de millas de casa, había visto a hombres sangrar hasta morir, pasando los últimos momentos de sus vidas en junglas extrañas, tan lejos de sus hogares. Tantas vidas perdidas, tantos sueños muertos con ellos, antes de que él regresara a la granja de sus abuelos, a salvo. Después de tres años de cortejo, había pedido el bendición del padre de Molly y el hombre se la había dado. Se habían casado, construido esta enorme casa después de que sus abuelos murieran, y habían comenzado a practicar la procreación. ¡Oh, cuánto habían practicado! Ambos eran hijos únicos, y querían una familia grande. Soñaban con un montón de niños para llenar las cinco habitaciones grandes de la casa y tumbarse por los jardines.

Fenton miró hacia fuera sobre la tierra. Había estado en su familia durante más de un siglo. Y durante los últimos cinco años, se había preguntado quién la tomaría después. ¿Joseph? ¿Carrie? ¿Liza? ¿Quién se quedaría y trabajaría esta tierra? Los sueños que él y Molly habían tenido de un montón de pequeños Perdue murieron el día del nacimiento de Isaac. El parto había sido difícil, y los médicos dijeron que si no hubieran extraído todo, ella habría muerto de hemorragia. Así que amaron a su hijo y se amaron el uno al otro por el resto de su tiempo juntos. Ese tiempo no había sido tan largo como Fenton habría querido. Molly había contraído cáncer de mama durante el primer año de Isaac en la escuela secundaria y falleció menos de un año después.

Miró de nuevo a Chris y se dio cuenta de que el muchacho había estado sentado allí pacientemente, esperando una respuesta. "Sí, hijo, puedes cortejar a mi nieta. Y sana rápido, porque creo que la esquina suroeste del techo de la casa necesita algunas reparaciones".

"Gracias, señor".

"Abuelo".

"¿Señor?"

"Puedes llamarme Abuelo. Todo el mundo lo hace".

"Bien... Abuelo".

Fenton cerró los ojos y escuchó mientras Chris se levantaba lentamente y se arrastraba hacia dentro de la casa. Escuchó al muchacho susurrar a Carrie. Ella soltó un grito de felicidad y le dio un beso fuerte. Fenton sonrió tristemente. Te extraño, Molly.

El Fin de Cooper

"Un hombre maldita inteligente del que no puedo recordar el nombre en este momento dijo: 'Llegará un momento en que tendrás que tomar una decisión. O te tiras y te pones a morir, o levantas tu trasero y te pones a luchar'".—**Arno Cooper**

Había pasado una semana y la cachorra seguía deprimida, apenas tocaba su comida y se negaba a jugar con su hermano. En ese momento, estaba acostada cerca de los pies de Coop, mirando la curva del camino donde había visto a las chicas desaparecer de vista. Su hermano le estaba tirando de la oreja con sus afilados dientes y haciendo todo lo posible por hacerla jugar, pero la cachorra no se movía.

Coop vio lo que estaba escrito en la pared. La cachorra había entregado su corazón a esa Jessie, y no había nada que hacer al respecto excepto dejarla partir. Sonrió mientras lo pensaba. Esta valía mucho. Tenía los instintos adecuados para ser una de las mejores perras de caza que había criado. Dios sabe que había estado criándolas el tiempo suficiente para saberlo. Era joven, pero maldita inteligente.

Annie, la madre de las cachorras, era la única de los perros de Coop que sobrevivió cuando las tropas pasaron por la ciudad. Ella y el anciano habían salido a revisar las líneas y a cazar perdices. Annie y el viejo regresaron al caos: el resto de los perros muertos, Tiffany desaparecida, el trailer en un desorden y todo su suministro de comida enlatada desaparecido. Excepto las remolachas, parece que a nadie le gustaban las remolachas. Malditos tontos. Coop sonrió al pensarlo. Le gustaban las remolachas.

Un par de meses después, Annie desapareció durante unos días. Varias semanas después de regresar, se hizo evidente que estaba preñada. Coop se reía de la ironía de que, a pesar de toda su cuidadosa cría, Annie aparentemente había encontrado la mezcla justa de semilla salvaje. Las tres cachorras que había parido en esta camada eran excepcionales. Un cachorro macho había sido tomado por los Walkers y Faen Brooks vendría por el último cachorro macho hoy.

Coop se inclinó y acarició las orejas de la pequeña. "Debería haberte enviado con ella cuando se fueron". La cachorra gimió tristemente. "Sin lugar a dudas, niña, eres la mejor que tengo". La cachorra no respondió, solo continuó mirando por el camino.

Sus manos ásperas desabrocharon lentamente el collar del cuello de la cachorra. Docenas de cachorros habían usado este viejo collar de cuero, pero ninguno de ellos había sido como ésta. Parecía apropiado de alguna manera, considerando lo que planeaba hacer. La cachorra lo miró, la cola moviéndose lentamente. "Vete, ya", le señaló hacia el camino, "Tienes un largo camino por delante si quieres alcanzarlas. Así que es mejor que te pongas en marcha". Annie le dio a su hija un fuerte ladrido de ánimo.

Por primera vez en más de una semana, la cachorra pareció emocionada y viva. Miró a Coop y luego a su madre, luego se dio la vuelta y corrió hacia el camino. Se detuvo un momento, miró hacia atrás al trailer y sus habitantes, meneó la cola, puso la nariz en el suelo y luego desapareció por la curva y en los árboles.

Unas horas más tarde, Faen Brooks apareció. Era un hombre pequeño, con cabello oscuro, ojos azules pálidos y piel quemada por el sol. Era primo de Coop en tercer grado. En estos lugares, si tu familia se quedaba por mucho tiempo, y la mayoría lo hacía, eventualmente todos estaban relacionados con todos.

"Hola Coop, ¿qué sabes?" El anciano solo gruñó y señaló a Annie. Ella estaba acostada en el suelo a unos metros de distancia, no tan pacientemente soportando los intentos industriales de su hijo de hacerla jugar. El cachorro tiraba de una de sus orejas, lo que le valió un corto gruñido y una rápida mordida para mostrar su descontento.

"Necesito un paquete completo de carne seca, cualquier fruta seca que tengas", respondió Coop, mirando a sus perros de caza, "y todas las cajas de municiones que puedas prestar".

Faen pareció enojado, "Ahora mira aquí Coop, sabes que no tenemos mucho, eso es pedir una maldita cantidad para un pequeño cachorro que ni siquiera se ha probado".

El anciano ni siquiera levantó la vista. "Eso es por todo, no solo por el cachorro".

"¿Qué diablos estás hablando, viejo, qué todo?"

Coop miró al hombre más joven, "Los perros, ambos. El trailer, la tierra, la mayoría de mis trampas, y cualquier otra cosa que quieras".

El silencio se extendió mientras Faen intentaba mirar a Coop.

Un minuto...

Dos minutos...

Tres...

Finalmente se rindió, "Maldita sea Coop, no. Esto no la traerá de vuelta. Scott sigue ahí afuera. ¿Qué hará cuando regrese del ejército? ¿Encontrará todo desaparecido sin nadie?" Faen sacudió la cabeza. "Piensa en cómo se sentiría, viejo, con toda su familia muerta. Él..."

El anciano lo interrumpió, "Scott no se unió al ejército", miró hacia el suelo, "Ese chico no tiene un hogar al que regresar después de lo que hizo".

El hombre más joven miró a Coop con incredulidad. No importaba lo mal que Scott se hubiera portado en los años anteriores, el anciano siempre le había mostrado una paciencia y comprensión que contradecía la imagen de viejo cascarrabias que Coop había cultivado tan bien a lo largo de los años.

Coop continuó, "Se unió a ellos, al Frente Occidental, lo hizo voluntariamente, y fue uno de los bastardos que intentó, "su voz se quebró, "intentó... Tiffany era su hermana, su propia sangre!" Se sentó un momento, su cuerpo temblando.

"Pensé que podía arreglarlo, pero no puedo. Voy a ese campamento, y voy a acabar con él, y con tantos más como pueda. Así es como es, Faen, así que cuida bien de Annie y ese cachorro, ¿entiendes?"

Faen solo se quedó allí en shock, incapaz de formar palabras; finalmente asintió, extendió una mano y agarró el hombro del anciano. "Llevaré los perros ahora. Volveré con un paquete completo para ti. ¿Te vas a primera hora de la mañana?"

"Sí".

"Lo traeré a la luz del día".

La esposa de Faen, Connie, se volvió loca cuando escuchó los planes de Coop al día siguiente durante el desayuno. Faen había salido a la luz del día con un paquete completo de comida y tres cajas de balas que realmente no podían permitirse.

Se lo entregó todo a Coop y observó al anciano tomar la Ruta 13, dar una vuelta y desaparecer de vista. Annie se había vuelto loca, tirando de la correa y haciendo todo lo posible por escapar. Faen la calmó lo mejor que pudo. Ella era una buena perra, pero su corazón pertenecía a Coop.

Mientras luchaba por mantener a la perra bajo control, sus pensamientos se dirigieron a sus hijos. Mick pronto cumpliría doce años. Emmy tenía solo seis años. El estómago de Faen se retorcía al pensar en lo que esta guerra podría hacerles en los años venideros y deseó al anciano buena suerte.

No le dijo la verdad sobre el hijo de Coop. Eso era algo que simplemente no podía comprender. ¿Cómo podía ese chico unirse al Frente Occidental? Siempre parecía un poco frío. Las chicas pensaban que era desesperadamente guapo, y Faen tenía que estar de acuerdo con la parte del diabólico. Aún así, la idea de que se hubiera unido al Frente Occidental, era como sugerir que te unieras a la Unión cuando vivías en el Sur, o como unirse a Al Qaeda después de perder a tu familia en el atentado de las Torres Gemelas. ¡Era una locura!

Alguna parte de él temía que si lo dijera en voz alta, se haría realidad. Puede que nunca le hubiera gustado el chico, pero maldita sea, no habría esperado esto de él. Además, Connie había cuidado de Scott cuando era adolescente y siempre había tenido un cariño especial por el chico.

Faen solo se sentó y miró sus huevos revueltos mientras Connie se quejaba de la estupidez de los viejos. Cuando eso no funcionó, le rogó a Faen que se subiera al camión, alcanzara a Coop y le hiciera ver la razón, pero su esposo no se movió. "Él tiene derecho, Connie, tiene que hacer esto y espero que vuelva. Recuerda, era un maldito en 'Nam. Escuché que tenía algo así como ciento cincuenta y ocho bajas. Mierda, pero ese viejo era una leyenda en su día".

Jurar le valió una pequeña y enojada bofetada en la parte posterior de la cabeza por parte de su esposa. Con solo cinco pies de altura, Connie era una pequeña bomba de relojería, y no le gustaba el juramento. Dios ayude a Mick y Emmy si dejan salir algo que han escuchado en el patio de la escuela. Había azotado a Mick bien después de que hubiera pronunciado "Jesucristo" dentro del alcance de su oído. Connie era una mujer profundamente religiosa, y no toleraba el blasfemo de ninguna manera.

Faen sabía que las posibilidades de que el anciano regresara no eran buenas, en absoluto, pero si eso calmaba a Connie, bueno, ella llegaría a comprenderlo más tarde. Esa noche estaba tan enojada con Faen que lo hizo dormir en el sofá. A pesar de que podía sentir cada resorte y cada bulto en el viejo sofá, dormía bien, sintiéndose seguro, lejos de su pequeña esposa enojada.

Para el anochecer del primer día, Coop había recorrido casi siete millas antes de detenerse y montar una tienda. Por su cuenta, le tomaría dos, tal vez tres, días de caminata dura antes de llegar al campamento. Al final, le tomó casi una semana y media. Se torció el tobillo cruzando un río. Dos de los puentes habían sido destruidos y su artritis lo retrasó considerablemente.

La última noche de la vida de Coop lo encontró acampado sin fuego. Ni siquiera montó la tienda. Estaba tan cerca que podía escuchar a los hombres llamándose en el campamento enemigo mientras aceitaba bisagras y afilaba los dientes de sus trampas y lazos, todos ellos.

Las trampas, lazos y armas de Coop mataron y mutilaron a muchos hombres temprano esa mañana. Había sido francotirador en Vietnam, traído al final de la Ofensiva del Tet. Había perdido su virginidad (en más de un sentido) cerca de Khe Sanh. Arno Cooper había sido uno de los mejores francotiradores que el ejército había tenido.

Pero el tiempo nos alcanza a todos. Treinta y cuatro minutos después de que se disparó el primer tiro, veintiocho hombres yacían muertos. Uno de esos veintiocho era un hombre bueno y honesto.

El Capitán Scott Cooper se paró sobre el cuerpo sin vida del Viejo Coop, el cañón del Glock 40 aún humeante. No había rastro de emoción en su rostro guapo, ni reconocimiento ni reconocimiento en sus ojos azules pálidos.

Se pasó una mano por su cabello negro carbón, quitó una hoja suelta y caminó lejos del cuerpo del anciano sin mirar atrás.

Ascenso al Poder

"La guerra es la excusa perfecta para que se hagan realidad todos mis sueños más bellos. He estado esperando toda mi vida por esto".—**Scott Cooper**

Cuando las dos chicas habían escapado en la tormenta, escuchó que había otros conectados con ellas. Hizo las preguntas correctas, se apoderó de uno que no había logrado correr lo suficientemente rápido y pudo usar su cuchillo favorito.

Al final, ese pequeño desertor llorón le dijo poco que no supiera ya y rogó por la muerte. Cinco hombres habían intentado desertar la misma noche que las chicas escaparon bajo la cubierta de una violenta tormenta. Tres fueron fusilados, el cuarto, un tal Allen Banks, había llegado casi a la Ruta 60 antes de que lo alcanzaran y le cortaron las tendones de Aquiles. El quinto había corrido al sureste, hacia Tennessee, y había escapado. Ese era el hermano de la chica rubia.

Scott se enfureció mientras caminaba entre los cuerpos de los hombres que su padre había matado y pateó furiosamente a uno. Todavía estaba enojado meses después de que no hubiera encontrado al desertor o a las dos pequeñas putas de inmediato. Había perdido un tiempo valioso; no había noticias de Easter o Burton, los dos tontos que había enviado al sur tras el hermano. Acababa de enviar a otro par de hombres en busca de las dos putas después de que el último par desapareciera o desertara. Escupió un fino chorro de jugo de tabaco en el suelo y caminó de regreso a su agradable tienda. Era la más grande, y tenía una cama honesta y verdadera. En este momento, una de las nuevas putas estaría esperando allí para él.

Le gustaba romper a las nuevas; eran más interesantes cuando luchaban. Lo comparaba con domar un caballo, tenías que quebrar su espíritu, quebrarlos hasta el punto en que las estúpidas putas sabían que tú eras el que tenía el poder.

El campamento acababa de pasar por otro pueblo insignificante y había recogido algunas chicas nuevas para reemplazar a aquellas lo suficientemente tontas como para no sacar a los bastardos que crecían en ellas. No perdía tiempo, cuando escuchaba de alguna puta que comenzaba a mostrar, ni siquiera se molestaba en perder una bala. El cuchillo funcionaba igual de bien y se sentía mejor.

Los otros hombres mantenían su distancia ahora. Seguían sus órdenes y mantenían sus bocas cerradas. No más Capitán Kipling para darles órdenes, no más discusiones sobre si la Tienda 5 estaba dentro de las pautas. Cooper había usado ese cuchillo favorito y se había encargado del CO hace casi dos meses. Ese maldito poco políticamente correcto no estaría tarareando sobre los derechos humanos nunca más.

Kipling había sido ascendido en el campo después de que Granger fuera eliminado en un enfrentamiento cerca de Bolivar. Scott sacudió la cabeza por la pérdida. Granger había sido un S.O.B. malvado que no le importaba la Convención de Ginebra o lo que cualquier otro mono político pensara.

Había establecido la Tienda 5, coordinado la clasificación de prisioneros y organizado el desecho de los viejos y débiles. Bajo el mando de Granger, este grupo de luchadores, una vez cargado con alguna estúpida designación militar oficial que Cooper ni siquiera recordaba ahora, se había convertido en un futuro aterrador para cualquier pueblo desafortunado que se encontrara en su camino. Pocos sobrevivieron al asalto, y aquellos que lo hicieron fueron reclutados o utilizados de otras maneras.

Aquellos demasiado viejos o jóvenes para luchar, trabajar o ser putas fueron terminados rápida y eficientemente. No había necesidad de dejar que los sobrevivientes se fueran para advertir a otros sobre los movimientos de las tropas o para tener ideas estúpidas de luchar más tarde.

Granger había sido un gran hombre y Cooper había sido su apto alumno. Luego tuvo que morir y ese tonto Kipling había tomado el mando. Casi cerró las cosas aquí. Era de la vieja escuela; había estado con el regimiento desde que todavía era un regimiento y todavía estaba en contacto con el Frente Occidental.

El largo silencio de la sede lo había irritado. Se había quejado a Granger de que necesitaban seguir órdenes y descubrir qué diablos había pasado. Pero desde que toda la matriz de teléfonos celulares había sido destruida, junto con la mayoría de las estaciones de energía y otras redes, habían vuelto a los malditos tiempos oscuros. "Podríamos estar luchando en la Guerra Civil". Cooper había escuchado a los dos discutir y se había preguntado por qué Granger no simplemente le disparaba al engreído.

La noche que Kipling ordenó a Cooper a su tienda para decirle cómo iban a cambiar las cosas ahora que Granger estaba muerto y que pronto llegarían órdenes para detenerse... fue cuando Cooper había tenido suficiente. Esperó hasta que el campamento estuviera tranquilo y luego puso en práctica algunas de esas habilidades que su padre había enseñado tan estúpidamente. Se escabulló y cortó la garganta del Capitán Kipling de oreja a oreja. No hubo voces diciendo "no" cuando les dijo a los hombres al día siguiente que Kipling lo había puesto a cargo. Ese mismo noche había enviado a dos hombres en las rutas del sur y a dos en la carretera hacia Belton, el pueblo natal de esas putas que habían escapado. "Nadie deserta y ninguna puta se va", dijo, observando la multitud de caras que había convocado a la reunión del campamento. "Si te vas de aquí, mejor sea en una bolsa de cuerpo".

Las siguientes semanas verían varias pruebas de ese edicto, en el final, nadie sobrevivió a la salida del campamento, a menos que estuviera bajo órdenes de ir.

Estaba casi a su tienda, y se abrochó el cinturón, desabrochándolo en anticipación. Dentro de la tienda oscura, se quitó el cinturón de munición, colocándolo bien dentro del alcance. La mayoría de sus hombres eran idiotas, ansiosos por ser informados de lo que hacer y hacia dónde marchar. El hecho de que los mantuviera alimentados, vestidos y bien acostados hacía maravillas, pero él no era un tonto. Había algunos que todavía pensaban que estaban en el ejército, y sabía que la forma en que había tomado el control en este pequeño rincón del mundo podría ser la misma manera en que lo deshicieran. No estaba tomando ninguna posibilidad. Mantenía un cuchillo cerca también.

La chica estaba allí, atada firmemente a la cama, sus muñecas y tobillos ya sangrando y ásperos por intentar liberarse. Excelente, una luchadora, se daría un buen paseo. Como era, comenzó a gritar y incluso intentó morderlo en el momento en que le quitó la bocamanga. Un puñetazo sólido en la boca la detuvo y el segundo puñetazo la dejó inconsciente por unos segundos preciosos. Se puso encima de ella y esperó pacientemente a que sus ojos se abrieran. "Puedes gritar todo lo que quieras", dijo, sonriendo hacia abajo. "De hecho, me gusta".

Su hermoso rostro se volvió duro y cruel, y su mano se arrastró perezosamente por ella desde la clavícula, pasando por sus pechos y hacia su entrepierna, "Pero si intentas morderme de nuevo, romperé todos los huesos de tu cara y te aseguraré de que te ahogues con tus propios dientes". Volvió a sonreír, y la chica comenzó a sollozar. El diablo mismo no podría haber sido más guapo o más malvado. "Genial... comencemos entonces".

Las gritos de la chica no fueron los únicos en el campamento esa noche, pero sin duda fueron los más fuertes. Incluso la despiadada Carmen había palidecido ligeramente cuando vio a la chica entregada a la Tienda 5 al día siguiente. La había puesto en una sección separada, una especie de enfermería, para que sanara. Ningún otro hombre la habría querido en el estado en que estaba.

Poco bien que esa pequeña bondad hiciera. La desagradecida tonta logró ahorcarse con una sección de la cortina de la ducha dos días después cuando uno de los guardias tontos se había apartado por lo que juró que fue solo un momento. Su nombre era Lucinda Abernathy. Había cumplido catorce años una semana antes.

Nuevo en la Ciudad

"La guerra no determina quién tiene razón, solo quién queda". - **Bertrand Russell**

Easter se paró frente a Chris, sangre filtrándose de un pañuelo alrededor de su cuello. En los últimos meses, Easter había pasado de un blanco mortal a un gris pálido, luego se oscureció lentamente a medida que se descomponía aún más con cada nuevo sueño. Su piel había vuelto casi negra ahora. "Tu hermana está muerta porque fallaste, Aaronson", el cadáver se burló. "Ni siquiera pudiste escapar. Banks, tu hermana, tus padres, todo recae en ti. Ni siquiera pudiste matarme bien, porque aquí estoy, atormentando tus sueños todos estos meses después".

Chris se retorció para escapar de las manos agarradoras de Easter. El hedor del cadáver llenó su nariz y lo hizo querer vomitar. "Solo eres un sueño. Estás muerto y solo eres un sueño, Easter". Lo empujó lejos de él y corrió, tratando de poner distancia entre este remanente y él, intentó en vano escapar del sueño.

Corrió por lo que pareció ser una eternidad, pero cuando se dio la vuelta, estaba Easter y detrás de él, Burton también. "Todo lo que tocas se pudrirá y morirá, Aaronson, como yo. No puedes protegerlos, solo conseguirás que esa dulce pieza de culo sea violada y asesinada, como el resto. Me gustaría probar un poco de esa dulce cosa", el cadáver lo burló. Chris gritó entonces, consumido por el horror al pensar en Carrie en manos de Easter o del tipo de Cooper y todos los demás.

"¡Chris! ¡Chris! ¡Despierta!" Vino a la conciencia en la oscuridad, alguien parado sobre él, una luz en la puerta.

"Carrie niña, te quedas atrás, niña". Escuchó la voz de Fenton desde la puerta.

"Pero Abuelo, yo..." Chris se dio cuenta de que la persona que estaba sobre él era Carrie.

"No hay pero, niña, quédate atrás", la voz gruñona de Fenton reprendió. "El chico está teniendo más que un mal sueño. Le das espacio ahora". La había sacado de la zona de peligro. "Hijo, ¿me oyes?"

Chris todavía temblaba por el sueño. El olor de la podredumbre y la descomposición permanecía en su nariz. "Sí, señor". El anciano se acercó más y una lámpara de aceite iluminó su camino. Extendió una mano a Chris, tirándolo de su agrupación en el pie de la cama. ¿Cómo había llegado allí? Ni siquiera lo recordaba. Puso una mano en el hombro de Chris, hizo señas a los demás para que se fueran y cerró la puerta del dormitorio, dando a los dos hombres algo de privacidad. Empujó a Chris hasta el borde de la cama y se acomodó en una silla cercana.

La voz de Fenton era inusualmente amable. "Hijo, ¿de qué estabas soñando?"

Chris se estremeció y le contó sobre las pesadillas. "Sigo teniendo pesadillas. No se van. Y ahora... ahora siempre traen a Carrie... Yo solo... Haría cualquier cosa para protegerla, a Liza, a Joseph y a ti".

"Hijo, lo sé. Te dejé quedarte aquí y lo siento en ti". Fenton se acercó y apretó el hombro de Chris. "Hiciste lo que pudiste por tu familia y sus muertes no son tu culpa, hijo. Simplemente no lo son". Los ojos del hombre se llenaron de lágrimas al pensar en las pérdidas que había visto en los últimos años. "Ahora somos tu familia, Chris, y no lo olvides. Sé que harás lo correcto por nosotros también".

"Pero señor, ¿y si...?" Sus entrañas todavía se retorcían al pensar en Carrie alguna vez lastimada, "¿Y si soy mala suerte? ¿Y si estar cerca de mí hace que la gente... se lastime?"

Fenton apretó más fuerte el hombro de Chris. "No eres responsable de los males de la guerra, hijo. Dios solo sabe por qué tenemos que sufrir tanto, tal vez nos hará mejores hombres, pero tienes que creer que el mundo puede ser mejor". Sonrió torcidamente, "Creer es la mitad de la batalla para que suceda". Soltó a Chris y se sentó de nuevo en la silla. "Además, si te cagas conmigo, ¿quién va a arar el campo trasero para los cultivos de invierno? Vuelve a dormir, hijo. Y no me atrapes a mi nieta visitándote después de horas. Creo que puedo decir cuando dos han estado compartiendo una cama o no".

Con eso se puso de pie y se estiró, sus miembros crujiendo, y se dirigió a la puerta y salió de la habitación donde los demás estaban agrupados en el pasillo. "De vuelta a la cama, todos ustedes. ¡Y esa mejor ser su propia cama si saben lo que es bueno para ustedes!" El anciano estaba suavizando un poco; había elegido no hacer demasiado hincapié en el hecho de que la cama de Chris había mostrado signos de que dos personas, no una, habían estado durmiendo en ella recientemente.

Unos minutos después, un ligero crujido en la puerta anunció la presencia de Carrie. "¿Chris?" su voz sonaba preocupada. "¿Estás bien?" Sonrió en la oscuridad en su dirección.

"Sí, cariño, estoy bien". Ella se deslizó sobre la cama a su lado. A pesar de las noches insoportablemente húmedas, Carrie se escabullía a su habitación cada noche y dormían acurrucados el uno contra el otro. La sentía ahora, a solo unos centímetros de distancia, y sintió que su cuerpo respondía a su presencia como lo hacía cada noche. Había logrado mantenerse bajo control, a pesar del deseo cada vez mayor de consumar lo que solo habían bailado y bromeado durante meses. "Sería mejor que regresaras a la cama".

Podía sentir su decepción y el indicio de un mohín. "¿Por qué no puedo quedarme aquí contigo? Me aseguraré de estar fuera antes de que Abuelo se despierte".

"Creo que hemos forzado nuestra suerte lo suficiente por esta noche. Además, vamos a la ciudad mañana. Déjame dormir un poco y si tengo más de estas malditas pesadillas, no te despertaré también". Encontró sus labios y los besó. Seguro que estaban mohinando.

Ella devolvió su beso con entusiasmo, y Chris la levantó fácilmente en sus brazos, sintió sus largas piernas envolviéndose alrededor de su cintura. Caminó de esta manera hacia la puerta, lo que provocó un gruñido frustrado de Carrie al darse cuenta de que la estaba sacando de su habitación por la noche. Estaba aprendiendo cuán testarudas podían ser las mujeres Perdue. Un último beso largo y la dejó caer y cerró lentamente la puerta mientras ella murmuraba su camino por el pasillo.

Las pesadillas se alejaron, y logró cinco maravillosos horas de sueño antes de ser atacado por una bola de energía justo después del amanecer. "¡Es hora de levantarse, Chris!" Joseph Perdue estaba rebosante de emoción, "¡Vamos a la ciudad hoy!" El niño de tres años saltaba sobre él una y otra vez. Era un niño lindo, que era la única razón por la que Chris no lo estrangulaba después de que Joseph lo golpeara accidentalmente en los genitales.

Liza apareció en la puerta. Una sonrisa se extendió por su rostro mientras contemplaba la escena de Chris doblado y Joseph saltando en la cama, felizmente ignorante del dolor que acababa de infligir. Joseph siguió saltando, "¡Buenos días, Liza!"

"Buenos días, Joseph. Vete a vestirte para que podamos ir a la ciudad justo después del desayuno". Intentó no reírse de la expresión de dolor de Chris.

"Buenos días, Chris, ¿vienes a la ciudad con nosotros? ¿O crees que necesitas... um... descansar un poco más?" Su labio temblaba.

"Estaré bien, muchas gracias, Liza". Chris le dio una mirada que hablaba por sí sola, y ella corrió hacia la cocina, riendo alegremente. Se deslizó con cuidado fuera de la cama, concentrándose en aliviar sufridamente sus molestos testículos en un par de jeans. Fenton lo había mantenido ocupado arreglando todo, desde cercas hasta techos, y su piel se había oscurecido a un bronce claro bajo el sol caluroso del verano. Su pecho estaba bien desarrollado después de meses de trabajo duro y sonrió cuando Carrie se detuvo en su puerta y lanzó un silbido bajo y apreciativo.

Fenton pasó caminando por allí y gruñó a su nieta, "Mantente en tu lugar, niña".

Ella guiñó un ojo y su rostro asumió una expresión inocente. "¡Lo estoy haciendo, Abuelo!" El anciano se dirigió por el pasillo, llamando por su café. Por el olor que emanaba de la cocina, Liza ya lo había preparado y ahora trabajaba en el resto del desayuno. Las chicas se turnaban para preparar el desayuno para la familia, y Chris a menudo ayudaba con el almuerzo y la cena. En cada comida se sentaban como una familia y comían juntos, sin importar el proyecto en curso. Fenton insistía en ello.

La familia de Chris no había sido muy diferente, así que se sentía normal, reconfortante.

Los Perdue decían una oración, hablaban sobre sus planes o proyectos del día y disfrutaban de la abundancia de su arduo trabajo. Hacer funcionar la granja estaba lleno de desafíos y el trabajo parecía interminable, pero Chris había comido mejor en los últimos meses que cuando había sido reclutado.

En general, el tiempo pasado con los Perdue había sido de curación, física y emocionalmente. Había estado postrado hasta mediados de abril, pero para mediados de mayo estaba trabajando duro cada día en los campos. Para el verano, había sido lo suficientemente ágil como para comenzar a reparar el granero y a retejar el techo de la granja.

Las chicas habían convencido a Fenton de quitar los diversos trofeos y quitaron el sofá gastado del salón. Se había recuperado un colchón completo y muelles que habían pertenecido a sus padres del sótano y el pequeño armario contenía todas las viejas ropas de su padre Isaac. Chris era casi del mismo tamaño y los jeans y camisas le quedaban relativamente bien, aunque sus músculos crecientes hacían que las camisas fueran bastante ajustadas. Fenton le había dicho a Chris que estaba bien usar cualquiera de las ropas de Isaac que le quedaran, y ayudaba que no tuvieran que explicar compras de ropa para hombres en la ciudad hasta que estuvieran bien y listos.

Estaba nervioso por el viaje a la ciudad. Tiptonville no era un lugar grande en absoluto. Chris no había pensado que su ciudad natal fuera mucho, pero tenía diez veces más residentes que los que Tiptonville podía presumir. Por supuesto, eso fue antes de que todo se fuera al infierno. ¿Quién sabía cuántos vivían allí ahora o en Tiptonville, en cuanto a eso? No estaba seguro de que estuviera listo para conocer a los ciudadanos o de que comprarían la historia que él y los Perdue habían cocinado de que él fuera un amigo de la familia.

Fenton había dejado claro que Chris no debía hablar nunca de su participación, voluntaria o no, con el Frente Occidental. "Hay algunos que preferirían colgarte de la primera árbol que escuchen tu historia. Si lo descubren, muchacho", Fenton le había advertido gruñendo, "Mantén la boca cerrada y sigue nuestra dirección".

Habían tenido un acercamiento hace una semana o así, cuando un par de chicos de la edad de Carrie habían parado por la granja en busca de trabajo. Fenton no les había dicho "no", sino que les había dicho que deberían volver alrededor de la época de la cosecha. Chris había estado fuera en la vieja granja, desenterrando los brotes más pequeños de arbustos de moras para trasplantarlos más cerca de la casa.

Carrie no había estado a favor de eso, principalmente porque tener los arbustos más cerca de la casa significaba que no podían escaparse con la excusa de recoger moras. Se había alejado de él enfadada y había estado en la granja y pudo ayudar a Fenton a echar a los chicos después de que se hubieran intercambiado las cortesías básicas, junto con la promesa de venir a la ciudad pronto.

Perdido en sus pensamientos, Chris picaba su comida. Liza pareció ofendida. "¿Qué? ¿Hay algo mal con los huevos?"

"¿Qué... eh? ¿Los huevos? No, no, los huevos están bien". Chris miró hacia abajo su plato, aún lleno de comida y metió una gran bocado en su boca, masticó y se lo tragó. "Solo que, Abuelo, ¿estás seguro de que es una buena idea que vaya a la ciudad?"

"Hijo, estará bien". El anciano se acercó y apretó el hombro de Chris. "Eres un amigo de la familia y nos visitaste aquí hace unos cinco años. Tu familia se ha ido, pero encontraste nuestra dirección en algunos papeles, recordaste de nosotros y viniste hacia aquí. Has estado aquí desde finales de primavera y has estado ganando tu comida trabajando en nuestra granja". Guiñó un ojo entonces, "Nadie va a creer que un viejo cascarrabias como yo te soportaría o te acogería a menos que fueras quien dije que eras".

Se volvió hacia Joseph. "Ahora, ten cuidado, Joseph. Si alguien te pregunta quién es el joven Chris aquí y solo dices que es un amigo de la familia. Lo recuerdas, ¿verdad Joseph?" El niño asintió solemnemente.

Fenton miró a Carrie, "Y tú, niña, no te aferres a él o hagas esas malditas miradas de enamorados. Hiciste una lista de lo que necesitamos, ¿verdad?"

Carrie pareció ofendida y murmuró bajo su aliento antes de responder, "Tengo la lista aquí, Abuelo". La leyó en voz alta, y él le hizo añadir tres artículos: perdigones, un manual de reparación de camiones Chevy 1982 y propano.

"No sé qué podremos conseguir o qué estará disponible, pero preguntaremos al respecto. Está bien, ¡vamos a movernos! Tenemos un largo viaje por delante". El camión se había negado a arrancar el día anterior y Chris había deseado por la centésima vez que hubiera tomado las clases básicas de automóviles en la escuela como lo hizo su amigo Allen. Había sido el que le preguntó a Fenton si tenía un manual de reparación de camiones y el anciano había parecido avergonzado y negado con la cabeza. Aparentemente, Chris no era el único que había saltado la clase de automóviles. "Fútbol", el anciano gruñó, "Estaba ocupado con el fútbol. Eso fue hasta que me machaqué la rodilla izquierda en el último partido de la temporada. Todavía me duele".

Así que lo harían a la antigua usanza y tomarían un caballo y un carruaje para los más de tres millas hasta la ciudad. La última vez que habían ido a la ciudad, mientras Chris todavía estaba postrado con su tobillo roto, habían caminado, y la rodilla izquierda de Fenton se había hinchado al doble de su tamaño. No podía caminar sin gruñir de dolor durante semanas.

Con Ichabod atado y listo, habían subido al carruaje y partido. El camino estaba despejado, excepto por varios vehículos abandonados que habían sido retirados de la carretera. Chris pensó que parecía como si hubiera habido algún tipo de conflicto, pero no recientemente. Dos de los camiones no solo estaban volcados, sino que también habían sido incendiados. Fenton siguió la mirada de Chris mientras se detenía en los esqueletos colgando de los camiones quemados.

"Frente Occidental", dijo gruñendo, "Te dije que no nos gusta mucho que el Oeste intente decirnos cómo vivir. Esos muchachos son una advertencia para cualquier otro necio que se atreva a molestarnos". Chris se dio cuenta de lo peligroso que sería admitir que tenía alguna asociación con el Frente Occidental, voluntaria o no, para todos ellos.

Dos altas torres de vigilancia estaban a cada lado de la carretera justo antes de llegar a la ciudad. Eran similares a las 'escondites altos' que usan los cazadores de venados, pero eran más grandes y probablemente mejor aisladas para el uso invernal. La madera áspera estaba cubierta de láminas de metal corrugado. Chris supuso que debía ser infernalmente caluroso en esas cosas. Podía ver el contorno de un hombre dentro y notó el frío y oscuro cañón de un rifle en la otra torre de vigilancia. Tenían una excelente vista desde allí, y podían dar la alarma mucho antes de que alguien llegara dentro del alcance de ataque de la ciudad.

Fenton siguió su mirada y saludó hacia las torres. Chris hizo lo mejor para parecer tan desarmado y indefenso como fuera posible. Cualquiera con un buen par de prismáticos vería que tanto las chicas como el anciano estaban armados, así que supuso que los francotiradores en las torres no lo dispararían o pensarían que los estaba tomando como rehenes. Sin embargo, estaba nervioso.

Su enfoque en las torres de vigilancia proporcionó una excelente oportunidad para que los hombres apostados en la hierba alta se acercaran sin que él se diera cuenta. No pudo evitar estremecerse en respuesta al rifle que apareció a su derecha. "¡Alto!" El hombre que lo sostenía lo miró con sospecha, "Hola, Fenton".

El anciano sonrió al hombre armado, "Hola, John. Me gustaría que conocieras a un amigo de la familia. Este es Chris Aaronson, viene de un lugar lejano". El hombre armado los examinó cuidadosamente, notando las miradas relajadas del resto de la familia.

"¿Amigo de la familia?"

"Sí", Fenton asintió con calma, "El hijo de amigos de Amy. Vino aquí, ¿qué, hace cinco años visitándonos?". Frunció el ceño. "Nada le queda, así que nos buscó, debido a que su familia se ha ido. Ha estado ayudando en la granja estos últimos dos meses. Llegó justo a tiempo para la temporada de siembra".

John asintió, dejando que el cañón se apartara del grupo y retrocediendo. Lanzó un silbido agudo a los centinelas arriba y sus rifles desaparecieron. "Cuídate, Fenton". Asintió a Chris. "Encantado de conocerte, Chris. Sigan adelante".

El carruaje se alejó, pasando las torres y continuando hacia la ciudad. Chris exhaló un suspiro de alivio, y Carrie le apretó el brazo. "Ese es John Carter, el padrastro de Carl". Se inclinó hacia él y susurró, "A Liza y Carl les gustan mutuamente".

Fenton gruñó, "Lo escuché".

"¡Oh, Abuelo!"

El primer edificio de la ciudad apareció en la cima de la colina. Chris miró a su alrededor. La mayoría de los edificios estaban intactos, y no había mucho que ver. Era una pequeña ciudad, una fracción del tamaño de Belton.

Chris había pensado que Belton era pequeña en comparación con las calles desbordantes de Kansas City, a solo veinte minutos en coche hacia el norte, pero esto era como tener una calle principal y nada más. ¿Cómo habían salido mucho mejor que Belton? ¿Suerte tonta?

El primer signo de daño que Chris notó fue la torre de agua arrugada. Carrie siguió su mirada. "Ellos sacaron el agua de inmediato. No he tenido una ducha decente desde entonces, gracias a esos bastardos".

Fenton gruñó por su elección de palabras, "Mantén tu lengua, niña". No dijo mucho más. Después de todo, también echaba de menos las duchas regulares.

Había un café, pero parecía desierto, la mayoría de las ventanas tenían tablas sobre ellas. Había un gran edificio de dos pisos de ladrillo con columnas blancas a la izquierda de la calle. "Ese es el viejo banco", Fenton señaló mientras pasaban, "Al menos lo era hasta que construyeron ese tonto edificio al lado". Le apuntó con el pulgar al letrero de Regions Bank, que estaba roto, y el edificio al que pertenecía estaba destruido.

Directamente después del edificio de ladrillo imponente había una estrecha callejuela y luego otro edificio de ladrillo marrón bastante plano de dos pisos. A primera vista, parecía no ser más que un basurero para basura miscelánea. Pero el carruaje giró y se dirigió hacia él y Chris pudo ver un letrero escrito a mano en la ventana que decía, "Tiptonville Trade Mart". Justo dentro de la puerta había un hombre de aspecto duro con un rifle apoyado en el hombro. El tipo lo miró con sospecha y descansó una gran mano en el cuchillo Bowie atado en su muslo.

Fenton bajó a Joseph y se lo entregó a Chris, y luego salió cuidadosamente del carruaje con un leve gemido. Viajar en el carruaje había sido más fácil que caminar, pero el anciano ya no era tan flexible como antes. Le entregó las riendas a Carrie y señaló un aparcamiento para bicicletas a unos seis metros de distancia.

Ya había un poni moteado atado allí. Ella asintió y llevó el caballo y el carruaje hasta allí mientras los demás se dirigían al Mercado de Intercambio. En la entrada, Fenton puso su brazo sobre los hombros de Chris y asintió hacia el hombre. "Buenos días, Wes. Este es Chris, un amigo de la familia. Ha estado con nosotros estos últimos dos meses, trabajando en la granja."

La mirada de Wes nunca dejó a Chris. Su asentimiento fue brusco. "¿De dónde vienes?"

"Del noroeste de aquí, señor."

"Has estado en las fuerzas armadas, has visto acción, ¿verdad?"

Chris no estaba preparado para una pregunta tan directa. "Yo, eh..."

Fenton intercedió: "El chico ha sufrido pérdidas. Perdió a su familia y luego vino aquí porque no tenía a dónde más ir. Creo, Wes, que podemos dejarlo así."

Los ojos de Wes se entrecerraron mientras desviaba su atención hacia Fenton. "Ha habido informes de tropas del Frente Occidental desertando, viniendo hacia aquí. También ha habido incursiones al sur, en Dyersburg.

Los bastardos llegaron a las afueras y fueron obligados a retroceder hacia el oeste." Sus ojos volvieron a Chris, evaluándolo fríamente. "Esos soldados han estado haciendo más que solo disparar a hombres, Perdue. Han estado matando niños y ancianos, violando mujeres. He oído que destrozaron partes de Missouri, y también he oído que ya no están siguiendo exactamente las órdenes de la cadena de mando." Dijo todo esto mientras intentaba intimidar a Chris con la mirada.

Chris simplemente le devolvió la mirada, sintiéndose cada vez más enojado. Este tipo suponía que era del oeste y estaba llegando a todas las conclusiones equivocadas. Carrie rompió el punto muerto al regresar de atar el caballo y agarró las mangas de Chris y Fenton. "Vamos, tengo una lista larguísima y necesitamos averiguar qué cultivos que trajimos se pueden intercambiar. Y va a hacer un calor del demo..." Echó un vistazo rápido a su abuelo, "del demonio... pronto. Necesitamos descargar y volver a cargar, y quiero ver las noticias locales antes de que tengamos que volver a casa. Ibas a buscar el manual de Chilton, ¿recuerdas?" Dijo todo esto en una rápida diatriba y luego se quedó mirando a Chris expectante mientras ignoraba la mirada fulminante de Wes.

Después de que se alejaron de Wes, Chris se relajó y dejó escapar un profundo suspiro. Algo le decía que ese tipo iba a ser un problema. Durante el resto del tiempo que estuvieron allí, Chris sintió que cada movimiento que hacía estaba siendo observado. Cada vez que miraba hacia la dirección de la entrada, podía ver a Wes mirándolo fijamente.

Pasaron casi una hora en el Trade Mart y Chris observó a Liza y Carrie ponerse manos a la obra, negociando el mejor trato posible por los cultivos que habían traído. Sonrió mientras observaba a las chicas trabajando.

Eran naturales, nacidas para regatear y parecían expertas en negociar el mejor trato posible. Su sonrisa se apagó cuando pensó en Jess y lo buena que había sido en eso. Se había dado la espalda a Wes y podía sentir la mirada del hombre, justo en medio de su espalda. Le hacía desear tener un arma, o al menos un cuchillo, pero Fenton había preocupado que si estaba armado, lo dispararían los centinelas en el camino. Después de ver los camiones quemados, los cuerpos y las torres de vigilancia, entendió las preocupaciones del anciano. Los ciudadanos de Tiptonville estaban decididos a mantener con vida y bien al resto de su gente... y mantener al resto del mundo a punta de pistola.

Terminaron en el Trade Mart y se dirigieron a otra pequeña tienda más abajo. Dentro estaba llena de una mezcla ecléctica de partes de hardware, automotriz y equipos agrícolas. Esta tienda no tenía ningún guardia armado en la entrada, solo un anciano de pelo blanco y canoso detrás del mostrador. "¡Sr. Liles!" Fenton llamó en voz alta, sonriendo como un niño.

El anciano miró, guiñando los ojos a través de gruesos lentes. Chris pensó que debía ser el hombre más viejo que había visto.

Se acercaron, Fenton al frente, y el anciano sonrió, mostrando nada más que encías sin dientes. "¡Joven Fenton! ¿Cómo estás, muchacho?" Escuchar a un hombre que llamaba Abuelo referido como un "muchacho" era bastante desconcertante.

"Estoy bien, señor, bien". Fenton tomó la mano del anciano con cuidado y le dio un apretón firme. En algún momento, el hombre pudo haber sido más grande, pero ahora parecía un frágil tallo, con piel delgada como papel y varias grandes moretones oscuros en su cara y manos. Estaba alerta y miró al grupo frente a él, rápidamente destacando a Chris para su atención. "Hola, joven, ¿y quién podrías ser tú?"

Fenton tiró de Chris hacia él. "Chris, este es el Sr. Otis Liles. El Sr. Liles nos enseñó Biología en la escuela secundaria y también fue el entrenador del equipo de fútbol. El Sr. Liles me mantuvo en línea pero bien". ¡Dios dulce señor, el anciano debía ser antiguo! "Sr. Liles, este joven es un amigo de la familia y ha estado ayudando en la granja durante los últimos dos meses". Chris asintió y estrechó la fría y huesuda mano del anciano con cuidado.

"Hola, Sr. Liles".

El anciano sonrió ampliamente. "Mis muchachos nunca parecen olvidarme, aunque cada año son menos". Su sonrisa se desvaneció. "Especialmente con los problemas que hemos tenido últimamente. Es bueno conocerte, joven".

Su atención se dirigió a Carrie y Liza y luego al pequeño Joseph. "¡Es tan bueno ver a los tres niños creciendo tan bien!" Todos asintieron y sonrieron al Sr. Liles. "Entonces, ¿qué puedo hacer por ti, Fenton, mi muchacho?"

"Bueno, Sr. Liles, supongo que debería haber tomado esa clase de Automóviles con el Sr. Elias". Fenton parecía avergonzado, "El camión se ha averiado y necesito un manual Chilton para ver si puedo arreglarlo".

La siguiente media hora involucró una avalancha de preguntas sobre el problema, incluyendo una lección sobre cómo funcionaban los carburadores. Eventualmente, todo el grupo se involucró en encontrar el libro apropiado, escondido en un rincón oscuro con generosas cantidades de polvo y suciedad, y luego se dirigieron a varias partes de la tienda para buscar las piezas necesarias para arreglar el problema. A cambio, el anciano aceptó una pequeña canasta de huevos, un pan recién horneado y la promesa de una cena futura en la granja. A pesar de su apariencia frágil, Otis Liles se movía más ágilmente que Fenton, a pesar de que Fenton era décadas más joven.

Con su misión completada, Chris y los Perdue dijeron sus adioses y se dirigieron a la puerta. El Sr. Liles visitaría a ellos para cenar en tres días, y Chris estaba ansioso por descubrir cuán viejo era realmente el anciano. Mientras salían de la tienda del Sr. Liles, saludando y agradeciendo, Chris miró y vio que Wes estaba parado allí en la esquina, observándolos y esperando. Chris podía sentir la tensión creciendo. Este tipo significaba problemas, malos problemas.

Carrie susurró a su lado, "Ignóralo, Chris. Es un idiota". Pero Chris mantuvo el contacto visual, no podía evitarlo, este tipo le hacía temblar las entrañas.

Fenton miró a Wes, asintió cortésmente y apretó firmemente el hombro de Chris. "Es hora de que volvamos a la granja, hijo. Liza, ve a desenganchar ese caballo". Wes avanzaba hacia ellos, sus ojos clavados en Chris.

Chris se mantuvo firme, devolviendo la mirada con firmeza. El apretón de Fenton se intensificó. "Hijo, ve a ayudar a Liza con Ichabod. Ese maldito caballo ha estado nervioso desde que olisqueó esos cuerpos quemados fuera de la ciudad. Vete ahora". Lo empujó en la otra dirección y se dirigió hacia Wes.

Wes se detuvo antes de simplemente rodear al anciano, pero su mirada nunca se apartó de Chris, quien había dado la espalda a Wes, Liza acercándose a él por un lado, la mano de Joseph firmemente en la suya, mientras caminaba hacia el caballo y el carruaje a unos pocos metros de distancia.

Podía escuchar a Wes hablando con Fenton, sonando enojado, y la respuesta calmada y clara de Fenton, "Wes Perkins, puede que hayas servido en el Golfo y sepas tu camino alrededor de un rifle, pero no sabes nada sobre la gente. Ese chico no es nada de lo que debas preocuparte y es lo que he dicho que es, un amigo de la familia. Deja eso así, y no me hagas levantar la voz. Todavía recuerdo tu trasero de mocoso tratando de intimidar a los demás en el preescolar y parece que no has cambiado en absoluto en treinta y cinco años de vida".

Wes parecía enojado, especialmente por ser recordado el hecho de que Fenton lo había conocido cuando apenas estaba fuera de pañales. "Sería mejor que regresaras a tu puesto y te preocuparas por mantener esta ciudad segura, en lugar de preocuparte por cosas que no son de tu incumbencia".

Mientras se daba la vuelta y marchaba con Carrie hacia el carruaje, Wes le gritó, "Bueno, no esperes que ninguno de nosotros baje hasta tu granja, viejo. Estás solo por ahí".

"¡Así es como me gusta!" gruñó Fenton, murmurando comentarios posteriores que no eran ni amigables ni repetibles en compañía mixta.

Carrie habría sonreído si no estuviera tan asustada por Chris. Wes era malas noticias. Había regresado de Irak en 2006, rumores de una deshonrosa deserción en el aire, y había abofeteado a su joven esposa tan mal que un día ella dejó la ciudad con sus dos hijos y nunca regresó.

Cuando estalló la lucha, él tomó la delantera, y mostró a algunos de los otros jóvenes de la ciudad algunas estrategias de lucha bastante efectivas y letales. Había mantenido a la mayoría de los residentes de Tiptonville y las áreas circundantes libres de la muerte y la destrucción que otras pequeñas ciudades habían sufrido, pero algo sobre Wes Perkins no estaba del todo bien. Ahora nadie hablaba mucho de ello, pero Wes no era alguien que quisieras cerca en tiempos de paz y solo cuestionablemente en tiempos de guerra.

Cargaron el carruaje, subieron y condujeron más allá de la dura mirada de Wes.

"Te estaré vigilando", dijo, mirando a Chris mientras el carruaje se alejaba, de regreso fuera de la ciudad. Pasaron las torres de vigilancia en silencio y exhalaron un suspiro colectivo de alivio después de haber pasado los camiones quemados y cruzado los límites de la ciudad.

Cuando la granja comenzó a aparecer en la vista, Carrie se inclinó y abrazó a Chris con fuerza. "Eres nuevo en la ciudad. Mejorará, lo prometo". Su toque era reconfortante, y Chris se relajó en él, incluso si no creía sus palabras por un segundo.

El Refugio

"La primera vez que escuchamos disparos, mis padres me dijeron que no era nada. Leíamos con luz de lámpara en el sótano y fingíamos ser pioneros. Habría funcionado si no estuvieran tan asustados. Pero recuerdo el miedo aunque sus rasgos se hayan desvanecido de mi memoria. Yo fingí junto con ellos por el bien de Tina, ella solo tenía tres años y yo; yo era el hermano mayor, después de todo.

Para la tercera noche, los disparos se habían acercado. Las sirenas, normalmente usadas para advertirnos sobre el clima peligroso, sonaban, advirtiendo a todos los ciudadanos de Clinton de una inminente invasión.

Nadie fingía ser pioneros ya. Todos estábamos asustados y nerviosos, y mamá y papá insistieron en que durmiéramos dentro del rincón del armario detrás del falso frente. Había un refugio en el sótano que habíamos hecho para las cuatro personas, con otro escondite dentro del armario construido dentro y un falso fondo dentro de eso. Era tan pequeño que solo Tina y yo podíamos caber, y conducía a un espacio de arrastre que olía a moho y polvo. Pudiéramos arrastrar mantas y almohadas con nosotros, y Tina estaba aterrorizada y lloró hasta quedarse dormida acurrucada contra mí. Con las paredes de cemento del sótano arriba y a nuestro alrededor, podíamos oír muy poco de fuera de nuestro pequeño nido. Y esa noche, mientras Tina y yo dormíamos, las tropas se movieron hacia la ciudad, y rápidamente comenzaron a demoler las casas, calle por calle.

Creo que sabían lo que pasaría. Tengo tanta dificultad perdonándolos que morirían y nosotros deberíamos vivir. ¿Qué clase de mundo quedaba para que dos niños pequeños existieran completamente solos?" —**Diario de David**

David despertó primero. Sus ojos se abrieron de golpe. Había estado soñando que era la mañana de Navidad, con regalos alrededor del árbol. El sueño se había deshilachado, interrumpido por gritos. Ahora no escuchaba nada. No había gritos, murmullos, disparos ni explosiones, ni siquiera el crujido del camino de grava afuera. Tina dormía acurrucada contra él, su aliento cálido y húmedo. Su camiseta estaba mojada en el lugar donde su cara se apretaba contra su pecho. Normalmente la habría empujado, llamado a la pequeña bebé. Pero en ese momento, él no se sentía tan grande. Se sentía pequeño y solo. Ya era de día. Podía ver eso, pero nada más. Se esforzó por escuchar algo más que el suave ritmo de los respiración de Tina, entra, sale, ocasionalmente suspirando mientras dormía, quejándose para sí misma. ¿Un mal sueño?

Después de varios minutos, pudo escuchar el leve trinar de un pájaro, el crujido de disparos muy, muy lejos. ¿Mamá y papá todavía dormían? La respiración de Tina apenas cambió cuando la movió cuidadosamente de encima de él, cubriéndola con una manta cálida como siempre hacía mamá antes de deslizarse, de vuelta a través del escondite al cuarto oculto. El cuarto estaba vacío, la puerta estaba abierta y, y podía ver... cielo?

David parpadeó, confundido, y se frotó los ojos. Tal vez esto era un sueño.

Pasó a través de la ruina de troncos caídos, pequeñas montañas de muebles mezclados con yeso, madera y ropa. Tuberías abiertas goteaban agua, y se dio cuenta de que sus pies estaban mojados. Tropezó hacia adelante, ganando un gran y doloroso corte en su pierna de una tabla sobresaliente. El silencio era aterrador, pero escuchar los ruidos que hacía rebotar a través del desorden de lo que había sido su hogar era aún peor. Su mente estaba vacía de cualquier palabra para describir lo que veía o nombrar el abrumador terror que sentía. Mamá y papá no estaban en la habitación. Su hogar estaba destruido. Estaba completamente solo.

El niño se paró y miró. Su pierna sangraba libremente del herida, pero no se dio cuenta, parado allí inmóvil hasta que escuchó un fuerte grito de miedo detrás de él. Se dio la vuelta para ver la pequeña cabeza despeinada de Tina mirando desde el armario con falso frente. Sus ojos eran agujeros negros de terror. Ella parecía tan confundida y conmocionada como él debía haber estado, y su labio inferior temblaba.

"¡Mamá!" ella chilló, ignorando a David mientras se abalanzaba hacia ella y trataba de ayudarla a salir y a subir. "¡Quiero a mamá!" chilló de nuevo antes de que pudiera calmarla. Le tapó la boca con la mano.

"¡Shh! Encontraremos a mamá y papá, pero tienes que estar callada! ¡Los malos aún podrían estar aquí!" la advirtió. Aunque parecía imposible que las cosas pudieran empeorar, sus ojos se hicieron más grandes al pensar en ello. Se calmó, frunciendo el rostro en la oscura masa de agua y se aferró a su hermano, envolviendo sus brazos y piernas alrededor de él.

La levantó y trató de llevarla, pero el camino estaba demasiado obstruido y tropezó, tirándolos ambos al agua sucia y yeso que yacía por todo el sótano.

Por su parte, Tina hizo muy poco ruido, a pesar de sus rodillas raspadas. Su mundo había cambiado demasiado, y ella estaba en el mismo estado de shock que él. Para cuando lograron arrastrarse y abrirse paso a través de los escombros hasta el otro extremo del sótano, ambos estaban sucios y mojados. Las escaleras que conducían arriba estaban rotas en varios lugares, pero suficiente parte de la escalera estaba intacta para que pudieran subir y salir.

Tina se aferró a la espalda de su hermano como un mono, y luego lo siguió en silencio después de que la dejó caer y empujó a través de los restos de su hogar. Lentamente, ambos niños salieron por lo que había sido la sala de estar y al patio trasero.

Solo les tomó unos momentos para que los dos niños encontraran los cuerpos inertes de sus padres. Yacían arrugados en la hierba a unos pocos metros de distancia. Papá parecía que hubiera estado tratando de alcanzar a mamá. Su brazo estaba extendido hacia ella. Su madre yacía boca arriba, los ojos abiertos y nublados, y papá estaba a la distancia de un brazo de largo boca abajo.

David se sentó abruptamente en la hierba junto a su madre. Se acercó con cautela y la tocó. Su piel estaba fría, elástica, y sintió que su estómago se revolvió y sus manos temblaron mientras se acercaba y cerraba sus ojos inanimados y abiertos.

Tina no dijo nada, solo se aferró a su mano libre y presionó su cara contra su hombro. Su pequeño cuerpo temblaba incontrolablemente. Pensó brevemente que debería decir algo, decirle que mamá y papá estaban en el cielo o algo así, pero no podía hacer que las palabras salieran. No había palabras. ¿Qué puede decir un niño de diez años a su hermana de tres? Ninguno de ellos tenía palabras para el horror ante ellos.

Pasarían horas antes de que dejaran los cuerpos de sus padres. Y entonces solo fue por el dolor hambriento en sus estómagos. La vida continúa groseramente frente a la muerte, y los cuerpos aún necesitan alimento.

David escarbó a través de los escombros hasta que encontró un paquete de bocadillos de cóctel de frutas, el tipo con tapas de tirar. Ambos comieron vorazmente, en silencio, evitando el borde afilado mientras metían los dedos en busca de las últimas pequeñas manchas de jarabe.

Tina lo miró, absortamente lamiendo un goteo de jarabe de cóctel de frutas de la esquina de su boca. "Encontraré más comida para nosotros en un rato", le dijo y caminó hacia el cobertizo en la esquina de la propiedad.

Aún estaba intacto, bastante incongruente cuando mirabas todos los hogares devastados a su alrededor. Dentro de la puerta colgaba una pala, y David la bajó de su gancho y caminó de regreso a donde yacían sus padres.

Excavar un hoyo lo suficientemente profundo para ambos fue increíblemente difícil.

David cavó y cavó y la parcela se ensanchó, se profundizó hasta que era de unos pocos pies de ancho y tal vez medio pie de profundidad. Sus manos, espalda y hombros dolían, y estaba sucio y terriblemente hambriento. Tina se había negado a dejar su lado y se sentó aferrándose a su pierna, ralentizando sus movimientos y agotándolo aún más. Se detuvo, frotó sus manos y enderezó su espalda. Detrás de él, Tina chupaba su pulgar ruidosamente y gemía por comida.

"Vamos, Teen", tomó su mano en la suya, "encontraré algo para que comas". Tropezaron entre los restos de su hogar y hacia la casa de los Connor que vivían más abajo en la calle. Los Connor habían partido la semana anterior, dirigiéndose hacia el este hacia la familia en Illinois, y el Sr. Connor había venido y le dijo a mamá y papá que se ayudaran a sí mismos con lo que dejaron atrás. La mayor parte probablemente todavía estaba allí en el refugio antiaéreo excavado a mano escondido detrás de estantes de libros. Era una caché de supervivencia que no tenían espacio para llevar cuando huyeron, cuando llegó la noticia de las tropas avanzando.

El refugio antiaéreo había sido saqueado. Los estantes de libros que tanto amaba la Sra. Connor habían sido arrojados al azar al suelo, pero nadie había descubierto la caché de alimentos escondida detrás de los estantes de libros. David encontró carnes enlatadas, vegetales, sopas listas para comer, incluso leche enlatada. Un viaje por la casa destruida de los Connor también produjo una abrelatas de mano. David luchó con él, abriendo una lata de leche y una de las sopas, y devoró con avidez su parte de ambas antes de que su hermana tuviera la oportunidad de comer. La mirada en su rostro lo hizo sentir terrible. Su labio temblaba, y le acarició el cabello torpemente y se aseguró de que comiera el resto de la sopa y la leche.

"Lo siento, Teen, tenía mucha hambre. Oye, mira, hay un poco de mermelada de fresa casera de la Sra. Connor, ¿quieres un poco?"

Tina se animó y minutos después estaba felizmente chupando mermelada de fresa de sus dedos mientras David la llevaba a una tubería de agua rota y goteante para lavarse.

El fino cabello rubio de Tina pronto se volvería enmarañado más allá de toda esperanza de redención. David hizo lo mejor para mantener las manos y la cara de su hermana limpias, pero el resto de ella tomó un aspecto grisáceo y sucio en los días, semanas y finalmente meses que siguieron.

Al final, les tomó dos días completos cavar la fosa lo suficientemente profunda para enterrar los cuerpos de sus padres y una semana completa para que las ampollas sanaran. El stock de alimentos enlatados en la casa de los Connor eventualmente se agotó. David amplió sus búsquedas a las otras casas destruidas a su alrededor. Dos veces se habían escondido de tropas que marchaban por la zona.

Los uniformes eran diferentes, pero un extraño era un extraño y los niños estaban demasiado asustados para probar la bondad de los soldados extranjeros. Los hombres atravesaron las extensiones destruidas de casas, sus ametralladoras colgando de sus hombros, buscando botín, comida o agua limpia, o cualquier otra cosa que les gustara. Saquearon a los muertos, dispararon a cualquier animal callejero desafortunado que cruzara su camino y bebieron botellas de alcohol (David había leído las etiquetas de las botellas vacías descartadas en sus campamentos) antes de finalmente moverse hacia el sur hacia áreas más pobladas.

La primavera se había convertido en el verano alto, pero su escondite se mantuvo relativamente fresco. David se aseguró de que ambos bebieran de las tuberías de agua rotas y no del estanque o del agua salobre que se acumulaba en los canales de drenaje. Solo una vez habían cometido ese error, y Tina se había enfermado tanto que temía que muriera. Había tenido fiebre, caliente al tacto y ojos vidriosos durante dos días antes de mejorar lentamente. Cuando las tuberías de agua se redujeron a un hilo y finalmente se secaron, David buscó otras nuevas, con Tina siguiéndolo en silencio a dondequiera que fuera.

Había un patrón en los días ahora. Cada mañana, se despertaría primero y luego sacudiría a su hermana para despertarla. Se daría la vuelta mientras ella usaba el inodoro rebosante y apestoso en la casa de la calle abajo, y la llevaría a la fuente de agua más cercana y se aseguraría de que se lavase la cara y las manos. Comerían comida enlatada para el desayuno, se lavarían de nuevo y buscarían suministros. Lo harían calle por calle, extendiendo círculos cada vez más amplios. Los paseos se estaban haciendo cada vez más largos, y a menudo se detendrían en un refugio familiar y dormirían un rato con el sol ardiente sobre ellos. Tina todavía era pequeña, así que necesitaba más sueño. Y David encontró fácil quedarse dormido con su hermana acurrucada contra él, incluso en los días más calurosos, su pequeño cuerpo húmedo y pesado.

Más tarde, tomarían lo que habían encontrado y regresarían al escondite para cenar y dormir. El sueño llegaba con la puesta del sol. Las pocas velas que habían encontrado eran preciosas y las linternas y las baterías aún más. Así que para cuando la oscuridad cayera por completo, los dos niños ya estaban bien acurrucados en su nido, acurrucados uno contra el otro por comodidad. Si sus padres pudieran verlos ahora, David reflexionó una noche, ambos estarían sonriendo de sorpresa y orgullo por lo bien que se estaba portando con Tina. El único momento en que habían discutido había sido sobre qué comer, pepinillos u olivas, para cenar una noche. Aparte de eso, había sido el mejor hermano mayor que podía ser; mejor de lo que sus padres habrían soñado nunca. Tina gimió repentinamente en su sueño y la acercó más y le acarició el cabello enmarañado hasta que su respiración se niveló y su cuerpo se relajó de nuevo.

Dos Más Hacen Cuatro

"He aprendido tantas cosas en los últimos diez años. Cosas que no enseñaban en la escuela ni siquiera en los Boy Scouts. Si el yo que era alguna vez conociera al yo que soy, ¿me reconocería? Sé cómo tomar una vida. Y lo he hecho para salvarme a mí y a los míos. Sé cómo desollar caza y ganado, cultivar comida para comer, rastrear ciervos y romper el hielo en invierno para asegurarme de tener agua para beber. Sé muchas cosas, pero lo más importante es que sé que no tienes que ser de sangre para ser familia. Jess, la pequeña Erin, Becka, Jacob, todos son mi familia, tanto como Tina. Incluso Q2 es familia. Incluso Lord Flea. No puedo imaginar la vida sin ellos. No creo que quisiera hacerlo". **—Diario de David**

Jess y Erin avanzaban constantemente hacia el norte, siguiendo primero el río Luc, luego el lago Clinton y ahora algún otro cuerpo de agua desconocido. Su progreso era mucho más lento ahora que la barriga de Jess se había hinchado, presionando contra la camisa de tamaño grande y obligando a sus pantalones a inclinarse debajo de ella.

Ahora estaban sujetados con un alfiler de seguridad desde que el botón se le había caído. Estaba tan jodidamente cansada de caminar. Peor aún, la cosa horrible dentro de ella seguía dándole patadas. La mantenía despierta durante las noches cuando yacían en el suelo duro, exhaustos después de otro largo día de caminar.

Erin todavía insistía en hervir cualquier agua que encontraran. Por lo general, ahora había tierra o arena en ella, ya que las lluvias eran menos frecuentes y los niveles de agua bajos en los arroyos. El sabor plano y aburrido que tenía después de hervirse le sabía a putrefacción a Jess, pero la bebía de todos modos, a pesar de la forma en que su estómago se revolvía en protesta. Al menos podía mantener la comida abajo. Eso era una mejora con respecto a la primavera, pero ahora los dolores de espalda y la acidez estomacal habían aparecido.

El sol ni siquiera comenzaba a ponerse sobre el horizonte cuando llegaron a las afueras de Clinton, y Erin insistió en detenerse en las ruinas de una iglesia. Quincy había estado gimiendo y acariciando la mano de Jess durante la última hora. Solo tenía unos pocos meses, pero el cachorro sabía cuándo su dueña estaba cansada.

"Tienes círculos debajo de tus ojos tan malos que parece que te han golpeado", observó Erin, empujando suavemente a Jess hacia un banco cercano después de cubrirlo con una manta desgarrada y sucia. "Por el amor de Dios, acuéstate un rato. Buscaré algo de comida y agua y me aseguraré de que el área esté segura. Quincy, vigílala de cerca y asegúrate de que descanse". El perro gimió suavemente en respuesta.

Jess no discutió, estaba demasiado exhausta. Se sentó en el banco y cerró los ojos. Quincy le lamió la mano suavemente, gimió de nuevo y se acomodó en el suelo, manteniendo el contacto con Jess en todo momento. La cachorra estaba actuando raro y lo había estado todo el día. El dolor de espalda de Jess, sus pies dolían. Demonios, casi todo le dolía hoy. La noche anterior había sido insonable; ambos habían escuchado los disparos en la distancia, preguntándose si se dirigían hacia ellos.

Así que ahora, cuando Jess cerró los ojos, el sueño llegó rápidamente, arrastrándola y lanzándola instantáneamente a un sueño. Un pesadilla en realidad, siempre era la misma: hombres rodeándola y alcanzándola. Ella se empujaba contra la pared lejana, tratando de escapar, siempre tratando de empujarlos mientras la aplastaban bajo sus cuerpos sudorosos.

Fue el crujido de pies sobre vidrios rotos y el ladrido corto y rápido de Quincy lo que la despertó instantáneamente, su corazón latiendo de miedo. La mitad de su mente aún estaba en la pesadilla. Instantáneamente su mano encontró a Lady, como le gustaba llamar a su regalo del viejo Coop. Mantuvo los ojos cerrados mientras escuchaba el siguiente paso. Moriría antes de volver, de eso estaba decidida. Otro crujido silencioso, este a solo unos pocos pies de distancia, y ella se lanzó hacia arriba a pesar de su barriga incómoda y prominente.

Brandeando el revólver, gritó sin palabras. El pequeño niño se encogió ante ella, la boca abierta y inmóvil, una expresión de terror en su cara sucia. El cuerpo de Quincy se apretó firmemente contra las piernas de Jess, y su cola golpeó el suelo mientras gimiaba de emoción.

Era solo un niño. Una pequeña cosa, no mayor de cuatro años y tal vez ni siquiera eso. Tenía el cabello enmarañado y sucio que podría haber sido un castaño claro si estuviera limpio. Para adivinar, Jess tendría que decir que era una niña, pero con toda la mugre, era difícil de decir. Los ojos del niño se movieron lejos de Jess y se centraron en alguien detrás de ella y ella giró para encontrar a un niño mayor, igualmente sucio, con un ladrillo en la mano, mirándola con una mirada temerosa y cautelosa.

Justo entonces, la voz de Erin resonó, "¡Vaya, niño, suelta la roca! Venimos en paz!" Había regresado de la búsqueda de víveres y estaba de pie en la puerta rota de la iglesia con varias latas bajo un brazo y una bendita y rara botella de agua de manantial sin abrir en la mano.

Ambos niños se movieron sobre sus pies, su atención dirigida hacia ella y se prepararon para huir. Erin sonrió ganadora. "Encontré estofado de carne y judías verdes e incluso un poco de leche condensada dulce. ¿Alguien tiene hambre?" La pequeña lamió sus labios al mencionar la leche y miró al niño mayor para recibir instrucciones. Era obvio para ambas chicas que, excepto por sí mismos, estos dos niños estaban completamente solos.

Jess aprovechó el interés de la niña y habló. "Mi nombre es Jess, y esa es mi amiga Erin. ¿Cuál es tu nombre?"

Un pulgar sucio había encontrado su camino hacia la boca de la niña y ahogó sus palabras, "Deena".

El niño habló, "Ella es Tina, y yo soy David".

Jess les sonrió y se sentó de nuevo. Eran solo niños. Sería menos amenazante si estuviera sentada. Además, todavía estaba cansada.

Puso el revólver a un lado y le dio al niño mayor una mirada firme y tranquilizadora. Él la miró de vuelta con cautela. "Compartiremos lo que tenemos con ustedes si tienen hambre".

El niño asintió y relajó su agarre sobre el ladrillo, finalmente lo dejó caer mientras Erin sacó un abrelatas de su mochila y abrió las latas. Ambos niños no dijeron nada, solo miraron fijamente las latas de comida hasta que se abrieron y se les ofrecieron. E incluso después de eso, solo hubo golpes silenciosos de satisfacción entrecortados por sorbos fuertes.

La pequeña, Tina, se rió cuando Quincy puso sus patas sobre los hombros de la niña y le lamió la cara con entusiasmo. La cachorra no podía controlar su entusiasmo al conocer a nuevos amigos, especialmente uno de tan pequeño tamaño. Jess se divertía al notar que la lengua laboriosa del perro había limpiado una gran cantidad de la mugre.

Erin extrajo detalles del niño, aprendiendo que él y su hermana estaban solos y lo habían estado durante meses. Recientemente, habían escuchado disparos de nuevo y se habían escondido de los soldados que se movían por la zona. "Mataron al perro de los Tubman, Reggie", notó David con solemnidad, "nos escondimos de todos después de ver eso".

Jess y Erin le contaron a los niños una versión editada de cómo habían sido capturadas por soldados y finalmente habían logrado escapar. "Hiciste lo correcto al esconderte", aseguró Jess. "Esos hombres son muy peligrosos".

Tina había terminado de lamer la última de la leche condensada de la lata y se subió audazmente a las rodillas de Erin, acurrucándose contra la adolescente y jugando con el cuello de su camisa antes de deslizarse lentamente en un ligero sueño. David ofreció mostrarles el escondite y Erin se puso de pie, cambiando a la niña dormida a su hombro. Tina todavía era joven y acostumbrada a las siestas regulares. Envolvió sus piernas alrededor de la cintura de Erin y gimió. Ambas chicas se encontraron sonriendo; la pequeña niña era adorable a pesar de su apariencia sucia y desgarrada.

Solo eran unas pocas cuadras hasta el escondite, pero Jess se sentía nauseabunda y mareada para cuando llegaron. Quincy estaba cerca de su lado, tan cerca que dos veces casi tropezó con la cachorra.

"¿Qué te pasa, Quincy?" la perra solo gimió y le lamió la mano mientras intentaba acercarse más.

Cada día que pasaba, se movía más y más lentamente, y su barriga crecía más y más grande. Había hecho que el viaje fuera miseramente lento también.

La disgustaba, la cosa que daba patadas y se revolvía dentro de ella y la forma en que su cuerpo se sentía como si ya no le perteneciera. ¿Alguna vez lo había hecho? Desde que los soldados los habían tomado, desde ese momento en que la habían arrastrado a la Carpa 5, su cuerpo ya no había sido suyo. Estaba cansada de correr, y cansada de la cosa dentro de ella. Su estómago se retorció de nuevo, con un doloroso calambre, "Genial, no solo estoy jodidamente cansada, ahora voy a vomitar".

A su lado, Quincy gimió suavemente y le lamió la mano. La cachorra había estado pegada a su lado todo el día, gimiendo en silencio y acariciando la mano de Jess con su nariz mojada. David señaló un pequeño y sucio agujero en medio de las ruinas de una casa y anunció, "Ahí es donde Tina y yo dormimos".

No había forma de bajar las escaleras, a menos que pesaras menos de 50 libras, y el pequeño agujero al que señalaba era demasiado pequeño para que Jess o incluso Erin pudieran caber. A unos pocos metros de distancia de la casa en ruinas había un montículo desigual de tierra. Erin siguió la mirada de Jess y vio el marcador rudimentario y los montones de flores muertas esparcidas sobre la tierra dura. Tenía que ser los padres de los niños.

El sol se hundió más en el cielo y los ominosos comienzos de un trueno retumbaban en la distancia. Jess miró las nubes tormentosas de un gris oscuro que se reunían. No había ningún refugio que mencionar; incluso la iglesia en ruinas detrás de ellos carecía de techo. Jess se sentía como gritando, llorando y simplemente colapsando en el suelo por frustración y agotamiento. Las cosas no podían empeorar.

¿O sí podían?

Jess sintió un chorro de líquido salir de ella, fluyendo por sus piernas y empapando sus pantalones y zapatos desgarrados. No era un dolor de estómago, no era comida mala... estaba llegando.

El Nacimiento de Jacob

"Jacob me preguntó hoy sobre su padre. No sabía qué decir. No le he contado la verdad. Lo amo tanto, mucho, mucho. Lo miro y sé exactamente quién es su padre. Su rostro era tan distintivo, y Jacob se parece mucho a él excepto por los ojos. Mi dulce Jacob tiene mis ojos azules, no los ojos azules helados de su padre. A veces me digo a mí misma que no puedo estar segura, podría haber sido cualquiera de ellos. Y podría haber sido... pero no lo es. Jacob se enojó el sábado pasado. Estaba tan enojado que pensé que iba a golpear a David, quien lo había estado molestando sin descanso. Pero la mirada en su rostro trajo recuerdos terribles. David dijo que me volví blanca como un fantasma. ¿Cómo le digo a mi hijo, a quien amo más que a la vida misma, que su padre es un monstruo? ¿Cómo le digo que si alguna vez veo a ese bastardo de nuevo, lo voy a matar? Así que mentí. Le dije que su papá murió antes de que llegara a conocerlo muy bien".—**Diario de Jess**

Había muy poco refugio con el techo de la casa desaparecido y la lluvia que se acercaba rápidamente. Ni Erin ni Jess podían pasar por el pequeño escondite en el sótano. Pero aquí debían refugiarse, había demasiada actividad al sur. Las tropas se movían por la zona. Además del trueno, ahora podían escuchar disparos provenientes del sur.

Si hubieran sabido que Clinton se había convertido en un campo de batalla entre varias facciones de grupos con nombres que ni siquiera habían oído, las chicas habrían evitado la ciudad en ruinas. Pero no había forma de saberlo y ahora estaban en medio de todo, con el bebé por nacer y soldados al sur dirigiéndose hacia ellos.

La tormenta se acercaba desde el oeste, nubes negras y amenazantes, relámpagos bailando entre ellas y el trueno acompañante aumentaba en frecuencia. Si se dirigían al este, solo las seguiría, y de todos modos no había refugio conocido en esa dirección. Unas pocas horas como máximo, y estarían en el corazón de lo que prometía ser una violenta tormenta de verano.

Jess se sintió aliviada cuando Erin regresó de revisar el cobertizo, que dijo que serviría en una emergencia. El techo estaba intacto, y sonrió alentadoramente a Jess, quien estaba sentada en el suelo, con la cara apretada y los nudillos blancos, agarrando un manojo de hierba cuando otra contracción la golpeó, "Vamos, conseguiré las mochilas y los niños pueden traer mantas y almohadas".

Jess solo asintió. El dolor se estaba poniendo malo, y estaba asustada. Dios, estaba tan jodidamente asustada. ¿Y si algo salía mal? ¿Y si empezaba a hemorragiar? ¿O si la cosa se atascaba dentro de ella? Pero más que nada, solo quería que saliera.

Esta cosa había estado creciendo dentro de su cuerpo, tomando su comida para sí misma, ralentizándola y haciéndola vulnerable. Deseaba por la centésima vez que hubiera sido lo suficientemente valiente para matarla al principio.

Cuando su agua se rompió, miró sus pantalones y zapatos mojados y la pequeña piscina de líquido que se formaba alrededor de sus pies en un shock numbed.

Esta pesadilla que era su vida, con la desesperación de la supervivencia diaria, había encontrado sorprendentemente fácil ignorar la barriga en expansión. Incluso las patadas constantes de la criatura no deseada que estaba dentro de ella; ¿cuántas veces había encogido los hombros, preocupándose en cambio por cuánto más podrían caminar en un día, o cuánto duraría la carne ahumada antes de necesitar más?

Un cobertizo, lleno de equipos de jardinería que Erin y David sacaron rápidamente y arrojaron a un lado. Hubo una sorpresa momentánea cuando una familia de conejos salió de un agujero debajo de la estructura y corrió a toda prisa hacia el matorral. Quincy dejó el lado de Jess por primera vez ese día y se lanzó tras ellos. "¡Quincy!" Erin llamó en exasperación, pero la cachorra la ignoró, luego desapareció de vista, ansiosa por atrapar un conejo para su dueña.

La hierba estaba descontrolada, alta y espesa, árboles de ramas bajas rodeaban el cobertizo. Si tenían suerte, el techo no tendría goteras y con la noche llegando era un lugar relativamente seguro para esconderse de los ojos enemigos.

Rápidamente se pusieron a hacer un nido de alguna manera. En realidad, necesitaban dos, uno para los niños en la esquina lejana y otro para que Jess tuviera a su bebé. Mantas, ropas viejas y un puñado de almohadones manchados de sofá se pusieron en uso.

Erin se volvió hacia David, "Necesito agua, mucha. Toma el balde y llénalo lo más que puedas". Él partió en silencio, Tina un paso detrás de él, agarrando la solapa de su camisa con un puño sucio. Se dirigieron a la tubería. Cuando el agua dejó de correr hace meses después de un feroz tiroteo, había buscado días y finalmente encontrado una tubería rota una cuadra de casas demolidas más allá. Al principio había goteado agua, pero ahora se redujo a un pequeño, pero flujo constante. Tomaría un tiempo llenar el balde.

El trueno ronroneó ominosamente, y Tina trotó para mantenerse al día hasta que llegaron a la tubería. En la distancia podían escuchar el parloteo de ametralladoras. Las tropas estaban cerca, demasiado cerca, y David deseaba poder solo correr de regreso al escondite y olvidarse de obtener agua o esperar a que nazca el bebé. Se preguntaba si Jess moriría, ¿a veces no mataba el tener un bebé a las mamás?

En los viejos tiempos, cuando había carretas cubiertas y no carros, mujeres y bebés morían en el parto. Lo había leído en un libro, así que tenía que ser cierto. No parecía correcto, tener un bebé aquí sin un doctor. Se suponía que debías ir a hospitales para cosas así. Recordaba cuando su mamá había tenido a Tina hace un poco más de tres años. Estuvo fuera durante días en el hospital; había visitado con su papá todos los días. Su mamá había parecido tan cansada, pero sonriendo y feliz también. Incluso había sostenido el pañal rojo chillón que era su hermana. Pero el hospital había desaparecido, nada más que un cascarón bombardeado. Además, incluso si no hubiera sido bombardeado, no había doctores allí. Hace mucho tiempo que habían huido, muerto o sido capturados.

Tina tiró de su camisa, y David saltó de sorpresa. Había estado parado allí, mirando al espacio mientras el balde se llenaba hasta el tope, goteaba y se derramaba sobre su zapato. Ni siquiera se había dado cuenta de que estaba tan perdido en sus pensamientos. Levantó el balde, regresando a Erin y Jess, más lento ahora, el balde pesado y chapoteando de un lado a otro.

Cuando se acercaron al viejo cobertizo, comenzó a llover, grandes gotas gordas que se convirtieron en una lluvia torrencial en los últimos veinte pies hasta la puerta del cobertizo. Podían escuchar los gemidos de dolor de Jess mientras abrían la puerta. David esperaba que nadie se acercara lo suficiente al cobertizo para escucharlos o encontrarlos, y de nuevo deseaba que él y Tina estuvieran en su escondite.

Pasaron horas. La noche había descendido hace mucho tiempo junto con la tormenta. Las ramas de los árboles se agitaban en el viento fuera de la pequeña estructura, golpeando el techo como dolientes dolientes, desesperados por lo que el mundo había llegado a ser. Una pequeña gotera goteaba en una esquina, y la puerta retemblaba con cada ráfaga de viento.

Un relámpago iluminó las dos pequeñas ventanas del cobertizo, y el trueno acompañante sacudió el pequeño edificio al unísono con los gritos de Jess. David y Tina estaban acurrucados en una esquina, aterrorizados, con los ojos como platos. Los niños estaban divididos entre querer desesperadamente estar de vuelta en su escondite y quedarse con estas dos chicas que los habían alimentado y hecho amigos. Y los gritos eran ensordecedores. Si no fuera por la furia de la tormenta fuera, David habría arrancado a su hermana de los pies y huido de regreso al único hogar que había conocido.

En cambio, él y Tina observaron con fascinación horrorizada, su hermana balanceándose de un lado a otro en su regazo, chupando su pulgar y completamente agarrada a su camisa como un pequeño mono a su madre. Ya no tardaría mucho.

"¡Oh Dios! ¡Erin! ¡Duele, duele! ¡Oh Dios, saca esta cosa de mí!" Jess estaba sollozando de miedo entre los gritos.

El bebé casi estaba ahí, y la presión y el dolor eran insoportables. Seguramente estaba siendo desgarrada. Sentía un terror aturdidor al pensar en sangrar hasta morir y solo podía imaginar a esta criatura dentro de ella como un horrible alienígena arañando su camino fuera de ella. Jess estaba perdiendo su agarre mientras Erin intentaba hacer sonidos de apoyo sin palabras mientras sostenía la mano de Jess y miraba entre las piernas de su amiga. Un relámpago iluminó el cobertizo, y ella vio... ella vio...

"¡Jess! ¡Puedo verlo! ¡Puedo ver su cabeza! ¡Aguanta, cariño! ¡Ya casi está aquí!"

Se abalanzó por la sábana más limpia que pudo encontrar; lista para atrapar a la maldita cosa cuando saliera disparada. Se imaginó que sería impulsada por cohete por la fuerza pura de los empujes de Jess. Jess se encorvó hacia adelante, su rostro retorcido, y su boca abierta para dejar escapar el grito más fuerte hasta ahora.

Su cuerpo convulsionó y la cabeza del bebé empujó hacia afuera, se detuvo por un momento en los hombros y luego se deslizó lentamente. Todo fue bastante sin huesos y anticlimático mientras Erin lo levantaba con manos temblorosas.

La sangre y el líquido amniótico habían brotado con él, y había esta extraña pasta blanca por todas partes. No se movía, ni un tic. ¿Qué era esta mierda blanca tan desagradable por todas partes del niño? Era... espera... miró al bebé desnudo de cerca en la oscuridad... y ayudado por otro relámpago, vio... un niño... ¡era un niño!

"Es un niño, Jess, tuviste un niño", sonrió, "Te dije que lo llevabas bajo".

"¿Está, está... muerto?" Jess preguntó, con un tono casi esperanzado en su voz.

Parecía por un momento el epítome de lo terrible que era la vida, esta criatura que la había ocupado, un producto del horror que ella y Erin habían soportado a manos de los soldados.

El ruido de la tormenta pareció disminuir, y hubo varios segundos largos de silencio. El bebé no se movió. La puerta del cobertizo se abrió y los cuatro ocupantes miraron hacia arriba para ver la nariz negra mortal de un AK-47 apuntando directamente hacia ellos.

El soldado pasó su rifle a cada uno por turno. El bebé, que había estado tan silencioso, tan seguramente muerto, dejó escapar un gorgoteo líquido, un respingo burbujeante, y luego... un delgado llanto de descontento. Pero nadie miró al bebé; sus ojos estaban clavados en esta criatura de la muerte, con su arma mortal apuntando hacia ellos, parado inmóvil en la puerta. Alto, rubio, y, cuando el relámpago iluminó su rostro, bastante guapo. Se quedó parado un momento, tomando en la escena que tenía delante.

Había dos niños pequeños acurrucados en una esquina y dos chicas adolescentes congeladas de miedo a sus pies. En los brazos de la chica pelirroja había un pequeño bebé retorciéndose. Otro relámpago mostró que era un niño.

El bebé había nacido obviamente hace solo segundos; su cordón umbilical todavía estaba adjunto. Todos lo miraron con terror descarado.

El Sargento Jacob Daniels Sr. giró su arma a cada uno por turno. Un rifle estaba apoyado en la esquina lejana del cobertizo. Miró al recién nacido y recordó el día en que su hijo había nacido. La enfermera le había entregado su pequeño hijo, limpio y envuelto en una manta suave, y él había estado allí en el hospital del ejército en Fort Hood, sorprendido de lo pequeño y frágil que era el niño.

Jacob Junior, en ese tiempo y lugar más felices lo habían llamado, más tarde lo llamaron JJ para abreviar. Mil imágenes de su rostro sonriente parpadearon a través de los recuerdos del Sargento como una película casera. Se había crecido tan rápidamente de un pequeño bebé a un niño sonriente y finalmente en ese precoz niño de cuatro años que insistía en que iba a crecer y ser como papá.

Pero Nancy no había querido ser una esposa militar. Ella había querido más. Ella había querido terminar su Maestría en Historia del Arte, y ¿quién era él para retenerla? Cuando había llegado el final, ella ya se había mudado a Austin y le había servido papeles. Él había logrado venir a visitar y verlos tan a menudo como podía en permiso. Pero no era suficiente para el pequeño Jacob, que lloraba y suplicaba a su padre que no se fuera al final de la visita.

Nadie había podido decirle exactamente qué había pasado con Nancy y JJ, pero habían estado demasiado cerca, probablemente aún dormidos en esa hermosa mañana de sábado, cuando una pequeña bomba táctica hizo un cráter en la sección noreste de la ciudad y aniquiló cualquier cosa dentro de un radio de doce cuadras del Distrito de las Artes y la Universidad de Texas donde Nancy era estudiante. Él quería creer que había sido rápido, que su hijo no había sufrido, y que no había muerto gritando como las docenas de otros que habían mostrado en las enormes pantallas en la Plaza Común de Fort Hood.

Los niños a sus pies estaban aguantando la respiración, ojos grandes, aterrorizados.

Todos eran niños, incluso los dos mayores, que aún no podían estar fuera de su adolescencia. ¿Qué demonios estaba haciendo aquí? Como si perder a JJ no fuera suficiente. Esta guerra, estaba matándolos a todos, desarmando familias y destruyendo vidas. Podía escuchar a sus hombres acercándose, llamando por la radio para preguntarle su estado. Pronto, estarían lo suficientemente cerca para ver el cobertizo y sus ocupantes.

Inexplicablemente, casi increíblemente, bajó su arma. Su cuerpo se relajó ligeramente, revelando cansancio y... dolor?

En una voz sorprendentemente suave, apenas oída por encima del trueno y el viento, dijo, "Yo tuve un hijo una vez. Parece... hace... tanto tiempo. Su nombre era Jacob". Luego, sin otra palabra, se dio la vuelta, cerrando suavemente la puerta detrás de él y desapareciendo en la tormenta enardecida.

El bebé seguía llorando suavemente, como si estuviera pidiendo educadamente que lo pusieran de nuevo en el mundo cálido, y junto al latido del corazón constante del que había sido tan groseramente expulsado. Erin se sentó sin sentido, mientras el bebé se retorcía, su cordón umbilical aún adjunto, mirando a esta criatura alienígena en sus brazos que de alguna manera acababa de salvarlos de una muerte segura.

Las lágrimas comenzaron a brotar de los ojos de Jess y extendió sus brazos, "Quiero verlo".

De repente, esta cosa era un niño, un niño, algo que era parte de ella, no un pedazo del monstruo que la había violado y le había puesto su semilla. Y mientras Erin pasaba suavemente al bebé a ella, sintió su corazón estirarse, como si los agujeros de tanta pérdida se estuvieran cosiendo. Mamá se había ido. Papá se había ido. Christopher se había ido. Sus recuerdos, la pérdida que sentía por su ausencia en su vida, eran abrumadores. Se habían ido, tantas personas que había amado y necesitado.

Pero este, este pequeño niño llorando, desnudo, de alguna manera llenó esos agujeros abiertos, y sintió su corazón expandirse en su pecho.

Lo acercó más a ella, tocando suavemente al bebé debajo de toda la pasta pegajosa y la sangre. Su corazón latía fuerte; su rostro estaba arrugado y rojo. Apenas notó a Erin sacar el pequeño cuchillo y cortar el cordón umbilical, o tomar un pedazo suave de tela, mojarlo en agua y comenzar a limpiar la pasta pegajosa y la sangre que los cubría a ambos. Cuando estaban relativamente limpios, colocó una manta alrededor de los hombros de Jess y cubrió al bebé con otra.

Jess solo miró a los ojos azules brillantes del bebé y sonrió. "Hola", titubeó por un momento, "Supongo que soy tu mamá".

Los llantos suaves del bebé se calmaron, mientras parpadeaba una vez hacia ella. Su pequeña mano se cerró y agitó como si dijera hola de vuelta.

Miraron a los ojos el uno del otro por un largo momento. La mente de Jess corría con imágenes de los muertos hace mucho tiempo. Mamá, papá, Chris, Allen, personas en las que había dependido y había sido devastada cuando las habían arrancado de ella. Este niño, este pequeño bebé, la necesitaba, la necesitaba.

Y luego, como si fuera lo más natural del mundo, se abrió la camisa y ofreció una de sus pechos al pequeño hocico. Y los cuatro miraron con fascinación mientras el bebé comenzaba a mamar.

Afuera, la tormenta continuaba enardecida mientras un sargento llamaba a sus hombres, "Muévanse hacia el norte. No hay nada aquí más que muertos".

Y las tropas marcharon, con el Sargento Jacob Daniels, Sr. a la cabeza. Marchó a través del barro, pasando una fila de casas bombardeadas. Apenas notó los marcadores de tierra rudimentarios, o los cuerpos tirados en zanjas al norte de la pequeña ciudad. En cambio, recordó la risa de un niño rubio que había muerto demasiado joven.

Después de la Tormenta

"Solo conocí a Erin por un corto tiempo. Ella parecía mucho mayor, supongo que la pensé como una adulta. Mirando hacia atrás, me doy cuenta de que tanto Erin como Jess tenían apenas cinco años más que yo, todavía eran adolescentes, esencialmente todavía eran niños ellos mismos. La guerra y la pérdida se llevaron tantas partes de nuestra infancia. Sin embargo, de alguna manera, Jess y Erin no solo salvaron a Tina y a mí, también salvaron nuestra infancia. Todavía tuvimos que asumir responsabilidades y tareas que muchos adultos no habían tenido solo una década antes, pero ambos eran jóvenes y sabían lo importante que era divertirse. Recuerdo sonreír más en solo unas pocas semanas de lo que había hecho en casi un año". **—Diario de David**

Erin cerró el libro desgarrado y manchado de agua con un golpe; lo había encontrado entre los restos de la biblioteca de la ciudad. "Aquí dice que tiene ictericia, por eso está todo amarillo".

Jess se frotó los ojos, bostezó hasta que su mandíbula crujió y movió al bebé contra ella. Estaba dormido, y llevaba más de cinco horas dormido, pero estaba tan preocupada por su falta de apetito y el amarilleamiento adicional de su piel que no había podido dormir.

"Genial", podía escuchar cómo se le escapaba, "¿Entonces qué demonios hacemos?"

La sonrisa satisfecha de Erin se torció en los bordes. "Bueno, aquí dice que necesita luz ultravioleta. Algún tipo de incubadora que tienen en los hospitales... pero el hospital está en ruinas. Y probablemente necesita electricidad para funcionar, que tampoco tenemos".

Jess sintió una ola de desesperación que la envolvió. Sentía que todo el mundo estaba alineado contra ella. Quincy gimió y puso su cabeza en la pierna de Jess.

Había regresado antes del amanecer al día siguiente de la tormenta, una larga rasguño en su hocico, un pequeño cojera, un conejo muerto en la boca. Parecía profundamente apenada por haberse escapado el día anterior. Apenas había dejado el lado de Jess en los dos días siguientes y estaba fascinada por el pequeño ser humano que su dueña tenía tan cerca.

Jess movió a Jacob con un poco más de fuerza; desesperada por despertarlo y asegurarse de que comiera. Parecía que apenas había comido nada desde que nació, y comenzaba a tener miedo de que simplemente se desvaneciera. El sol estaba fuera, y era un hermoso día fuera del cobertizo. Tina había quedado dormida al sol, su melocotón a medio comer en una mano, y David había regresado unos minutos antes con agua fresca para lavar los platos.

"Genial, ¡simplemente genial! ¿Entonces qué hacemos ahora?" La falta de sueño la estaba volviendo loca, al igual que el calor, y los niños y la...

"Solo ponlo al sol". David estaba detrás de ellas, un balde de agua descansaba cerca de su pie izquierdo, el agua todavía se desbordaba por un lado. En algún lugar entre los escombros de su casa, había encontrado pantalones cortos, y estaban rasgados en un lado de la cintura. También se había quitado los zapatos y sus pies desnudos estaban cubiertos de barro.

Ambas chicas se volvieron y miraron al niño. Parecían tan confundidas que pensó que tal vez no lo habían escuchado la primera vez. "Solo ponlo al sol. No por mucho tiempo, solo un poco, unos minutos". Todavía las miraban y no decían nada. "Dijiste que necesitaba luz ultravioleta, ¿verdad?"

Erin asintió lentamente, "Sí... pero..."

"¿Pero qué? El sol tiene luz ultravioleta. Lo leí en un libro". Los miró con la expresión despectiva que solo un niño de once años puede llevar a cabo con éxito. Erin y Jess continuaron mirándolo mientras él se encogió de hombros y tomó el pequeño bebé de Jess con cuidado. "Así", le dijo al bebé, "aquí afuera en el sol donde está agradable y cálido".

Lo colocó suavemente en el suelo y apartó las mantas de la piel del bebé. El bebé se movió ligeramente en su sueño y volvió a estar quieto.

"¿Pero no se quemará al sol?" Jess se sentía estúpida al preguntarle esto a David, que era poco más que un niño pequeño a sus ojos.

David le hizo ojos de lado, "Por supuesto que sí... si lo dejas afuera demasiado tiempo. Solo unos minutos a la vez. Así no recibirá demasiado sol, pero al menos estará menos amarillo".

Jess y Erin se miraron y luego Erin se encogió de hombros, "Ah, diablos, ¿qué puede hacerle daño?"

Y así lo intentaron, colocando al bebé solo unos minutos al sol, envolviéndolo de nuevo y luego haciéndolo dos veces más después en el día. Para el final del siguiente día, parecía un poco más alerta, mucho más hambriento y mucho menos amarillo. La luz del sol parecía haber funcionado muy bien.

Pero ahora se encontraban con otro problema: pañales.

Cada casa que buscaban resultaba vacía de ellos. Todos se sentían muy lejos de estar seguros en la ciudad, así que una fogata estaba fuera de cuestión. Sin fogata significaba no agua caliente y ninguna forma de lavarse o lavar sus ropas.

Actualmente, el bebé estaba envuelto en tiras de una sábana que había estado relativamente limpia. Erin sabía que necesitarían mudarse pronto, y eso significaba suministros y pañales si podían encontrarlos.

Erin tomó a David y se dirigió de nuevo a la biblioteca en ruinas al otro lado de la ciudad. Estaba ubicada en un centro comercial cerca de algunas tiendas. Parecía el epicentro de la batalla que habían escuchado hace varios días.

Los cuerpos habían sido dejados para pudrirse al sol caluroso del verano. El olor era abrumador cuando se acercaban a la tienda Big Lots. A cincuenta yardas de distancia estaba el muro oeste colapsado de la biblioteca. Erin señaló a David hacia la biblioteca. "Te encontraré allí, pero necesito revisar esto primero, ¿de acuerdo?"

David solo asintió y retrocedió hacia la seguridad de los libros en ruinas. Cada vez que una brisa pasaba sobre los cuerpos, su estómago se revolvía en protesta. Intentó respirar por la boca para no perder su desayuno.

Erin envolvió un paño alrededor de su boca y nariz, tomó algunas respiraciones profundas y luego entró en Big Lots. Evitó mirar hacia abajo mientras pisaba sobre uno, dos y luego un tercer cuerpo cerca de la entrada. Barría las moscas que se agolpaban a su alrededor y logró llegar por un pasillo principal antes de vomitar en un contenedor de alfombrillas.

"Sección de bebés, sección de bebés", murmuró para sí misma, tratando desesperadamente de no pensar en el olor o los cuerpos. Giró a la derecha y pasó por la sección de ropa y accesorios y tomó un giro brusco a la izquierda.

¡Éxito! Muchos de los ganchos estaban vacíos, pero había conjuntos de recién nacido, pijamas, calcetines y gorritos pequeños, una manta rosa solitaria y... pañales. ¡Santo cielo, pañales reales! Erin olvidó el olor horrible de los cadáveres, corrió de regreso al pasillo anterior y agarró bolsas grandes para meter los pañales. Agarró todos los paquetes de pañales. Eran todos de diferentes tamaños, pero ¿a quién le importaba? Al menos eran mejores que trapos!

Tomó dos viajes para recuperar todos los artículos relacionados con bebés, y ella y David arrastraron el desorden de regreso a Jess con sonrisas triunfantes. Al menos ahora tenían algo para vestir a Jacob. Era pequeño, incluso los tamaños de recién nacido le quedaban holgados.

Al día siguiente, Erin y David regresaron a la biblioteca en ruinas. Allí escarbaron en el edificio colapsado, lanzando libros en dos pilas: los que ayudarían y los que no. El sistema parecía funcionar bastante bien. Muchos de los libros estaban dañados por el agua y eran inutilizables, otros no tenían relación con sus esperanzas de supervivencia. Danielle Steel definitivamente estaba en la pila más grande de no útiles.

Erin estaba en un extremo del edificio, revisando lo que quedaba de temas de hogar y jardín, como jardinería de vegetales y un libro sobre cómo criar gallinas. David se había metido en una esquina y encontró algunos libros sobre senderos y campamentos en la naturaleza y habilidades de supervivencia.

Cuando el sol estaba directamente sobre ellos, se detuvieron, agotados por el calor, encontraron un árbol y se sentaron a la sombra de él y Erin abrió una lata de remolachas que había estado evitando comer hasta que absolutamente tuviera que hacerlo. David no parecía muy impresionado con el menú del almuerzo, pero se metió la mano y tomó una rodaja del vegetal púrpura rojizo. Un momento de silencio pasó y sus manos se tocaron cuando ambos alcanzaron la lata al mismo tiempo.

David le sonrió, sus labios y dientes manchados de rojo, y jugo goteando por su barbilla, "No está tan mal, ¿sabes?" Ella se encontró de acuerdo. ¿Quién habría sabido que las remolachas enlatadas podrían saber tan bien?

"¿Qué es eso que tienes?" Él preguntó, señalando un libro blanco liso que tenía en la parte superior de su pila de libros.

Erin miró el libro y lo levantó para que el niño pudiera leer el título: "Plantas Comestibles Salvajes de Misuri", Erin se encogió de hombros, "Esta comida enlatada es como la pesca. ¿Quién sabe cuándo la tendremos o cuándo no? Así que supongo que complementaremos con plantas silvestres en el camino. Jess y yo comimos mucho en el camino aquí. Algunas de ellas no saben mal en absoluto. Pero solo conozco algunas plantas, no todas, así que esto ayudará".

David parecía sorprendido por la idea y comenzó a mirar sospechosamente la vegetación que rodeaba el edificio en ruinas. La hierba estaba irregular, principalmente maleza y crecimiento alto ahora que el verano había llegado y no quedaba nadie que se preocupara por cortarla.

"¿Como qué? ¿Te refieres a... malezas?" preguntó, mirando fijamente el paisaje, como si esperara que le revelaran sus secretos.

Erin sonrió y le obsequió abriendo el libro y hojeándolo. Murmuró para sí misma por un momento y luego dijo, "Diente de león. Puedes hacer té con él, y puedes poner las hojas en una ensalada o cocinarlas. Y dice que las hojas de diente de león son muy nutritivas y es un limpiador de hígado. Las comimos en el camino aquí, pero no sabía sobre la parte de limpieza del hígado". Hojeó las páginas hasta el frente del libro, escaneó algunas de las páginas y levantó las cejas.

"Huh. Amaranto. Bueno, estaré... Estoy seguro de haber visto eso en el camino". Giró el libro para que David pudiera ver una imagen de la planta; las flores estaban pesadas con semillas. "Aquí dice que puedes comer las semillas, brotes y hojas de la planta".

David miró a su alrededor. En una esquina, había un gran grupo de dientes de león y muchas otras plantas desconocidas que anteriormente habría descartado como simplemente malezas sin valor. Sonrió, "Eso es genial. ¿Puedo leer ese libro también?" Ella le sonrió de vuelta y le pasó el libro.

Al final del día, tenían una pila decente de libros sobre una variedad de temas. Habría tomado varios viajes traer todos los libros que habían apartado de regreso, pero David llevó a la chica mayor a un remolque enterrado en la hierba alta de la calle. Era pequeño, el tipo que se engancha al final de un auto.

"Es como una gran carretilla", comentó mientras vaciaba un brazo lleno de libros en él. Tenía paredes laterales, de aproximadamente un pie de alto, que sostenían los libros con mucho espacio de sobra. Una vez que lo cargaron, cada uno agarró una parte de la cadena enlazada alrededor del mango y se dirigieron de regreso al escondite y el cobertizo.

Dos veces en su camino de regreso, vieron a otras personas escarbando entre los escombros de las casas. Erin miró a David cada vez y preguntó, "¿Los conoces?" Él solo negó con la cabeza. "Lo mejor es que sigamos adelante". Y caminaron, ignorados por los sobrevivientes que parecían estar decididos a rescatar cualquier resto de sus vidas que pudieran.

Erin y Jess sabían que tenían que mudarse, y lo discutieron la quinta noche después del nacimiento de Jacob mientras yacían bajo la brillante luna llena. David y Tina se habían retirado a su escondite por la noche, enterrándose bajo tierra donde se sentían más seguros. "Tenemos que mudarnos", Erin comenzó, "no es seguro aquí".

Jess había estado adormilada con Jacob acurrucado en la curva de su brazo izquierdo, mamar constantemente en su pecho. "Hm", murmuró somnolienta, "no es seguro en ninguna parte". En ese momento, aquí en su pequeño lecho de mantas, bajo las estrellas y la luna, se sentía lo suficientemente seguro, pero yacía allí y pensó en casa y se volvió más alerta. "Podríamos intentar ir a casa. Tal vez algunos lograron escapar o esconderse".

"Tal vez".

La pausa se alargó en minutos mientras ambos yacían allí, mirando al cielo. Ninguno de ellos quería expresar la esperanza en voz alta, el persistente zumbido en ambos cerebros que sugería que tal vez algunos de sus familiares o amigos habían sobrevivido al asalto enemigo. ¿Y si al decirlo en voz alta, lo jinxearan? La esperanza era casi un peso doloroso, una necesidad ansiosa de normalidad. Esta semana pasada había sido tan hermosa, tan pacífica después de la feroz tormenta.

El sol había brillado brillante y lleno cada día, el aire espeso y caliente y lleno de los olores terrestres de plantas creciendo y floreciendo. La tierra había seguido girando, a pesar del caos en la tierra, y ahora los días de perro del verano estaban en su apogeo. Era difícil creer que ya era finales de agosto. Si no fuera por los restos destrozados de las casas a su alrededor, habría sido un día de verano normal.

Jess habló primero, "Solíamos acampar en tu patio trasero en noches como esta".

Erin sonrió en la luz de la luna. "¿Recuerdas cómo Chris y Toby vinieron y nos asustaron una noche? ¡Juro que me mojé los pantalones, estaba tan asustada!"

Jess se rió. Habían tenido unos ocho años y sus hermanos mayores habían entrado sigilosamente al patio trasero usando máscaras de hockey. Esto después de haber visto una película de terror en el sótano esa noche protagonizada por un mal tipo llamado Jason que usaba una máscara de hockey. "¿Recuerdas cuánto grité? ¡Tus papás pensaron que nos estaban asesinando! Y luego todos estábamos en problemas por ver esa película horrible!"

Ambas se rieron como niñas pequeñas con el recuerdo y se quedaron en silencio, perdidas en los recuerdos de aquellos que habían perdido. A través del cielo nocturno, un satélite se movía constantemente. La Osa Mayor era clara y fácil de ver. Pasaron momentos, y luego ambos hablaron al mismo tiempo.

"Los extraño tanto".

"Vamos a casa".

Un suspiro y una respiración profunda, y Jess habló nuevamente en el silencio, "Sí, vamos a casa".

Ven Con Nosotros

"Le pregunté a Jess una vez por qué no nos dejaron a Tina y a mí allí en Clinton. Eramos una responsabilidad, como se demostró solo unos días después. Le pregunté por qué, y ella solo me miró y dijo: 'Éramos familia, incluso entonces, y la familia no abandona a la familia'. Me gustaría decir que fue ese momento cuando me enamoré de ella. Pero la verdad es que había sido un goner mucho antes que eso. Ella nunca me culpó por lo que le pasó a Erin, ni una sola vez. Me pregunto si habría sentido lo mismo". **—Diario de David**

La mañana amaneció, la temperatura subiendo rápidamente, haciendo que cada miembro del pequeño grupo deseara desesperadamente los buenos tiempos de la electricidad y el aire acondicionado. Excepto a Tina, quizás, que no tenía un recuerdo real de tales lujos. El sol ni siquiera estaba arriba de sus cabezas y ya hacía un calor insoportable. Los cigarras zumbaban ruidosamente, llenando el aire con ondas de sonido rasposo.

Jacob gimió inquieto en el pecho de Jess, chupando sin entusiasmo, su piel húmeda y ligeramente sonrojada. Erin había encontrado una lata de leche evaporada y se la había entregado a los niños para que bebieran. Tina bebió la mayor parte antes de entregársela a David, quien drenó su porción en dos sorbos enormes. Una lata de peras desapareció casi tan rápido.

Erin había forzado a Jess a comer Spam, junto con un puñado de hojas de diente de león. "Descubrí que podemos hacer té con las flores si encontramos un lugar seguro para hacer fuego", dijo. Jess simplemente levantó una ceja y se encogió de hombros ante el sabor amargo de las hojas en su boca. Ella equilibró a Jacob con una mano y trató de enrollar el Spam dentro de las hojas, lo que pareció reducir considerablemente el amargor. Sus ojos se encontraron por encima de las cabezas de David y Tina.

Erin habló primero, "Solíamos vivir al norte de aquí, ¿sabes?". Tina estaba ocupada lamiendo el interior de la lata de peras, pero David miró hacia arriba y asintió. "Y hemos estado hablando sobre dirigirnos de regreso allí".

David se congeló, parecía asustado. "¿Vas a irte?" Tina había estado ajena a la conversación hasta que se pronunció la palabra 'irse' y comenzó a gimotear, sus ojos grandes y llenos de miedo.

"Bueno, Belton, ese es el pueblo donde solíamos vivir, tiene muchas casas y no todas están bombardeadas como aquí", dijo Erin. Lo dijo con la esperanza de que fuera cierto, esperando no regresar y ser desmentida.

"Queremos que vengas con nosotros", agregó Jess. "No puedes quedarte aquí. No queda mucha comida, y la casa está en pedazos, sin techo. ¿Qué harías cuando llegue el invierno?" Desde la mirada sorprendida en la cara de David, era obvio que no había pensado tanto en el futuro. "Si mi casa todavía está allí, mi familia podría incluso estar viva, y estaríamos seguros", continuó.

Por un momento, se permitió imaginar la sorpresa y la sorpresa en las caras de sus padres y hermano cuando vieran a Jacob. Sería algo difícil de aceptar, saber cómo llegó a existir. Pero mirarían a Jacob y verían que era un bebé, inocente, y además, tenía sus ojos. Al final, ¡lo amarían! Dejó que la fantasía la llevara lejos por un momento antes de volver a la realidad y la tarea de convencer a los dos niños de acompañarlos.

"Ven con nosotros".

Tina había dejado de gimotear y ahora tenía un pulgar sucio y cubierto de jarabe en la boca. Sus ojos estaban fijos en David, esperando consuelo y dirección. Erin y Jess observaron cómo miró hacia atrás sobre su hombro hacia la tumba en montículo de sus padres. La hierba había comenzado a crecer en ella, saliendo de los montones de flores marchitas que Tina amontonaba en el montículo cada mañana y noche. La cruz rudimentaria que David había atado con palos y cuerda, se inclinaba hacia un lado. De alguna manera, parecía incorrecto dejarlos aquí, pero sabía que las chicas mayores tenían razón.

Asintió. Jess le sonrió y abrazó a Tina con su brazo libre. Estaba decidido.

No partieron ese día ni al siguiente, cinco días antes de estar listos. Todavía era muy pronto después del nacimiento de Jacob y Jess era lenta y se cansaba fácilmente. Belton estaba a casi sesenta millas de distancia. No era mucho cuando considerabas lo lejos que ya habían llegado, pero ahora eran cinco, no dos, y el camino sería lento.

"Necesitamos un plan sobre qué hacer si nos encontramos con alguna tropa", dijo Erin más tarde ese día. Se habían detenido a descansar a la sombra después de explorar casas cercanas en busca de cuerda y mochilas. El premio mayor, una tienda grande suficiente para dormir a todos, había sido descubierta en el cobertizo del Sr. Pierson. Los Pierson tenían un hijo cercano a la edad de David. Joey era un año menor, pero habían jugado juntos regularmente.

Los Pierson no habían huido como tantos otros. La casa principal había ardido, y David escarbó entre los escombros un par de semanas después y encontró esqueletos. No se detuvo a averiguarlo, o averiguar quién había muerto allí. Era solo un montón de horror en su memoria. Había huido como si el mismísimo diablo estuviera tras él y no había regresado.

David había sacado el libro ahora desgarrado y desgastado, "Plantas Comestibles Salvajes de Misuri". Había estado leyéndolo obsesivamente desde que Erin se lo mostró en la biblioteca en ruinas. La portada blanca y limpia de antes ahora estaba sucia con tierra, jugo de remolacha y Dios sabe qué más. Las páginas habían sido dobladas y pequeños trozos de papel rasgado metidos en las secciones especiales. Ella lo miró un momento y luego se encogió de hombros y volvió a Jess. A este ritmo, el niño iba a ser un experto en plantas comestibles.

Jess se había recostado contra el árbol; Jacob dormía contento contra su costado en un chaleco que habían arreglado con los restos de una vieja sábana. Sus ojos estaban cerrados, el sudor corría por su cara. "Podríamos tomar la Carretera 7, luego la Carretera 49, después de llegar a Harrisonville. Esa es la única forma que conozco", dijo.

Su amiga suspiró en exasperación. Jess no era buena para mucho en estos días. Todavía estaba débil y dolorida, y el bebé se despertaba cada pocas horas queriendo comida. Pedirle consejo era bastante inútil. Si Jess estuviera más cansada, probablemente habría ofrecido regresar al campamento enemigo a unas 200 millas o más detrás de ellos. Erin se frotó los ojos. Ella no estaba durmiendo mucho más que Jess.

Cada vez que el bebé lloraba por la noche, ella también se despertaba instantáneamente, aterrorizada de que alguien lo escuchara. Ahora que habían pensado en el chaleco, él lloraba mucho menos, especialmente durante el día cuando el chaleco lo balanceaba de un lado a otro. Parecía consolarlo. Se frotó los ojos y trató desesperadamente de pensar en cruzar millas de campos abiertos de hierba para que cualquiera pudiera verlos. Cerró los ojos, se estiró en la hierba y trató de hacer que una solución surgiera.

Las palabras de David la sorprendieron. "Necesitamos camuflaje para que no podamos ser vistos".

"¿Eh?"

"Sabes, necesitamos parecerse al suelo por el que estamos caminando y solo deberíamos viajar de noche o temprano en la mañana cuando no haya nadie fuera y alrededor". Erin se sentó de golpe y lo miró. Con solo once años, el niño era muy inteligente. Continuó, ignorando su mirada, "Leí este libro donde decía que si estabas pasando por bosques, entonces usas verde, y en el desierto usas beige, porque te hace mezclarte. Puedo ver bastante bien en la oscuridad, ¿sabes?, podría liderar". Miró hacia arriba entonces y la estudió. "¿Qué? ¿Di algo mal?"

Erin no podía hablar. Simplemente lo miró y negó con la cabeza, "Maldito niño, eres algo más. Vamos, seguro tenemos algo de trabajo que hacer".

Se volvió hacia Jess, quien había quedado dormida, el bebé acurrucado contra su pecho y el cabello enmarañado de Tina descansando contra una pierna. Quincy estaba a sus pies, las pequeñas patas de cachorro moviéndose en sincronía con algún sueño canino. Parecían bastante lindos, en un sentido desaliñado, semi-hambriento y sucio. Por décima vez ese día, deseó una ducha caliente y puñados de champú y acondicionador perfumados.

"Vamos, no van a ir a ninguna parte pronto". Y los dos se dirigieron a buscar pintura en aerosol.

Saliendo de Clinton

"*¿Puedes ponerle un precio a la familia? ¿Puedes ponerle uno al sacrificio? Esta noche mis pensamientos están en todos los que se han ido... Mamá... Papá... Chris... Erin. Dicen que, cuando alguien muere, no muere realmente si lo mantienes en tu corazón. Esas palabras parecen tan triviales, tan pequeñas e insignificantes. La guerra, la muerte, saber cómo suena el fuego de las armas y cómo se siente estar tan jodidamente hambriento que piensas que vas a morir. Esas cosas me parecen reales. No son alguna estúpida platitud que nadie realmente entiende. Al menos, ya no*".—**Diario de Jess**

Cuando Jess abrió los ojos, el sol se estaba hundiendo. Una bola de calor naranja rojiza ocupaba el horizonte al oeste. Estaba desorientada, su mente aún nublada por el sueño y el calor del día. Un puñado de dientes de león marchitos empujados en su cara no ayudó en nada.

Se retiró y se concentró en la cara sucia de Tina, sonriendo orgullosamente, "Encontré dinna". Agitó los dientes de león, aún con un montón de tierra y varias hormigas aterrorizadas que corrían de un lado a otro por las hojas tratando de escapar de su destino. "Mira Yess, encontré dinna".

Jess no pudo evitar sonreír al niño. Aunque su cara estaba sucia y su cabello estaba desesperadamente enredado, era un niño adorable. "Oh cariño, lo hiciste. ¡Encontraste la cena! Gracias, Tina". Tomó las hojas marchitas de la pequeña mano casi negra y miró a su alrededor en busca de los demás.

En un terreno nivelado, Erin y David habían erigido la gran tienda que habían encontrado y estaban en un extremo de ella, obviamente intercambiando palabras calientes. "¿Qué están haciendo?" Ella lo preguntó en voz alta, pero en realidad no se lo dirigió a la niña pequeña.

"Están discutiendo", la niña respondió con aprensión, "El hermano quiere rayas grandes y Erin hizo rayas pequeñas y luego comenzaron a gritar". Su rostro adoptó una expresión de entendimiento, "Necesitan una siesta".

Cuando terminó, David se alejó de Erin, enfadado y con aire de fastidio. Se dirigió hacia ellos y se sentó cerca, prácticamente temblando de enojo. Su cara estaba roja y parecía estar cerca de las lágrimas.

Antes de que Jess pudiera decir una palabra, Jacob despertó con un llanto de hambre. Se ocupó de ajustar las capas. Cambió al bebé para que su pequeña boca pudiera alcanzar su pecho y comenzó a mamar con avidez. Ella se estremeció. Sus pechos aún estaban doloridos y dolorosos, ¿cuándo se acostumbrarían a alimentar a este pequeño?

Erin se acercó y se dejó caer al suelo cerca de Jess y el bebé.

"Dios mío, desnúdame y atáme a un jodido hormiguero. Me rindo".

Ella echó un vistazo a David, que estaba mirando hacia otro lado, con los hombros rígidos y la espalda encorvada, tratando desesperadamente de no dejar ver las lágrimas. "Creo que todos estamos hambrientos y necesitamos comer. Y en cuanto a ti, niño, lo siento, no escuché, porque probablemente tengas razón sobre las malditas rayas también. Tienes razón sobre casi todo lo demás en estos días".

David soltó un pequeño y audible sollozo, "Niño, lo siento, ¿de acuerdo? Lo haremos a tu manera, ¿está bien?"

"Mi nombre no es niño, es David. Me nombraron así por mi papá", la voz del niño se quebró con emoción a pesar de sus mejores esfuerzos por sonar digno. Estaba cansado, exhausto y hambriento, y agotado por el calor del verano tardío. Después de todo, solo tenía once años.

Tina se acurrucó a su lado y le dio una palmada en la mano, "Está bien, hermano, está bien". Miró a Erin con reproche, "Estabas maldiciendo, eso no es bueno".

Jess le sonrió a Erin. "Tiene razón, ya sabes. Sé amable o te desnudaremos y te ataremos a un hormiguero". Su sonrisa disimulaba la amenaza, y parecía contagiarse. Al poco tiempo, incluso David sonreía tímidamente a través de sus lágrimas.

Erin parecía defensiva, y luego se disculpó de nuevo. "Lo siento, David. Detengámonos por ahora y busquemos algo de comida para todos, ¿de acuerdo?"

El niño se limpió los ojos y la nariz con la parte posterior de la mano y solo asintió, aún incapaz de hablar. Se acercó a su pequeña reserva de alimentos enlatados y localizó un abrelatas. El grupo cenó de frijoles de cerdo fríos, algunas salchichas de Viena sorprendentemente sabrosas, una para cada uno de ellos, y un gran frasco de duraznos especiados. Por cortesía, cada uno probó una flor de diente de león marchita, después de quitar las hormigas, y alabó a Tina en voz alta por sus esfuerzos. La pequeña niña sonrió con orgullo.

Cuando se hizo de noche, Erin y David volvieron a la tienda y terminaron de pintarla. La tienda ahora estaba camuflada para el bosque y los dos regresaron especulando sobre cómo podrían camuflarla para las llanuras por las que también cruzarían.

Sus planes fueron interrumpidos por los sonidos de disparos esporádicos. Los ojos de Erin y Jess se dirigieron a la distancia, los disparos venían del sureste. ¡Mierda! Sus ojos se dirigieron a la tienda y reconocieron que sería como un faro parpadeante que alguien estaba cerca. Necesitaban estar ocultos... ahora. En lo que parecieron ser segundos, la tienda estaba abajo. Mientras las chicas desarmaban, David y Tina corrieron y recogieron artículos personales, los escondieron y hicieron lo mejor para borrar la evidencia de su presencia del césped. El sótano de la casa en ruinas de los niños parecía más que atractivo en ese momento, a pesar de la peligrosa bajada por las escaleras rotas. Jess y Erin habían aprendido el truco de ello en las últimas dos semanas, abrazar la pared y esperar a Dios que los soportes no se soltaran. Con pocas palabras y terror negro en los ojos de Jess y Erin, se dirigieron al oscuro y desordenado sótano. Ya era de noche, gracias a Dios, y eso los ocultaría mejor que cualquier otra cosa.

Jacob se despertó y comenzó a llorar cuando Jess bajó las escaleras.

"Jesús, Jess, ¡cállalo! ¡Están casi encima de nosotros!" Erin susurró. "¡Nos descubrirán!"

Empujó a su amiga en un rincón oscuro y tiró los restos de una estantería como una especie de cubierta, luego corrió al otro extremo del sótano en busca de otro lugar oscuro para esconderse. Tina ya se había arrastrado al fondo del escondite y los pies de David desaparecieron detrás de ella. Los disparos eran fuertes ahora, y escucharon a los hombres gritando entre sí mientras se movían por la calle desierta.

Jess lo acarició, hizo sonidos suaves y trató de hacer que mamará. El bebé no quiso saber nada de eso. Jacob comenzó a llorar más fuerte, recogiendo su miedo y difundiéndolo. Era como si estuviera parado con un megáfono anunciando su posición. Estaba aterrorizada de ser descubierta. No importaba que estos hombres no pudieran ser del campamento del que ella y Erin habían escapado. Tenían armas, y eran soldados. Ninguno de los niños necesitaba saber más que eso. Su supervivencia dependía de su habilidad para esconderse y buscar comida. En esto, los cuatro estaban claramente en la misma página.

Jess más tarde aprendería del absoluto caos en el que se había convertido el Frente Occidental. No había ataques organizados, no había un enemigo común contra el que luchar, simplemente los que tenían armas y los que no, y muchos desesperados y hambrientos en ambos lados. Las "tropas" de las que los niños se escondieron esa noche no eran más que un grupo de matones sin líder que, después de perder a su comandante y tres cuartos de su complemento en una escaramuza a cinco millas al sureste, intentaban rodear a un grupo más grande de hombres igualmente hambrientos y desesperados al norte. Nada de eso realmente importaba, porque dentro de dos semanas todos esos hombres estarían muertos... después de cometer el error de enfrentarse a un grupo mucho más grande.

Jess no sabía nada de esto. Solo sabía que Jacob estaba recogiendo su terror y que sus llantos los acabarían a todos si no hacía algo rápido. A pesar de su corazón latiendo con fuerza y el miedo que la atravesaba como cuchillos, instándola a correr en pánico ciego, tomó una respiración profunda y luego otra y otra. Lentamente, hizo que su cuerpo se relajara y permitió que una sensación de paz la envolviera.

Una mano acunó la cabeza de Jacob, y ella hummó en silencio y constantemente. Cerró los ojos y recordó las semanas pasadas curándose en esa cabaña tranquila en el bosque. Se imaginó esa semana pacífica pasada con el viejo Coop y los días del viaje hasta Clinton. La otra mano suavemente cerró la boca de Quincy. La vida no era todo dolor, miedo y muerte. Ella lo sabía. Pensó en sus padres, en Chris y Erin, y su infancia, y sonrió con los recuerdos que aún le traían.

Hummmó suavemente al bebé en sus brazos, susurrando en su oído. "Te amo, Jacob, te amo tanto".

El bebé se calmó, giró la cabeza y buscó su pecho, gimiendo suavemente ahora, respondiendo a su cambio de humor. La cachorra gimió suavemente, su pequeño cuerpo a veces se estremecía con los fuertes estallidos de sonido. Jess se preguntó qué pensaba la pequeña perra de todo esto.

Los hombres pasaron, intercambiando llamadas, escarbando en la casa en ruinas arriba, disparando a las sombras. Se fueron. Cuando estuvo en silencio, Erin recogió una manta y encontró su camino de regreso a Jess, quien estaba medio dormida. Jacob roncaba suavemente, húmedo y cálido contra ella. Erin acarició su pequeña cabeza, que era suave como la seda. Murmuró disculpas a su amiga.

"Lo siento, Jessie, no quise decirlo; sé que no podía evitar estar asustado".

"Está bien, Erie. Todo salió bien". Jess respondió, "Pero creo que mejor nos dirigimos hacia el este por un tiempo. Esos tipos se fueron hacia el norte y no queremos encontrarnos con ellos pronto".

Los niños no salieron de su escondite, excepto David que asomó la cabeza y susurró buenas noches a Erin, quien se acostó cerca. Una noche en un suelo de cemento era un pequeño precio a pagar por su estrecha fuga.

El Sacrificio

"Fue mi culpa. Todavía lo recuerdo. Cuando estoy solo con mis pensamientos, pienso en cómo fui yo la responsable de lo que pasó ese terrible día. Fue la primera vez que maté a alguien. La primera vez que sostuve un arma en mis manos, la apunté a cualquier criatura viva y apreté el gatillo. No se veía como en las películas. Hay un momento anticlimático cuando el cuerpo cae y te preguntas si realmente están muertos. Te acercas, el sonido del disparo aún resonando en tus oídos y lo ves. Hay esa mirada en los ojos de alguien mientras yace allí muriendo y no hay nada que puedas hacer. Simplemente te paras y miras cómo lo que era una persona se vuelve vacío, como si alguien saliera y dejara la casa, la puerta colgando abierta, con todos los muebles familiares, pero sin nadie dentro para saludarte". **—Diario de David**

El día amaneció caluroso y húmedo. Jess despertó primero y olió, luego sintió la humedad que venía del bebé envuelto. El pañal había filtrado, empapando su envoltura y sus ropas. "¡Ugh!" También había cagado, por el olor. El sol apenas estaba iluminando el cielo y, al moverse, él despertó y comenzó a protestar.

Sus movimientos despertaron a Erin, que bajó las escaleras medio destruidas. Cuando Erin emergió al nivel del suelo, miró a su alrededor en busca de cualquier señal de los soldados. El área parecía despejada. Quincy la siguió, subiendo ágilmente las escaleras tambaleantes y haciendo sus necesidades antes de regresar a los pies de Jess.

El delgado llanto de Jacob comenzó a aumentar mientras Jess lo dejaba y buscaba ropa limpia en las mochilas a unos pocos pies de distancia. Acababa de ponerse una camisa relativamente limpia cuando David, seguido de su hermana pequeña, emergió de su escondite.

Erin llamó desde abajo, "Parece todo claro. Creo que se dirigieron al norte. Vamos a conseguir algo de comida y comer rápido. Creo que deberíamos ir hacia el este, y pronto. ¿Quién sabe quién podría venir por la carretera después?".

Jess no pudo evitar estar de acuerdo. Comenzó a atar a Lady a su cintura y se detuvo, mirando a David. Él había estado mirando con más interés las armas en los últimos días. Hicieron contacto visual. "¿Te gustaría llevarla?" le preguntó. Sus ojos se abrieron, y sonrió.

"Esto no es un juguete, ya sabes. En el segundo en que no lo respetes, estarás muerto. Esta es una máquina hecha para matar". Él la miró y asintió en silencio. "Solo te la presto. Es difícil manejarla con el bebé y todo".

Le mostró cómo llevarla, incluso encontró una manera de atar el funda a una pieza de cuerda que podía usar como cinturón, y le dio un empujón para subir las escaleras hacia Erin. "Pídele que te enseñe cómo usarla".

Se ocuparon de sus necesidades básicas, comieron un poco de desayuno y estaban listos para irse a mediados de la mañana. La tienda con la que habían tomado tantas molestias el día anterior había sido rasgada en su prisa por desmantelarla y esconderla antes de que los soldados los descubrieran. Un gran agujero la hacía inútil para mantener fuera la lluvia o el viento y estaba en el peor lugar. Parte de la estructura de soporte de la tienda se atascó. Había quedado inútil.

En cambio, tirarían el pequeño remolque que Erin y David habían encontrado. Tenía buenas ruedas sólidas, pero no sería bueno para terrenos extremos y ninguna de las chicas le gustaba la idea de que dejara huellas mientras pasaban por áreas fangosas. Era útil por ahora, y decidieron que si se volvía poco práctico, siempre podrían llevar sus pertenencias a la espalda.

Jess y Erin intercambiaron miradas por encima de las cabezas de los más jóvenes.

Las miradas eran solemnes, si llevaban a estos niños con ellos, eran responsables de ellos. Significaba que tenían que ser cuidados, alimentados y albergados. Una vez que se fueran, estaban comprometidos a proteger las vidas de David y Tina tanto como las suyas propias. No se retirarían ahora, pero de repente se dieron cuenta de cuánta responsabilidad estaban asumiendo. Hace unas semanas, eran responsables el uno del otro, solo dos vidas. Ahora, con el nacimiento de Jacob y el encuentro con David y Tina, la tarea de sobrevivir se había vuelto mucho más complicada. Había una pregunta y un desafío no dichos flotando en el aire entre ellos por un momento, luego una especie de liberación. Estaban comprometidos, y era hora de irse.

Tina lloró durante los primeros pocos bloques y luego se detuvo. Era joven, en unos pocos años tendría pocos, si es que alguno, recuerdos de sus padres para atesorar. David no dijo nada, pero lloró en silencio todo el camino fuera de la ciudad y bien en los campos vacíos.

Silenciosamente, lloraba a sus padres y la casa destrozada que habían dejado atrás hasta que las flores y las plantas por las que caminaban lo distrajeron. A medida que avanzaban por los campos, comenzó a prestar atención a todo lo que crecía a su alrededor.

Aquí estaba la achicoria. Las hojas se podían agregar a la sopa y la ensalada, y las raíces se molían para hacer café. Encogió el ceño ante eso. Su papá siempre había tomado café negro y sin azúcar. Aquí estaba una zanahoria silvestre. No sabía bien cruda, decía el libro, pero estaría bien si se cocinaba en una sopa. Hace un tiempo, habían pasado por varios grupos de cebollas silvestres y se había detenido lo suficiente para recogerlas. Las plantas altas con girasoles amarillos estaban por todas partes.

David las reconoció de un dibujo en el libro como achicorias de Jerusalén. Sus tubérculos, lo que sea que fueran, eran comestibles. Se detuvo por un momento y Tina tropezó detrás de él cuando se dio cuenta de que estaba rodeado de comida. Después de meses de temer que la comida enlatada se agotara y que él y Tina morirían de hambre, esto fue una revelación de proporciones épicas.

Rápidamente abandonaron el pequeño remolque. Había sido fantástico en carreteras pavimentadas, la superficie para la que estaba diseñado, pero cuando se trataba de levantarlo sobre vallas, era demasiado. Jess no podía manejar mucho con el bebé y si se lo entregaba a uno de los niños, inmediatamente comenzaba a llorar. Eso dejaba a Erin para que lo arrastrara sobre una valla con dos niños de baja estatura y notoriamente más débiles ayudándola. El primer día se pasó haciendo poco progreso en términos de distancia. Finalmente, se detuvieron, dividieron y redujeron sus pertenencias en un sistema transportable entre los cuatro.

El único incidente ocurrió el segundo por la tarde cuando pasaron por un pequeño arroyo. David alcanzó casual y desenterró una planta con un umbel de flores blancas y comenzó a limpiar la raíz. Erin miró, hizo una doble toma y lo quitó de la mano antes de que pudiera tomar un bocado.

Antes de que pudiera pensar en decir algo más que un sorprendido "Hey", ella lo había examinado intensamente, lo había tirado a un lado y lo había arrastrado al arroyo.

"Lávate. Ahora. En cualquier lugar donde hayas tocado esa planta", le instruyó, con los labios apretados y asustada.

"¿Por qué? Era zanahoria silvestre, reina-algo de encaje. Eso es comida. Sé que no se supone que sea bueno crudo, pero pensé que probaría un bocado de todos modos", argumentó, confundido y enojado.

"No. Eso era cicutaria. Mira más de cerca". Lo arrastró hacia la planta descartada, señalando ferozmente las áreas de la planta. "¿Ves? Tallo liso, no peludo como la zanahoria silvestre. Y ve cómo está moteado? Y casi de color púrpura, no verde?" El niño dejó de mirar defensivo y su rostro asumió una expresión de terror maravilloso.

"Las hojas son lanceoladas, no plumosas. Esta planta te habría matado si hubieras comido alguna de ella. Horrible y dolorosamente, debo añadir". Su mirada feroz le dio a Jess escalofríos en todo el cuerpo.

David se lavó a fondo en el arroyo fangoso y poco profundo. Lo hizo en silencio, y nadie dijo nada. Jess y Tina estaban algo asustados, y Erin trató de calmarse. ¡Qué cerca había estado! Si hubiera comido solo un bocado, solo un bocado. Miró hacia abajo y se dio cuenta de que sus manos estaban temblando. Erin cerró los ojos y trató de respirar con calma.

Cuando abrió los ojos, David estaba allí, las manos aún húmedas del arroyo, con una mirada determinada en su rostro. "Muéstrame de nuevo, Erin. Para que lo sepa y recuerde".

El conocimiento los mantendría con vida, los nutriría y los protegería del daño. Él aprendería esto y nunca lo olvidaría. Ella se lo mostró de nuevo, y él observó y escuchó con una intensidad que impresionó a ambas chicas. Incluso Tina observó y aprendió. El resto del día se pasó identificando plantas mientras caminaban. Encontraron coles de Bruselas silvestres y las recogieron para agregarlas a la sopa más tarde, así como muchas zanahorias silvestres que reaparecieron en los prados por los que caminaban y eran fáciles de arrancar y masticar mientras caminaban. El libro tenía razón, la zanahoria silvestre cruda no sabía bien en absoluto.

"Necesitamos una pala", apuntó David a las altas achicorias de Jerusalén, "Una pequeña que podamos usar para desenterrar los tubérculos". Le gustaba esa palabra.

Cuando David se había rendido y preguntado qué eran los tubérculos, Erin no se había reído como él esperaba. En cambio, le había explicado que eran las partes gruesas bajo tierra de una planta que eran comestibles.

"Como las papas o, bueno, la achicoria de Jerusalén se parece más a la raíz de jengibre, en realidad. ¿Alguna vez has visto raíz de jengibre fresca?" Él negó con la cabeza, absorbió su explicación, miró de nuevo las plantas altas y deseó poder comenzar a cavar.

Dos días de caminata no los llevaron muy lejos. No con un recién nacido y un niño pequeño. David podía manejar las caminatas de todo el día, pero Tina tropezaba detrás, moviéndose más y más lento hasta que se vieron obligados a detenerse cada hora más o menos. Jacob era aún más exigente. El movimiento suave del chaleco lo ayudaba a dormir, pero aún se despertaba cada dos o tres horas para alimentarse. Aprendió a amamantar mientras caminaba, pero su constante despertar por la noche la agotaba. Cada vez que Tina se ralentizaba, Jess se detenía y se sentaba, también. Su progreso era increíblemente lento.

Era un testimonio de cuánto tiempo todos habían sobrevivido sin quejarse o discutir. Simplemente hacían lo que podían y aprovechaban cada oportunidad que podían para descansar. A última hora de la tarde del cuarto día, Tina simplemente se sentó en el suelo y se negó a moverse un centímetro más. No hubo mucho argumento de nadie excepto de Erin, quien estaba preocupada por acampar al aire libre. Ayudó a calmarla el ver que la hierba y las malas hierbas eran altas; incluso caminó un poco hacia atrás y dijo que desde su punto de vista, ni siquiera podía ver al pequeño grupo una vez que se alejaba mucho.

"A menos que alguien nos haya visto detenernos aquí, deberíamos estar bien". Masticaron en la última caja de galletas. David y Erin se turnaron para mirar a través de unos binoculares una vieja granja en la lejanía.

David dijo, "Solo quiero caminar hasta allí y ver si hay algo que podamos usar. Como una pala". Todavía estaba obsesionado con los tubérculos y estaba ansioso por tener la oportunidad de cavarlos.

Tina ya estaba profundamente dormida, enrollada en un pequeño y sucio paquete cerca de los pies de Jess, y Erin y Jess estaban terminando una lata de judías verdes. No era mucho, pero era suficiente para calmar sus estómagos.

Quincy acarició a Jess y gimió suavemente, como si pidiera permiso, "Oh, vete. Captúranos un conejo o una ardilla, ¿de acuerdo?"

El pequeño perro era rápido, muy rápido, y lograba mantenerse bien alimentado con pájaros y roedores. Cada dos días, ella cazaría un conejo y lo traería de vuelta a las chicas, su cola moviéndose locamente. Lo dejaría a sus pies, el cuello roto con cuidado, sin una marca en su pelaje. No se sentían mal por el suave conejito, la comida era comida y el conejo se convertía en un estofado de conejo bastante bueno. Quincy movió su cola y desapareció en la hierba alta.

Jess le hizo un gesto con la mano. "Adelante, chico. Lo siento, quiero decir, David. Solo mantén los ojos abiertos, ¿de acuerdo?"

David se levantó, ajustó la cuerda alrededor de su cintura que sostenía el revólver y se lanzó al campo, ansioso por explorar la granja. Rápidamente desapareció de la vista. Erin sacó su cabello lacio del elástico del moño y se disgustó con las ramitas y nudos que corrían por él. "Dios, qué daría por una ducha. ¿Crees que ese lugar tiene agua corriente?"

Jess solo se encogió de hombros. Estaba demasiado cansada para pensar. Jacob protestó en su pecho y ella le acarició la espalda rítmicamente hasta que se calmó y comenzó a mamar constantemente. En los meses y años que seguirían a este día, Jess despertaría gritando. Se preguntaría una y otra vez por qué no detuvo a Erin o a David. Su agotamiento, junto con la falta de preparación de Erin y la curiosidad juvenil de David, serían su perdición en ese caluroso día de otoño. Jess no vio lo que se avecinaba, no reconoció que todos habían engañado a la muerte durante demasiado tiempo. No dijo nada mientras Erin se estiraba, se disgustó con su estado sucio y colocó el .22 Rimfire en el suelo junto a Jess. "Voy a ir con él y solo veré qué hay allí. Volveré pronto".

Ella desapareció en el campo sobrecogido de hierba y los restos deshilachados del maíz del año pasado. Tina se dio la vuelta, frotó su cara contra la pierna de Jess y se acurrucó más cerca. La pesada cortina del sueño comenzó a apoderarse de Jess mientras los labios de Jacob se desprendían de su pecho y su respiración se profundizaba en el sueño. Pasaron momentos.

Aún había luz cuando Jess escuchó el grito. El sol se había hundido por debajo del horizonte, y quedaba poca luz en el cielo. Desde esa distancia, era inarticulado, imposible estar seguro de lo que había escuchado, pero estaba segura de que era Erin. Quincy acababa de regresar con un gran conejo en sus fauces. Sus patas peludas aún se movían. El perro se dirigió en la dirección de la granja, dejó el conejo en el suelo y comenzó a gruñir constantemente.

Fue suficiente para despertar a Tina también, y ella se sentó rápidamente y miró a su alrededor en confusión en busca de su hermano.

"Tina, escúchame. Toma al bebé y sé muy silenciosa". Jess señaló un árbol en la distancia. "Ve a ese árbol y espera a que nos encontremos contigo. Voy a ir a buscar a tu hermano y a Erin".

La pequeña niña asintió, y Jess rápidamente envolvió a su hijo en un chaleco alrededor de Tina, rezando para que la pequeña niña no tropezara y cayera. "Ve despacio, ¿de acuerdo? ¡Y sé muy silenciosa!"

"Quincy", se volvió hacia el perro, "Quédate con Tina. ¡Quédate, chica!" El perro dejó escapar un lamento melancólico y pareció inquieto, pero obedeció.

Agarró el rifle, le dio un pequeño empujón a la niña en la dirección correcta y luego se dio la vuelta y corrió, manteniéndose lo más baja que pudo, hacia la vieja granja. Sea lo que fuera el problema, ella se dirigía directamente hacia él.

Estaba a treinta pies de la granja cuando sonó el primer disparo. Otros diez pies cuando llegó el segundo disparo y luego estaba dentro, sin vacilar, bala en la recámara, dedo en el gatillo y la adrenalina corriendo por sus venas.

Había cuatro personas en la sala principal: dos soldados, Erin y David. Un hombre ya estaba muerto en el suelo. Erin estaba abajo y se agarraba el pecho. Una mancha de rojo se extendía rápidamente debajo de sus manos. El segundo hombre apuntaba su pistola a David, pero estaba distraído por Jess que entraba. Ella lo vio rápidamente, apuntó al hombre y apretó el gatillo, cargó otra ronda y disparó de nuevo. Dos agujeros oscuros aparecieron en su pecho y miró hacia abajo con sorpresa. El soldado se quedó allí inmóvil por un largo momento, luego se derrumbó al suelo y no se movió.

Jess se arrodilló a los pies de su amiga. Agarró la mano libre de Erin, su mente corriendo con pensamientos de vendajes y detener el flujo masivo de sangre. Oh Dios, había tanta sangre.

Su amiga intentó hablar. La boca de Erin se abrió, se ahogó en la sangre que ahora se precipitaba por su esófago. La sangre salpicó de su boca, salpicando a Jess. Intentó hablar de nuevo, jadeó y luego dejó de respirar. Murió allí, sus ojos abiertos y mirando, su mano inerte en la mano de Jess.

Jess comenzó a gritar.

Una Buena Cosecha

"Recuerda ser amable contigo mismo y con los demás. Todos somos hijos del azar y nadie puede decir por qué algunos campos florecerán mientras otros permanecen marrones bajo el sol de agosto. Cuida de los que te rodean. Mira más allá de tus diferencias. Sus sueños no son menos que los tuyos, sus elecciones no se hacen más fácilmente. Y da, da de cualquier manera que puedas, de lo que sea que poseas. Dar es amar. Retener es marchitar. Cuida menos por tu cosecha que por cómo se comparte y tu vida tendrá significado y tu corazón tendrá paz".—**Kent Nerburn**

Dedos finos cubrieron sus ojos, el olor de la tierra recién volteada y la menta que había estado recogiendo llenó su nariz. "¿Adivina quién?"

Chris sonrió, "Hola Liza. ¿Haciendo té de menta?"

La hermana de Carrie dejó escapar un suspiro decepcionado. "¡Sabías que era yo!"

"Por supuesto que lo sabía. Hueles diferente a Carrie". No le dijo que Carrie tenía este olor indescriptible, esta combinación de hierba buena y humo de madera que era casi como una droga. Lo atraía y lo hacía querer acercarse, abrazarla y nunca soltarla. Liza también olía bien, pero olía a infancia y canela. No podía explicarlo mejor que eso.

En las últimas semanas, la actitud de Liza hacia él y hacia su hermana había comenzado a cambiar. Ella seguía buscándolo cuando los demás estaban ocupados con tareas. Y cada vez que Carrie y él estaban juntos, ella buscaba peleas y discutía con su hermana sin cesar.

Le había tomado un tiempo, pero había llegado a sospechar que Liza tenía una infatuación. Ella cumpliría catorce años en solo unos meses, y estaba actuando como si Carrie fuera más una rival que una hermana. Carrie estaba confundida por el comportamiento, comentando en privado a Chris que siempre habían sido cercanas y rara vez peleaban como otros hermanos. "Simplemente no sé qué pasa con Liza estos días. Todo lo que digo o hago está mal", mordisqueó su pulgar, "Es casi como si estuviera deseando pelear conmigo. ¿Pero por qué?"

Chris había atrapado a Liza espiándolos dos veces ya. Todavía no habían llegado al final, pero estaban cerca, y él estaba preocupado de que las cosas estuvieran llegando a un punto crítico. Tenía que lidiar con eso, de alguna manera. Miró hacia arriba a Liza, que lo miraba con una sonrisa confusa y medio esperanzada. Mierda. Dejó el canasto de tomates que había estado recogiendo. Casi estaba lleno, las frutas rojas y anaranjadas firmes y hermosas, prometiendo explotar con jugo en el instante en que fueran cortadas. Calculó que tenía tres canastas más por recoger antes de terminar por el día.

"Liza, necesitamos hablar".

Ella sonrió felizmente, "¿Ya terminaste 'Viaje desde ayer' ya? Lo dejé a tu puerta hace dos días".

Él negó con la cabeza y su expresión pasó de emocionada a vigilante. "No, todavía no lo he terminado. Pero es bueno", le sonrió, "Tuve dificultades para dejarlo esta mañana y ponerme a trabajar".

Señaló los macizos elevados y las jaulas de tomate. "¿Me ayudas a recoger más?"

"Claro".

Mientras caían en un ritmo, se animó a decir lo que estaba en su mente. "Sabes Liza, eres una chica muy bonita". Vio que su mano se detuvo; casi dejaba caer el tomate que estaba sosteniendo. "Sé que te gusto. Y realmente, estoy halagado, lo estoy". Encontró sus ojos entonces, ella parecía asustada, "Pero yo..."

"Estás enamorado de Carrie".

"Sí, lo estoy. Quiero casarme con ella". Su barbilla se bajó a su pecho, y pensó que vio una pequeña lágrima caer al suelo. "Liza, lo siento. Sé que eso no lo hace mejor, pero realmente lo soy. Porque eres una chica realmente genial, y te encanta la ciencia ficción, lo que es totalmente increíble", eso provocó una pequeña risa húmeda, "Quiero que seamos amigos y, si tu abuelo no me dispara primero, algún día me gustaría ser tu hermano".

Liza lo miró, sus ojos mojados de lágrimas, "Yo... oh... ¿por qué tienes que ser tan jodidamente amable, Chris? ¿No podrías simplemente decir, vete, niña, tu hermana es mucho más atractiva que tú?"

Le tocó a él mirar hacia otro lado. Odiaba ver llorar a la niña. "Lo siento Liza, así es como estoy hecho, supongo. Y además, ya no eres una niña, y eres atractiva. ¿O te perdiste la forma en que Carl Owens te miró toda la semana pasada?"

No se atrevió a decirle cuánto le recordaba a Jess cuando era una estudiante de primer año de secundaria. Era doloroso mirarla a veces.

Solo pensar en Jess ahora, imaginar cómo había muerto, lo hacía querer gritar. No había podido protegerla, pero protegería a Carrie y Liza, Joseph y Fenton con su último aliento. No podía recuperar lo que había perdido, pero podía asegurarse de no perder nada más. Perdido en sus pensamientos, se sorprendió cuando Liza le abrazó. Él la abrazó de vuelta, esperando estar haciendo lo correcto, y ella lo besó ligeramente en la mejilla. Antes de que pudiera reaccionar, ella se había alejado, dirigiéndose a un rincón tranquilo para recomponerse.

Saltó visiblemente cuando la voz de Carrie habló detrás de él. "¿Así que eso era lo que estaba pasando estas últimas semanas?" Chris se dio la vuelta para enfrentarla. "¡Por eso ha estado tan enojada! ¿A ella le gustas?" Parecía impresionada por este hecho.

Él le sonrió. "¿Es tan difícil de creer?"

"Bueno, no". Estaba allí con una sonrisa peculiar en su rostro.

"Bueno, entonces, ¿qué estás sonriendo?" Se sentía un poco defensivo. Después de todo, había tratado de ser amable al respecto y la niña aún se había ido llorando.

"Estoy pensando que eres realmente, realmente dulce". Carrie se acercó, puso una mano a cada lado de su cara y lo besó suavemente. "Viste algo que yo no. Hiciste que se sintiera cuidada, incluso si no podía tenerte. Gracias por eso".

"¿No estás enojada porque la abracé y me besó?"

No podía creer su buena suerte. ¿Una chica hermosa y sexy que no estaba loca de celos? Ella negó con la cabeza en silencio y lo besó de nuevo, esta vez con promesa e intención. Él la besó de vuelta, bajó sus manos por su espalda y las deslizó sobre sus pantalones cortos. El beso fue intenso, apasionado.

Desafortunadamente, fue interrumpido por un grito de ayuda de Fenton. El grito venía del granero donde Fenton había estado arreglando la camioneta durante la semana pasada. El carburador había sido una reparación relativamente fácil, pero el gran golpe que Liza había puesto en la defensa delantera cuando se estrelló contra una cerca mientras aprendía a conducir había causado un daño significativo. El manual Chilton que habían encontrado en la ciudad estaba recibiendo su parte justa de uso mientras Fenton lo hojeaba, profiriendo quejas largas sobre los peligros de los conductores adolescentes.

Su grito hizo que todos corrieran. Esto fue bueno, ya que parecía decidido a morirse de una hemorragia por una gran herida en la frente. La sangre corría por su cara y Liza llegó primero al granero, llegando a su lado primero. Su rostro aún mostraba señales de lágrimas, pero nadie notó. Chris se quitó la camisa y la usó para aplicar presión en la herida.

"Jesús, abuelo", Carrie ayudó a su abuelo a una posición sentada en un viejo neumático, "¿qué pasó?"

Fenton le lanzó una mirada irritada. "Jovencita, sigues usando el nombre del Señor en vano y te lavaré la boca con jabón. Por el amor de Dios, ¡ni siquiera puedo ver con este ojo!"

Su ojo derecho estaba cubierto de sangre, lo que había alarmado a Chris hasta que se dio cuenta de que simplemente fluía de la herida de arriba.

"Me las arreglé para chocarme con la estantería de allí".

Señaló una estantería que había sido montada en la pared y apilada con cajas de tornillos. Ahora colgaba peligrosamente de un extremo y todos los tornillos estaban en un desorden de cajas rotas en el suelo.

Liza examinó la herida. "Las heridas en la cabeza sangran mucho, pero esta es una herida profunda. Bien, abuelo". Él la miró con disgusto.

"Será mejor que la limpiemos y pongamos algunas puntadas". Liza pasaba tiempo estudiando textos médicos cuando no leía ciencia ficción. Tenía sentido que al menos una persona supiera medicina, especialmente en estos tiempos, y tanto Fenton como Carrie habían alentado sus estudios intercambiando huevos y pollitos vivos por dos libros médicos. Liza había comenzado a estudiar seriamente el año después de la muerte de su madre. Había ayudado a Fenton a ponerle la escayola a Chris cuando había llegado por primera vez e incluso había corregido su técnica cuando la habían envuelto y luego la habían fijado. Actualmente, estaba trabajando en un manual grueso sobre obstetricia. Chris había visto una de las fotos y había sentido que su estómago se revolvía. Definitivamente no era su taza de té.

"¿Puedes hacer que el abuelo esté mejor, hermana?" Joseph preguntó. El niño parecía asustado.

Liz se detuvo en su examen para sonreír a su hermano pequeño. "Claro que puedo, Joseph. El abuelo estará bien. Vamos a llevarlo a la casa y luego lo arreglaremos mejor que nunca". Se volvió hacia Fenton y los tres lo levantaron de pie.

Al final, las dos puntadas habían sido diez puntadas perfectas. Fenton insistió en varios sorbos saludables de una botella llena de Jack Daniels escondida en una estantería alta. Chris la recuperó y sonrió. Podía ver otras diez botellas de licor fuerte, todas sin abrir. Calculó que el viejo Fenton las había puesto allí hace unos tres años, aproximadamente cuando las chicas y su madre habían llegado, y no las había tocado desde entonces.

"Esa aguja va a doler", Fenton había dado como explicación, "Planeo hacer que duela menos". Todavía tenía algunas cosas interesantes que decir durante el procedimiento.

Carrie comenzó a enlatar los tomates que Chris ya había recogido. Él recogió el resto mientras ella trabajaba sobre la estufa blanqueando, pelando y preparando los tomates. Esta tarea duró hasta altas horas de la noche. Encendieron una lámpara de gas para ver y siguieron trabajando en la pila de tomates.

Mientras trabajaban, escuchaban a Fenton cantar, bastante borracho ahora que casi la mitad de la botella de whisky había desaparecido. Cuando estaba borracho, Fenton parecía excesivamente aficionado a Elvis Presley. Todos los tomates estaban enlatados; las jarras cubrían cada pieza de encimera disponible.

Joseph estaba enrollado en una pequeña bola en el sofá y Fenton estaba lanzando la quinta interpretación de "You Ain't Nothing but a Hound Dog" cuando Liza tomó la botella de su mano y se la entregó a Chris.

Ella le guiñó un ojo, reprimiendo una sonrisa, y asintió hacia la estantería alta. Ella y Carrie cada una tomaron un lado y tiraron suavemente de Fenton de pie. Lo guiaron lentamente escaleras arriba a su habitación.

Chris devolvió la botella a la estantería y se tomó un momento para mirar lo demás que había allí. El viejo hombre tenía una buena selección.

La mano cálida que subió por su pierna rápidamente cambió su enfoque. El pensamiento que vino después fue impactante en su simplicidad. "¿Qué estás esperando?"

Bajó de la encimera y se dio la vuelta para enfrentar a Carrie. La luna había salido en el cielo y la luz de ella se derramaba por la ventana de la cocina. Se inclinó, sopló la lámpara y la abrazó. Ella sintió el cambio en él y respondió en consecuencia; temblando ligeramente cuando sus labios encontraron su cuello y trabajaron su camino hacia su oreja derecha. Le susurró en ella, "Vamos a dar un paseo". Sentía, más que veía, que ella asintió.

Tomó varias mantas, extendió una sobre el pequeño Joseph y las otras dos las guardó bajo su brazo. Silenciosamente se deslizaron por la puerta, cerrándola suavemente detrás de ellos.

De la mano, caminaron. No lo discutieron, y sus pies los llevaron sin errar a la vieja granja. Era su lugar especial. Se habían estado escabullendo allí para sesiones de besos con la mayor frecuencia posible en los últimos meses. Esparcía cuidadosamente la manta y se acostaron uno al lado del otro. Las estrellas eran increíblemente brillantes y hermosas. Hacía calor y a su alrededor la noche pulsaba con vida, miles de pequeñas criaturas atendiendo a sus actividades nocturnas. Tomaron nota de los dos humanos en su medio y se alejaron, creando una burbuja de espacio alrededor de la pareja.

Mientras observaban un satélite que se movía lentamente a través del cielo, Chris se preguntó si la estación espacial todavía estaba allí, y si había algún astronauta dentro. Si había, y si el resto del mundo estaba en tan mal estado como Estados Unidos, ahora eran nada más que esqueletos congelados.

Empujó esos pensamientos de su mente y pensó en cambio en lo increíble que olía Carrie, incluso con el olor a tomates pegado a ella. Bajó y tomó su mano en la suya. Se sentía pequeña y frágil en comparación con la suya, pero sabía que era una ilusión. Carrie era una mujer fuerte, en mente y espíritu. Sabía lo que quería y luchaba por ello. Aquí tenía un futuro, una familia y amor.

La abrazó y se inclinó para un beso. Se calentó y continuó y continuó a medida que sus pulsaciones se aceleraron. Su ropa cayó en un montón, y el amor fue tan gentil como pudo serlo para ella. Al final, colapsó a su lado, enterró su rostro en su cuello y besó su piel húmeda.

Todos estos meses de jugar, de bailar alrededor y de coquetear, y finalmente lo habían hecho. Al menos sabía que Fenton no estaba ocupado limpiando su escopeta en este momento. Los minutos pasaron y Chris tiró parte de la delgada manta sobre ellos. Podía escuchar que la respiración de Carrie se calmaba y se nivelaba.

"¿Carrie?"

"Mm?"

La empujó, "Despierta".

"Estoy despierta".

Se levantó sobre un codo y miró a su cara. Podía verla claramente en la luz de la luna. Sus ojos estaban abiertos, y tenía una sonrisa satisfecha, casi engreída. Alcanzó y suavizó un mechón de pelo detrás de su oreja izquierda. "Te amo, Carrie Lynn Perdue. ¿Te casarás conmigo?"

Ella sonrió aún más amplia, puso sus manos a cada lado de su cara. "También te amo, Christopher Michael Aaronson. Y sí, me casaré contigo".

Lo que siguió fue mucho más de lo que había ocurrido. Continuó, con poco sueño durante la mayor parte de esa noche. El sol comenzaba a asomar por el horizonte cuando los amantes se deslizaron de nuevo dentro de la casa.

El Silencio de los Gritos

"Al verla allí, supe que estaba muerta. La sangre se acumulaba en su espalda, mezclándose con la sangre de esos dos animales. Incluso en la muerte, contaminaron y enfermaron todo lo que tocaron. David temblaba y lloraba, y aún así trataba de hacer lo correcto por ella, alargando la mano para cerrar sus ojos abiertos. Dijo que grité una y otra vez hasta que me trajo a Jacob y me lo metió en los brazos. Pero no recuerdo haber gritado en absoluto. Solo recuerdo pensar cuán ensordecedor era el silencio. La enterramos al día siguiente, detrás, en un pequeño jardín desatendido, cerca de un grupo de iris. Recuerdo que había un arroyo cerca. David encontró una gran losa de piedra caliza y la empujó al frente del montículo. No enterramos a los otros. A la mierda con ellos".—**Diario de Jess**

El primer sonido que David escuchó a través de sus tímpanos torturados y zumbantes fueron los gritos de Jess. Eran lamentos de desesperación sin palabras mientras ella agarraba la mano de Erin y se balanceaba de un lado a otro. La sangre cubría a ambas y se acumulaba en el suelo. Dejó caer el revólver que había estado agarrando, lo vio deslizarse de sus dedos sin vida.

Oh Dios, en realidad había matado a uno de ellos. Pero había llegado demasiado tarde. El segundo, el de cabello oscuro y grasiento, había disparado, directo a Erin antes de que Jess llegara corriendo y lo derribara con dos disparos rápidos. Los ojos de Erin seguían abiertos, mirando, y tenía una expresión ligeramente desconcertada en su rostro.

Por un momento se preguntó si había alguna posibilidad de que estuviera bien, de que se recuperara, y luego vio la herida y la sangre que brotaba de ella, y de su boca y nariz. Entonces vinieron las lágrimas, mientras la miraba, la observaba tratando de hablar, ahogarse y escupir débilmente una boca llena de sangre. Su cabeza cayó hacia atrás sobre el suelo de madera, sus ojos vidriosos, y él supo que estaba muerta.

Fue entonces cuando Jess comenzó a gritar, y parecía que los gritos se volvían más fuertes con cada momento que pasaba. Se acercó, sus dedos temblorosos, y cerró los ojos de Erin. Los de mamá habían sido así, pero nublados, y aún podía ver sus rostros. En el suelo, cuerpos fríos y rígidos, vida desaparecida. Estaba demasiado conmocionado, aterrorizado por lo que había hecho y por cómo todo había salido tan mal para pensar más. Simplemente se sentó y lloró mientras Jess gritaba una y otra vez.

Minutos, que parecían horas, pasaron y las sombras se oscurecieron. La noche casi los había alcanzado. Se recuperó, se levantó y salió de la granja hacia el campo para encontrar a Tina y al bebé. No tuvo que ir muy lejos.

Los chillidos de hambre y miedo de Jacob eran como una señal. Encontró a Jacob y Tina acurrucados cerca de un árbol caído. El bebé chillaba por la leche y Tina solo temblaba de terror completo. La abrazó y tomó a Jacob en sus brazos. El rostro del bebé estaba rojo brillante por los gritos. Ninguna cantidad de cariños o arrullos ayudaría. Todavía podía escuchar a Jess lamentándose en la granja. Erin estaba muerta. ¿Por qué había querido explorar el cobertizo y la granja? ¿Por qué?

Quincy había permanecido con ellos todo el camino de regreso a la granja. Ella gimió en respuesta a los sonidos de la evidente angustia de Jess. Pero su dueña le había dicho que se quedara con Tina, y joven como era, la cachorra seguía las órdenes. Tina mantuvo un agarre mortal en la parte trasera de su camisa mientras él regresaba a la casa con Jacob chillando todo el camino. Tal vez si pudiera poner al bebé en los brazos de Jess, ella se calmaría y lo alimentaría.

Cualquier cosa menos ese sonido horrible que seguía haciendo. Tina se detuvo en seco al ver los cuerpos y se negó a entrar por la puerta principal. Su pequeño cuerpo temblaba de miedo. Tuvo que soltarse de su agarre para llegar a Jess y meter a Jacob en sus brazos.

Los gritos del bebé desencadenaron el instinto maternal y ella podía sentir sus pechos llenarse dolorosamente en respuesta. De alguna manera, Jess soltó la mano inerte y sin vida de su amiga y se puso de pie. No podía permanecer en esta habitación. Se dirigió al porche, sus gritos se convirtieron en profundos y rasgados sollozos y finalmente en un arrullo débil mientras trataba de calmar a su hijo que seguía chillando.

Fuera de la habitación, no parecía real. Erin no podía estar muerta. No después de todo lo que habían pasado. Habían sobrevivido a las tropas que tomaron su pueblo. Habían sobrevivido a la Tienda 5 y los meses después en la cabaña en el bosque. Habían hecho el largo viaje a Clinton y habían evitado a los soldados y los disparos. Y ahora, de camino a casa, ¿morir así? No podía ser. La noche había descendido y había pocas estrellas, solo sombras oscuras.

David reapareció con Tina, arrastrando la mayor parte de sus suministros y equipo, y su voz estaba rasgada, herida, cuando habló. "Hay un gran árbol, no muy lejos. Podríamos quedarnos allí por la noche, Jess. Está lejos de la casa, por si vienen otros. ¿Qué piensas?"

Cuando Jess respondió, apenas podía articular un susurro de su garganta áspera, "Sí. Está bien, llévame".

No estaba lejos para caminar. Tropezaron en la oscuridad hasta el árbol, acercaron sus mantas y se acostaron en el duro suelo. Jess sintió al chico acurrucarse de espaldas contra ella, con Tina envuelta en sus brazos y Jacob en los de ella. Había cierto consuelo en sentirlo encajado contra ella y necesitando seguridad. Quincy se enroscó contra sus piernas, gimiendo suavemente.

"La enterraremos por la mañana y seguiremos adelante, en caso de que haya más de ellos."

Desde la oscuridad llegó su respuesta, "De acuerdo."

La Paz de la Tierra

"*Amo los meses cálidos. Cuando vienen los recuerdos, cuando mi corazón se rompe solo de pensar en aquellos que he perdido, salgo al jardín. Arranco la hierba y las malas hierbas y guío las enredaderas. Cavo profundo en la rica tierra. Me trae consuelo y alivia el dolor. Cada año es un milagro, cada día y semana y mes que pasa es un canto de triunfo. Nos levantamos de nuevo, sobrevivimos, y puedo sentir la vida en cada puñado de tierra que muevo.*"—**Diario de Jess**

Jess yacía sobre un cojín del columpio del porche, con una fina manta cubriéndola. Jacob estaba acurrucado cerca. Él dormía, después de haber lloriqueado y llorado gran parte de la noche. Ella no estaba mucho mejor. Sus sueños habían sido sangrientos y violentos.

El mundo parecía lleno de muerte y desesperación, a pesar del sol y el canto de los pájaros. Señales de vida y crecimiento la rodeaban. Se sentía como una bofetada en la cara. ¿Cómo se atrevía el mundo a ser tan hermoso, justo aquí, cuando a solo unos cientos de pies de distancia yacía el cuerpo sin vida de Erin? Había logrado cavar varios pies antes de que el sol subiera alto en el cielo. Se desplomó en el suelo para descansar y amamantó a Jacob.

David había rebuscado un desayuno tardío, descubriendo varios rábanos leñosos y tallos de espárragos en el viejo jardín y complementándolos con una preciada lata de estofado de carne. Jess no tenía hambre, pero se sentó y comió lo que David le entregó. La comida sabía a aserrín. Erin se había ido, pero por mucho que doliera, ella no lo estaba, y tres vidas jóvenes dependían ahora de ella. Necesitaban que se mantuviera fuerte.

Tragó mecánicamente y volvió a sorber de la taza de té que David le había pasado. Estaba caliente y debía haber usado la estufa de la granja. Probablemente funcionaba con propano, tan lejos en el campo. Se podía acceder a la cocina sin pasar por la entrada principal y la sala de estar donde yacían los cuerpos de los soldados, con moscas zumbando a su alrededor. Había hojas de menta flotando en el té.

Mientras miraba la taza, David dijo: "Encontré algunas plantas en el jardín. Un gran parche de menta, así que las puse en una taza y herví agua". Jess levantó las cejas y volvió a sorber. "Son solo esas hojas y nada más, pero me gusta. Recogí muchas y las puse en una de las mochilas".

Miró hacia otro lado, de vuelta al agujero parcialmente cavado y al cuerpo cubierto con una sábana cerca. "Cavaré por un rato".

No quería decírselo todavía, pero sabía que tendría que hacerlo pronto. Antes de calentar el agua en la cocina, había revisado los bolsillos de ambos soldados. Le había costado todo su valor. Con las manos temblorosas, había recogido armas, revisado sus mochilas y encontrado munición extra y algunas latas de comida. También había encontrado algo más, algo que lo cambiaba todo y le hacía querer correr gritando de vuelta a Clinton con la mano de Tina agarrada. Por mucho que deseara la seguridad y el confort de su escondite, sabía que Erin y Jess tenían razón. No podrían sobrevivir el invierno allí. Así que en lugar de huir, se mordió la lengua y cavó profundamente en la tierra.

La tumba estaba cavada para cuando el sol estaba directamente sobre sus cabezas en el cielo. Jess había hecho dos turnos más, con David ayudando. Cavó en la tierra y lloró, se detuvo, y luego cavó más. Eventualmente fue lo suficientemente profunda, y abrazó a su amiga, arrastró su cuerpo a la tumba abierta y luego salió lentamente. Después de eso vino la parte más difícil. Paleó la tierra sobre Erin y lentamente enterró a su amiga profundamente en el suelo. Quincy había dejado escapar un largo y triste aullido cuando la tierra comenzó a cubrir el cuerpo de Erin. Luego el cachorro se había hundido en el suelo, con la cola enrollada debajo de ella y las orejas planas, y gimió. Para cuando terminaron de palear la tierra en su lugar, Jess temblaba de agotamiento y dolor. No le quedaban más lágrimas, y su cabeza palpitaba de agonía. A unos pocos pies de distancia, Tina abanicaba a Jacob mientras dormía y observaba el proceso sin hablar. No había dicho una palabra en todo el día.

Las lágrimas se mezclaban con la tierra en el rostro de David mientras arrastraba una gran roca. A pesar de su corta edad, el chico era fuerte. Rechazó una oferta de ayuda de Jess. "Yo puedo". Empujó de nuevo y logró colocarla vertical en la cabecera de la tumba. Jess sintió una ola de dolor y pérdida que la invadía. Después de todo lo que habían pasado, perder a Erin ahora parecía ser más de lo que podía soportar.

Jess buscó las palabras de una oración familiar. Sus padres no habían sido religiosos, nunca habían ido a la iglesia, pero parecía que había palabras especiales que se suponía que debías decir en momentos como ese. David y Tina la miraron expectantes. Buscó en sus recuerdos y finalmente recordó el Padrenuestro.

"Padre nuestro que estás en los cielos", las palabras eran reconfortantes de alguna manera, aunque no podía explicar por qué. Tal vez ciertas palabras, cuando se decían en la secuencia correcta, tenían poder.

"Santificado sea tu nombre. Venga tu reino, hágase tu voluntad..."

¿Podría ser que tuvieran el poder de traer paz, sanar heridas o renovar la esperanza? La voz de David se unió y Tina también lo intentó, pero estaba claro que no conocía las palabras. "En la tierra como en el cielo". Cuando terminaron, el silencio se extendió por varios largos momentos. Jess se aclaró la garganta.

"Erie, no parece correcto dejarte aquí. Prometo que volveré y pondré una mejor marca aquí tan pronto como pueda". Se detuvo, tomó un profundo respiro, "Salvaste mi vida demasiadas veces para contarlas y te extrañaré para siempre. Por favor, perdóname por no haber sido más rápida. Te quiero mucho. Lo siento mucho".

No parecía suficiente. De alguna manera se sentía incompleto. Así que buscó en sus recuerdos y sonrió mientras las lágrimas se deslizaban por sus mejillas. Las palabras fluyeron mientras hablaba a la memoria de su amiga y sus aventuras de infancia. Recordó todos los buenos recuerdos, toda la belleza y la risa que habían compartido. Le tomó un tiempo a Jess despedirse de una amiga con la que había crecido.

Cuando terminó, colocó a su hijo en su cabestrillo, recogió lo que pudo llevar de sus mochilas, se volvió hacia el este y comenzó a caminar. David y Tina la siguieron de cerca, y Quincy corrió adelante. Ninguno de ellos dijo nada durante mucho tiempo.

Un Retiro Lacustre

"Cuando David me mostró el papel que había encontrado, entré en pánico. ¿Y si hubiera más hombres ahí fuera buscándonos? Nunca sabré cuántos enviaron, ni por qué les parecía tan importante hacernos volver. Todo lo que sabía era que la nota incluía descripciones de Erin y de mí, junto con los nombres de nuestras familias y amigos. Sabían de dónde veníamos. Y meses después de que escapáramos, todavía nos estaban buscando. De repente, volver a casa se convirtió en un camino en la dirección equivocada."—**Diario de Jess**

David dudó durante varias horas, luego finalmente, cuando se detuvieron para descansar y comer un poco, reunió el coraje para mostrarle a Jess la nota que había descubierto en uno de los cuerpos. El papel había sido doblado varias veces y estaba muy gastado. Pero los nombres de Jess y Erin estaban en él, junto con una descripción física de cada chica y el pueblo de Belton como su destino esperado. Los soldados las habían estado buscando. No sabía por qué, y eso le asustaba.

"Encontré esto en uno de los soldados," le entregó el papel y la observó leerlo. El color se drenó de su rostro. "¿Crees que podría haber otros?"

Jess no dijo nada en respuesta. Miró fijamente el papel durante mucho tiempo, leyendo y releyendo las pocas palabras hasta que tuvo la nota, incluso la forma de las letras, firmemente fijada en su mente.

Terminaron de comer y Jacob se inquietó dentro de su envoltorio. Jess le cambió el pañal, lo envolvió de nuevo contra ella, y comenzó a caminar sin decir una palabra a David o Tina. Poco después, el este se convirtió en pleno sur cuando descubrieron los primeros de decenas de cuerpos. Había habido combates aquí recientemente, unos pocos días como máximo, y el olor de los cadáveres era nauseabundo. Tina gimoteó de miedo y escondió su rostro en la camisa de su hermano mientras rodeaban a los muertos. La cola de Quincy permaneció permanentemente metida entre sus patas y caminaba lo más cerca posible de Jess, con las orejas aplastadas, su cuerpo tenso.

Jess se preguntó si los cuerpos pertenecían a algunas de las tropas que habían pasado por Clinton recientemente. Parecía más seguro dirigirse al sur por ahora. Mientras giraban hacia el sur, apareció el borde noroeste del Lago Harry Truman y, debido a la imposibilidad de dirigirse al este a menos que quisieran nadar, bordearon el lago y continuaron hacia el sur, alejándose de Belton, una vez más.

Era el atardecer cuando acamparon en un acantilado con vista al embalse. Décadas atrás, el Cuerpo de Ingenieros de EE. UU. había inundado intencionalmente secciones del valle de tierras bajas, creando el Lago Truman. En la distancia, las puntas de árboles muertos y ahogados sobresalían del medio del agua. Incluso se podía ver la parte superior de una chimenea. Era una antigua granja que había sido abandonada hace mucho tiempo y luego sumergida cuando las aguas inundaron el valle.

No se atrevieron a encender un fuego. La autopista, probablemente la Autopista 7 según la rápida revisión de Jess del mapa que habían encontrado en un camión averiado, también estaba a la vista. Lo que podían ver de la autopista, alguien en la autopista probablemente también podría verlos a ellos. No había razón para correr riesgos.

De nuevo, Jess se obligó a comer. No había mucho, y como no podían encender un fuego, dejó que Quincy se comiera el conejo que había hecho salir y atrapado poco antes de que se detuvieran para pasar la noche. La joven perra devoró ansiosamente su comida.

Durmieron acurrucados esa noche. Hacía calor, no de manera opresiva, pero lo suficientemente cálido. Aun así, necesitaban sentirse seguros, necesitaban escuchar la respiración de otra persona viva y sentir su presencia cerca. La vida era tan fugaz, tan dolorosamente corta a veces; se necesitaban mutuamente más que nunca. Así que durmieron profundamente, sin sueños ni pesadillas en ese acantilado, con piernas y brazos entrelazados, cuerpos acurrucados cerca.

Mantener al pequeño grupo unido y seguro anuló el deseo de Jess de regresar a casa. Continuaron hacia el sur al día siguiente, manteniendo el borde del agua a la vista en todo momento. Era tarde y casi hora de detenerse para cenar y acampar por la noche cuando David comentó sobre el árbol extraño. Estaba doblado, dos veces, en ángulos casi perfectos de 90 grados. "Este árbol es raro."

Raro o no, era un lugar razonable para detenerse. El sol pronto se pondría y era hora de buscar comida. Quincy había desaparecido en la maleza hacia el oeste, probablemente cazando un conejo o una ardilla. La oyeron dar un ladrido corto y rápido. David había estado recogiendo de los arbustos y desenterrando pequeñas plantas durante todo el camino. Todos sus estudios del libro ahora sucio, gastado y raído estaban dando frutos. Podía identificar fácilmente llantén, espadaña, cebolla silvestre, helechos, acedera y una multitud de otras plantas comestibles. Mientras caminaban, de repente se detenía y desenterraba algo y lo metía en su mochila.

La pala de hoja larga que encontró en la granja se había convertido en su bastón y nunca estaba lejos de su alcance. Tina también había comenzado a ayudar, y cuando se detenían por un tiempo, ambos niños forrajeaban un poco, siempre a la vista, y recogían las plantas que podían para complementar el menguante suministro de alimentos enlatados.

Mientras Jess comenzaba a buscar entre las latas para la cena, David continuó estudiando el árbol extrañamente formado con interés. Era una deformidad tan específica. Y no había nada a la vista que indicara por qué tendría esa forma. "Es como si estuviera señalando algo," comentó David, incapaz de dejar de mirar el árbol.

Una voz inesperada respondió: "Está señalando algo. Eso, joven, es lo que los Osage llaman un árbol de correa."

La dueña de la voz era una anciana de ojos brillantes, que se apoyaba en un bastón y se mezclaba perfectamente con los árboles a veinte pies de distancia. Un rifle estaba atado a su espalda y sus ojos oscuros brillaban bajo una corona de cabello blanco recogido en un moño suelto. Mechones de su cabello colgaban libremente. Era delgada, vestida con una simple camiseta y jeans con botas de senderismo sólidas y sensatas en los pies. Quincy se retorcía de emoción a sus pies; aparentemente había encontrado una persona en lugar del habitual conejo o ardilla.

David saltó en respuesta, y el resto de ellos se quedaron congelados en su lugar. Pero era difícil tener miedo de una ancianita, especialmente con la relajada confianza canina de Quincy en la extraña. Jess escaneó el resto de los bosques que los rodeaban y no vio a nadie. Cuando su mirada volvió a la anciana, vio largas y profundas líneas grabadas en su rostro. Era difícil mantener la guardia alta; la anciana parecía amigable y se había agachado para rascar a Quincy detrás de las orejas. El perro apoyó su cabeza de orejas caídas contra los jeans de la mujer.

Jess habló primero, "Eh, hola."

David también habló, "¿Por qué se llama árbol de correa y quiénes son los Oh Sage?"

La anciana se rió entonces y las líneas en su rostro se profundizaron al hacerlo. Los niños se relajaron por primera vez en mucho tiempo. Aquí había alguien que no era una amenaza.

"Bueno, yo soy Osage, Pequeño, y el resto se explica mejor a un corto paseo de aquí." Miró hacia el cielo, "Viene lluvia." Se dio la vuelta y comenzó a caminar hacia el oeste, alejándose del borde del lago, deteniéndose sólo brevemente para mirar hacia atrás y hacer una seña con un dedo huesudo al grupo. "Vengan por aquí entonces."

Quincy saltó tras ella, y un momento después, también lo hicieron Jess y los niños, arrastrando las mochilas que recientemente se habían quitado de la espalda. Era extraño. Ni siquiera se había presentado, pero el pequeño grupo la siguió sin decir palabra.

A través del claro y hacia el bosque profundo, caminaron. Un sendero sinuoso, con varios zigzags pronunciados, apenas era visible a menos que supieras qué buscar. Eventualmente llevó a la base de una cueva de boca ancha y techo bajo. Segundos después de que siguieron a la anciana dentro de la cueva, los cielos afuera se oscurecieron, retumbaron ominosamente, y luego se abrieron y comenzó a llover a cántaros.

Gracias a la lluvia y las nubes, el interior de la cueva parecía tenue. Después de inclinarse ligeramente para pasar por debajo de una roca saliente, el techo se elevó por encima de la cabeza de Jess. Tenía unos doce pies de altura en esta cámara exterior principal. Delante de ellos se cerraba de nuevo a una abertura tenuemente iluminada en la parte trasera. Parecía haber algún tipo de fuente de luz al otro lado. Se mantuvieron en el camino de la izquierda y evitaron los agujeros profundos excavados en el lado derecho. Parecía ser un sitio de excavación arqueológica en proceso. Estacas y cuerdas seccionaban áreas en cuadrados de un metro, delimitando una sección de la siguiente. Letreros etiquetaban cada cuadrado y en algunas de las secciones había puntas de lanza o fragmentos de vasijas dispuestos en la posición exacta en que habían sido descubiertos y excavados.

Jess y los niños siguieron a la anciana a través de esta cámara exterior, a través de la pequeña abertura a la altura de un hombre. Jess pudo ver que la fuente de luz, a juzgar por el agua que goteaba en un borde, era una claraboya natural que llegaba hasta el techo de la cueva. Esta cámara interior era inmensa, y había varios otros sitios de excavación más pequeños a intervalos regulares en todo el lugar. Era obvio que la anciana vivía aquí también. Había una sección con una mesa, varias sillas y algunas pilas de cajas y contenedores, todo situado lejos del agua que caía, pero cerca de la 'claraboya'. La lluvia entraba y se acumulaba en una laguna del tamaño de la cámara frontal, luego fluía a lo largo de un pequeño arroyo rocoso hacia la parte trasera de la cueva, completamente oscura.

La anciana se detuvo cerca de la fogata ubicada frente a su área de vivienda. Removió las brasas y colocó suavemente otro tronco para que ardiera. Un asador sostenía tres bultos ennegrecidos sobre el fuego crepitante. Era difícil de decir, pero Jess adivinó que probablemente era una ardilla.

Habló entonces, mientras se movía del fuego a los suministros cercanos, "No hay mucha carne para todos ustedes, pero realmente no esperaba compañía. Puedo cocinar algo de ramen y estoy segura de que tengo algunas otras cosas buenas aquí para agregar." Abrió cajas y le entregó una cacerola a David, "Llénala con agua de lluvia allí y ponla en el fuego, Min'-dse." Sonrió y sus dientes eran blancos y perfectos. "Mi nombre es Dra. Madeleine Falling Water, pero pueden llamarme Madge. Vamos a cenar y luego tendremos tiempo de cuentos."

Jess no estaba segura de qué pensar sobre la anciana o sobre el tiempo de cuentos, pero en ese momento Jacob señaló que estaba despierto, hambriento y listo para un cambio con un llanto fuerte y prolongado. Ella lo sacó de su envoltorio, donde había estado oculto a la vista, y Madge se movió más rápido de lo que parecía posible para una mujer de su edad.

Antes de que Jess pudiera objetar, Jacob fue levantado de sus brazos con un grito de alegría y una avalancha de palabras en un idioma extraño y gutural. Curiosamente, el bebé dejó de llorar inmediatamente y miró a la anciana intensamente, observando y escuchando todo lo que decía.

Ella desenvolvió sus coberturas, chasqueó la lengua ante su pañal mojado y abultado, e inmediatamente lo colocó sobre un abrigo en el suelo de la cueva y lo cambió, alcanzando impacientemente el pañal limpio que Jess encontró y le entregó después de un poco de búsqueda. Madge luego lo levantó en sus brazos y habló rápidamente en el idioma extranjero al bebé, arrullando y besando, y luego devolviéndoselo a Jess para amamantar.

Señaló con un dedo delgado y huesudo a Tina. "Pequeña, Ni'-da-wi, ve a la entrada de la cueva y recoge todos los dientes de león que puedas encontrar." Le dio a la niña un suave empujón hacia la entrada de la cueva y tiró de Jess por su mano libre hacia una silla apartada de las demás en una esquina. "Aquí niña, siéntate aquí y dale la cena a tu hijo."

Jess se sentó en la silla y dejó escapar un pequeño gemido de placer. Era una hamaca de lona, suspendida en un marco de madera, y luego forrada con pieles suaves. Se sentía delicioso. Arregló sus envolturas, ofreció a Jacob su pecho y se recostó felizmente contenta en el asiento más cómodo en el que se había sentado desde la semana en el viejo lugar de Cooper. Sus ojos se cerraron, y lentamente se deslizó hacia el sueño mientras los demás se movían por la cueva, preparando la cena.

Jess fue despertada de repente por una taza humeante de té empujada bajo su nariz media hora después. Al té le siguió un abundante tazón de fideos ramen, espeso con hojas de diente de león, y pequeños trozos de sabrosa carne de ardilla flotando en él. Comieron por turnos, ya que solo había dos tazones. La luz de la claraboya natural se había atenuado y desaparecido al caer la noche. El fuego se avivó, y hicieron pequeños nichos de mantas o mochilas para acurrucarse y mirar a la anciana. Ella les había prometido una historia, después de todo. Se inclinó y tomó a Jacob de los brazos de Jess, acunándolo y arrullándolo, y comenzó a hablar.

"Un día, el jefe del pueblo de la Tierra Silenciosa estaba cazando en el bosque. Estaba buscando un símbolo para dar vida a su gente. Se topó con las huellas de un ciervo gigante y se emocionó mucho.

'Abuelo Ciervo,' dijo, 'seguramente te mostrarás ante mí. Serás el símbolo de mi gente.'

Siguió las huellas. Sus ojos no miraban nada más mientras seguía esas huellas, y corrió rápido a través del bosque. De repente, se topó con una enorme telaraña que se extendía entre los árboles, a través del sendero. Cuando se levantó, estaba terriblemente enojado. Golpeó a la araña que estaba sentada al borde de la telaraña. Pero la araña saltó fuera de su alcance. Entonces la araña habló.

'Nieto,' dijo la araña, '¿por qué corres por el bosque mirando nada más que el suelo?'

El jefe se sintió tonto, pero respondió. 'Estaba siguiendo las huellas de un gran ciervo,' dijo el jefe. 'Estoy buscando un símbolo de fuerza para mi gente.'

'Yo puedo ser ese símbolo,' dijo la araña.

'¿Cómo puedes ser un símbolo de fuerza?' dijo el jefe. 'Eres pequeña y débil, y ni siquiera te vi mientras seguía al gran Ciervo.'

'Nieto,' dijo la araña, 'mírame. Soy paciente. Observo y espero. Entonces todas las cosas vienen a mí. Si tu gente aprende esto, será verdaderamente fuerte.'

El jefe vio que esto era cierto. Y así la araña se convirtió en uno de los símbolos del pueblo."

Madge miró alrededor. Tina estaba casi dormida, acurrucada en una bola cerca de los pies de la anciana. David miraba atentamente y Jess casi se había dormido también. Sonrió a David. "¿Qué te pareció la historia?"

Él no sonrió, en cambio pareció triste. David pensó en la vieja granja y la sangre y en Erin. En su memoria, tan fresca y cruda, aún podía oír los gritos de Jess mientras sostenía la mano de su amiga.

"Debería haber observado y esperado más, pero no lo hice y entonces Erin murió." La anciana asintió lentamente. Jess abrió los ojos, miró a David y Madge, pero no dijo nada. Se preguntaba a dónde iba esto.

La voz de la anciana era amable y objetiva. "Esto sucede. Muchos han muerto este último año y aún más morirán en los meses y años venideros. Eres joven, eres Min'-dse, el arco. Te doblas, y aprendes y te haces fuerte. Te mantienes vivo, algún día serás Ku'-rux, el oso," le sonrió, luego hizo una cara feroz y gruñó juguetonamente, sus manos arrugadas imitando las garras del oso.

"Serás un feroz guerrero. Pero primero debes aprender paciencia, a observar y esperar el momento adecuado; esto te convertirá en un hombre fuerte algún día."

Madge asintió entonces a Jess y acarició la mejilla dormida de Jacob, "Tú también eres joven, pero tú y tu familia han visto muchas dificultades. ¿Me contarás tu historia?"

David interrumpió, "No somos familia. Jess y Erin nos encontraron a Tina y a mí en Clinton. Nuestros padres están muertos. Y Erin también está muerta ahora. Los soldados la mataron."

La anciana miró a David por un momento. "Min'-dse, todos son familia ahora. En el pasado, mi gente guerreaba con otras tribus. Cuando demasiados guerreros morían, mi tribu salía y tomaba gente de otras tribus para adoptarlos y traerlos a la tribu para que nuestros números no disminuyeran y desaparecieran para siempre de este mundo. Ustedes se han encontrado, se han unido en una necesidad común, y esto significa que son familia."

Se inclinó y acarició el cabello de Tina.

"Pero es tarde y todos están cansados. Compartamos más historias mañana, cuando nuestros cuerpos estén bien descansados."

Se enderezó y le devolvió Jacob a Jess, observando con aprobación cómo Jess cuidadosamente doblaba al bebé de vuelta en el cabestrillo sin despertarlo. Les mostró una cámara para dormir que se ramificaba a la izquierda de la gran cámara interior. Se sorprendieron al ver que la cámara para dormir tenía seis catres.

Solo un catre tenía mantas, y era obviamente el catre de Madge. Jess y David se miraron a la luz parpadeante de la linterna. Se sentía como si hubieran ganado la lotería. Primero, habían comido una cena caliente y satisfactoria y ahora cada uno tenía una cama real para dormir. Sonrieron por primera vez en días.

Madge se apresuró y alcanzó una caja, y sacó mantas para cada uno de ellos. David volvió y despertó a Tina y le sostuvo la mano mientras ella caminaba somnolienta hacia la pequeña y oscura cámara. Madge se había acostado en su catre, y tarareó alguna canción sin palabras durante unos minutos, arrullándolos hasta dormirlos. Todo lo que se podía escuchar después de eso era el ocasional chasquido o escupitajo del fuego y el suave chapoteo de la lluvia.

Santuario

"Había algo en Madge que hablaba de seguridad, conocimiento y paz. Ella sabía tanto, nos cuidó instantáneamente y nos llevó a su mundo. Estábamos a salvo, amados y protegidos. Aprendí más sobre los antiguos pueblos que habían ocupado esta tierra, y cuán relevantes eran sus vidas y conocimientos para nosotros en este momento, de lo que jamás había imaginado posible. De alguna manera, también, ella me ayudó a encontrar algo de paz con la muerte de Erin y mi parte en ella. Ella era una madre, una tía favorita y una abuela reverenciada, todo en uno. Madge me recordó que la familia no siempre son quienes nos dan a luz, sino quienes elegimos amar. Ella me ayudó a ver cuánto todos pertenecíamos juntos". **—Diario de David**

El fuego crepitaba alegremente, las llamas lamiendo la madera recién añadida. La claraboya en la cueva mostraba que el amanecer apenas había llegado. La luz aún era gris e indistinta cuando Jess se despertó con los sonidos de Madge moviéndose de un lado a otro. Estaba murmurando para sí misma y tenía una lista y un bolígrafo en la mano. Cuando miró y vio los ojos de Jess abiertos, le sonrió, "Hay mucho que hacer hoy, niña, mucho que hacer. Debemos convertir este lugar en un refugio para ti y los tuyos. El invierno llegará pronto."

Jess no estaba segura de qué decir en respuesta. ¿Invierno? ¿Quedarse en una cueva durante todo un invierno? Una buena comida y una noche de estancia. Eso estaba bien, pero ¿un invierno entero? Se preguntaba si la anciana estaba estable. Tal vez sufría de demencia o simplemente era vieja y loca. Con todo lo que había pasado, era un milagro que no estuvieran todos locos. El recuerdo de los ojos vacíos de Erin cruzó por su mente. Y los cuerpos, tantos cuerpos hacia el norte. ¿Cómo sobrevivirían para pasar los combates?

¿Había otros por ahí buscándolos? Mientras su mente daba vueltas a sus miedos y preocupaciones, comenzó a vacilar. Tal vez un invierno aquí no era una mala idea. Sus pensamientos fueron interrumpidos por David bostezando y estirándose a sus pies. Sus ojos se abrieron de miedo momentáneo mientras miraba alrededor, su cerebro nublado por el sueño no recordaba la noche anterior por un breve momento.

Mientras los demás se despertaban, Jacob pateó y refunfuñó un momento antes de dejar escapar un llanto de hambre e incomodidad. Estaba mojado de nuevo, y Jess se dio cuenta de que casi se habían quedado sin pañales.

Madge miró la menguante pila de pañales y añadió a su lista, "Necesitaremos hierba y piel de conejo para Mi'-da-in-ga, madera para cuencos, al menos dos ciervos." David ya se había acercado a su lado, leyendo la lista.

"¿Quién es Meedah, Meedah...?" Tropezó con la palabra.

"Mi'-da-in-ga," respondió Madge, enfatizando cada sílaba, "Significa Sol Juguetón."

"De acuerdo," David parecía confundido, "¿Quién es ese?"

"El pequeño, el niño. Lo llaman Jacob, ¿verdad?" Jess asintió. "Bueno, necesita pañales, y no hay fábrica de Pampers por aquí. Así que debemos conseguir hierba dulce y piel de conejo para sus envolturas."

David y Jess intercambiaron miradas con las cejas levantadas. En los meses siguientes, descubrirían que Madge era una enorme fuente de información, apoyo y amor. Sin embargo, durante toda su estancia, insistiría en llamarlos por nombres extraños que tenían dificultad para pronunciar. No importaba cuán a menudo se refirieran entre sí por sus nombres de pila, ella siempre respondería con una corrección. Era su única idiosincrasia y una que pronto llegaron a aceptar.

Cuando Tina cruzó las piernas y miró nerviosamente alrededor, Madge llevó a los niños fuera de la cueva e hizo un giro brusco a la izquierda. El camino a través de los árboles era estrecho y a menos de cien pies de distancia, había una pequeña abertura en los árboles. Una letrina se situaba justo en el medio. A pesar de su función, no emitía olor. Dentro de las paredes toscamente talladas había un asiento de inodoro montado sobre un cubo lleno de aserrín. A su lado había un barril repleto de aserrín limpio. Madge instruyó a Tina para que echara un puñado de aserrín cuando hubiera terminado y cubriera cualquier desecho.

A pocos metros de la letrina, había una ducha al aire libre. La ducha podía usarse bombeando primero agua a través de una pequeña bomba desde el arroyo local hasta una torre de agua anidada en lo alto de los árboles. Harían esto a primera hora de la mañana y las paredes negras de la torre de agua absorbían el calor y calentaban el agua bastante eficientemente durante los meses cálidos. Normalmente era suficiente para dos duchas si las tomaban cortas.

Después de que todos tuvieron la oportunidad de usar la letrina, Madge los dirigió de vuelta a la cueva, deteniéndose solo para cortar varios manojos de cardo mariano en el camino. Los llevaba con cuidado, sus manos gastadas enfundadas en gruesos guantes para evitar ser atravesadas por las espinas.

El desayuno consistió en té de diente de león y espesa avena endulzada con algunas bayas silvestres que David había recogido el día anterior. Madge había quitado las hojas y flores del cardo mariano y las había puesto a hervir en una olla sobre el fuego. Mientras sorbían lo último de su té y pasaban los cuencos, Madge les contó sobre su trabajo como antropóloga y explicó que el sitio de la cueva era una excavación arqueológica de la era del Bosque Medio (200 a.C. a 450 d.C.).

"Dirigí un equipo de cinco hasta hace un año y medio. Las cosas simplemente fueron de mal en peor en Kansas City, donde estaba basada, y cuando todo se vino abajo, me dirigí aquí después del primer gran deshielo en la primavera. Esperaba que algunos del equipo pudieran regresar aquí, pero hasta ahora, nadie lo ha hecho. Mis hijos hace mucho que crecieron y se fueron al extranjero. No he sabido de ninguno de ellos en más de un año." Sus ojos oscuros brillaron, "He estado sola aquí hasta que ustedes, niños, llegaron."

Quincy mordisqueaba silenciosamente una pequeña pila de huesos de conejo a los pies de Jess y luego lamió los cuencos hasta dejarlos limpios después de que todos terminaron de comer.

La siguiente hora se pasó compartiendo sus historias con Madge, incluyendo la pérdida de Erin hace solo unos días. Jess le pasó a Madge la nota que describía a Jess y Erin y enumeraba a Belton como su ciudad natal y probable destino.

"Planeábamos dirigirnos a Belton pero con todos los combates... y esta nota que David encontró en uno de los soldados... simplemente no sé qué hacer." Jess confesó, con lágrimas en los ojos, "Quiero ir a casa, pero estoy tratando de mantenernos fuera de peligro."

Madge leyó la nota y no dijo nada durante unos minutos. "No he visto ni rastro de otra alma viviente en más de cuatro meses hasta que ustedes, niños, aparecieron. Y estoy bastante segura de que es probable que continúe así. Esta cueva no está en ninguno de los mapas comunes; no es obvia ni notable desde la línea del agua. Y la carretera más cercana está a una dura caminata de siete millas de aquí. Ciertamente fue utilizada en el pasado como refugio por mis antepasados. Eso fue hace mucho tiempo, pero creo que podríamos hacerlo de nuevo y hacer que funcione, incluso durante el invierno. En primavera podrían seguir adelante si quisieran."

Hizo una pausa y les sonrió a cada uno por turnos. "No estoy diciendo que no será difícil. Pero si mi gente vivió en esta tierra durante siglos, sé que podemos arreglárnoslas para hacerlo durante unos meses. He estado bien aquí todo el verano, y había empacado suficiente para un equipo de seis, así que hay muchas reservas de comida además de los recursos naturales cercanos. He sido estudiante de las viejas costumbres desde que era tan joven como Min'-dse aquí."

Asintió hacia David. "Un poco de trabajo duro y preparación y estaremos bien. En primavera, una vez que su rastro se haya enfriado y sus perseguidores hayan renunciado, entonces serán libres de regresar a su hogar en Belton."

Jess estaba en conflicto. ¿Deberían intentar sobrevivir el invierno en una cueva? ¿Podrían realmente hacer eso? ¿O deberían arriesgarse a dirigirse al norte de nuevo, sabiendo que podrían estar yendo directamente hacia el peligro? Una parte de ella estaba exhausta y con el corazón destrozado. Extrañaba terriblemente su hogar, aunque sabía que ese hogar podría ya no existir.

Otra parte de ella simplemente quería dejar de correr y descansar por un tiempo. Era agotador, estar constantemente temeroso de cada movimiento frente a ti, detrás de ti y a tu alrededor. Detenerse y respirar, dormir en un mismo lugar cada noche sonaba como el cielo para ella.

Hizo contacto visual con David e incluso con Tina. Tina era joven, pero aún tenía voto. Ambos parecían ansiosos por quedarse en la cueva. La idea de dirigirse al norte y encontrar cuerpos, quedar atrapados en un tiroteo o encontrarse con más como los de la granja, era aterradora para ambos. Aunque no dijeron nada en voz alta, la respuesta en sus rostros era clara.

Jess preguntó, "Entonces... ¿qué necesitaremos hacer para prepararnos para el invierno?"

El rostro de la vieja Madge se iluminó, y sacó el pequeño cuaderno de su bolsillo y comenzó a enumerar lo que necesitarían. Era una lista extraña y variada, y explicó cada elemento en detalle. Las próximas semanas estarían llenas de actividad frenética y mucho aprendizaje.

Recuerdos de los Ancestros

"Miras a tu alrededor y ves algo de hace mucho tiempo. Yo miro los huesos y la historia y pienso en ayer y mañana. Lo que mi gente sabía entonces, ahora debemos saber. Sin ese conocimiento, no podemos sobrevivir. Los recuerdos de los ancestros, cómo vivieron, con qué cazaron, incluso sus rituales y leyendas tienen un gran significado para nosotros, aquí y ahora. Nunca lo olvides. Puede significar la diferencia entre la vida y la muerte". **— Del Diario de la Dra. Madeleine Falling Water**

A mediados de octubre, las noches eran bastante frías, pero Jess había logrado cazar un gran ciervo de un solo tiro limpio con el rifle de caza de Madge, un modelo Winchester 94. Fue fácil una vez que pensó en sus hábitos. Estaban activos al anochecer y al amanecer.

Convenientemente, Jacob ahora dormía una buena parte de la noche. Se despertaba alrededor de las 2 a.m. para alimentarse y luego dormía hasta las 8 a.m., a veces incluso hasta las 9 a.m. Jess se había recuperado completamente de su parto ahora, y el tiempo extra que él dormía significaba que no estaba tan privada de sueño como lo había estado. Gracias a mejores condiciones de vida y comida nutritiva, se sentía llena de energía, especialmente en este lugar tranquilo y pacífico.

Cada mañana se levantaba con cuidado, acurrucaba a Jacob junto a Madge, y se deslizaba fuera de la cueva hacia un grupo de árboles a sotavento del borde del agua. Había estudiado las huellas de los ciervos, y parecía que varios de ellos siempre venían al mismo lugar a beber del lago.

El primer día salió demasiado tarde y se encontró con un ciervo sorprendido que regresaba. El segundo día, se movió en el momento equivocado, asustando al pequeño grupo de ciervos antes de que estuvieran al alcance completo de su mira. El tercer día fue un éxito. Un tiro, en el hombro mientras el joven ciervo estaba de lado a 20 yardas de distancia, mató al gran animal instantáneamente.

Se paró sobre su cuerpo, agradecida por la rápida muerte de la magnífica criatura. Sin sufrimiento, y el animal estaba muerto antes de tocar el suelo. La caza que ella y Erin habían hecho en la cabaña no había incluido ciervos. No porque no estuvieran alrededor, y Erin ciertamente había querido intentarlo, pero el .22 Rimfire era de un calibre demasiado pequeño para ser una muerte efectiva y humana. Jess sonrió tristemente al pensar en su amiga. Erin habría estado tan orgullosa de ella en este momento.

Todos se habían familiarizado rápidamente con el área y se movían por los bosques circundantes con seguridad una vez que Madge les mostró otras señales que indicarían la ubicación de la cueva si alguno de ellos se desorientaba o confundía. Había muescas en los árboles, montones de rocas y trapos atados a las ramas para ayudar a señalarles el camino de vuelta al refugio de roca.

La cueva era extensa. La parte trasera de la cámara para dormir conducía a tres cámaras adicionales. Había una sección usada para almacenar alimentos secos a la izquierda y luego el pasaje desembocaba en una segunda pequeña cámara que contenía otro sitio de excavación. Madge explicó que era un sitio de entierro sagrado y les pidió que no fueran más allá de la cámara de almacenamiento de alimentos. Más allá de la cámara de entierro, había otra cámara que se había derrumbado.

"El sitio de entierro y más allá no solo son sagrados sino también están en peligro de colapso," explicó Madge, "Tuvimos que abandonar los esfuerzos en esa área hasta que pudiéramos apuntalarla mejor." Parecía triste, "Y, por supuesto, no podía hacerlo sola."

La idea de que la cueva se derrumbara era aterradora hasta que Madge explicó la arquitectura de la cueva y les mostró los soportes que ya se habían colocado.

"Mientras no tengamos un terremoto importante, como el terremoto de New Madrid en 1811-1812, estaremos bien aquí."

Sonrió torcidamente, "Si un terremoto de ese tamaño golpea, bueno, digamos que será lo último de lo que cualquiera de nosotros tendrá que preocuparse. Ni siquiera afuera sería seguro. Esa serie de 1811-1812 derribó millones de acres de bosque."

El resto de la cueva se extendía por millas. Había otro gran pasaje que conducía al oeste desde la parte trasera de la gran cámara interior. David siguió el arroyo con una linterna en la mano durante varios cientos de yardas hasta que desapareció en una pared de roca. La cueva continuaba por millas, les informó Madge, pero les advirtió de los peligros de perderse en los diferentes pasajes y subcámaras que se ramificaban en diferentes direcciones.

Una noche, no mucho después de que habían decidido quedarse para el invierno, David había soñado con Erin. Había sido más bien un recuerdo, realmente. Nunca había hablado de lo que había sucedido en la granja, y Jess nunca había preguntado. Se despertó con un grito y había asustado a Jacob lo suficiente como para que el bebé comenzara a llorar.

Era temprano. El sol apenas se asomaba sobre el horizonte y se deslizó más allá de las fogatas y a través de la pequeña entrada a la cámara exterior. Se arrodilló cerca de uno de los pozos y miró fijamente dentro. Las secciones estaban ordenadamente marcadas, y podía ver que uno de los pozos contenía un pequeño esqueleto. A su lado había una lanza y lo que parecían ser los restos de mocasines de hierba tejida. Miró fijamente el agujero e intentó olvidar el sueño.

Unos minutos después, la mano huesuda de Madge en su hombro hizo que se sobresaltara. Jacob había dejado de llorar; tal vez había sido arrullado de vuelta al sueño.

"Min'dse, estás preocupado por tus sueños. Una carga compartida puede ser una carga reducida a la mitad. ¿Compartirás conmigo cuál es la tuya?"

David luchó contra las lágrimas que se acumulaban en su interior. "Solo fue un sueño." Se limpió los ojos con el dorso de su camisa. Olía y estaba rígida de suciedad. Necesitaba lavarla pronto.

"Fue más que un sueño, Min'dse. Fue sobre lo que pasó en la granja y cómo murió Erin, ¿no es así?"

La anciana era persistente. Había observado a David durante semanas y sabía que lo que fuera que hubiera sucedido en esa granja lo estaba carcomiendo. Se esforzaba tanto, ayudando donde fuera necesario y hundiéndose en su catre cada noche agotado por el trabajo que habría cansado a un hombre adulto. Era como si estuviera tratando de expiar algo.

"Yo... sí... yo." Ni siquiera podía ponerlo en palabras. "Fue mi culpa. Erin murió, y fue mi culpa."

Madge suspiró y tiró de él hasta que se volvió y la enfrentó. Encontró sus ojos con los suyos suaves, marrones y líquidos. "¿Confías en mí?"

"Eh, sí, quiero decir, supongo que sí."

Su rostro estaba solemne. "Cuéntame lo que pasó y te diré la verdad de ello. Si fuiste responsable, entonces debes desahogarte Min'dse. ¿Confías en que seré objetiva, que te diré honestamente lo que pienso?"

Lo había guardado en su corazón durante demasiado tiempo y entonces salió a borbotones, el recuerdo de esa tarde arrancándose de él en grandes jadeos de dolor y culpa.

"Quería explorar la granja. Lo había hecho docenas de veces en el pueblo, allí en Clinton. Había visto cuerpos, incluso encontré algunas casas donde vivía gente y simplemente me dijeron que me fuera o me dieron una lata de comida y me dijeron que no volviera. Estábamos en medio de la nada, así que pensé, ¿por qué no? ¿verdad?"

Las lágrimas del niño brotaban tan rápido como sus palabras. "Erin no estaba lejos detrás de mí, pero ella se dirigió a la casa de la granja y yo me dirigí al granero. Quería encontrar una pala pequeña. Vi una, pero estaba montada en lo alto y estaba tratando de encontrar algo en qué subirme. Antes de que pudiera hacer eso, escuché gritar a Erin."

David tragó saliva; sus mejillas mojadas de lágrimas y se limpió la nariz con su camisa. Madge extendió la mano y le palmeó el hombro. "Continúa."

"Entré por la parte de atrás, lo más silenciosamente que pude y estaba asustado, realmente asustado. Quería correr, pero sabía que ella no tenía un arma, nada con qué defenderse. Y conozco a esos soldados, aquellos de los que Jess y Erin escaparon. Hicieron cosas malas... ellos," miró al suelo, incapaz incluso de decirlo en voz alta.

"Hicieron cosas terribles. Sí." La respuesta de Madge fue suave y directa. "Fuiste valiente al entrar, Min'dse."

"Maté a uno de ellos." Pareció asustado entonces, sus ojos volando hacia su rostro y buscando cualquier recriminación, pero no había ninguna. "No lamento haberlo matado. Pero no importó porque Erin aun así murió. Ella lo vio apuntándome a mí y corrió hacia él."

Su voz se elevó en tono. "Ella murió tratando de salvarme. ¿Y si todo lo que iban a hacer era llevársela con ellos? Si hubiera corrido de vuelta con Jess, la hubiera advertido, podríamos haberlos detenido juntos."

"Oh, Min'dse... David, tú no eres..." los ojos de la anciana se llenaron de lágrimas, "No tienes la culpa, mi valiente. Hiciste lo que era correcto y lo que era valiente. Hiciste lo que un guerrero haría."

Colocó sus manos delgadas y huesudas a cada lado de su cabeza, acariciando su cabello enmarañado y descuidado. ¿Cuánto tiempo había estado este niño sin padres que lo amaran y protegieran? ¿Y cómo había estado a la altura de las circunstancias, dispuesto a asumir tanto y esperar tanto de sí mismo?

"No tienes la culpa," repitió firmemente. "La habrían llevado a un lugar mucho peor. Le habrían hecho cosas indecibles y la habrían matado al final. Nunca te culpes de nuevo por esto."

Detrás de ella, Jess había aparecido en la entrada de roca. Lo había escuchado todo, los detalles que había temido preguntar y que sin embargo deseaba haber conocido. Escuchar cómo se había desarrollado todo era tanto un alivio como doloroso. Sabía que lo había culpado, en algún pequeño rincón de su corazón, y había tenido miedo de preguntar por temor a que realmente lo odiaría si supiera la verdad. En cambio, descubrió que estaba aliviada. Él había intentado proteger a Erin, así como ella había dado su vida para protegerlo a él a cambio. Madge había dicho que eran una familia, y tenía razón. Lo eran. Puso su mano en el hombro de David, sobresaltándolo. Madge la miró, su viejo rostro lleno de arrugas, una pregunta en sus ojos.

"Madge tiene razón, David," dijo, con lágrimas en sus propios ojos, su voz inestable. "La familia protege a la familia. Eso es lo que hiciste por Erin, y eso es lo que ella eligió hacer por ti. Somos una familia. Y no lo querría de ninguna otra manera."

Fue un momento de sanación para todos ellos. Los días y semanas que siguieron lentamente se volvieron felices a medida que el extraño y desigual grupo se conocía mejor y creaba nuevos y más gentiles recuerdos.

Uno de los otros antropólogos había sido un ávido cazador con arco, y Madge tenía su arco y flechas. Estaban compuestos de una sustancia ultramoderna y ligera, y ella animaba a Jess y David a practicar con objetivos diariamente.

Después de verlo practicar, chasqueó la lengua en aprobación a Jess, "Min'-dse ha crecido más allá de sus años. Sabe cuándo estar callado y escuchar y observar. Su puntería mejora cada día."

Al final de su segunda semana en la cueva, el chico insistía en llevar el arco y las flechas con él a todas partes. Mientras Jess y Madge pescaban en el borde del lago temprano una mañana, él se movió silenciosamente a lo largo del borde sur y desapareció en el bosque. Quincy lo seguía silenciosamente detrás.

Tina lo vio irse, "Ha estado practicando caminar para no hacer ningún ruido." Madge solo sonrió y palmeó la cabeza de Tina, pasando sus manos huesudas por los cortos rizos marrones de la niña. Los meses que los dos niños habían pasado solos habían dejado a la pequeña con una melena de pelo sucio, enmarañado y con rastas. Finalmente se habían rendido en sacar lo peor de los nudos y se lo habían cortado corto la semana anterior. Tina había llorado durante toda la experiencia. Pero al menos ahora podían mantenerlo bajo control.

Madge mantenía a la niña ocupada arrancando hierba y recolectando plantas mientras Jess pescaba. Había hecho su propio cabestrillo forrado de piel para Jacob y le arrullaba y cantaba. Esto le daba a Jess un alivio del cuidado constante.

Se sorprendió, ya que hasta este momento, Jacob no toleraba que nadie lo sostuviera excepto Jess. Todavía gritaba si David o Tina intentaban levantarlo, pero con Madge, estaba contento a menos que necesitara amamantar.

Madge señalaba diferentes plantas y explicaba sus usos a Tina, quien, a pesar de su corta edad, escuchaba y observaba atentamente. Jess sacó tres lubinas de boca pequeña de buen tamaño y las echó en un cubo de agua. Mantenían una tapa para evitar que los peces saltaran de vuelta. Jacob graznó de hambre y Madge acababa de entregárselo a Jess cuando escucharon un fuerte '¡hurra!' y Quincy soltó un agudo ladrido doble.

"¡Atrapé uno! ¡Atrapé uno! ¡Oh, vaya! ¡Atrapé uno!" podían escuchar la voz de David en la distancia; no podía haber estado a más de cien yardas. Jacob lloriqueó de frustración mientras Jess hacía una pausa y miraba hacia el bosque. ¿Un ciervo? ¿Con solo un arco y flecha? Imposible. Miró a Madge, quien sonrió con suficiencia, y agitó los dedos a Jess para que alimentara al bebé.

"Tres peces son suficientes por ahora," dijo, recogiendo la línea. "Además, son alrededor de las diez. Se estarán moviendo hacia aguas más profundas ahora. Siéntate y alimenta a Mi'-da-in-ga y yo iré a ayudar a Min'-dse, quien está haciendo honor a su nombre tan bien." Hizo una seña a Tina, "Ni'-da-wi, ven, ayudaremos a tu hermano a preparar su primera presa." Tomó la mano de la niña, y rápidamente desaparecieron entre los árboles.

Era pasado el mediodía cuando los tres reaparecieron, con Quincy liderando el camino. La cola de la perrita se meneaba furiosamente, y por la sangre en su hocico, ya había tenido un bocado fresco. David iba pavoneándose. Su pequeño pecho sobresalía, sus hombros estaban altos y su espalda recta, sus ojos brillando de orgullo. Madge también sonreía, orgullosa como una gallina madre. Habían improvisado una especie de litera y arrastraban el cadáver del ciervo detrás de ellos. Estaba parcialmente desollado, y Jess parpadeó ante la escena surrealista. Ante ella había una anciana, dos niños pequeños, un ciervo muerto, y un montón de sangre cubriéndolos a ellos y al perro que corría en círculos alrededor de sus pies. Las comisuras de su boca se curvaron hacia arriba. Maldita sea si no había conseguido ese ciervo después de todo. ¡Y solo con un arco y flecha!

El almuerzo fue una observancia abreviada. Comieron rápidamente y se pusieron a trabajar en desollar y descuartizar el enorme ciervo. El estómago de Jess se revolvió un poco, y David realmente parecía como si estuviera a punto de vomitar.

Tragó saliva con fuerza y volvió al trabajo. Eso pareció impresionar a Madge aún más que la caza. Prepararon la carne en una cabaña de ahumado a solo diez yardas al sur de la cueva. El compañero de equipo de Madge la había construido hace dos años y había complementado su comida envasada con ciervo fresco fuera de temporada durante las dos últimas temporadas de excavación.

Poco del ciervo se desperdició, y Madge incluso sabía cómo preservar la piel, a lo que Jess prestó especial atención. Más tarde ese invierno, sería útil durante las noches frías. Finalmente terminaron al final de la tarde y David y Madge prepararon la lubina, rellena con acedera, zanahoria silvestre y otros comestibles frescos que Madge y Tina habían recogido. Se dieron un festín con el suculento pescado y cuando terminaron, Madge se volvió hacia David e hizo una pequeña reverencia en su dirección, con gran formalidad, "Min'-dse, has hecho honor a tu nombre verdaderamente este día. El espíritu de este gran ciervo fue sacrificado para que todos pudiéramos vivir. ¿Nos contarás ahora cómo lograste esta gran hazaña?"

La hora del cuento, como Madge la llamaba, se había convertido en un tema diario para el pequeño grupo. Usualmente Madge les contaba una historia sobre sus ancestros, otras veces animaba a Jess o David a contar una historia que conocieran. Jess pronto se encontró recordando los cuentos de los Hermanos Grimm y Hans Christian Andersen. David a menudo compartía una porción de Harry Potter, especialmente los tres primeros libros. Su madre había crecido con la serie, asistiendo a las películas en su adolescencia, y había estado emocionada de compartirlas con él. La hora del cuento nocturna había comenzado a incluir accesorios y teatralidad, y todos esperaban con ansias qué actuación traería la noche.

Él sonrió, "Está bien, claro." Miró alrededor, pensó por un minuto, y luego se puso de pie antes de comenzar, "Caminé hacia el bosque oscuro, silenciosamente, sin hacer ruido. Había visto al ciervo antes y había seguido sus huellas hace unos días. Sabía que si caminaba silenciosamente él no sabría que yo estaba allí y tendría la mejor oportunidad de un buen tiro limpio." Miró alrededor al pequeño grupo, y Jess asintió alentadoramente. "Así que caminé unas cien yardas y encontré un buen lugar para vigilar. Algún lugar por donde sabía que el ciervo pasaría si quería ir a beber del lago. Me senté durante mucho tiempo. Estaba a punto de rendirme cuando Quincy gimió silenciosamente. La miré y estaba apuntando con su pata, ¡y cuando miré hacia donde estaba apuntando era el ciervo! Tenía el arco y la flecha listos en mis manos y lo levanté, apunté, me aseguré, y luego dejé volar la flecha!" Gritó entonces, "¡Y ZUAS! ¡Le dio en el pecho!"

Jacob se despertó con un llanto inquieto por el grito, se acurrucó en el pecho de Jess, y volvió a dormirse. David pareció avergonzado hasta que Jess le sonrió, "Lo hiciste genial, David, en serio, y estuviste increíble. Nunca pensé que una flecha pudiera matar a un ciervo tan grande."

El chico se iluminó, resplandeciendo de orgullo. Continuó describiendo cómo Madge lo ayudó a enviar una oración de agradecimiento al espíritu del ciervo por dar su vida por ellos. La noche había caído ahora y el fuego era una luz solitaria en la espesa oscuridad. Mientras se acomodaban para la noche, apagando el fuego y acurrucándose bajo las mantas, Jess escuchó a David bostezar y comentar, "Realmente creo que necesitamos al menos un ciervo más para pasar el invierno, sin embargo." El fuego crepitaba silenciosamente. Tina se acurrucó bajo la manta en una pequeña bola contra su hermano mayor. Estaban a salvo, bien alimentados y felices.

Muy, muy lejos, las armas disparaban tiros y las balas atravesaban carne y hueso. Pero el pequeño grupo no oía nada de esto, solo el crepitar del fuego y el ocasional ulular de un búho cercano.

Regalos de Navidad y Escopetas

"*Todas las bodas, excepto aquellas en las que hay escopetas a la vista, son maravillosas".*—**Liz Smith**

"¡Oh! ¡Brr!" Carrie cerró la puerta de la casa detrás de ella y le entregó a Joseph la cesta de huevos. "¡Odio el frío!" Se frotó los brazos vigorosamente y pasó junto a Chris para acercarse a la estufa. Chris mantuvo su distancia. Las últimas semanas, Carrie había estado un poco distante. Se sentía como si hubiera trazado un perímetro, que incluía una alarma de advertencia en caso de que alguien se acercara demasiado. Irritable y tensa, había proyectado una clara advertencia de mantenerse alejados.

En el instante en que se le escapó, supo que habría problemas. Fue solo un pequeño, diminuto resoplido. Pero salió, y de inmediato se arrepintió. Ella se volvió hacia él. "Oh, ¿y de qué te estás riendo?"

Vaya, las mujeres deberían venir con sistemas de alerta temprana. O un manual al menos. ¿Cómo se leería?

La hembra humana, al entrar en el inicio de su ciclo menstrual mensual, es una criatura peligrosa e impredecible. Se debe mostrar el máximo cuidado y preocupación en este momento hacia la hembra. El empleo de métodos calmantes, como la introducción de chocolate en momentos de extrema angustia, junto con un cambio de actitud hacia una postura más sumisa por parte del macho de la especie, evitará conflictos. Bajo ninguna circunstancia se debe entablar una discusión con una hembra premenstrual. La evitación y la huida son soluciones perfectamente aceptables, permitiendo escapar con todas las partes reproductivas intactas.

Chris vio que Carrie ahora lo estaba mirando fijamente... a él... y golpeando el pie, esperando una respuesta. Se dio cuenta de dos cosas a la vez. Una, que se había quedado allí parado como un idiota durante aproximadamente un minuto, fantaseando con un manual que desafortunadamente no existía. Y dos, que tenía una estúpida sonrisa de oreja a oreja en su rostro, lo que parecía estar aumentando aún más su enojo.

"Yo... eh..."

"¿Sí?" El sí sonó como un siseo y supo que estaba en grandes problemas. Hm, tal vez la verdad sería lo mejor.

"Solo pensé que era gracioso porque tú y Liza y Joseph son de Nueva York y allí hace mucho frío. El invierno aquí es un paseo por el parque, ¿no?"

Su cerebro desconectó las palabras, pero no la visión de su rostro enojado gritándole. Simplemente se quedó allí, dejó que ella gritara, y esperó hasta que se hubiera alejado furiosa. Era la misma respuesta que podrías ver de un ciervo que se congela, muerto en la mira de un cazador, esperando contra toda esperanza que el cazador de alguna manera no lo vea, o tal vez se apiade de él y lo deje ir. No hubo tanta suerte, al menos, no para este animal humano. Dios, cómo deseaba que hubiera un manual.

"Muchacho," Fenton resopló cerca de su oído, "¿No tienes ni pizca de sentido común?"

"¿Señor?"

"Nunca digas lo que piensas a una mujer en ese estado de ánimo. Podrías también cometer, ¿cómo se dice esa palabra... mahi mahi?"

Liza intervino, "Mahi-mahi es un pescado, abuelo. Te refieres a hara-kiri, o seppuku, que era el destripamiento ritual reservado solo para los samuráis..."

"Entendido, Liz. Gracias." Chris interrumpió, con la cabeza doliéndole por otra voz femenina. No importaba que fuera una amistosa. "Abuelo, si esto es SPM, lo ha tenido durante semanas. Es como si todo lo que digo o hago la irritara."

"Dale tiempo, hijo, dale tiempo. Solo Dios conoce la mente de las mujeres, y me pregunto si incluso él no se confunde de vez en cuando." Fenton pensó en Molly, muerta hace más de treinta años, y sonrió irónicamente, "Puedo recordar haber estado en problemas una o dos veces, yo mismo." Parecía que después de que le quitaron todas sus partes reproductivas, no era regular en absoluto. Se enojaba en cualquier momento y lugar, o estaba preternaturalmente calmada, nunca se podía saber.

Cocinaron el almuerzo y se sentaron juntos a la mesa, incluso Carrie, que solo se sentó y hirvió en un extremo. No se dijo mucho mientras pasaban los ingredientes para los sándwiches alrededor de la mesa y disfrutaban del rico sabor del cerdo desmenuzado. Uno de los cerdos más grandes, Butt

Roast, había sido sacrificado, limpiado y curado hace unas semanas cuando las temperaturas bajaron a los 40 grados.

Había sido una decisión difícil entre quién sería sacrificado, Butt Roast o Applewood Bacon, hasta que los pesaron. Butt Roast inclinó la balanza a 225 libras y Applewood Bacon solo había pesado 202. Estaba programado para un sacrificio a principios de primavera. A Chris le había divertido descubrir que nombraban a los cerdos con nombres de comidas. Tenía sentido, sin embargo.

Uno de los otros cerdos se llamaba Pork Chop y otro Ham Hock. Mantenía el objetivo final a la vista. Estas criaturas no eran mascotas, eran comida.

Chris seguía lanzando miradas furtivas a Carrie y mirando en los momentos equivocados. Después de la tercera mirada, ella sobresaltó a todos gritando, "¡¿Qué?!"

"¡Nada!" Chris respondió bruscamente. Dios, se sentía como un idiota. ¿Qué demonios estaba haciendo mal, de todos modos? ¿Por qué estaba tan enojada con él?

Fenton se aclaró la garganta, frunció el ceño a su nieta mayor, y le preguntó a Chris, "¿Dijiste algo sobre ir al pueblo hoy?"

"Sí señor. Quiero decir... Abuelo." Generalmente lo decía bien, pero en momentos de alto estrés, como los que había estado teniendo durante las últimas tres semanas, volvía al nítido y enérgico "¡Señor!" que había aprendido como recluta. "Estaba planeando hacer algunas compras navideñas y pensé en hacer algunos trueques con ese cerdo."

Liza intervino, "Iré contigo, Chris. Tengo libros para intercambiar." Trató de no parecer demasiado ansiosa, pero Chris sabía que esperaba visitar a Carl Owens, un amigo de la escuela y compañero amante de los libros. Intercambiarían libros, de acuerdo, y algunos manoseos y besos también, si no se equivocaba. Carl era dos años mayor, y había estado visitando a menudo en los últimos meses. Había ayudado en la granja durante la cosecha. Era un buen chico.

"Está decidido entonces," dijo Chris. "Liza y yo iremos, y..."

"¿Y yo qué?" Carrie parecía resentida. "¿Ni siquiera pensaste en preguntar qué quiero? Quiero decir, yo..."

"Carrie Lynn Perdue," Fenton detuvo la incipiente diatriba en seco, "Has sido un verdadero dolor de cabeza últimamente. Si tuvieras la edad de Joseph, te enviaría a tu habitación y te diría que salieras cuando tuvieras una nueva actitud. Tal como está, no sé qué decirte, excepto que te calles y te alejes hasta que tengas una lengua civil en tu boca."

Carrie se quedó sentada, con lágrimas formándose en sus ojos, abrió y cerró la boca como si estuviera a punto de decir algo, luego se puso de pie, derribando su silla con un estruendo, y salió corriendo de la habitación hacia su dormitorio. Todos se quedaron en shock por un momento, Joseph con los ojos muy abiertos, y miraron fijamente el pasillo ahora vacío.

"¡Abuelo!" Liza parecía devastada. "¡La hiciste llorar!" Chris se contuvo de señalar que todo hoy en día la hacía llorar. Había llorado la última vez que hicieron el amor, había llorado por quemar el pan, y había llorado un río cuando sacrificaron a Butt Roast aunque ese maldito cerdo la había mordido dos veces justo el mes anterior.

Fenton pareció un poco avergonzado, pero no dijo nada mientras terminaba su sándwich de cerdo y se lamía la salsa barbacoa de los dedos. Se puso de pie, se inclinó y recogió la silla de Carrie, y luego tomó su plato.

"Iré a hablar con ella. Joseph, lleva el resto de los platos al fregadero. Liza, Chris, será mejor que se pongan en marcha. Tomen el coche de caballos. Será más rápido y oscurece alrededor de las cinco estos días. Querrán volver antes de que esté demasiado oscuro para ver algo."

Liza tenía una pila de libros lista junto a la puerta. Se puso un abrigo y metió la mitad de la pila en los brazos de Chris una vez que él terminó de subir la cremallera de su abrigo. Afuera, rápidamente cargaron las piezas envueltas de pernil de cerdo que querían usar para el intercambio. No necesitaban mucho en cuanto a productos básicos en este momento, pero Chris tenía un regalo muy específico en mente para esta visita.

Había visto el anillo en el Mercado de Intercambio hace dos semanas cuando estaban allí abasteciendo para el invierno. No era el típico anillo de boda de diamantes y oro. En cambio, lo que le había llamado la atención y atraído era el asombroso color verde de la esmeralda engarzada en el centro. Era una esmeralda de corte cuadrado, con cuatro diamantes de buen tamaño, dos a cada lado, engastados en una banda de oro blanco.

El color de la esmeralda era un verde bosque rico. La había mirado y sentido como si estuviera mirando a los ojos de Carrie. El color de sus ojos cambiaba, dependiendo de su estado de ánimo, de un verde casi lima cuando estaba enojada al verde bosque profundo de la esmeralda justo después de hacer el amor.

Parecía que últimamente, todo lo que había visto era el verde lima, que crepitaba con relámpagos y fuego.

Cuando Liza rompió el silencio, se dio cuenta de que ya habían dejado la granja muy atrás. "Vas a comprar el anillo hoy, ¿verdad?" Ella era la única en quien había confiado, principalmente porque lo había visto hablando con la mujer que lo poseía mientras Carrie estaba profundamente ocupada negociando harina y azúcar con uno de los otros habitantes del pueblo. La anciana le había sacado la promesa de que construiría un nuevo gallinero y le traería diez libras de cerdo y cinco gallinas ponedoras en la primavera a cambio del anillo. El gallinero sería fácil, y ella había acordado esperar otro mes por eso. Pero el depósito por el anillo era el cerdo, y él pretendía entregarlo a tiempo para recoger el anillo y dárselo a Carrie para Navidad.

"Sí, voy a comprar el anillo."

Hizo una pausa, pensando en los increíbles cambios de humor de Carrie últimamente. Bueno, principalmente habían oscilado entre deprimida e irritable, y a veces simplemente loca.

"Liza, ¿crees que algo le pasa a Carrie? Quiero decir, ¿crees que todavía quiere casarse conmigo?"

La adolescente resopló. "¿Estás bromeando? Carrie te ama. Y tú la amas. Si acaso, apuesto a que solo se está preguntando por qué no te has decidido a pedírselo aún."

"Pero lo hice. A finales de septiembre. Se lo pedí y ella dijo que sí." El cuello de Liza se giró hacia él tan rápidamente que temió que tuviera un latigazo cervical.

"¿Le pediste a Carrie que se casara contigo?" Sus manos se habían aflojado en las riendas, pero el caballo seguía avanzando. Estaban casi en el sitio de los camiones quemados del Frente Occidental y no muy lejos del pueblo. Ichabod conocía el camino de memoria.

"Bueno, sí. Y ella dijo que sí, pero no tenía un anillo entonces. He estado buscando uno, y..." Su voz se desvaneció débilmente ante otra mujer Perdue enojada.

"¿Ustedes dos, ya sabes, lo han hecho?" preguntó Liza, luciendo enojada y un poco asustada.

"Bueno... umm... sí."

"¿Cuándo? ¿Con qué frecuencia? ¿Usaron protección?" Las preguntas llegaron duras y rápidas y Chris sintió como si estuviera hablando con su madre, no con una chica de catorce años. Esto era una locura. ¿Por qué había dicho algo siquiera?

Ahora ella también iba a estar enojada con él y tampoco sabía qué demonios había hecho mal esta vez.

"Liza... No estoy... No debería estar hablando de esto contigo."

"Christopher Michael Aaronson," ahora sonaba como Fenton, "Solo responde la maldita pregunta."

Jesús, parecía que estaba en problemas de nuevo. "Septiembre, alrededor de la cosecha. Cuando tu abuelo se lastimó en el granero. Y bueno, un par de veces desde entonces," eso era una terrible subestimación, "y ¿ves alguna protección por aquí?"

Incluso había consultado en el Mercado de Intercambio, cuidadosamente, por supuesto, para ver si podía intercambiar por condones. Sin suerte y la farmacia, lo que quedaba del cascarón quemado, era risible.

"Mierda."

"¡¿Qué?!" Se estaba frustrando y enojando. Ambas en su contra, arrancándole la cabeza y cagándole en el cuello. Maldita sea pero...

"Carrie está embarazada." La mente de Chris quedó en blanco. Pasaron los puestos de vigilancia y Liza se recompuso lo suficiente para saludarlos con la mano y empujó a Chris para que hiciera lo mismo. Levantó una mano y saludó mecánicamente, su mente completamente abrumada. ¿Embarazada? ¡Embarazada! Oh Dios, embarazada.

Liza habló de nuevo, "Y peor aún, el abuelo está hablando con ella ahora mismo. Seguro que saldrá a la luz y te disparará antes de molestarse en hacer preguntas." Sacudió la cabeza, "Maldita sea Chris, pensé que eras más inteligente que eso." Le dio una palmadita en la pierna. "Ha sido un placer conocerte."

"Oh, muchas gracias por el voto de confianza," respondió sarcásticamente, y sus intestinos se retorcieron.

Ella le sonrió entonces, "Ahora cuando veas la escopeta, corre, intentaré comprarte algo de tiempo, tal vez unos cientos de yardas, suficiente para llegar a la línea de árboles. Y recuerda, evita el lago, sabemos que no te va bien allí." Ahora estaba sonriendo, obviamente recordando cómo lo habían encontrado, postrado con un tobillo roto después de caerse en el pantano que todavía insistían en llamar lago.

"Ja, ja, ja, vaya Liza, eres tan graciosa." La miró furioso, su mente aún dando vueltas. Se puso serio. "¿Realmente crees que está embarazada?"

Estaban casi en el pueblo y lo dijo en voz baja, por si alguien escuchaba su conversación. Había algunas personas caminando, abrigadas como si fuera un invierno ártico, en lugar de unos frescos treinta grados afuera.

Liza asintió, con una sonrisa burlona, "Oh sí. Recuerdo que mamá se ponía así cuando quedó embarazada de Joseph. Tenía a papá corriendo asustado hasta que ambos se dieron cuenta de qué demonios estaba pasando. Papá se hizo una vasectomía después de que yo naciera, así que ni siquiera se les ocurrió lo que estaba pasando hasta que ella tenía unos meses de embarazo. Tanto para que una vasectomía sea infalible. ¿Sabías que esa mierda puede volver a crecer? De todos modos, Carrie nunca ha sido lo que llamarías regular con sus períodos, así que si lo sabe, acaba de darse cuenta."

"¿Por qué no me lo diría, sin embargo?" protestó Chris. "Quiero decir, nos amamos. No me voy a ninguna parte, quiero casarme con ella, y pensé que eventualmente eso también significaba tener bebés con ella." Se detuvo entonces, imaginando el vientre de Carrie hinchándose lleno y redondo, pensó en el niño creciendo dentro y meses a partir de ahora, la sensación de un pequeño bebé acurrucado en sus brazos. Cabello rubio, ¿y sus ojos serían azules como los suyos o verdes como los de Carrie? Por alguna razón, no podía imaginar un niño, solo una niña. Una niña que podría envolver su corazón alrededor de su dedo meñique, y...

"Demonios Chris, no sé por qué no te lo diría. Tal vez esté asustada. No hay hospitales cerca. Quiero decir, sé que he estado estudiando, pero no soy una doctora completa. Demonios, ni siquiera soy una partera. Y tal vez tenga miedo de que no quieras hijos, que no la amarás si engorda."

"Embarazada no es gorda. Embarazada es hermosa." Lo dijo con fuerza, y un poco más fuerte de lo que pretendía. Una mujer los miró con curiosidad cuando pasaron.

"Oh Chris," suspiró Liza. Chris hacía que Carl pareciera un idiota, y a ella le gustaba mucho Carl. Chris tenía una manera de hacer que todos se sintieran especiales, amados y aceptados. Le sonrió.

"Solo compra el anillo. Volveremos a casa y todo se resolverá, ya verás. Ella te ama y tú la amas. A pesar de todas las palabras duras del abuelo, él te aprueba. Sabe que amas a Carrie tanto como él."

Tiró de las riendas y detuvo el caballo. Estaban a una cuadra del Mercado de Intercambio. "Voy a casa de Carl. Te veré en una hora en el Mercado de Intercambio." Se deslizó del asiento después de entregar a Chris las riendas.

Mientras el coche se alejaba, Liza le gritó, "¡No te metas en problemas!" Él solo le hizo un gesto de despedida. Con solo catorce años, la chica ya era una madre gallina. Parecía ser de familia.

El Mercado de Intercambio estaba ocupado, y la calle estaba llena de gente del pueblo. Apenas había espacio para que Ichabod fuera atado al aparcamiento de bicicletas, pero logró encontrar un lugar que requirió un poco de apretujamiento. El caballo no iría a ninguna parte hasta que él terminara.

Chris se detuvo en la ferretería y dejó la mitad de un pastel de batata dulce que Carrie y Liza habían hecho la noche anterior para el Sr. Liles. El anciano estaba cerca de entrar en su 106° año, lo que asombraba a Chris. La mayoría de los dientes del anciano habían desaparecido, así que el pastel de batata dulce era justo lo que necesitaba.

El viejo encorvado y frágil había visitado la granja dos veces en el verano, pero la llegada del invierno lo había ralentizado y confinado al pueblo. Era algo así como una celebridad, considerando su avanzada edad, y el resto de la gente del pueblo se turnaba para mantenerlo alimentado y caliente en su pequeño apartamento sobre la ferretería. Pasó unos minutos hablando con el anciano, transmitió los saludos de Fenton y del resto de la familia y prometió traer sopa de pollo en su próxima visita. Una de las gallinas ya no producía tantos huevos como antes. Era hora de dar paso a otras ponedoras más jóvenes. Al viejo Otis le encantaba la sopa casera de pollo con fideos de

Carrie y preguntaba por ella cada vez que lo visitaban, sin importar el clima. Se despidió y se dirigió hacia el Mercado de Intercambio.

Al entrar por la puerta, vio una cara familiar y poco grata: Wes Perkins. El hombre había añadido otro cuchillo a su colección, prácticamente era su propio arsenal con dos largos cuchillos de caza, un pequeño cuchillo curvo en una funda, y hoy lucía lo que parecía un .44 Magnum y el omnipresente rifle que llevaba consigo a todas partes.

Al menos esta vez Chris no se sentía tan poco vestido para la ocasión. Carrie le había regalado un cuchillo de caza rudamente impresionante el mes de su 'aniversario'. Se había avergonzado de no haberlo recordado y no tener algo para darle a cambio. Probablemente la falta de regalo o el no recordar que había sido exactamente un mes desde que hicieron el amor por primera vez lo que había iniciado la montaña rusa emocional en la que habían estado desde entonces. También había comenzado a llevar una M1911, una pistola de calibre .45 bien mantenida que Fenton había usado en Vietnam.

Había habido informes de ataques aislados por parte de desertores o pequeños grupos de hombres. Generalmente buscaban comida o municiones. Se infiltraban, tomaban lo que querían y usualmente se iban sin enfrentarse a los lugareños, pero una chica había sido agredida y otra pareja mayor había sido asesinada. Ambos ataques habían ocurrido en el último mes. Fenton se había asegurado de que todos, excepto Joseph, estuvieran armados en todo momento, alrededor de la granja o fuera de la propiedad. Chris enfrentó la mirada hostil de Wes con una igualmente tranquila. Mantendría su posición, y que se jodiera Wes si no le gustaba.

Wes comenzó a avanzar para interceptar a Chris. Probablemente quería evitar que entrara al Mercado de Intercambio. Pero la Sra. Jennings lo había visto en ese momento y lo llamó desde el otro lado de la tienda, haciéndole gestos para que se acercara. Ella le sonrió y él ignoró a Wes y se dirigió hacia ella.

"¡Christopher! ¿Cómo estás?"

No todos en el pueblo eran imbéciles como Perkins. Alice Jennings era una viuda, sin hijos. También era la bibliotecaria de Tiptonville.

Miró alrededor, "¿Dónde está Liza? Tengo un libro para ella."

"Estará aquí pronto, Sra. Jennings." Le dio un suave abrazo. "Está visitando a un amigo."

Alice suspiró, "Me imagino que es ese chico Owens. Ah, el amor joven. Un poco nerd, pero bueno, Liza también lo es, bendita sea. Encontré un libro para ella que complementará muy bien su educación."

Alcanzó una estantería y sacó el libro. "Aquí está, 'Epidemiología: Más allá de lo básico.'" Empezó a entregárselo.

"Ella estará aquí pronto, Sra. Jennings. ¿Le gustaría dárselo usted misma?"

"Oh sí, querido, eso estará bien. De hecho," asintió, guardando el libro, "realmente necesito comprobar si está lista para alejarse de la obstetricia o si estaba interesada en procedimientos quirúrgicos avanzados a continuación."

Lo miró por un momento, y él esperó pacientemente. "Oh querido, lo siento, quieres el anillo, ¿verdad?"

"Sí señora, traje la pieza que me pidió," le entregó la sección de cerdo cuidadosamente envuelta. "Y puedo venir después de Navidad y empezar con el gallinero."

Sus ojos se iluminaron, "Oh Christopher, ¡es mucha más carne de la que había pedido! ¿Estás seguro?" Estaba delgada, y Chris se preguntó si comía mucha carne en estos días.

"Fenton lo envolvió y manda sus saludos. Realmente aprecia todo lo que ha estado haciendo por Liza." El anciano había quedado impresionado con los grandes tomos de información médica que Liza estaba absorbiendo y discutiendo lentamente. Su herida en la frente había sido suturada tan pulcramente que solo quedaba una pequeña cicatriz rojiza.

"Oh, es agradable tener una alumna tan apta. Liza es una joven bastante brillante, ¿sabes?" En ese momento, Liza apareció a su lado.

"¡Bueno, gracias, Sra. Jennings!" Inmediatamente vio el libro de epidemiología. Alice lo había guardado parcialmente, pero sobresalía notablemente del resto. "¡Oh, Dios mío, encontró el libro de epidemiología!"

Sus ojos brillaban. La mayoría de las chicas se verían así por un vestido nuevo o zapatos, pero Liza no era como la mayoría de las chicas. Alice le entregó el libro, y la chica hojeó el índice con intenso interés. "Ooh, técnicas de regresión múltiple... ¡y tiene un apéndice para la prueba de homogeneidad de estimaciones estratificadas!" Levantó la mirada y sonrió a Chris y Alice. "¡Esto es perfecto! ¡Gracias!"

"Cuidado ahí, Liza, tu lado nerd se está mostrando."

Su sonrisa se convirtió en una mirada fulminante. Alice, finalmente recordando lo que Chris había estado esperando tan pacientemente, metió la mano en sus bolsillos y sacó una pequeña caja.

"Christopher querido, lo pulí para ti." Le entregó la caja. Era de cuero marrón, desgastada en algunos puntos. "Intenté encontrar una caja para ponerlo, querido, y lo siento, esto es lo mejor que pude encontrar."

Liza jadeó cuando él abrió la caja. La esmeralda y los diamantes eran cegadoramente brillantes. "Un poco de pasta de dientes y agua fue todo lo que se necesitó." La voz de Alice sonaba un poco emocionada. Chris estaba demasiado distraído por el anillo para notar las lágrimas de la mujer, pero Liza sí lo hizo, y puso su mano en el brazo de la anciana. Larry Jennings había muerto hace casi dos años, y Alice todavía lo extrañaba terriblemente.

Chris miró fijamente el anillo, todo dentro de él revuelto. Dios, esperaba que a ella le gustara. ¿Y si no le gustaba? ¿Y si quería algo más tradicional? La voz de Liza calmó sus temores. "Chris, es hermoso. ¡Combina exactamente con sus ojos!" Miró a la chica y se relajó. Si Liza, una chica nerd amante de la ciencia ficción y los libros de texto de epidemiología, nada femenina, pensaba que era hermoso, entonces tenía que ser especial.

Chris sabía muchas cosas. Sabía sobre guerra y lucha, sabía sobre trabajo duro y cómo arreglar fugas y cultivar. Sabía de fútbol. Pero estaba absolutamente seguro de su propia ignorancia cuando se trataba de joyería de mujeres. Tampoco tenía idea de que, si esta parte del mundo todavía funcionara con dinero en efectivo, habría tenido que desembolsar mucho. Tenía en sus manos un anillo valorado en más de $7,000.

No sabía que Alice Jennings había recibido el anillo de su madre. No se daba cuenta de lo especial que era el anillo para la anciana ni siquiera que la esmeralda montada en el anillo era su piedra de nacimiento.

Chris solo sabía que le había hablado, le había recordado los ojos de Carrie después de hacer el amor o besarse o reír. Esperaba desesperadamente que a Carrie le gustara y que Fenton no le disparara antes de que tuviera la oportunidad de dárselo. Sonrió a Alice Jennings, "Gracias señora, muchas gracias."

Ella sonrió en respuesta y le acarició suavemente la mejilla. "De nada, joven Christopher. Tráela después de que se lo hayas dado. Me gustaría mucho verlo en su mano."

"Sí, señora, lo haré." Se despidieron y se dirigieron hacia la salida. Chris había cerrado la caja de golpe y la había guardado cuidadosamente en su chaqueta. Estaba en el proceso de subir la cremallera del abrigo cuando Wes Perkins se interpuso en su camino.

"Tal vez deberías mirar por dónde vas, soldado." Wes era una buena media cabeza más alto y olía a peligro. Era un olor fuerte a pólvora y aceite. Estaba cerca, a propósito, se paró dentro del espacio personal de Chris y era un desafío obvio. Chris sintió la mano de Liza posarse en su manga.

"Necesitamos volver a casa ahora, Sr. Perkins." Lo dijo con voz nivelada, pero había un ligero temblor en su mano. Tenía miedo por Chris. A su alrededor, hubo una pausa en la conversación. Chris podía sentir una docena de pares de ojos, observando y sin decir nada.

Wes ignoró a Liza. Miró furioso a Chris, trató de intimidarlo con la mirada. Liza tiró de la manga de Chris, "Vamos, Chris. Vámonos." Tiró de su manga con firmeza. Chris permitió que ella lo arrastrara a la derecha y alrededor de Perkins, manteniendo el contacto visual hasta que Liza lo empujó insistentemente a través de la puerta y calle abajo.

"Está bien, está bien, ya puedes dejar de llevarme como a un perro con correa." Le espetó irritado mientras ella intentaba empujarlo hacia el coche. "Ya voy." La cara de Liza estaba pálida.

"Simplemente salgamos de aquí. Ahora." Estaba temblando.

"Está bien, está bien. Tranquilízate. Ya nos vamos, ya nos vamos." Su buen humor se había esfumado. ¿Qué demonios le pasaba a ese tipo, de todos modos? Era como si Perkins supiera que él había estado en el Frente Occidental. Y eso no era posible. Nadie lo sabía excepto los Perdue y ellos seguro que no iban a decir nada.

El viaje fuera del pueblo fue sin incidentes, pero fue tenso y silencioso. Pasaron los puestos de vigilancia y los terribles restos quemados de camiones. Los esqueletos quemados y ennegrecidos aún colgaban de las ventanas o yacían aplastados debajo. El estómago de Chris se revolvía cada vez que lo veía. El pueblo los había dejado allí a propósito, como advertencia, pero le enfermaba verlo. No importaba lo que esos hombres hubieran hecho, eran personas. Habían estado vivos y respirando. No parecía correcto dejar sus cuerpos allí, expuestos a los elementos y sin un entierro apropiado. Aunque, había escuchado algunas de las historias, susurradas por las chicas cuando

Fenton no estaba cerca. El Frente Occidental había hecho cosas terribles a los ciudadanos de Tiptonville. Se habían ganado con creces el odio que la gente del pueblo sentía hacia ellos.

Miró a Liza y vio una lágrima deslizarse por su nariz, luego otra y otra. Todavía estaban a más de una milla de la granja. Detuvo a Ichabod, se volvió y la miró. La chica estaba encorvada, con los brazos cruzados frente a ella de manera protectora, y cuando notó su mirada, comenzó a sollozar histéricamente.

"Qué demonios..." Chris suspiró y cerró los ojos. Definitivamente no era su día para lidiar con las mujeres Perdue. "Mira Liza, todo está bien, el tipo es un imbécil, no te preocupes por eso."

"Él sabe."

"¿Qué? ¿Qué es lo que sabe?"

"Que estabas en el Frente Occidental."

Empezó a burlarse, luego se detuvo e intentó encontrar sus ojos. Ella los levantó brevemente, encontró los suyos, y los bajó al suelo del coche y comenzó a llorar aún más fuerte. "Liza... ¿qué hiciste?"

"Es lo que no hice. Quiero decir, intenté quemar la ropa. ¡Oh Dios! ¡El abuelo me va a matar!"

"Liza..." la agarró por los hombros, la giró hacia él y la obligó a mirarlo a los ojos, "Te voy a matar yo si no me dices de qué demonios estás hablando."

Salió todo en un gran torrente, "¡No quemé la ropa! Tu uniforme. Quiero decir, lo intenté, y se estaban quemando y escuché que alguien venía, así que salí corriendo rápido. Deben haber visto el fuego, lo apagaron y encontraron la ropa."

Le dio una pequeña sacudida. "¿Deben haber?"

Ella lloró más fuerte, "Cuando volví al día siguiente a revisar, la ropa había desaparecido."

Chris cerró los ojos. "Mierda, mierda, mierda. Doble mierda. Triple mierda... ¡joder!"

"Me odias, ¿verdad?" Liza sonaba tan pequeña, tan infantil y temerosa. Él abrió los ojos y la vio encogerse bajo su agarre.

"No Liza, no te odio." Luchó por explicar sus emociones. "Estoy preocupado. Tengo miedo de haberles traído problemas a todos ustedes, y no sé qué hacer."

"Le diré al abuelo."

"Le diremos a Fenton juntos. Justo después de que le proponga matrimonio a Carrie y justo antes de que me dispare por embarazar a su nieta mayor." Logró esbozar una pequeña sonrisa, "Como dijiste antes, todo saldrá bien." Eso le valió una débil risa a cambio.

Puso a Ichabod a un buen trote, y los últimos veinte minutos los pasaron bromeando sobre escopetas y agacharse para cubrirse. Cuando entraron en el camino privado que conducía directamente a la granja, Chris pudo ver que no estaba muy lejos de tener razón. Fenton había tenido tiempo suficiente no solo para limpiar la escopeta, sino para volver a armarla. Estaba apoyada sobre sus brazos cruzados y el anciano parecía enojado.

Liza lo asimiló todo y lo resumió en una palabra concisa, que murmuró entre dientes, "Mierda."

"Elizabeth Molly Ann Perdue," ladró Fenton, "sabes que puedo leer los labios." Liza se estremeció en respuesta. "Muchacho, tienes algunas explicaciones que dar." Acarició el cañón de la escopeta y lo ajustó para que apuntara, muy ligeramente, en dirección a Chris.

"Será mejor que le muestres lo que tienes, Chris, ahora." susurró Liza.

Pero Chris tenía una idea diferente sobre cómo iba a desarrollarse todo esto.

"No." Bajó del coche, se desabrochó el cuchillo y la pistola, y los colocó en el asiento junto a Liza. "Señor, me gustaría hablar con Carrie, por favor."

Fenton frunció los labios, alcanzó y abrió de un tirón la puerta de la granja y gritó llamándola. Un momento después ella apareció, con los ojos hinchados y rojos. Se abrieron de par en par cuando vieron la escopeta de Fenton.

Chris no perdió tiempo. Se dirigió al porche, se arrodilló en el escalón superior, y miró a los ojos de Carrie. "Lamento haber tardado tanto en encontrarlo. Te amo, Carrie Lynn Perdue. Así que... por favor," sacó la caja de su bolsillo y se la ofreció, "¿Te casarías conmigo antes de que tu abuelo me quite de su miseria?" Esto provocó una risa ahogada de Liza y Carrie y un gruñido enojado de Fenton.

Carrie extendió la mano y tomó la caja de su mano, abriéndola lentamente, y jadeando cuando lo hizo. "¡Oh Dios mío, es hermoso!"

Chris suspiró, en parte de alivio, y luego en exasperación, cuando ella comenzó a llorar. ¿Por qué siempre tenían que llorar? Ella lo levantó hacia ella y lo abrazó violentamente.

Podía sentir sus lágrimas empapando su cuello y luchó por respirar mientras ella se aferraba a él y lloraba más fuerte, "¡Sí, sí, sí! ¡Me casaré contigo!"

"Jovencita, ¿no tienes alguna noticia propia?" Fenton todavía sonaba enojado. Carrie saltó un poco al oír su voz y se apartó de Chris, luciendo un poco asustada.

"Yo, eh," luchó por pronunciar las palabras, "estoy bastante segura de que estoy embarazada."

Sus ojos buscaron en los ojos de él rechazo o enojo. Había tenido miedo de decírselo; miedo de que él se fuera o tal vez no quisiera tener hijos. Nunca habían hablado de ello y ambos eran tan jóvenes, algo que el abuelo había repetido una y otra vez hasta que ella se había deshecho en lágrimas y él se había alejado pisoteando.

Chris bajó la mano y la colocó en su estómago. Había el más pequeño de los bultos allí. Era firme, no suave o blando, y se maravilló del milagro que crecía dentro. Su hijo... su hijo de ambos. Miró a sus ojos, vio cómo se volvían de ese verde esmeralda que tanto le gustaba ver.

"Necesitamos casarnos pronto, entonces. ¿Qué te parece enero?"

Ella se rió y lo abrazó de nuevo. Fenton resopló, pero esta vez fue con menos enojo. Bajó las escaleras pisoteando, agarró las riendas de Ichabod y comenzó a llevar el coche y a Liza hacia el granero.

"Llevaré mi escopeta a la boda." dijo Fenton mientras se alejaba.

Como Siembres, Tal Recoges

"T*u inteligencia se mide por aquellos que te rodean; si pasas tus días con idiotas, sellas tu propio destino".*—**Author Unknown**

"Cuanto mayor sea la lealtad de un grupo hacia el grupo, mayor será la motivación entre los miembros para alcanzar los objetivos del grupo, y mayor será la probabilidad de que el grupo alcance sus objetivos".—**Rensis Likert**

El Capitán Scott Cooper se enfureció mientras su segundo al mando le traía los números. Tres más desaparecidos. Se habían escapado durante la noche. Dos de ellos habían sido de los remanentes desgarrados de la Tienda Cinco, la rubia bonita que había roto hace un par de meses y una deliciosa mordida reciente con la que no había terminado del todo.

De todas las putas que había tenido, la más nueva le había recordado más a Tiffany. O al menos una versión joven de su hermana antes de que se llenara y comenzara a saber lo que quería y corriera a papá a quejarse de que la tocaba. Había recibido la paliza de su vida después de eso. El viejo Coop lo habría echado de inmediato, pero mamá ya estaba enferma y le había rogado a su esposo que tuviera piedad de Scott. Siempre había sido particularmente aficionada a su hijo. Había ignorado o explicado sus fechorías oscuras, diciendo solo "los niños serán niños". Cuando Tiffany se había ido primero a su madre, había sido ignorada y luego castigada por inventar tales mentiras terribles.

Para el momento en que esa mujer patética y estúpida había muerto, él se había ido. La tregua incómoda entre él y Arno se había derrumbado en el momento en que el cuerpo de su madre se había enfriado. Escuchó sobre el Frente Occidental, escuchó los murmullos de que ahora estaban en Colorado y avanzando hacia el este, y se dirigió a unirse. Fue su bravuconada al acercarse directamente a las tropas en esas llanuras cubiertas de hierba de Kansas, fuera de Fort Riley, y pedir unirse lo que llamó la atención de Granger. Y más tarde, después de que su unidad había sido abandonada como un puesto avanzado fuera de Springfield, fue su inteligencia la que había proporcionado las exitosas incursiones en pueblos cercanos, incluido su propio pueblo natal.

Su mente divagó por un momento mientras recordaba el cuerpo de la niña debajo del suyo, no había pechos de mujer reales en la nueva, ni siquiera los comienzos de vello púbico. El resto había funcionado bien, sin embargo. El sexo era para lo que servían las putas; no importaba cuán viejas o jóvenes fueran, eso era todo lo que realmente valían, de todos modos. Su mamá lo había dejado claro cuando salía de paseo, abriendo sus piernas para ese tonto del pueblo y quedándose embarazada de Tiffany.

Un tos incómoda lo trajo de vuelta al presente. Parpadeó, se dio cuenta de que había estado de pie allí perdido en sus pensamientos durante demasiado tiempo.

Evers parecía nervioso de pie allí, esperando que Cooper explotara o comenzara a dar órdenes. No había querido esta promoción, pero el último tipo que había tenido este trabajo había intentado irse hace tres semanas. Intentar era la palabra clave, porque no había llegado muy lejos. Todavía daba vueltas a Evers las tripas de pensar cómo había estado ese tipo cuando Cooper terminó con él. Había limpiado su cuchillo, ignorando el pedazo de carne muerta a sus pies que había suplicado por misericordia solo momentos antes, y había devuelto el cuchillo a su funda. Se había vuelto hacia Tom Evers y le había dicho: "Ahora eres el Teniente Segundo, Evers. No me decepciones".

Había sido todo lo que Evers podía hacer no vaciar su vejiga en el acto. ¿Quién quería ser el segundo de un psicópata? El recuerdo de eso todavía era vívido cuando aclaró la garganta, "Hay una cosa más, señor".

"¿Sí?"

"Cortaron los neumáticos de los últimos siete camiones. Y no nos quedan repuestos".

"Teníamos ocho camiones ayer". Los ojos de Cooper ardían de furia, anticipando la siguiente frase que saldría de la boca de Evers.

"Sí, señor. Se llevaron ese último. Deben haberlo empujado unos cientos de yardas antes de encenderlo y alejarse porque los centinelas no escucharon ni un murmullo. Bueno, excepto por el Cabo Angelo, a quien golpearon y ataron. Lo encontramos esta mañana y sonó la alarma".

"Sí", la voz de Cooper era seca y fría, "escuché la alarma". Lo había despertado con un sobresalto, sacándolo de un sueño lleno de sangre y sexo.

Se sentía frustrado, privado de sueño, y la oscuridad en él amenazaba con desbordarse. Luchó por contenerla, y luego sonrió mientras se centraba en un canal positivo para su frustración. "Trae a Angelo a verme después de que haya tomado un poco de café".

Tom Evers saludó, Cooper apenas se molestó en devolverle la salud, y el hombre se apresuró a irse. Frunció el ceño al imaginar lo que le sucedería al Cabo Angelo. El pobre chico probablemente estaría mejor muerto después de que Cooper le quitara su frustración.

Cooper luchó por controlar su furia. No más camiones. ¿Cómo se moverían sin los vehículos? Las áreas circundantes habían sido limpiadas y cualquiera que aún viviera estaba escondido a profundidad. Habían cruzado lo que equivalía a un terreno de nadie hace unos días dentro del lado del Mississippi de la frontera entre Arkansas y Mississippi. El pueblo más cercano era el de Lobdell, Mississippi, y estaba muerto de silencio. Cualquier habitante que quedara estaba escondido a profundidad.

Los últimos dos meses habían sido un desastre tras otro. La unidad había avanzado hacia el sur en Arkansas y no había llegado muy lejos, solo a un pequeño pueblo en lo profundo del bosque llamado Mountain Home, y rápidamente habían recibido una paliza. Los pequeños pueblos estaban volviéndose más inteligentes y o bien huían o, en casos extraños como este, se armaban y luchaban. Había perdido casi cincuenta hombres antes de tomar el pueblo. Cuando Granger había estado a cargo, habían tenido casi doscientos cincuenta hombres. Ahora el contingente estaba reducido a cien, tal vez menos. Especialmente después de una segunda paliza en Forrest City, millas al sureste.

Los hombres estaban perdiendo el gusto por la guerra y la conquista y más desertaban cada día. Cooper no podía entenderlo. Este era su mundo perfecto. Era todo lo que había soñado después de esos años de ser sofocado por su tonta madre zorra y ignorado por un padre indiferente.

El viejo Coop había pasado más tiempo haciendo reverencias a Tiffany. Esa pequeña zorra tenía al viejo hombre envuelto alrededor de su dedo. ¿Qué clase de hombre prefería la compañía del hijo de otro hombre, un hombre que lo había hecho cornudo, a su propio hijo?

No importaba, cada día de los últimos seis meses, había podido tener a cualquier mujer que quisiera, tomar lo que quería y ir a donde quería. No era solo el poder lo que le excitaba, era la libertad de decir y hacer lo que quisiera. Le gustaba ver el miedo en los ojos de los hombres. Lo había ganado cada onza de él y más.

Aún así, ahora estaban sin transporte de ningún tipo. Bebió el tazón humeante de basura atómica que el cocinero había preparado. Habían logrado apoderarse de varias libras de café cuando habían atravesado la frontera y entraron en Scott, Mississippi. Eso lo había llamado un golpe y empujar. Escanear el pueblo desde la distancia, encontrar el punto más débil, golpearlos al amanecer y apoderarse de lo que puedas y matar a cualquiera que intente detenerte. Era mejor que un asalto frontal, especialmente ahora que las personas que quedaban eran las más duras, decididas a sobrevivir, con las armas para respaldarse. Sus pensamientos giraban como si estuvieran atascados en el barro hasta el eje. ¿Cómo diablos iban a seguir moviéndose?

La cortina de la tienda se movió, y un soldado entró con Angelo, que estaba sangrando de un corte en la frente. Nadie se había molestado en curarlo. Desde que su equipo médico se había ido a medias de Arkansas, los servicios de primeros auxilios eran un poco escasos en estos días. El hombre parecía aterrorizado. Su espalda era recta como una vara, y saludó a Cooper con un ligero temblor en la mano. Scott asintió al otro soldado, excusándolo de la tienda, y se fue rápidamente.

Media hora después y Cooper salió de su tienda. Caminó calmadamente hasta un arroyo que corría por el borde del campamento y lavó la sangre y la gore de sus manos. Su primer comandante, el Teniente Primero Riley, estaba a unos pocos pies de distancia, impasible.

"Me ocuparé de tu tienda, Riley".

"Sí, señor. Lo limpiaré para usted, señor". Riley luego hizo señas a dos soldados que estaban cerca y parecían bastante pálidos y los señaló hacia la tienda de Cooper. Les tomaría varias horas, y dos carreras apresuradas fuera para vomitar antes de que finalmente lograran limpiar el desorden. Las manchas en las paredes de lona de la tienda, sin embargo, eran permanentes. Riley no le importaba mucho una forma u otra. A pesar de las manchas de sangre, le gustaba tener una tienda más grande.

Una unidad que una vez había sido casi de 200 hombres ahora era una peligrosa y violenta banda de saqueadores. Cooper tendría muchos más momentos de furia y frustración en las próximas dos semanas. Para el final de ellas, solo quedaban veinticinco hombres de los más de cien que habían cruzado el Mississippi con él. De ese número, seis estaban demasiado aterrorizados y acobardados para irse, y doce de los hombres eran demasiado estúpidos para saber cuándo cortar y correr. Otros tres estaban esperando, esperando una mejor oportunidad que pudiera incluir un conjunto de ruedas, y los últimos cuatro, que incluían a Riley y Cooper, eran completos psicópatas obsesionados con el asesinato y el desorden. Habían logrado mantener a tres de las mujeres. El resto de las mujeres habían escapado o muerto mientras intentaban escapar.

Un campesino simple llamado Brad Osterman, y la mujer y la niña que había tomado con él, habían roto la espalda del puesto avanzado del Frente Occidental mientras hacían su oportuna fuga a fines de octubre. Deshabilitar los vehículos había sido un golpe pesado y bastante irreparable para la unidad. Con el tiempo, Cooper y sus hombres restantes lograron reunir suficientes neumáticos utilizables de vehículos abandonados y terreno circundante para devolver tres vehículos al servicio. Se dirigieron por la Ruta 1 a mediados de noviembre y condujeron hasta que la carretera los dejó en la Ruta 49. Esta la siguieron hacia el sureste hasta que la carretera cruzó la frontera estatal hacia Tennessee y se dirigieron hacia Memphis. Había muchos pueblos pequeños para saquear y quemar en el camino. Los camiones se movían inexorablemente hacia el norte.

Una Boda Blanca

"Envejece conmigo, lo mejor está por venir".—**Robert Browning**

Chris tiró el borde de su chaqueta fuera de la boca curiosa de Mutton Chop. Mañana era Navidad, y la semana había volado. Había sido tenso; Fenton seguía molesto de que no se hubiera observado el orden natural de las cosas.

Finalmente se enfrentó a Chris en el granero después del desayuno. Chris acababa de terminar de alimentar a las cabras y estaba limpiando el establo de Ichabod cuando Fenton entró.

"Hay cortejos, luego se le pide al padre la mano de la niña en matrimonio", le lanzó una mirada a Chris, "que sería yo ya que su papá se ha ido, el matrimonio, el amor y eventualmente", enfatizó la palabra y le lanzó una mirada, "lil 'uns". Su vocabulario degeneraba cuando sus emociones estaban altas. "Parece que tienes tus prioridades al revés, jovencito".

Había dicho esto después de tres largos días de silencio y melancolía. Chris se sentía avergonzado. El shock de darse cuenta de que Carrie estaba embarazada combinado con su preocupación por su juventud y su falta de control lo había disminuido a los ojos del anciano. En los últimos meses, Fenton se había convertido en una combinación única de padre, abuelo y mentor. Sentía la decepción de Fenton profundamente y deseaba poder cambiar cómo había sucedido todo. Estudió el suelo, buscó las palabras adecuadas y sintió la mirada del anciano firme e implacable.

"Señor... yo, ¿qué puedo decir para mejorar esto? Lo había agonizado, pero si no podía hacerlo mejor, al menos podía disculparme y pedir perdón".

Miró hacia arriba y encontró los ojos de Fenton, impactado por lo viejo y triste que parecía el hombre. "Tienes razón, hay un orden en todo esto y debería haber ejercido control y esperado".

Fenton frunció los labios y suspiró. "Christopher, sé que amas a mi nieta. Sé que te casarás con ella y sé que podría haberse desarrollado mucho peor de lo que lo hizo". Sacudió la cabeza. "Me decepcionaste, hijo. Pero lo superaré... porque mañana vas a arreglar esto".

"¿Señor?" Chris estaba confundido. Mañana era Navidad.

Los ojos de Fenton habían perdido su decepción y tristeza, y ahora relucían con travesuras. Se acercó y le dio una palmada fuerte en el hombro. "Te vas a casar mañana, hijo". Y con eso, salió del granero, Chris mirándolo, aturdido.

En un trance, terminó sus tareas, no seguro de qué pensar sobre la declaración de Fenton. Era como si su cerebro simplemente no pudiera procesar lo que el anciano había dicho. ¿Se casarían mañana? ¿El día de Navidad? ¿La gente realmente hacía eso? ¿No había una regla o algo en contra de eso? Sacudió la cabeza, terminó sus tareas y se dirigió a la casa. Casi era mediodía y normalmente habría almuerzo en proceso, pero cuando abrió la puerta principal y entró, se encontró con una escena increíble. Cajas de adornos... por todas partes. Y un viejo baúl estaba en medio de la sala de estar, con la tapa abierta, y Carrie estaba de pie en un pequeño taburete junto a él, vistiendo lo más increíble...

"¡Oh!" Liza corrió de junto a Carrie, evitando a Joseph, que estaba tumbado en el suelo atando ganchos a los adornos del árbol, "¡Sal! No se te permite ver su vestido antes de la boda!" Le dio la vuelta a Chris y lo empujó hacia la puerta, "¡Fuera, fuera, FUERA!"

"Pero... yo..." Chris fue empujado hacia afuera de la puerta, que se cerró con fuerza detrás de él. ¡Para agregar insulto a la lesión, el pestillo giró en la cerradura! ¡Estaba encerrado fuera de la casa! Liza se rió y llamó a través de la puerta, "¡Arrea el caballo y ve a la ciudad, necesitas traer a Mr. Liles de vuelta contigo y pedirle al Reverendo Thomas, a Carl y su familia, y a la Sra. Jennings que estén aquí mañana por la mañana para una boda y luego almuerzo". Hubo una pausa, "¡Oh! Y asegúrate de conseguir una libra de azúcar si puedes". Chris comenzó a alejarse de la puerta, "Oh y..."

"Por el amor de Dios, niña, dale al chico una lista". Intervino Fenton.

"Espera allí, hijo, te daré un sándwich para el camino y Liza te dará una lista". Y unos minutos después, la puerta se abrió lo suficiente para empujar una pequeña bolsa de almuerzo.

Liza sonrió a Chris mientras él tomaba la bolsa. "La lista está dentro. No vuelvas hasta que oscurezca".

Chris simplemente sacudió la cabeza y tomó la bolsa, se dirigió al granero y ató el caballo. El día se estaba volviendo bastante surrealista, y no sabía qué hacer con eso. Mientras Ichabod se movía rápidamente hacia la ciudad, su estado de shock persistió. Claro, habían hablado de matrimonio y de casarse durante meses. Ahora que estaba aquí, ahora que aparentemente estaba a solo un día de distancia, se sentía irreal, aterrador y emocionante todo a la vez. No podía creer que realmente estuviera sucediendo. De repente sonrió. Para este momento del año que viene, estaría sosteniendo a su bebé en sus brazos. Podía verla ahora, una pequeña niña, con cabello rubio y los hermosos ojos verdes de su mamá. La visión de eso lo movió más allá de los camiones quemados y los esqueletos, más allá de los vigilantes con apenas un pensamiento para saludar, y en la ciudad.

Visitó primero a la Sra. Jennings. Liza había escrito direcciones en la nota sobre cómo encontrar la casa y él pensó que era correcto que ella escuchara la noticia de la boda y recibiera la primera invitación, ya que había sido tan amable de darle el anillo. Vivía en una pequeña casita. Era un exquisito pequeño victorian con espirales cuidadosamente torneadas y enrejados. Habría sido impecable, dentro y fuera, excepto por los enormes montones de libros. Parecía tener nada más que pilas de libros en una de las habitaciones. Sin muebles, excepto por una silla solitaria y una lámpara rodeada de pilas de libros inclinados.

"Debes quedarte a almorzar, querido", dijo, apresurándose hacia la cocina a pesar de sus protestas de que ya había comido. Después de que ella llenó a Chris con sopa y pan, se sentaron en la sala de estar, rodeados de libros, y ella le sirvió té de menta caliente. Liza visitaba a Alice con frecuencia después de que la biblioteca hubiera sido destruida por un incendio. Habían salvado todos los libros que podían y habían montado una tienda en la pequeña casa de Alice.

Se rió mientras describía la charla con Fenton y luego ser arrojado de la casa y enviado a hacer recados. Sus ojos azules relucían, "Oh, querido mío, en verdad, estoy feliz por ti. Tú y Carrie hacen una linda pareja". Le agitó el dedo, "Y en cuanto al bebé, no seas demasiado duro contigo mismo, sé de hecho que Fenton puede desear que las cosas sucedan de cierta manera, pero sabe que el mundo no siempre funciona así". Sonrió y tomó un sorbo de té.

"¿Sabías que su esposa Molly y yo éramos mejores amigas?" Chris negó con la cabeza, "Bueno, estábamos completamente inseparables desde el jardín de infantes hasta el baile de graduación en la escuela secundaria". Su boca se torció hacia abajo, sus labios temblaron y "No fui tan buena amiga como debería haber sido. Ambas lo vimos al mismo tiempo, y él se veía tan guapo. Un hombre mayor, lo entiendes, tres años mayor que Molly y yo, Fenton era. Entró, ambas lo vimos al mismo tiempo y ella dijo que era suyo". Chris se rió.

Alice sonrió, "Ríete todo lo que quieras, pero recuerda, también éramos jóvenes una vez, y las niñas tontas hacen eso. Ella había dicho que era suyo, y éramos mejores amigas. Así que ella lo consiguió y yo no. Oh, ¡cuánto me sentí celosa!" Tomó otro sorbo de té. "Aquí, toma una galleta". Empujó la bandeja de galletas y él tomó una por cortesía, a pesar de su estómago completamente lleno.

"Conocí a mi Larry un año después. Nos casamos antes que Molly y Fenton, y estábamos todos tan cercanos en esos primeros años. Pero Molly tuvo a Isaac. En cuanto a mí... bueno, los bebés simplemente nunca vinieron. Estaba tan celosa, Christopher, tan triste de que nunca pudiera tener uno".

Sus ojos se empañaron, su labio tembló y "No fui una buena amiga. Después de todo, ella pasó por tener a Isaac y yo ni siquiera podía soportar ver a ese niño, preguntándome año tras año por qué ella había tenido un bebé y yo no. Y los años pasaron, y no hablamos y luego ella se fue, antes de que incluso supiera que estaba enferma". Miró la alfombra, miró hacia arriba a Chris, "Lo siento, querido, no sé por qué te conté todo esto".

¿Qué tenían las mujeres? Chris comenzaba a preguntarse si simplemente estaban llenas de lágrimas. ¿Y qué tenía el tema de los bebés y el matrimonio que las ponía así? Sentado en la silla acolchada, tratando de no derribar los delicados encajes en cada brazo, luchó por pensar en algo que decir.

"Sra. Jennings, usted, eh, parece muy amable conmigo". Lo dijo torpemente, "Yo, eh, realmente debería irme. Tengo que visitar a la familia de Carl y al reverendo, y recoger a Mr. Liles. Si no lo hago, dudo que me dejen volver a entrar en la casa esta noche".

Alice se rió, se secó los ojos húmedos y le acarició la mano, "Eres un querido, joven Christopher, escuchando a una anciana con tanta paciencia. Pasa la palabra, si puedes, a los Carter. Me gustaría compartir un viaje con ellos si no les importa".

Los Carter, la mamá de Carl Owens y su padrastro John, habían convertido su furgoneta para que funcionara con biocombustible. Corría con un diésel hecho de maíz. La furgoneta tenía muchos asientos y espacio de sobra.

Prometió que lo haría y se dirigió a visitar las diferentes casas en su lista. Tuvo suerte con los Carter y prometió una docena de huevos a cambio de una libra de azúcar. El Mercado de Trueque estaba cerrado por el día, lo que fue una gran alivio. No le apetecía encontrarse con Wes Perkins y lo dijo así a Abby. Abigail Carter era una mujer pequeña, y a la edad de seis años, su hija, Tabitha, ya había crecido más allá del hombro de Abigail. Su hijo, Carl, que tenía dieciséis años, sobresalía sobre ella y aún era un buen cabeza más corto que Chris. Abby le dio una sonrisa irónica. "Wes siempre ha sido un poco de un idiota. Familia o no, no mucho asocio con él estos días ahora que ambos padres han pasado".

Chris se sobresaltó. "¿Están relacionados?" Oh Dios, esta vez se había metido el pie en la boca. Su cara debía mostrar su consternación porque Abby se rió entonces. Parecía demasiado joven para tener un hijo adolescente.

John, el esposo de Abby, también se rió. "Son primos hermanos, por el lado de la madre de Abby. La madre de Wes era la mayor de cinco, y la madre de Abby era la más joven".

"Mamá me tuvo cuando estaba a punto de cumplir cuarenta. Fui una sorpresa bastante grande, aún más porque fui el primero en darle un nieto". Abby sonrió irónicamente, "Wes siempre fue un idiota", miró a su alrededor y vio que Tabitha había vuelto a su habitación y luego se inclinó hacia adelante conspiratoriamente, "Un verdadero bastardo, en realidad. ¿Debería haber visto lo que le hizo a su esposa después de que volvió de Irak? Le hizo ojos de huevo. PTSD, sea condenado, siempre ha sido un idiota". Abby sacudió la cabeza, sus rizos cortos bailando, "Esos niños eran tan jodidamente lindos. Jugaban con Carl casi todos los días. Por supuesto, eso fue hace más de diez años.

La golpeó; ella empacó a los niños y se fue al día siguiente. No puedo culparla en absoluto por eso, pero ciertamente me he preguntado dónde están ahora, especialmente ahora, con todo lo que ha sucedido en el mundo".

"Abby", John interrumpió suavemente, "Chris necesita irse a casa. Se está haciendo tarde. Y el hombre se casa mañana".

Abby se disculpó y abrazó a Chris. "¡Estaremos allí mañana! Dile a todos mi amor y diles que los veremos pronto!"

Y con eso, su lista de tareas completada, Chris se dirigió a casa. John y Abby le habían asegurado que había espacio para la Sra. Jennings y Mr. Liles en su furgoneta e incluso ofrecieron llevar al Reverendo Thomas si no le importaba un viaje acogedor. Tenía el azúcar que Liza había exigido y todo estaba listo para una boda de Navidad.

Estaba completamente oscuro cuando regresó, y Fenton había dejado una lámpara de aceite fuera en el porche para guiarlo. Desató a Ichabod, lo dejó a cenar y cerró bien el granero. La lámpara brillaba intensamente, y podía ver motas de nieve comenzando a caer. Solo eran motas de nieve, realmente, nada excepcional. Esto era Tennessee después de todo. Tomó los escalones de dos en dos y estuvo en la puerta principal antes de recordar su recepción del día anterior, y decidió llamar.

Podía escuchar la voz de Joseph y los pies corriendo. "¡Chris está aquí! ¡Chris está aquí!" La puerta se abrió y el pequeño niño lo abrazó y miró alrededor detrás de Chris. "¿Dónde está Mr. Liles?"

"Él estará aquí mañana, Joseph, viajando con estilo con los Carter".

"Oh". El pequeño niño parecía decepcionado y luego se animó, "¡Ven a ver! ¡Ven a ver!" Tiró de la mano de Chris y lo arrastró a la casa. Chris cerró la puerta detrás de él, se dio la vuelta y se encontró con las habitaciones bellamente decoradas. Liza y Fenton estaban sentados en el sofá, pareciendo agotados. Carrie no se veía por ninguna parte. El viejo baúl había desaparecido, al igual que el vestido de boda del que Chris había tenido solo la más pequeña de las vistas. En lugar de las cajas había un árbol decorado con todos los adornos, algunos regalos envueltos debajo, y una fogata crepitaba alegremente en la chimenea. Guirnaldas y coronas adornaban las paredes, y una escena de Nacimiento tallada a mano estaba en el centro de la mesa de café. La estantería, cada una de las repisas normalmente llenas de libros, tenía una repisa limpia para un pueblo de Navidad.

Joseph atravesó la sala de estar, deslizándose para detenerse frente a la estantería. "Mira Chris, mira! Hice el pueblo de Navidad. 'Excepto que no pudimos hacer que las casas se iluminaran porque funcionan con 'tricity". Su boca se torció en las comisuras, con tristeza. El pequeño niño no tenía idea de cómo era la televisión y no la echaba de menos, pero echaba de menos hacer que el pueblo se iluminara.

"Lo hiciste genial, Joseph". Chris sonrió al pequeño niño. "Wow", dijo, fingiendo sorpresa y asombro, "¿Es eso nieve real?" Chris señaló las capas de tela blanca sobre las que descansaban los edificios.

"No, tonto, ¡es nieve de mentira!" El niño saltó de un lado a otro, contento con la respuesta de Chris.

El sofá y la silla favorita de Fenton habían sido movidos hacia atrás contra una pared y ahora había un gran espacio vacío en medio de la sala de estar. Liza no se movió, pero sonrió y preguntó, "¿Qué te parece?"

"Se ve hermoso", Chris respondió honestamente. Señaló el espacio abierto en el suelo, "¿Es ahí donde...?"

"Sí", Fenton parecía agotado, "Ahí es donde Liza y Carrie dicen que está el 'mejor lugar' para casarse. Dios mío, estoy agotado".

"El abuelo sacrificó a Drumstick hoy". Liza señaló con un dedo cansado hacia el horno, que comenzaba a desprender el olor más delicioso. Drumstick había sido el más grande de sus ocho pavos y ya estaba programado para la cena de Navidad. Chris había notado la pila de plumas en la esquina del granero. Su estómago hizo un lento y audible gruñido. Habían pasado unas horas desde que había comido en la casa de la Sra. Jennings. Liza se rió y señaló nuevamente hacia la cocina, "Hay sopa en la estufa". No se molestó en verterla en un tazón. Había suficiente en la olla para él y no mucho más. Aún estaba caliente, también. Tomó una cuchara, un guante de horno y se sentó en el sofá y comió.

"¿Dónde está Carrie?" preguntó, tratando de no hacer ruido. La sopa estaba llena de zanahorias y papas, así como cubos de cerdo, yum... El Butt Roast había resultado ser una bestia de un sabor fino.

"Dormida", Fenton bostezó, "en su propia cama donde pertenece hasta mañana".

"Recuerda, es de mala suerte ver a tu novia antes de la boda", Liza sonrió juguetonamente y agitó el dedo. "No te escabulles a espiar antes de mañana". La noche terminó en silencio. Chris se excusó al mismo tiempo que Fenton y se acostó en su habitación, solo en la cama.

Miró a la oscuridad, incapaz de dormir mientras las horas pasaban. Pensó en Jess y sus padres, todos muertos, sus cuerpos fríos en la tierra. Si habían tenido la suerte de ser enterrados. Pensó en Allen y Toby, incluso en Easter y Burton, y en todos los demás sin nombre. Chris deseaba que Carrie estuviera acurrucada junto a él y pensó en el niño que crecía dentro de ella. Tantas muertes, y sin embargo, ahora, frente a esa muerte y dolor, la promesa de nueva vida. ¡Cuánto extrañaba a mamá, papá y Jess! ¡Cuánto les hubieran amado a Carrie y al resto de los Perdue! ¡Cuánto deseaba que las cosas hubieran sido diferentes!

Sin la guerra, y el Frente Occidental, y todo el mal y el dolor que había visto, él no estaría aquí. Nunca habría conocido a Fenton, conocido a Carrie, o estaría casándose o esperando un hijo. Desear que sus padres, hermana y amigos volvieran a la vida significaría perder todo lo que tiene ahora.

Luchó con esto, atrapado en un bucle de "habría" y "debería". El reloj dio las cuatro de la mañana antes de que finalmente se durmiera.

Joseph cayendo sobre su estómago fue su despertador de la mañana. Mientras luchaba por recuperarse del ataque de un entusiasmado niño de cuatro años, Liza apareció, sosteniendo una enorme taza de café de chicoré. Era un gusto adquirido, lo que significaba que no habían podido adquirir café y habían estado extendiendo el suministro mezclándolo a partes iguales con chicoré molido, que crecía a lo largo de los bordes de las carreteras y en campos salvajes. No tenía el mismo efecto que el café, pero estaba caliente, y ¿quién necesitaba el impulso completo de cafeína de todos modos? Murmuró sus agradecimientos y trató de no derramarla en su pecho desnudo mientras bebía y Joseph saltaba.

Liza se apiadó de él y agarró a Joseph en medio de un salto. "Vamos, Joseph, tenemos que prepararnos para la boda". El niño protestó que quería abrir regalos. "No, Joseph, hablamos de esto. Esta noche abriremos regalos".

Antes de que el pequeño niño pudiera comenzar a llorar de verdad, Chris alcanzó y sacó una pequeña caja de la mesita de noche. El Sr. Liles le había dado ayer, instruyéndole que era un regalo para Joseph de parte de Chris.

Le había guiñado un ojo a Chris. "Jovencito, tienes suficiente en tu plato con un pequeño en camino y una boda mañana. El pequeño Joseph los amará. Y mantendrá silencio hasta que termine la ceremonia". La caja era de madera suave, hecha a mano. La tapa se deslizaba para revelar pequeños coches de madera tallados a mano con ruedas de botón pequeñas que giraban sobre pequeños radios sostenidos en su lugar con pasadores de seguridad.

Cuando Chris miró sorprendido las manos retorcidas y retorcidas del Sr. Liles, el anciano se rió. "¡Oh, no! Mi nieto hizo estos hace años cuando todavía podía manejar ver todos esos detalles. ¡Hoy en día está ciego como un murciélago, peor vista que yo!"

Chris le entregó la caja a Joseph, "Aquí, Joseph, porque hoy va a ser una locura. Quiero asegurarme de dártelo ahora". El niño miró, tomó la caja y Chris lo ayudó con la tapa. Entonces chilló y corrió a mostrarle el resto de la familia su premio.

"Buena jugada, hermano mayor", Liza sonrió.

"Todavía no soy tu hermano".

"Todo a su debido tiempo". Ella le señaló en dirección del armario. "El abuelo te encontró un traje para usar. Pertenecía a papá. Pero sería mejor que te lavaras primero. Y date prisa, porque Carrie tiene que prepararse y eso lleva tiempo".

"No digas más". Se dirigió al garaje, que compartía una pared con la cocina. Sin presión de agua significaba que todo su agua era del viejo pozo. Afortunadamente, esto estaba cerca de la casa y podía bombearse directamente a la cocina a través de una bomba antigua. Sin embargo, no se extendía al baño.

Anteriormente ese año, Chris y Fenton habían encontrado una manera de montar un pequeño lavabo en la pared compartida y luego hacer pasar una tubería a través de la pared al garaje, que luego se vaciaba en un barril montado sobre bloques de concreto a cinco pies del suelo. Al agacharse ligeramente debajo del grifo, una persona podía tomar una ducha bastante espartana.

Para poder ducharse, uno cargaría el barril de lluvia vertiendo cubos de agua fría directamente desde el grifo en el lavabo y alternando con agua hervida en una sartén. Tomaba alrededor de media hora preparar toda el agua necesaria para una ducha corta, y en esta época del año, estaba helado en el garaje. El verano no era tan malo, pero el invierno apestaba y significaba que todos, excepto Joseph, que todavía podía bañarse en el gran lavabo de la cocina, generalmente esperaban una semana o así antes de bañarse. Entre baños completos, simplemente se lavarían el cabello en el lavabo. Funcionaba bastante bien. Chris entró en el frío garaje, se lavó rápidamente y, con los dientes castañeando, envolvió la toalla alrededor de su cintura y salió corriendo.

"Ahora ve a tu habitación y quédate allí hasta que te digamos que salgas", Liza ordenó. Chris hizo ojos de buey ante esto. Había visto a Carrie todos los días y noches desde que llegó aquí. Parecía un ritual tonto. Pero dejó que Liza lo empujara a la habitación y prometió que no miraría. La habitación estaba tenuemente iluminada, y parecía que comenzaba a nevar de verdad. Grandes copos gordos caían constantemente.

El padre de Carrie debió haber sido ligeramente más pequeño que Chris. Los pantalones le quedaban bien, pero la camisa estaba apretada, especialmente alrededor de sus hombros y bíceps. Fuera de su habitación, podía escuchar a Liza y Carrie pasar corriendo por su puerta riendo como niñas colegialas. Se peinó el cabello y miró con desesperación la corbata. ¿Cómo diablos se ata una de estas cosas?

La acomodó alrededor de su cuello, la volteó de un lado a otro mientras miraba su reflejo en el espejo. La última vez que había usado una corbata había sido en la graduación del colegio. Eso había sido tonto cuando te das cuenta de que su traje y corbata estaban cubiertos por su toga de graduación. Su madre se la había puesto, sus manos moviéndose con calma y seguridad mientras hacía un nudo perfecto. Podía ver su rostro ahora, los ojos brillantes de orgullo. La universidad había sido imposible, con la inestabilidad de todo el país y las fichas de dominó del colapso ya comenzando a caer. Aunque había llorado, y luego había gritado y chillado con el resto de ellos mientras las gorras volaban al aire.

Tiró de la corbata. No servía de nada. Era inútil en esto. Un suave golpe en la puerta y la voz de Fenton, "¿Chico? ¿Estás presentable?"

"Sí, señor". La puerta se abrió y Fenton entró, cerrando la puerta mientras una o ambas de las chicas pasaban de nuevo, riendo locamente. Suspiró y sacudió la cabeza.

"Bueno, hijo, la comida está cocinándose y las chicas se están preparando y", miró el traje de Chris, lo miró de arriba abajo lentamente, "Oh, hijo... oh". Se detuvo y miró sus zapatos. Chris estaba alarmado.

"¿Señor? ¿Hay algo mal? ¿La camisa se ve demasiado pequeña? No puedo entender esta corbata para salvar mi vida". Sus palabras se precipitaron, escalando unas sobre otras, revelando su creciente pánico. Oh Dios, se estaba casando hoy.

El anciano miró hacia arriba y sonrió, sus ojos se empañaron. "Te ves bien, hijo. Lo haces. Yo solo estaba..." inhaló, lo soltó lento, "Yo solo estaba recordando cuando compré ese traje para Isaac para su primera entrevista de trabajo en la gran ciudad. Directamente de la universidad y se dirigía a la Gran Manzana".

Sacudió la cabeza. "No debería estar triste por eso. Mi chico consiguió ese trabajo. Trabajando allí, conoció a la chica más dulce del mundo para casarse". Sonrió nostálgicamente. "Y esos dos pajaritos enamorados hicieron tres nietos finos para consolarme cuando se fue. Solo lo extraño, incluso ahora".

Alcanzó y tomó la corbata de Chris, la envolvió alrededor de su cuello y la ató con manos expertas. "Ahí", la alisó y giró a Chris hacia el espejo, dándole una palmada firme en la espalda. Se quedaron allí en silencio por un momento, examinando el reflejo de Chris.

Afuera, la nieve caía más fuerte y los dos hombres podían escuchar a Joseph corriendo por el pasillo gritando que la furgoneta estaba allí. "Ya casi es hora. Tómate un momento, luego sal y saluda a nuestros invitados. ¿Estarás bien, hijo?"

Chris tragó saliva, "Sí, señor". Una última palmada, y el anciano se fue a saludar al reverendo y a los invitados a la boda. Chris se dio cuenta de que no había comido nada para el desayuno, lo cual probablemente era una buena cosa. En este momento, se sentía francamente nauseabundo. Cerró los ojos, pensó en sus padres y Jess. Respiración profunda. Luego se dio la vuelta y salió a saludar a todos.

Días después, juraría que esa mañana de Navidad había pasado a la velocidad de la luz. Mirando hacia atrás, recordó despertar, lavarse, vestirse, saludar a los invitados y la ceremonia, todo pasando en un borrón.

La única claridad verdadera del recuerdo fue la hermosa extraña que encontró besándolo de vuelta esa mañana. El cabello rubio liso de Carrie había sido una masa de rizos que corrían desde trenzas en la parte superior de su cabeza hasta cintas de oro que bailaban sobre sus hombros. Su vestido había sido un satén marfil, un tesoro familiar, y se había ajustado a sus caderas y caído hasta el suelo. Asomando desde la falda estaban un par de calcetines de colores arcoíris tejidos a mano por Liza y unos tenis azules de Converse.

"Algo prestado y algo azul", le había susurrado, los ojos brillantes.

Hasta que había hablado, se había preguntado si estaba soñando. Ella era más allá de hermosa, más allá de su capacidad para describir con palabras, una dulce promesa de los años por venir. Las mariposas en su estómago se habían ido, y se quedó de pie y intercambiaron votos. Le deslizó el brillante anillo de esmeralda y diamante en su dedo y besó a su novia.

Todos aplaudieron. Joseph y Tabitha saltaban a su alrededor, y la nieve caía espesa y pesada.

Era el Día de Navidad. Estaba nevando. Era una boda blanca. E incluso Fenton puso su escopeta abajo el tiempo suficiente para entregar a la novia.

Casa Dulce Cueva

"Debes planificar para cada contingencia: suficientes verduras, carne, granos, mantas, leña, incluso acceso al agua limpia. Sin todo esto, y más, te encontrarás en serios problemas a mediados del invierno. Asume nada, prepárate para que todo salga mal, y podrías sobrevivir para ver la primavera".—**Author Unknown**

Empacaron la carne de venado ahumada en bolsas impermeables y la sumergieron en el agua. El arroyo era alimentado por un acuífero subterráneo que producía agua helada y limpia para beber. Esto eliminó la necesidad de hervir y mantuvo la carne almacenada a un nivel aceptablemente frío. David había estado en lo correcto; necesitarían al menos un venado más para asegurar su supervivencia a través del invierno.

Jess y Tina habían recolectado grandes cantidades de hierba y junco para colchonetas de dormir, así como material absorbente para Jacob. El suministro de pañales había agotado hace mucho tiempo. Jess observó a su hijo de cerca, observó sus hábitos y rápidamente reconoció un patrón de eliminación. Esto le permitió fabricar un puñado de tiras de piel de venado para la capa exterior del pañal, con mucha hierba en el interior para absorber cualquier desperdicio en los momentos en que era más probable que lo necesitara.

A lo largo de las semanas, Madge les ofreció taza tras taza de té de cardo hasta que finalmente le preguntó a la anciana por qué. "Promueve la lactancia. Necesitas toda la leche que puedas hacer para Mi'da-in-ga", dijo mientras acariciaba la cabeza del bebé y le coqueteaba con amor. El bebé la miraba fijamente; sus profundos ojos azules se fijaban en la anciana mientras hablaba. "También aumenta tu circulación y fortalece tu cuerpo. Él está creciendo bien, Mi'na, un niño fuerte y saludable. Será un guerrero valiente algún día".

Tina observó atentamente a la anciana. Le preguntó a Madge sobre cada planta que encontraban fuera de la cueva hasta que podía recitar tantas como David. "¿Por qué la llamas Meena, abuela? Su nombre es Yess, no Meena".

Madge sonrió a la niña. "Por la misma razón que te llamo Ni'da-wi, mi pequeña hada del jardín. Tú con tu bonito cabello marrón. Cuando te veo, pienso en una hada del jardín. Llamo a Jess Mi'na, que significa la hija mayor, porque me recuerda a mi hija mayor cuando era joven". Para la anciana, nombrar a los niños los hacía familia, mostraba su amor por ellos. Durante mucho tiempo, Tina insistió en que su nombre era Ni'da-wi y se negó obstinadamente a responder a cualquier otro.

Para finales de octubre, habían acumulado una gran cantidad de pescado, que ahumaron y luego almacenaron en la parte trasera de la cueva. Se había recolectado una pequeña montaña de hierba, lavada y secada. La usaron para rellenar ropa de cama y también para absorber los desechos de Jacob. David había tallado varios cuencos de un tronco caído y ya no tenían que compartir cuencos. Jess y Tina habían aprendido a tejer canastas de los juncos que recolectaron de la orilla del lago. Madge les mostró dónde crecían las cebollas silvestres y recolectaron baldes llenos de nueces y brazadas de hierba sump y platano.

La primera semana de noviembre, David cazó otro venado con su arco y le dirigió una oración de agradecimiento a su espíritu muerto. No era de la tribu Osage, pero si la abuela Madge pensaba que era una buena idea, entonces él estaba a favor. Parecía respetuoso, de alguna manera, dar gracias a esta enorme criatura. Su carne y piel los ayudarían a mantenerse vivos a través del invierno.

Quincy había estado con él nuevamente en esta cacería, aunque generalmente prefería quedarse junto a Jess o Jacob. Por las tardes o durante el día cuando Jess tenía que ayudar a trepar a un árbol de nueces y sacudir las ramas para obtener más nueces, el perro se quedaba pegado al lado del bebé, aullando suavemente momentos antes de que se moviera. Por la noche, el suave aullido de Quincy ayudaba a Jess a despertar y ponerle un pecho a Jacob antes de que estuviera completamente despierto. De esa manera, había mucho menos llanto para perturbar el sueño del pequeño grupo.

Quincy era joven, pero era una cachorra inteligente. David miró el cadáver del enorme venado y sabía que necesitaba ayuda. Se volvió hacia

Quincy, ocupada oliendo el suelo alrededor del venado y dijo, "Vamos, Quincy, ve a buscar a Jess y Madge". La cachorra lo miró, dio un ladrido corto y se lanzó al bosque en dirección de la cueva. Comenzó el proceso de desollado del venado. Acababa de empezar con las entrañas cuando el resto de su grupo llegó, Quincy liderando el camino. Su ayuda hizo que el trabajo fuera rápido y pronto el venado se unió al nuevo lote de pescado en la choza de humo. "Dije las palabras que me enseñaste, abuela", dijo David mientras colocaban la última pata del venado en la choza, "Hablé con el espíritu del venado y le agradecí por dar su vida para que podamos comer este invierno".

La anciana se detuvo. Era la primera vez que David alguna vez la llamó así, y la abrazó. "Gracias, Min'dse", se volvió y miró a los demás, con ojos empañados, "Estoy orgullosa de llamar a cada uno de ustedes mi familia. Honran las viejas formas y me hacen muy feliz". Los abrazó a cada uno por turno y besó suavemente la frente de Jacob. "Vengan, vengan, tenemos cena que preparar para nuestro poderoso cazador".

En noviembre, las temperaturas cayeron drásticamente. Madge enseñó a los niños a tejer pantallas de sauces y abetos para actuar como escudo a través de la entrada de la cueva y reducir las corrientes frías. Construyeron y mantuvieron varios fuegos para disuadir a los roedores invasores y aumentar el calor en la parte de la cueva donde vivían, y mantuvieron grandes pilas de leña cerca de la entrada de la cueva. Si alguien se acercaba, inmediatamente verían que la cueva estaba ocupada, pero en los largos meses de invierno nadie lo hizo. Madge les recordó que la cueva estaba lejos de cualquier sendero establecido y no estaba marcada en ningún mapa público. Las posibilidades de ser descubiertos eran improbables. "Solo los miembros de mi equipo conocen esta ubicación". Su expresión se tornó sombría. "Me temo que ninguno de ellos sobrevivió para regresar".

Para los niños, parecía que el mundo fuera de su cueva había dejado de existir. Un nuevo mundo, lleno de familia, comida simple, aprendizaje, historias y risas llenaba sus días. La nieve cayó profunda ese año, aún más aislando su pequeña cueva bajo las nevadas. Jacob se volteó por primera vez alrededor del Día de Acción de Gracias, y David mejoró sus habilidades de tallado. Pronto tenían cuencos de madera, cucharas propias e incluso varios tenedores de dos puntas. Jess aprendió a coser pieles de venado, y Madge le enseñó a Tina sus letras y le contó las antiguas historias de su gente.

Celebraron la Navidad con un festín y un intercambio de regalos. Jess y Madge habían colaborado para crear una pequeña muñeca para Tina. Madge había tallado el cuerpo de junco rígido y Jess había cosido un pequeño vestido de piel de venado y luego perforado pequeñas bayas en una cuerda para colgar alrededor del cuello de la muñeca como un collar. Tina quedó encantada con ella y creó una eslinga para su muñeca similar a la de Jess y Madge para que también pudiera llevar a su 'bebé' consigo.

David había tallado un pequeño trozo de madera en un disco redondo, grabado un 'J' aproximado en él y perforado un agujero cerca de la parte superior que había enhebrado con cordón, convirtiéndolo en un collar y dándoselo a Jess. Ella lo abrazó y lo puso inmediatamente alrededor de su cuello.

Madge recibió un bozal de pieles de conejo (principalmente de las matanzas de Quincy) y cosidas aproximadamente juntas por Jess. "Para mantener tus manos calientes, abuela", dijo Jess y abrazó a la anciana. Madge pasó las manos sobre la piel, comentando su suavidad, y logró una débil sonrisa. No había estado durmiendo ni comiendo bien en la última semana. Jess estaba preocupada de que la anciana se enfermara.

La anciana se puso lentamente de pie, caminó hasta la parte trasera de la cueva y recuperó un paquete envuelto en piel y se lo entregó con gran ceremonia a David. "Min'dse, has demostrado ser un cazador capaz. Mi gente valoraba esta habilidad enormemente. Un cazador aseguraba la supervivencia de su gente en los momentos más oscuros. Algún día también serás un guerrero feroz y protegerás a tu familia del peligro. Escucha, aprende y fortalécete. Protege a los que amas a toda costa".

La espalda del niño se enderezó y abrió el paquete, examinó cada uno de los objetos dentro con asombro. Madge le había dado varios artefactos de excavación: una punta de lanza, un cuchillo de piedra y un atlatl. El último objeto provocó un suspiro de Jess, ya que sabía cuán valiosos eran estos artefactos, especialmente el atlatl, para Madge y el mundo arqueológico. Este era su trabajo, parte de la historia antigua de su gente, y no daría estas cosas sin una larga contemplación y un profundo respeto por el niño.

Parecía extraño, sin embargo, el pensamiento de que la anciana le daría artefactos tan valiosos a un niño. Le molestó un poco, como si hubiera alguna parte de la historia que no conocía. Por todo lo que Jess sabía, la anciana podría tener los comienzos de demencia o Alzheimer. Sin embargo, no dijo nada; estaba distraída por el último regalo que se entregaría.

Era un diario de campo. Papel sin líneas, encuadernado en cuero suave y tánico, y Jess vio que Madge había escrito cuidadosamente "Jacob" y luego "Misae" debajo, acompañado de un pictograma del sol. Jess abrió y reconoció que las primeras páginas del diario estaban llenas de pequeñas escrituras. Eran entradas de diario. La primera estaba datada el 19 de septiembre de 2016, el día que conocieron a Madge.

Jess levantó la vista y se encontró con los ojos de Madge, quien dijo, "Tuve un sueño un día. En él, vi un grupo de personas caminando hacia el oeste. Había adultos, algunos niños, incluso un bebé pequeño. Liderándolos era un joven guerrero guapo, con el pecho liso, apenas un hombre. Cuando miré su rostro, fue como mirar al sol, cegador, caliente. Los rayos se extendieron y iluminaron la tierra delante de ellos con una luz blanca cegadora. No estaba con este grupo, pero podía verlos y moverme entre ellos".

Pausó. "Te vi, Mi'na, pero eras más vieja de lo que eres ahora, completamente una mujer. Acariciabas a un bebé pequeño en tus brazos y un joven alto caminaba a tu lado. Había otros, un puñado de otros, todos ustedes caminando a través de las llanuras. Todos ustedes conectados por sangre, por compromiso, por amor. Una voz vino entonces y dijo, 'Anciana, deja de soñar, ve a la orilla del lago'. Y así lo hice".

Sonrió a Jess y a los demás. "Y te conocí ese día. Acababa de comenzar este diario, y lo he escrito tan a menudo como he podido en los días desde entonces. Algún día, se lo darás a Mi'da-in-ga, cuando se convierta en un hombre. Él es el sol blanco que vi en mi sueño, Mi'na. Sabrás el momento adecuado para dárselo".

Jess tomó el diario en silencio. El cuero era suave como la mantequilla, los papeles ásperos e irregulares. Se dio cuenta de que debió haber sido hecho a mano. Madge agregó, "Mi hija Penelope lo hizo y me lo dio hace dos años. Fue la última vez que la vi".

¡Qué regalo! Ella hizo lo único que se le ocurrió hacer. Jess se acercó y abrazó a la anciana, lágrimas corriendo por sus mejillas, y dijo en un susurro, "Gracias, abuela, lo valoraré siempre". Su abrazo fue interrumpido por un movimiento dentro de la eslinga de Jess y un llanto temperamental del miembro más joven de su grupo.

Mientras Jess alimentaba a Jacob, Madge y Tina prepararon la comida para su largamente esperada cena de Navidad. Guiso de venado, rebosante de las verduras que habían recolectado, y los corazones de junco llenaron sus estómagos.

Antes de que el clima se volviera demasiado frío, todo el grupo había caminado hacia el suroeste varias millas desde la cueva hasta un bosque de nogales.

Habían pasado un día de caminata hasta allí, recolectando tantas nueces como podían llevar, y luego regresando. Jess se maravilló de las habilidades culinarias de la anciana mientras comían no solo nueces de nogal tostadas, sino también un tipo de pan, pesado y denso, hecho de las nueces y algún tipo de bayas dulces/ácidas. Una jarra preciada de mermelada de violetas silvestres, que Madge había hecho en su casa en Kansas City y luego trajo con ella a la cueva, coronaba el pan. El toque dulce vino en forma de chocolate caliente, una taza para cada uno de ellos, el último de los paquetes instantáneos de chocolate caliente que Madge había escondido para un "día especial".

"Abuela, cuéntanos una historia", pidió Tina, adormilada y acurrucada contra su hermano.

Madge sonrió, cerró los ojos por un minuto para pensar y luego dijo: "Les contaré la historia de los primeros mocasines". Alcanzó a Jacob, y Jess lo entregó a ella con cuidado. Estaba dormido y sus ojos ni siquiera pestañearon cuando fue pasado de un par de brazos a otro.

"Había un gran jefe de las llanuras que tenía pies tiernos y sensibles. Otros jefes se burlaban de él; la gente de la tribu también se burlaba del malestar del jefe. El hombre de medicina, un consejero del Jefe-de-los-Pies-Tiernos, estaba asustado y preocupado. Cada vez que lo llamaban ante el jefe, se le preguntaba: '¿Qué vas a hacer al respecto?' El 'eso' significaba los pies tiernos del jefe".

"Forzado por el miedo, el hombre de medicina finalmente se le ocurrió un plan. Aunque sabía que no era la verdadera respuesta al problema de los pies del jefe, funcionaría. El hombre de medicina hizo que las mujeres tejieran una larga y estrecha esterilla de juncos, y cuando el jefe tenía que ir a alguna parte, cuatro valientes lo desenrollaban delante de él. Un día, los valientes estaban agotados. Descuidadamente desenrollaron la esterilla sobre un lugar donde se habían desbastado puntas de flecha de pedernal. Las puntas de flecha habían volado hace mucho tiempo, pero los fragmentos afilados permanecieron. Cuando los pies tiernos del gran jefe fueron heridos por estos fragmentos, emitió una serie de gritos, que hicieron que las hojas del árbol de abedul cercano temblaran tan fuerte que han estado temblando desde entonces".

"Esa noche, el hombre de medicina le fue dado una tarea imposible por el jefe enfadado: 'Cubre toda la tierra con esterillas tan gruesas que mis pies no sufran. Si fallas, morirás cuando la luna esté llena'.

"El hombre de medicina asustado se escabulló de regreso a su tienda. No quería morir la noche de la luna llena, pero no podía pensar en ninguna manera de evitarlo. Mirando hacia abajo, vio la piel de un alce clavada al suelo, con dos mujeres ocupadas raspando el pelo de la piel, y una idea se le ocurrió a la cabeza. Envió a muchos cazadores. Muchas mujeres estuvieron ocupadas durante muchos días. Los valientes cortaron con cuchillos de caza, y las mujeres cosieron con agujas de hueso".

"El día antes de que la luna estuviera llena, el hombre de medicina fue al jefe y le dijo que había cubierto tanto de la tierra como era posible. Cuando el jefe miró desde la puerta de su tienda, vio muchos caminos de piel estirándose tan lejos como podía ver. Tiras largas que podían moverse de un lugar a otro conectaban los principales caminos de cuero. Incluso el jefe pensó que esta vez la magia del hombre de medicina había resuelto el transporte de pies tiernos para siempre".

"Un día, mientras el gran jefe caminaba por uno de sus caminos suaves y resistentes de cuero, vio a una bonita doncella de la tribu deslizarse delante de él, caminando sobre la tierra dura a un lado del camino del jefe. Ella miró hacia atrás cuando escuchó sus pies en el camino de piel de alce y sonrió. El jefe salió corriendo para alcanzarla, sus ojos fijos en la espalda de Ella-Que-Sonrió, y así sus pies se desviaron del estrecho camino y aterrizaron en un montón de espinas afiladas! La niña corrió por su vida cuando escuchó los horribles aullidos del jefe".

"Dos soles después, cuando el jefe estuvo lo suficientemente calmado para hablar, hizo que su hombre de medicina fuera traído ante él. Le dijo al hombre que al día siguiente, cuando el sol estuviera alto en el cielo, sería asesinado por sus fracasos".

"Esa noche, el hombre de medicina subió a la cima de una colina alta en busca de consejo de espíritus amistosos sobre cómo cubrir toda la tierra con cuero. Dormía. En una visión de sueño, se le mostró la respuesta a su problema. Entre destellos de relámpagos, descendió por la empinada colina, aullando más fuerte que el gran jefe a veces, mientras las rocas dentadas herían sus pies y piernas desnudas. No se detuvo hasta que estuvo a salvo dentro de su tienda. Trabajó toda la noche. Los guerreros que lo enviarían al sendero de las sombras vinieron por él justo antes del mediodía del día siguiente. Estaba rodeado por guardias armados con garrotes de guerra y estaba agarrando algo enrollado en una pieza de piel de venado firmemente contra su corazón. Su sonrisa alegre sorprendió a aquellos que lo vieron pasar. '¡Es valiente!' dijeron los hombres. 'Sí, es muy valiente!' dijeron las mujeres".

"El jefe estaba esperando justo fuera de su tienda. Antes de que el hombre de medicina pudiera ser llevado, le pidió si podía decir unas palabras al jefe. '¡Habla!' dijo el jefe, triste de perder a un hombre de medicina inteligente que era muy bueno en la mayoría de las clases de magia".

"El hombre de medicina se arrodilló rápidamente junto al jefe. Desenrolló dos objetos extraños y los deslizó en cada pie del jefe. El jefe parecía estar usando un par de pies pelados de oso en lugar de pies desnudos. Al principio estaba perplejo al mirar la artesanía de cuero de alce de su hombre de medicina. 'Gran jefe,' exclamó alegremente el hombre de medicina, '¡He encontrado una manera de cubrir la tierra con cuero! Para ti, oh jefe, desde ahora la tierra siempre estará cubierta con cuero'. Y así fue".

La cueva estaba en silencio. Desde la oscuridad, David dijo adormilado: "Me gusta esa historia". Nadie dijo nada más, y el fuego se apagó lentamente mientras todos se deslizaban en sueños de mocasines y Navidad. Afuera, comenzó a caer una ligera nieve.

La Muerte de la Cascada Cayendo

"Decirle adiós fue casi más de lo que podía soportar. Nos enseñó tanto, nos dio tanto esperanza y nos amó tan profundamente en esos pocos meses cortos. Renovó mi confianza en los demás e infundió un sentido de alegría en el simple acto de vivir. Después de todo lo que habíamos visto, la vida era un desafío. Disfrutar del proceso parecía imposible, pero Madge lo veía de manera diferente. Vivió su vida a su manera. Era amable, sencilla y nos amó bien. Si vivo hasta los cien, dudo que pueda ser tan especial y maravillosa como esa anciana fue para nosotros. Al final, solo puedo decir esto, ella se convirtió en la abuela Cascada Cayendo, y honramos su memoria hasta el día de hoy. Nos recordó que el mundo no era solo muerte, odio y violencia. Ella nos enseñó, nos amó, y llevaremos sus historias y lecciones con nosotros para siempre".—**Diario de Jess**

Una tarde, a finales de enero, se reunieron alrededor para escuchar una historia y Madge se quedó en silencio durante varios momentos. Había estado cansada ese día, durmiendo más tiempo en la mañana de lo habitual en las últimas semanas y comiendo menos cada día. Mientras se sentaba allí en silencio, Jess se dio cuenta de lo vieja que Madge se veía. Cuando llegaron, no quería preguntarle a la anciana su edad. Sería grosero, así que se contuvo. Tina no estaba sujeta a la misma norma social y le preguntó en voz alta un día si tenía cien años. Madge se rió y negó con la cabeza, nunca respondiendo a la pequeña. Mientras se sentaban, esperando a que Madge comenzara su historia, Jess pensó que Madge se veía más vieja esa noche de lo que nunca la había visto antes. El momento pasó, y la anciana miró a su alrededor, sonrió a los niños que la rodeaban y al pequeño bebé en sus brazos, aclaró su garganta y comenzó a hablar...

"¿Cuál es el significado de la vida? ¿Por qué es que las personas envejecen y mueren?

"Aunque era joven, esas preguntas inquietaban la mente de Pequeño Uno. Le preguntó a los ancianos sobre ellas, pero sus respuestas no lo satisfacían. Finalmente, después de preguntar y preguntar, sabía que solo había una cosa que hacer. Tendría que buscar las respuestas en sus sueños".

"Pequeño Uno se levantó temprano en la mañana y oró a Wah-Kon-Tah por ayuda. Luego se alejó de la aldea, cruzó la pradera y se dirigió hacia las colinas. No llevó nada con él, ni comida ni agua. Buscaba un lugar donde ninguno de sus pueblo pudiera verlo, un lugar donde pudiera venirle una visión".

"Pequeño Uno caminó mucho. Cada noche, acampaba en un lugar diferente, esperando que fuera el lugar correcto para darle un sueño que pudiera responder a sus preguntas. Pero no le vino tal sueño".

"Al final, llegó a una colina que se alzaba sobre la tierra como el pecho de una doncella joven. Una fuente brotaba de las rocas cerca de la base de un gran árbol de olmo. Era un lugar hermoso que parecía estar lleno del poder de Wah-Kon-Tah. Pequeño Uno se sentó a la base de ese árbol de olmo y esperó a que se pusiera el sol. Pero aunque durmió, nuevamente no se le dio ninguna señal".

"Cuando se despertó al día siguiente, estaba débil por el hambre. 'Debo regresar a casa', pensó. Estaba lleno de desesperación, pero sus pensamientos eran de sus padres. Había estado fuera mucho tiempo. Aunque se esperaba que un joven buscara orientación solo de esta manera, Pequeño Uno sabía que estarían preocupados. 'Si no regreso mientras todavía tengo la fuerza para caminar', dijo, 'moriré aquí y mi familia puede nunca encontrar mi cuerpo'".

"Pequeño Uno comenzó a seguir un pequeño arroyo que era alimentado por una fuente. Fluía fuera de las colinas en dirección a su aldea, y confiaba en que lo llevaría a casa. Caminó y caminó hasta que no estaba lejos de su aldea. Pero mientras caminaba a lo largo de ese arroyo, tropezó y cayó entre las raíces de un viejo árbol de sauce. Pequeño Uno se aferró a las raíces del árbol de sauce. Aunque intentó levantarse, sus piernas estaban demasiado débiles".

"'Abuelo', le dijo al árbol de sauce, 'no es posible que pueda continuar'".

"Entonces el antiguo sauce le habló. 'Pequeño Uno', dijo, 'todos los Pequeños Unos siempre se aferran a mí para apoyo mientras caminan por el gran camino de la vida. Mira la base de mi tronco, que envía raíces que me mantienen firmes en la tierra. Son el signo de mi vejez. Están oscurecidas y arrugadas por la edad, pero siguen siendo fuertes. Su fuerza proviene de depender de la tierra. Cuando los Pequeños Unos me usan como símbolo, no fallarán en ver la vejez mientras viajan por el camino de la vida'".

"Esas palabras dieron fuerza al espíritu de Pequeño Uno. Se puso de pie nuevamente y comenzó a caminar. Pronto su propia aldea estaba a la vista, y mientras se sentaba a descansar un momento en la hierba de la pradera, mirando su aldea, otra visión le vino. Vio ante sí la figura de un anciano. El anciano era extrañamente familiar, aunque Pequeño Uno nunca lo había visto antes".

"'Mírame', dijo el anciano. '¿Qué ves?'".

"'Veo a un anciano cuyo rostro está arrugado por la edad', dijo Pequeño Uno".

"'Mírame de nuevo', dijo el anciano".

"Entonces Pequeño Uno miró, y mientras miraba, la lección que le había mostrado el árbol de sauce llenó su corazón. 'Veo a un hombre anciano con ropa sagrada', dijo Pequeño Uno. 'La pluma blanca del águila adorna su cabeza. Veo a un hombre anciano con la pipa entre sus labios. Estás firme y arraigado a la tierra como el antiguo sauce. Te veo de pie entre los días que son pacíficos y hermosos. Te veo de pie como estarás en tu tienda, mi abuelo'".

"El anciano antiguo sonrió. Pequeño Uno había visto verdaderamente. 'Mi joven hermano', dijo el anciano, 'tu mente está fija en los días que son pacíficos y hermosos'. Y luego se fue".

"Ahora el corazón de Pequeño Uno estaba lleno de paz, y mientras caminaba hacia la aldea, su mente ya no estaba preocupada con esas preguntas sobre el significado de la vida. Porque sabía que el anciano que había visto era él mismo. El anciano era Pequeño Uno como sería cuando se convirtiera en un anciano, lleno de esa gran paz y sabiduría que daría fuerza a todo el pueblo".

"Desde ese día en adelante, Pequeño Uno comenzó a pasar más tiempo escuchando las palabras que sus ancianos decían, y de todos los jóvenes en la aldea, él era el más feliz y el más contento".

Esta fue una de las historias más largas que Madge había compartido, y parecía exhausta al final. Normalmente sus historias eran cortas o a menudo divertidas. Cuando terminó, miró hacia el suelo y se le formaron lágrimas en los ojos. "No he sido completamente honesta con ustedes, pequeños. Les dije que volví aquí a esta cueva para continuar mi trabajo, pero esa no es la verdad completa". Pausó y acarició la cara dormida de Jacob mientras yacía acurrucado en sus brazos. "En las semanas antes de que estallara la lucha en la ciudad, no me sentía bien. Perdí mucho peso. No importaba cuánto intentara, apenas podía obligarme a comer".

"Me sometí a una serie de pruebas y los médicos encontraron cáncer. Dijeron que era solo cuestión de tiempo. Me dijeron que estaba demasiado avanzado, que se había diseminado por todo mi cuerpo y que no podían hacer nada por mí. Me dieron seis meses y me dijeron que llamara a mis hijos. Luego las cosas se pusieron mal en el mundo, y", se encogió de hombros, "vine aquí. Intenté varios remedios herbales y las cosas mejoraron. Me sentí mejor, mi apetito regresó, y me sentí más joven de lo que había sido en años".

Sonrió con ellos, tomando en las jóvenes y preocupadas caras que la miraban en la luz crepitante de la fogata. "Viní aquí para morir, no para continuar mi trabajo. Luego todos ustedes llegaron, y me hicieron sentir tan viva. Han hecho que estos últimos meses sean una alegría y un regalo al final de la vida de una anciana".

La voz de Jess se quebró mientras ahogaba las palabras, "¿Estás muriendo?"

Madge se rió, clara y limpia, y el sonido rebotó y rodó por la cueva, magnificándose y expandiéndose, "Oh, Mi'na, desde el momento en que nacemos comenzamos a morir. Mi momento vendrá pronto, mucho antes que el tuyo, y será a mi manera y por mi elección. Podría haber permanecido allí, recibido los tratamientos que me habrían robado el cabello, convertido la comida que comía en polvo en mi boca. Podría haber sobrevivido con algunos órganos menos de los que actualmente tengo. Pero he vivido mucho tiempo, y estoy satisfecha con cómo lo he vivido. He amado y sido amada. He dado a luz y criado a mis hijos. He enseñado y aprendido mucho sobre mi gente y mi historia".

Sonrió con ellos nuevamente, lágrimas fluyendo libremente por sus mejillas arrugadas, "Pensé que había visto y hecho todo lo que quería hacer, y luego llegasteis. Y estas semanas y meses han sido un hermoso final para una vida bien vivida". Tina se acercó sigilosamente, se acurrucó contra su brazo derecho, y Madge la abrazó con fuerza. "Pero puedo sentirlo en mi cuerpo, devorándome, matándome con cada día que pasa. No creo que quede mucho tiempo, un mes, tal vez dos. Perdónenme, niños, porque les pedí que se quedaran no solo por su seguridad, sino por mis propias necesidades egoístas. No quería morir sola, incluso aquí, en la casa de mis ancestros. Quería que alguien estuviera aquí al final. Han visto demasiada muerte, y les pido demasiado, lo sé".

Todos estaban llorando, y Jess extendió la mano y tomó la mano de la anciana. "No te dejaremos, abuela. No te dejaremos sola, lo prometo". Lo dijo con convicción y David asintió cerca, mirando hacia el suelo mientras intentaba ocultar sus lágrimas.

Madge no se había equivocado cuando dijo que el final llegaría pronto. Después de esa noche en enero, su condición empeoró rápidamente. Todos habían hecho tanto progreso en almacenar comida y suministros en los meses anteriores al invierno que una mano menos en las tareas no se echó de menos. Sin embargo, Jacob había crecido acostumbrado a las horas en los brazos marchitos de Madge. La buscaba, incluso desde los envoltorios de la eslinga de Jess, y gemía inquieto.

Estaba tejiendo, y esto no ayudaba a su estado de ánimo. Jess resolvió esto moviendo su cama justo al lado de la de Madge, para que el bebé yacía entre ellos por la noche y cerca de Madge durante el día. Esto mejoró su estado de ánimo y el de Madge también. Sonreía con alegría cuando abría los ojos y lo veía allí, a solo unos centímetros de distancia.

Madge dormiría toda la noche, se despertaría para el desayuno, luego dormiría de nuevo hasta el almuerzo, y a menudo de nuevo hasta la cena. Tocaba muy poca comida y solo sonreía y negaba con la cabeza cuando Jess o David intentaban alimentarla más. Lentamente, se encogió de tamaño hasta que sus huesos sobresalían prominentemente. Ahora parecía cada centímetro de su herencia osage con la nariz aguileña, los pómulos altos y las largas extremidades. David se quedaba constantemente a su lado, al igual que Tina, y escuchaban sus historias ahora contadas en un simple susurro. Era como si estuviera tratando de llenar sus cabezas con cada pieza de conocimiento que tenía, y ellos estaban igualmente decididos a memorizarlo.

Jess se sentó a su lado un día y anotó los nombres de los hijos de Madge, junto con las fechas de nacimiento (según la memoria fallida de Madge pudiera recordarlos), últimos lugares conocidos y prometió hacer lo mejor para contactarlos. Merecían saber lo que le había pasado a su madre y el bien que había hecho por otros en los últimos meses de su vida.

Enero se deslizó hacia febrero y a medida que ese mes llegaba a su fin, se hizo obvio que la anciana pronto estaría muerta. Su piel era pálida y motada, fría al tacto. Su respiración llegaba en jadeos cortos, y ninguna comida ni agua habían pasado por sus labios en más de dos días. Los niños habían visto dolor y sufrimiento y la fealdad de la muerte. Demasiado para sus cortas vidas, pero de alguna manera, este final era diferente.

Madge había dicho que quería morir a su manera, y lo hizo, rodeada de personas que habían llegado a amarla y cuidarla profundamente. Se quedaron despiertos durante la larga noche y cuando los rayos del sol atravesaron los enredaderas tejidas en la entrada de la cueva, la Dra. Madeleine Falling Water dio un último, suave jadeo y dejó el mundo, con todos ellos a su lado, sus manos sosteniendo la suya, lágrimas corriendo por sus caras. Quincy aulló con tristeza.

Esa tarde, Jess y David envolvieron el cuerpo de la anciana en piel de venado, lo cosieron y lo colocaron en el suelo a unos pocos pies del árbol de cuerdas. El suelo seguía congelado, y no había manera de cavar una fosa lo suficientemente profunda, así que recogieron piedras y hicieron un montículo. Cuando terminaron y el sol se deslizaba entre los árboles, el grupo se reunió y se quedó en silencio frente al montículo de piedras durante unos momentos. Jess habló primero, recitando un poema que Madge le había enseñado solo días antes.

"El rastro del sol
a través del cielo
deja su mensaje brillante,
Iluminando,
Fortaleciendo,
Calentando,
a nosotros que estamos aquí,
mostrándonos que no estamos solos,
¡todavía estamos vivos!
Y este fuego......
Nuestro fuego.....
Nunca morirá".

Tina había descubierto algunas pequeñas flores amarillas que asomaban del nieve y las colocó solemnemente sobre el montículo de piedras. David aclaró su garganta y comenzó a recitar la última historia que Madge le había contado...

"Un joven quería convertirse en un anciano respetado, así que fue a un anciano y el anciano le dijo: 'Debes aprender a contar hasta 100'. Bastante simple, pensó el joven".

"Un día, una anciana sin hogar y sucia cojeó hasta la ciudad. Algunas personas la miraron y se apartaron. Otros la miraron y susurraron detrás de sus manos".

"El joven se sentía triste por la anciana. Se acercó a ella y dijo: 'Abuela, entra, descansa'. Puso su brazo alrededor de sus hombros y la llevó a su casa. La recibió, le ofreció agua, y cuando se había descansado y bebido un poco de agua, le dio sopa".

"Llamó a su madre y hermanas: 'Ayudad a la abuela a lavarse y cambiarse. Pónganla en uno de sus vestidos de piel de venado y denle esas nuevas mocasines'. La madre y las hermanas bañaron a la anciana, lavaron su cabello y lo trenzaron, vistieron en ropa nueva".

"Entonces la familia la invitó a vivir con ellos, a unirse a la familia".

"Más tarde, el joven la llevó al anciano e la presentó, diciendo: 'La abuela tiene una nueva familia'".

"El anciano preguntó: '¿Es esa la anciana sin hogar? ¿Usted hizo esto?' Cuando el joven asintió, el anciano dijo: 'Eso es uno'".

"Gracias, abuela, por la lección y el recordatorio de que hay bien en este mundo". David dijo claramente, a pesar de las lágrimas que se deslizaban por su cara, "Mírenme el día que aprenda a contar hasta cien".

No podían pensar en nada más que decir. Regresar a la cueva se sentía surreal. El corazón de este lugar se había ido sin la anciana Madge. Comieron en silencio y Tina se durmió acurrucada en el regazo de David. Había llorado a intervalos durante todo el día y estaba agotada. Jess había envuelto a Jacob y lo colocó en su cama donde probablemente se quedaría hasta que saliera el sol. Miró a David. Su rostro era sombrío y miraba hacia la entrada de la cueva. Le llamó la atención que pareciera más viejo, más crecido. "¿Cuándo es tu cumpleaños?"

"¿Eh?" Parecía sorprendido al oírla hablar.

"¿Cuándo es tu cumpleaños?"

"4 de abril, tendré doce años". Parecía un poco sorprendido con la idea. Sus pensamientos se dirigieron a sus padres, muertos desde hace casi un año. Había cumplido once y ni siquiera lo había pensado realmente. No habían prestado mucha atención a los calendarios en ese momento el año pasado.

Pensó un minuto más. "Tina cumplió cuatro en enero. Creo que el 11". Parecía avergonzado y algo culpable. "No recordé su cumpleaños".

Jess revolvió las brasas del fuego. "Supongo que nunca me pregunté o pensé en ello antes, yo misma. Cumplí dieciséis exactamente dos semanas después de que naciera Jacob. Estaba tan jodidamente cansada esas primeras semanas que es totalmente posible que haya dormido a través de él".

Pausó, dejó que el silencio se profundizara y luego dijo: "Los adultos dirían que tú y yo todavía somos niños, ¿sabes? Pero no lo somos. Hemos visto demasiada mierda horrible para seguir siendo niños". Hablaba con él como a un igual, más de lo que lo había hecho antes.

David asintió lentamente, observándola; se preguntaba a dónde iba esto. Entonces se le ocurrió, y lo supo. "Crees que podría ser seguro ahora".

"¿Eh?" Jess pareció confundida por un momento. "Oh. Diablo, no lo sé. Han pasado casi seis meses. Eso es un rastro muy frío. Probablemente ya se han olvidado de nosotros. Además", le dio un empujón agresivo a un tronco humeante, "ya no somos dos adolescentes, así que no encajamos con la descripción en ese papel".

"Todavía lo haces". Era un hecho. Su cabello era hermoso. Largo, rizado y dorado, era difícil olvidar un cabello así.

"Podría cortarlo corto. Y luego lo teñiré con algunas de esas malditas cáscaras de nuez que nos hicieron las manos negras durante una semana". Sonrió, "No puedo hacer mucho con mis ojos, pero mucha gente tiene ojos azules".

David sonrió de vuelta, "¿Puedo ayudar a cortarlo?" La expresión de horror en sus ojos ante la idea de que él cortara su cabello lo hizo reír por primera vez en días.

Los Cuatro de Tennessee

"L*a línea de batalla entre el bien y el mal atraviesa el corazón de cada hombre"*.- **Alexander Solzhenitsyn.**

Scott Cooper se estiró en la cama cómoda. En la esquina de la cama, en el suelo, estaba una chica, esposada a la barra de la cama.

De vez en cuando, la escuchaba sollozar o lloriquear. Por el momento, simplemente la ignoraba. Habían estado viajando durante días, atacando granjas, pero no permaneciendo mucho tiempo debido a las milicias locales. Maldita sea, pero estaba cansado. No había dormido bien y habían estado en la carretera demasiado tiempo.

La mayoría de las áreas parecían haberse vuelto más inteligentes y se habían organizado. Memphis tenía una milicia particularmente fuerte en su lugar, lo que habría sido efectivo excepto que también estaban lidiando con un caso desagradable de cólera.

Justo al norte de Dyersburg, habían logrado conseguir un camión. Era un cacharro oxidado que estaba en mal estado. El motor funcionaba mal, y ninguno de los hombres sabía mucho sobre mantenimiento, así que seguían cuidándolo, esperando algo mejor.

Después de haber forzado su camino hacia Tennessee, a finales de noviembre, dos hombres se fueron bajo la cubierta de la noche, mientras estaban de guardia. Dos más habían muerto en escaramuzas con los locales mientras navegaban a través de una red de pequeños pueblos y colinas boscosas donde los habitantes estaban armados hasta los dientes.

Para cuando la banda de Cooper entró en Memphis, se había reducido a diecinueve hombres. En ese punto, todas las mujeres que habían tenido con ellos en Misisipi estaban todas muertas y seis de los hombres que habían tenido demasiado miedo para irse ahora se dieron cuenta de que morirían sin importar qué. Cuatro de ellos lograron escapar a las ruinas espantosas de la ciudad; y los otros dos fueron tiroteados en la espalda mientras huían. Cuatro hombres más, un amigo de Riley y otros tres soldados rasos, fueron tiroteados por la milicia de Memphis. Esto lo dejó con nueve hombres. Se dio la vuelta y salió corriendo de Memphis, dirigiéndose al noreste por la Carretera 70. Arlington y Stanton, eso le quitó dos hombres más, y otro, perdido en las afueras de Brownsville. Se dirigieron al noroeste y pasaron por Ripley sin incidentes antes de perder a uno más en las afueras de Dyersburg. Esto dejó a Cooper con Riley, Kimmel y Eckhardt. Todos ellos eran malos, todos ellos eran duros como el acero.

Ya no eran un ejército. Pero eso estaba bien de varias maneras. Ninguno de los hombres restantes era estúpido. Todos eran luchadores experimentados. Y con solo cuatro hombres, no había mucho anuncio de su presencia. Intenta mover a más de 200 personas a través de un área y verás si alguien no se da cuenta. Sin embargo, cuatro hombres eran fácilmente ocultables. Y era justo la cantidad adecuada para atacar las granjas aisladas a lo largo del camino.

La chica sollozó de nuevo. Ese sonido irritante y el acompañante de un gruñido en su estómago lo hicieron sentarse. Se puso los pantalones y se acercó a la chica. Ella se encogió de miedo. Su camisa estaba rasgada y ensangrentada, su boca estaba cortada, y el resto de su ropa había desaparecido. Moretones recorrían sus piernas. Cooper desbloqueó la esposas atada a la barra de la cama y arrastró a la chica de pie.

"Vamos, vas a prepararnos algo de comer".

La arrastró más allá de las otras habitaciones, donde Riley y Kimmel todavía estaban ocupados con la madre de la chica, y bajó las escaleras y entró en la cocina. La cocina estaba decorada con cortinas a cuadros rojos y blancos, armarios rojos y accesorios que coincidían. Sobre una pequeña mesa en la cocina había una placa que decía "Casa Dulce Casa" y debajo de eso, "Bienvenidos a los Austins".

Habían tomado la casa por la noche, poco después de la cena esa noche. A la luz de la oscuridad, habían asaltado ambas puertas, dos por la puerta principal y dos por la parte de atrás, y la familia había sido sorprendida, sin disparar un solo tiro, mientras estaban sentados en la sala de estar. La sangre de los hombres había salpicado el suelo y las paredes y había dejado marcas oscuras y de color marrón rojizo arrastrando hacia la puerta principal y por las escaleras. Habían puesto todos los cuerpos en la vieja granja, fuera de vista.

Eckhardt no parecía importarle la sangre y la sangre en absoluto. Estaba roncando contento en el sofá, con los pantalones fuera. Aparentemente, había tenido el primer turno con la madre. Cooper no se había molestado en preguntar. Los demás sabían que la chica era suya y suya sola hasta que se cansara de ella. Este momento podría llegar pronto si no dejaba de lloriquear.

Le pateó a Eckhardt mientras pasaba y el hombre se despertó de golpe, un cuchillo de caza afilado apareciendo en su mano. Desconcertado y aún en las garras de su sueño, gruñó a Cooper.

Scott solo rió. "Encuéntrame una cadena para ella".

Ordenó, señalando a la chica. Eckhardt guardó su cuchillo y se fue, murmurando bajo su aliento. Unos minutos después, una cadena fría y oxidada había sido atada a la esposas. El otro extremo de la cadena había sido envuelto alrededor de una columna que estaba entre la cocina y el comedor y bloqueado en su lugar con una cerradura. Cooper metió la llave en sus pantalones vaqueros y se sentó en la sala de estar. La mañana amanecía, había trabajado un apetito y después de comer, quería dormir.

El área era remota. Estaban a unas dos millas del pueblo y había mucho cobertizo de árboles. Puso sus pies en el sofá, le indicó a Eckhardt que vigilara a la chica en la cocina y se recostó. Cooper cerró los ojos y sonrió. Podían permitirse tomarse un descanso durante unos días, tal vez incluso un par de semanas. Para ahora, habían aprendido el truco de ello. En realidad, se había vuelto bastante fácil sorprender a los locales. Solo ataca a la caída de la tarde cuando sus defensas están bajas y es demasiado oscuro para correr por los bosques cuando no puedes ver a dónde vas.

Desde la cocina, pudo escuchar a la chica gritar cuando Eckhardt se acercó y la presionó contra la encimera. Sus manos la acariciaban.

"Déjala en paz, Saul", Scott llamó sin abrir los ojos, "Quiero algo de cocina sureña en mí. Tendrás un turno en eso antes de que termine, de todos modos".

Ignoró los murmullos del hombre mientras los sonidos en la cocina volvían a cocinar.

Una hora después, mientras se zampaba las galletas y la salsa que la chica había servido, sonrió. Tal vez se quedarían por un tiempo.

Algo está Mal

"Porque no pude detenerme para la Muerte—
Él amablemente se detuvo para mí—
El Carruaje sólo contenía a Nosotros Dos—
Y la Inmortalidad". – **Emily Dickinson**

Liza bajó su preciado estetoscopio al cuello y miró pensativamente el vientre de Carrie. "Ojalá tuviéramos un Doppler para escuchar el latido del corazón del bebé. Apenas parece estar ganando peso".

Carrie hizo ojos de desprecio a su hermana pequeña. "Solo he podido mantener la comida durante el último mes, hermana. Dale tiempo".

Liza suspiró. "Solo deseo tener equipos más sofisticados. Al menos conseguimos algunas vitaminas prenatales para que tomes. Intenta comer un poco más en las comidas por un tiempo, ¿de acuerdo?"

Miró el vientre de su hermana con escepticismo y Carrie se impacientó, bajó la camiseta y se sentó. Era cierto, apenas mostraba algo, y ella calculaba que ya debían ser cuatro meses, o cerca de eso. Tan delgada como era, era extraño que no tuviera mucho bulto de bebé.

"Está bien, está bien, intentaré comer más. ¡Eres tan preocupada! Vamos, le prometí a Chris que esto sería rápido y luego podríamos ir en el carruaje a la ciudad y buscar piezas para el molino de viento que espera construir".

Liza bufó y se dirigió a la puerta. "¿Para qué demonios necesitamos un molino de viento, de todos modos?"

"¡Electricidad!"

Liza se burló, "¡De ninguna manera!"

"Sí, de ninguna manera".

"Lo que sea".

"Además, puede construir uno que bombee agua directamente a la casa... incluyendo el inodoro y la bañera. Tal vez incluso podríamos hacer funcionar el regulador del calentador de agua si hay electricidad".

"¿En serio?" Liza cerró los ojos y imaginó la lujuria de un baño caliente prolongado. Los baños con esponja y frotar su cabello en el lavabo eran la norma, a pesar del ducha improvisada en el garaje.

"En serio. Lo llevaré a la chatarrería de Dorian para ver si podemos encontrar algunas piezas".

Liza miró con ojos brillantes la idea de tener agua corriendo en el baño del pasillo. No tener que agacharse debajo del grifo en el frío garaje sería una lujuria increíble... y no más vaciar el inodoro con un balde cada vez? ¡Dulce!

Luego sus pensamientos se dirigieron a la ciudad y visitar a Carl, "Espera, déjame conseguir algunos libros, y los llevaré para... uh... intercambiar".

Carrie se burló de su hermana pequeña. "Intercambiar, ¿eh? Tal vez intercambiar besos, o intercambiar algunos acariciamientos", habría dicho más, pero Fenton se tambaleó por el pasillo hacia el baño.

Su rodilla derecha le había estado dando problemas durante semanas y su abuelo era un viejo gruñón cuando estaba en dolor. Agitó los dedos frente a él en un movimiento de ahuyentar.

"Carrie-niña, lleva a esa hermana y hermano de ti lejos a la ciudad contigo. Joseph sigue queriendo lanzarse a mi regazo diciendo que es Superman y Liza está a punto de llevarme a la pared con todo su querer tocarme y examinarme. Y esta maldita pierna me duele hasta que estoy a punto de enloquecer. Todos ustedes vayan y salgan de mi vista por un tiempo. Quiero una siesta agradable y pacífica en mi sillón fácil".

Se arrastró más allá de ellos y cerró la puerta del baño con firmeza.

Carrie guiñó un ojo a Liza. "Bueno, parece que todos vamos a la ciudad. Mejor consigue esos libros para intercambiar y yo reuniré a Joseph". Liza sonrió y corrió hacia su habitación para ponerse un poco de maquillaje y pasar un peine por su cabello enmarañado. Se lo recogió en una cola de caballo, se abrochó su abrigo más cálido y estaba en la puerta principal esperando, libros en mano, antes de que Carrie pudiera reunir a 'Superman' y meterlo en un abrigo. Carrie la miró con severidad, "Pero tienes que llevarlo contigo".

En la expresión horrorizada de Liza, Carrie lo modificó. "Puede jugar con Tabitha".

"Dios, hermana, y pensé que eras genial", se quejó Liza. Carrie solo rió.

Era principios de febrero y Navidad había sido la única nevada de ese año. No hacía mucho frío. El termómetro en el lado del granero registraba en los 40 grados, pero todo a su alrededor estaba desolado y muerto excepto por el parche aleatorio de hierba verde. El invierno los tenía en su poder por al menos un mes más, posiblemente dos.

Las chicas y Joseph se unieron y ayudaron a Chris a terminar con las tareas matutinas. Engancharon el carro, acurrucaron a Joseph y Liza en la parte trasera bajo un grueso cobertor de regazo, y Chris y Carrie compartieron otro en el asiento delantero del carro. Carrie había cosido los edredones juntos en las últimas semanas, usando la máquina de coser de pedal de su tatarabuela para terminar cada edredón. Había sido un hallazgo sorprendente. El tocador de costura había estado en la habitación de invitados, sirviendo como mesa cubierta con trastos. La máquina de coser estaba intacta y utilizable dentro, y solo había tomado un poco de aceite y una nueva correa para ponerla de nuevo en servicio. Los edredones los mantuvieron bien calentitos en el viaje a la ciudad.

Chris nunca había estado en la chatarrería. Jim Dorian era un coleccionista, principalmente de chatarra, pero si buscabas lo extraño o lo innovador, entonces Dorian Junkyard era el lugar para ir. Cuando la escuela todavía estaba en sesión, los niños de la escuela secundaria de Tiptonville eran llevados a una excursión anual a la chatarrería. Allí aprendían a reutilizar artículos viejos en arte, o a ensamblar muebles eclécticos, y más. Nunca sabías lo que podrías encontrar. Después de dejar a Liza y Joseph, y asegurarse de que estuviera bien para que visitaran, Chris y Carrie se dirigieron a la chatarrería. Jim Dorian miró desde su casa rodante doble, que estaba estacionada en la entrada de la chatarrería vallada, y sonrió a Carrie.

"Bueno, yo estaré. Si no es la señorita Carrie Lynn Perdue". Sonrió a Carrie, "Recuerdo que hiciste una linda pulsera de hechizos. Usabas una camiseta azul brillante". Carrie había intentado preparar a Chris mientras conducían.

"El abuelo dice que Jim Dorian es una especie de sabio. Pero es extraño. Te lo advierto ahora. Tiene esta memoria increíble. Una vez que ha sido presentado a alguien, nunca olvida sus nombres y recuerda los detalles más extraños. Generalmente asusta a la gente, pero el abuelo dice que es inofensivo".

"Buenos días, Sr. Dorian. Este es mi esposo, Chris". Aún le encantaba decir eso, "Mi apellido ahora es Aaronson". El hombre desaliñado no les dijo felicitaciones como otros habían hecho; simplemente dirigió su atención a Chris.

"Chris Aaronson, esposo de Carrie Lynn Aaronson. Sí. He oído hablar de ti. Wes dice que estabas con el Frente Occidental. Dice que deberías irte y no volver a estas partes". Carrie jadeó y Chris se encrespió. Dorian no se detuvo ante sus reacciones. "Uno, dos, tres nombres, cuatro si cuentas el viejo, Carrie". Sus manos se agitaron, creando formas, primero un triángulo, luego un cuadrado y finalmente una forma de bola. Miró hacia el suelo por un largo momento.

"Dieciséis, diecisiete, dieciocho, diecinueve, veinte. La abuela siempre dijo que no dejes pasar más de veinte segundos sin hacer conversación educada". Miró hacia arriba y sonrió amablemente. "El clima es agradable hoy, ¿no crees?"

Chris no sabía cómo reaccionar, pero Carrie se recuperó rápidamente. "Clima encantador, Sr. Dorian. El sol está brillando. Y se siente más cálido que ayer. Estamos aquí para ver si podemos encontrar las piezas para hacer un molino de viento".

Los ojos de Jim Dorian se iluminaron. "¡Un molino de viento! Sí. Para agua o para electricidad. La mayoría de los molinos de viento tienen cuatro velas, pero realmente seis u ocho es lo mejor".

Comenzó a caminar rápidamente hacia el corazón de la chatarrería, "Vengan por aquí, veintitrés pasos rectos, luego cinco pasos a la izquierda".

Se alejó a grandes zancadas, contando en voz alta y haciendo chasquidos con los dedos en cada paso. Rápidamente lo siguieron, intercambiando miradas, con Carrie encogiendo los hombros en una especie de "te lo dije". Dorian era un pájaro extraño.

Una hora después, habían llenado la parte trasera del carruaje con láminas de metal, polos, travesaños y lo que parecía un millón de pequeños componentes. "¿Qué puedo ofrecer a cambio, Sr. Dorian?" preguntó Carrie.

Los ojos de Dorian cayeron sobre su brillante anillo de bodas de esmeralda y diamante. "Cinco piedras. Uno, dos, tres, cuatro redondas, una cuadrada, eso hace cinco. Es-me-ralda y di-a-mante. Bonito".

Carrie sonrió. "Es muy bonito, Sr. Dorian, pero no puedo ofrecerlo a cambio. Fue un regalo y es mi anillo de bodas".

Lo dijo suave pero firmemente, asegurándose de que no hubiera malentendidos. Su rostro no mostró ninguna reacción.

"¿Quizás algo de comida a cambio, Sr. Dorian? Huevos hasta la primavera? Dos de nuestras cabras estarán pariendo pronto. ¿Te gustaría una cabra en la primavera?"

Dorian parecía delgado y un poco malnutrido. Su cabello era opaco, y sus ojos estaban hundidos con círculos oscuros debajo. No era particularmente sorprendente.

Su abuela había muerto hace cinco años. En tiempos buenos, todos contribuían para ayudar a mantenerlo alimentado. En un pueblo pequeño como este, todos conocían los asuntos de los demás. Pero ahora era invierno, y los tiempos buenos definitivamente estaban ausentes. La mayoría de la gente luchaba por sobrevivir al invierno. Los residentes de Tiptonville no eran malas personas, quizás un poco descuidadas, pero Dorian nunca pidió ayuda.

Nelda Dorian, la abuela de Jim, lo había criado desde que sus padres murieron en un accidente de coche cuando él aún no había salido de pañales. Una mujer trabajadora y orgullosa, ella le había inculcado los conceptos básicos: cortesía, trabajo duro e independencia a pesar de sus discapacidades.

Jim Dorian sonrió de su peculiar manera, una parte de su boca se curvó hacia arriba, mientras que la otra permaneció nivelada. Siempre parecía decididamente torcido. "¿Huevos encurtidos, señorita Carrie?"

Carrie sonrió de vuelta. "Sr. Dorian, ¡le traeré todos los huevos encurtidos que quiera comer!" Estaba decidida a agregar un par de frascos de judías verdes y algunas papas frescas. Todavía tenían muchas de las russets.

Una pierna de carne también le haría bien. Prometió que uno de ellos la traería en la próxima visita a la ciudad, que seguramente sería pronto, con Liza queriendo visitar a Carl. Un agudo dolor en su abdomen la detuvo en el acto.

Chris la había estado ayudando a subir cuando se dobló de dolor.

"¿Qué es? ¿Qué pasa?" le preguntó, aterrorizado. En los últimos meses, su relación había cambiado a medida que su embarazo avanzaba. A pesar de que apenas mostraba, su relación, que antes era tan frecuente (como lo evidenciaba el niño creciendo dentro de ella), había desaparecido. Insistió en que simplemente estaba demasiado cansado y la trataba como una pequeña muñeca de porcelana, manejando todas las tareas que requerían levantar y doblarse. Todas las tareas, en realidad, excepto alimentar las gallinas y las cabras, que Joseph podía hacer.

"Estoy bien, yo... ¡ooh!" Se sentía como si la estuvieran apuñalando. "Vamos a buscar a Liza y Joseph y salir de aquí, ¿de acuerdo? Ayúdame a subir al carruaje y nos pondremos en marcha". Pero antes de que pudiera ayudarlo, llegó el problema.

"¿Qué demonios estás haciendo aquí, soldado?" Chris sintió su ira subir. Era, por supuesto, Wes Perkins. Estaba allí, con las riendas de Ichabod en las manos. El caballo se movió ligeramente, inquieto. Incluso Ichabod podía decir que Wes era una mala noticia.

"Buen día, Wesley Perkins", Dorian intervino, "Dos nombres, sin nombre del medio, sin nombre del medio, ninguno. Fue a Irak en 2003 y regresó en 2005. Dos años desaparecido, once años regresado. Once es un buen número. Muy bueno, pronto será doce". Asintió, examinando el suelo. "Van a hacer un molino de viento. Electricidad, agua, molino de viento, sí. Seis aspas, no cuatro".

Wes lo escuchó. Podría haber sido un idiota con todos los demás, pero por alguna razón, siempre fue amable con Jim Dorian.

"Eso es bueno, Jim, muy bueno". Le entregó un pequeño saco. "Te traje algo de esa comida que te prometí la semana pasada. ¿Por qué no la guardas?"

Dorian asintió a Carrie y Chris y caminó hacia afuera, mirando dentro de la bolsa y murmurando mientras lo hacía. Subió los escalones a la puerta principal de su viejo doble ancho y entró sin decir una palabra más.

Los ojos de Wes se estrecharon. "¿Construyendo una antena de comunicaciones allí, soldado?"

Carrie agarró el hombro de su esposo, tratando de no gritar cuando otro dolor horrible y retorcido golpeó.

"Dame una mano en el carruaje, Chris". Lo ayudó a subir, manteniendo el contacto visual con Wes todo el tiempo.

Chris sonó más calmado de lo que se sentía. "Te lo he dicho. Soy un amigo de la familia, bueno, más que eso, ahora que Carrie y yo estamos casados. Y tú mismo escuchaste para qué necesitamos las piezas, así que ¿por qué no te alejas de aquí, Wes? ¿Cuál es tu problema conmigo, exactamente?"

Eso fue todo el desafío que Wes necesitaba. El hombre cerró la brecha entre ellos con un paso fluido. Su rostro estaba a pocos centímetros del de Chris.

Sus palabras eran bajas y amenazantes. "Sé un soldado cuando lo veo. Has visto acción. Sé de ese uniforme que intentaste quemar y te estoy vigilando, todos los días". Su aliento apestaba y obviamente no se bañaba con frecuencia.

"Chris", Carrie trató de mantener el miedo y el dolor fuera de su voz cuando otro dolor horrible y retorcido golpeó. ¿Qué era esto? ¿Podría estar teniendo contracciones? "Tenemos que irnos... ahora".

Los hombres no se movieron ni hablaron. Parecía que estaban en un concurso de miradas, desafiando al otro a moverse primero. Fue el gemido de dolor de Carrie lo que lo terminó. Chris miró hacia arriba y se dio cuenta de lo pálida que estaba. Sus labios eran delgados y todo su cuerpo estaba encorvado. Saltó al carruaje, tiró fuerte de las riendas y giró a Ichabod y el carruaje hacia la casa de los Carter. No se molestó en mirar hacia atrás a Wes Perkins, que sabiamente no intentó detenerlos. En los dos bloques hasta la casa de los Carter, el dolor de Carrie pareció disminuir. Cuando Chris la abrazó y le preguntó si estaba bien, ella asintió.

"Creo que me estoy poniendo esa gripe estomacal que está dando vueltas", dijo mirando a su cara preocupada y sonriendo, "Estoy segura de que estoy bien".

Insistió en esperar en el carruaje mientras Chris saltaba, hacía espacio para que Liza y Joseph se sentaran en la parte trasera y todos se cargaran.

Habló poco en el viaje a casa mientras Joseph y Liza charlaban sobre cómo Abigail estaba segura de que estaba embarazada. "Podría estar alrededor de dos meses", Liza charlaba, "Así que el pequeño Christopher", estaba segura de que Carrie y Chris estaban teniendo un niño, "tendrá a alguien con quien jugar".

Carrie no respondió, solo se acercó más a Chris. Detuvo el carruaje directamente en las escaleras de la granja. El hecho de que Carrie hubiera estado tan callada lo asustó más que cualquier otra cosa.

Liza saltó, haciendo un comentario sobre el servicio de valet y se dirigió adentro. "Liza", Chris la llamó, "¿Podrías echarle un vistazo a Carrie? Estaré allí tan pronto como me deshaga de Ichabod". Ayudó a Carrie a bajar del carruaje suavemente y la miró con preocupación. "Ve a acostarte, estaré allí en un minuto".

Fue en el granero que vio la sangre. ¿Por qué no lo había notado antes? Debió haber estado ciego. Era de un rojo brillante. Un gran círculo de ella se extendía sobre el edredón, gotas de sangre por el costado del carruaje donde había ayudado a Carrie a bajar. ¿Cómo no lo había visto? Entonces corrió, dejando al caballo todavía atado al carruaje. Corrió a toda velocidad, a pesar del dolor agudo de su tobillo débil. Corrió a través de las puertas del granero abiertas, a través del patio amplio y subió las escaleras, apenas las tocó mientras se abalanzaba por la puerta.

Fenton apenas había abierto un ojo, aún medio dormido en su sillón favorito, cuando Chris voló por la puerta. Pasó a Joseph, que estaba sentado en la encimera de la cocina sorbiendo un poco de chocolate caliente que sobró del desayuno, "¿Qué demonios está pasando?"

Fenton rugió mientras se ponía de pie, encogiéndose visiblemente al poner su peso en su pierna mala. Chris no respondió. Estaba demasiado ocupado abriendo la puerta cuando Carrie comenzó a gritar y Liza llamó frenéticamente por toallas.

Nadie cenó esa noche e Ichabod pasó la mayor parte de la tarde y la noche en el granero sin ser desatado del carruaje o alimentado.

Cerca de las diez de esa noche, Fenton y Joseph salieron y cuidaron al caballo, que había esperado pacientemente mientras las lágrimas y la pérdida se desarrollaban dentro de las paredes de la granja. El anciano se movió lentamente, como si sintiera todo el peso del mundo sobre sus hombros.

"¿Abuelo?"

"¿Sí, Joseph?"

"¿Carrie estará bien?"

El pequeño niño miró a su abuelo. No recordaba a ninguno de sus padres. Su padre Isaac había muerto antes de que naciera y su madre cuando era aún un bebé. Carrie y Liza eran sus madres, y Gramps y Chris eran sus papás. El miedo de perder a alguno de ellos había sido repentinamente muy real.

Fenton no se molestó en secar las lágrimas que aún caían horas después.

"Sí, Joseph, Carrie estará bien... con el tiempo. Pero ahora está muy triste".

"¿Y el bebé? ¿El bebé estará bien?"

"No, Joseph". El anciano no podía soportar decir nada más. Se sentó en el banco de tablas áspero, se acercó a su nieto y lloró.

Dentro de su habitación, sábanas cambiadas y el pequeño cuerpo envuelto, Carrie sollozó, su corazón se rompió. Amy Lynn Aaronson había vivido cinco breves minutos, cada respiración una lucha, antes de que su pecho no volviera a subir y su cuerpo se quedara quieto y luego se enfriara en sus brazos. Había sido pequeña, sin un solo cabello en su cabeza, su piel de un rojo brillante.

Chris abrazó a su esposa y lloró con ella hasta bien entrada la noche.

Piedras y Pioneros

"*Es curioso pensar en una cueva como hogar, pero lo fue, por ese pequeño tiempo. A pesar de las corrientes de aire y las ratas invasoras, nos curamos allí de nuevo. Parece que, hasta ese punto, nuestras vidas habían sido un ciclo de trauma y recuperación. Creo que fue el punto de inflexión, el camino hacia algo mejor. A dónde nos llevarían las próximas semanas eventualmente sería un lugar que he llegado a considerar como hogar. Cada paso, desde Clinton, hasta la cueva, hasta el momento en que pisamos esa casa en Belton... no importa cuán terribles sean algunos de esos recuerdos... Creo que no sería quien soy ahora si no fuera por los pasos que di para llegar aquí".*—**David's Journal**

La partida de Madge había cambiado todo. La cueva era diferente, menos llena de vida. Jacob se quejaba constantemente, mirando a cada uno de ellos a su vez como si estuviera buscando a la anciana.

Dos días después, Jess se resistió a pedirle a David que la ayudara a cortar su cabello. No había espejos, aparte de uno pequeño de mano. Sin su ayuda, habría sido por sensación. Era un trabajo difícil, pero su largo cabello ondulado se convirtió en pequeñas ondas apretadas que ocultaban gran parte de la desigualdad. Luego reunieron todas las cáscaras de nuez negra y las hervían en agua en la estufa. Después de que el agua se enfriara, Jess se agachó sobre la olla y sumergió su cabello cortado en ella repetidamente, manteniendo su cabello en el agua el mayor tiempo posible.

El resultado, después de que su cabello se secara, fue una masa de rizos marrón barro, una marcada diferencia del rubio de largas trenzas que había sido esa mañana. Ambos tenían las manos manchadas por las cáscaras de nuez. Se les puso un tono marrón extraño que no desapareció durante varias semanas, no importa cuántas veces se lavaran.

No discutieron la partida, aparte de comenzar a hacer una pila en un lado de la cueva de las cosas que querían llevar con ellos. La pila creció y se redujo, luego creció de nuevo a medida que Jess y David intentaban decidir qué valía la pena llevar y qué sería demasiado. También experimentaron con expansiones en sus mochilas originales, agregando bucles que podían contener herramientas y Jess cosió las pieles de venado en longitudes de cama que podían enrollarse y atarse, luego colgarse de sus morrales.

Tina salía diariamente con Quincy a su lado y recogía las hojas verdes que acababan de emerger... traía oxalis, violetas silvestres, nuevas plantas de llantén y puñados de brotes de helecho. Las hojas verdes fueron un descanso bienvenido de sus reservas de carne y los últimos paquetes de fideos ramen. El pequeño perro actuaba como guía y cazador. Tres veces regresaron con conejos frescos además de muchas hojas verdes.

David había mejorado aún más con el arco y las flechas, gritando de emoción la primera vez que Quincy señaló un pájaro y él lo derribó con éxito. Era un faisán flaco, pero Jess y Tina se habían emocionado de comer algo que no fueran ardillas o venado seco y lo alentaron a seguir intentándolo.

La comida en el camino sería escasa ya que aún era temprano en el año. Cada una de las mochilas incluía tanto carne y pescado seco como podía contener cómodamente. El perro también les ayudaría a atrapar comida, pero eso solo ayudaría si era lo suficientemente seguro para construir un fuego y cocinar lo que ella matara y les trajera de vuelta.

Jess encajó el hermoso libro de cuero en su mochila. Había leído las entradas una y otra vez en los últimos días, buscando el consuelo de las palabras garabateadas de Madge. Lo que había leído le había traído lágrimas a los ojos. La anciana los había amado tanto, se había sentido tan agradecida por su llegada, y Jess sentía su pérdida profundamente. Se había convertido en una madre para todos ellos en el corto tiempo que estuvieron juntos. Los otros diarios, principalmente especificaciones sobre el trabajo que estaba haciendo, estaban sellados dentro de una caja de metal y colocados en la sección fuera de límites de la cueva. Jess agregó una nota en la parte superior de la pila antes de sellar la caja. En la nota, explicó quién era, cómo habían pasado el invierno con Madge en la cueva y su destino final.

Jess pensó que cualquiera que supiera dónde estaba la cueva podría encontrar la caja y llegar a Belton para encontrarla. Esperaba que fuera uno de los hijos de Madge y que pudiera conocerlos y algún día compartir con ellos sus recuerdos especiales de su madre.

Ella guardó otro cuaderno y lo metió en el bolsillo de su chaqueta. Madge había dibujado muchas plantas, algunas aquí en la cueva, muchas no, y enumerado por cada dibujo el nombre y los usos de cada planta, junto con notas sobre qué parte de la planta debería usarse. Madge le había llenado los oídos con más información de la que podía recordar fácilmente, pero el pequeño cuaderno ayudaba con los detalles más pequeños.

También tenía los nombres y la última información de contacto conocida de la familia de Madge dentro del diario en su mochila, por lo que eso le haría bien. ¿Cómo en el mundo encontraría a ellos cuando no había servicio de correo?

El quinto día después de la muerte de Madge, miraron a su alrededor y se dieron cuenta de que no había nada más que empacar. Había muchas cosas, pero nada más que pudieran caber cómodamente en sus bolsas o a través del travois que habían arreglado para tirar detrás de ellos. Era hora de irse. Desayunaron, lavando su comida con chicoria caliente amarga y apagaron el fuego.

Antes de que los árboles los cerraran detrás de ellos, la pequeña banda se detuvo y miró la entrada de la cueva, casi completamente oculta a menos que supieras qué buscar, y se sentía como si estuvieran dejando su hogar. Caminaron por el sendero hasta el montículo de piedras y el árbol de cuerdas, se quedaron unos momentos y luego se volvieron silenciosamente hacia el norte y comenzaron a seguir la línea de agua del lago.

La pequeña discusión que tuvieron tuvo lugar la noche anterior. Hasta que tuvieran una razón para evitarlos, intentarían encontrar la autopista más cercana y comenzar el viaje de regreso a Belton de esa manera. Ahorraría tiempo en su viaje y mantendría a los viajeros cerca de los restos de la civilización y posibles fuentes de alimento. Significaba regresar a Clinton, siguiendo la Carretera 7 hasta Harrisonville y luego subiendo a la 71 hasta Belton.

El aire estaba fresco y el cielo claro. Según el calendario de bolsillo que habían mantenido en la cueva, era el 5 de marzo. El año pasado en esta época, Jess había estado planeando la huida de ella y Erin del campamento.

"Con la bendición de Dios y el arroyo no se eleve. Estaremos en Belton dentro de dos semanas. Iremos hacia el norte hasta que nos encontremos con YY y tomaremos la Carretera 7 hasta que se convierta en la Carretera 71", señaló en el mapa a David cada paso del camino. "Si la lucha ha disminuido, incluso podríamos conseguir un paseo y llegar en días o incluso horas".

Ella miró su rostro preocupado. "No te preocupes, tenemos munición y eres un gran tirador. Eres nuestra reserva. Las cosas se ponen mal. No van a esperar que un adolescente con un bebé y dos niños pequeños empiece a disparar".

Su mirada preocupada se convirtió en una sonrisa burlona. "¿A quién llamas pequeño?" Señaló en dirección a su hermana, "Ella es la más baja... ¡He crecido dos pulgadas en el invierno!" Eso le valió una risa a la adolescente. Por la forma en que sus pantalones estaban levantados, había crecido más pulgadas el verano pasado también. El chico estaba creciendo rápido.

Se tomaron el trabajo de ocultar sus armas. Jess tenía razón. Lo que tenían a su favor era su juventud y el elemento sorpresa. Podría ser útil en el camino. Madge les había mostrado un sendero cuando llegaron por primera vez y les dijo que si lo seguían, les llevaría en un curso relativamente recto a Clinton. Lo siguieron, evitando así retroceder su camino a la cueva y evitando también los cuerpos al norte y la vieja granja donde Erin había muerto.

Los dos primeros días, hicieron un buen progreso, rodeando su camino de regreso a la Ruta YY y luego hacia el oeste de regreso a Clinton. La ciudad estaba desierta y parecía que había habido más combates, así como un incendio extenso. Tomó algo de trabajo encontrar su antigua casa. Parecía que había habido un incendio.

No quedaba nada, solo ruinas negras y un sótano inundado. Tina se dirigió directamente a la tumba de sus padres, arrancó un puñado de tulipanes y jonquiles que asomaban del césped escaso de su antiguo patio y los colocó en el montículo. La cruz que David había colocado allí había desaparecido.

Jess vio que los niños necesitaban un poco de tiempo. "Podemos acampar aquí esta noche. El cobertizo donde nació Jacob todavía está relativamente intacto". Nadie argumentó. Un borde del cobertizo había sido ennegrecido por el fuego y una gran rama de árbol había caído y había hecho un agujero en el techo, pero parecía mejor que acampar en el frío. Los días eran frescos y las noches a menudo caían por debajo de la congelación.

La noche anterior, se habían enrollado juntos para calentarse. Jess en un lado y David en el otro, con Tina y Jacob en medio. Los dos en los extremos habían pasado gran parte de la noche despiertos y temblando. Las paredes del pequeño cobertizo les proporcionarían un respiro del viento y el contacto con la tierra fría.

David encontró una roca de piedra caliza y raspó una cruz y las iniciales de sus padres en ella. Jess lo ayudó a colocarla en su posición y, como se había convertido en su costumbre, pasaron unos momentos al día siguiente recordando a quienes habían perdido. Ella nunca los había conocido, pero Jess conocía bien a David y Tina, así que habló de lo orgullosos que sus padres estarían de verlos y saber que estaban bien y aprendiendo y creciendo. Antes de seguir adelante, intentaron tamizar a través de las ruinas negras de la casa, pero no quedaba nada para salvar.

A mediodía estaban en la Ruta 7. El camino estaba despejado, pero los cuerpos en avanzado estado de descomposición aparecían a intervalos en las zanjas que corrían paralelas a cada lado. Los ponía nerviosos a todos, pero ninguno de estos cuerpos era reciente. Estaban vestidos con un uniforme desconocido. Ninguno del grupo estaba dispuesto a acercarse lo suficiente a los cadáveres para descubrir de qué ejército eran. Quincy era su barómetro. El perro era inteligente, más atento que nunca desde que habían salido, y se quedaba cerca de ellos en todo momento.

"¿Sigues pensando que deberíamos usar las carreteras principales?" David preguntó a media tarde, cuando el perro comenzó a aullar primero, luego a gruñir profundamente en su garganta. El día había comenzado soleado, pero cerca del mediodía las nubes se habían acumulado y el cielo estaba sombrío y nublado. El viento había aumentado, y caminaban hacia él, lo que lo hacía más difícil. Era posible que pudiera nevar. Era solo marzo y la nieve tan tarde en la temporada no era inaudita.

Quincy había comenzado a aullar después de cruzar el Río Sur Grande. Miraron a su alrededor, pero nada parecía fuera de lugar. Aún así, el pequeño perro sabía lo suyo. Algo estaba pasando.

"Vamos a salir de la carretera y a entrar en ese grupo de árboles allí". Jess señaló un pequeño bosque en el otro lado de una sección pantanosa de tierra. No era la mejor cobertura. Los árboles aún estaban desnudos de hojas, pero era mejor que caminar por el medio de la carretera. Mantuvieron una mirada aguda, se dirigieron hacia los árboles y empaparon sus zapatos caminando por la zona pantanosa. Este era un problema, especialmente para Tina y David, que tenían zapatos apenas utilizables, habiendo crecido durante el invierno.

Sus dedos de los pies descansaban firmemente contra los extremos de sus zapatos, esforzándose contra la tela. El agua era helada, y se alegraron de salir del aire libre ya que el viento continuaba aumentando. Jess rápidamente comenzó a darse cuenta de la profundidad del peligro en el que estaban. No tenían buenos zapatos, todavía había una fuerte posibilidad de nieve y clima helado, y no tenían idea de dónde encontrar refugio para la noche. "¿Qué demonios estaba pensando, queriendo dejar la cueva tan temprano?"

El pequeño grupo se sumergió en la línea de árboles, avanzando hasta que la carretera era difícil de ver. Quincy había dejado de gruñir y ahora solo aullaba, como si estuviera recogiendo el olor de algo familiar, pero algo que, no obstante, la molestaba. La huida a los árboles solo había tomado un par de minutos y ninguno de ellos se sorprendió al ver varios camiones del ejército de camuflaje motorizados bajar por la ahora desierta carretera, llenos de soldados y armas. Se dirigían a Clinton, no fuera de él, así que por ahora, la banda estaba a salvo. Si Quincy no los hubiera advertido, nunca habrían salido de la carretera y habrían encontrado refugio a tiempo. Jess se inclinó y acarició detrás de las orejas de la cachorra con los dedos rígidos y medio congelados. "Buen trabajo, Quince. Ahora, si solo supieras cómo encontrarnos un refugio para la noche, estaríamos listos". El perro dio un pequeño aullido y lamío los dedos de Jess. Luego salió disparado, con la nariz en el suelo, llevándolos hacia el oeste.

"Tomará más tiempo si nos quedamos en los árboles", dijo David mientras seguían al pequeño perro, "Pero si mantenemos la carretera a la vista, tendremos cobertura y algo de seguridad y aún así seguiremos las carreteras principales". Jess solo asintió. Sonaba como un buen plan para ella. Una hora, tal vez mucho más tarde, su estómago rugió dolorosamente. Debe haber sido mediodía por ahora y no habían parado para comer el almuerzo. Tina avanzaba sin energía al final. Incluso David parecía agotado. Caminar por el bosque era mucho más difícil que la carretera.

Jacob selló el trato al despertar y llorar inquieto. A casi seis meses de edad, no era tan impaciente como hace unos meses. Entonces había sido un ciclo de despertar, gritar por comida, eliminar, gritar para ser cambiado, enjuagar y repetir. Ahora, al menos, le daba tiempo para asentarse, y alcanzaría su brazo fuera de la eslinga para tocar su cara. Le encantaba el collar que David le había hecho y lo jugaba durante horas. Ella se inclinó, acarició su cabeza y puso el disco del colgante en su pequeña mano. Eso lo distraería por un tiempo, pero pronto necesitaría comer.

El cielo era gris y amenazador a través de los árboles. Tenía una promesa casi segura de lluvia helada o incluso nieve dentro de las nubes oscuras. Y aunque era solo mediodía, la luz estaba desapareciendo. David también miró al cielo, "Necesitamos encontrar refugio, Jess, refugio y comida, y pronto". Como para enfatizar el punto, Jacob aulló de nuevo, pateando sus piernas contra el estómago de Jess en descontento.

En ese momento, Quincy, que había estado dirigiéndose hacia el oeste con su pequeña nariz en el suelo, dio un corto ladrido y se dirigió hacia el sur, desapareciendo dentro de los árboles. "¿Ardilla? ¿Conejo?" Jess preguntó, mirando en la dirección en que había ido el pequeño perro. David negó con la cabeza y se volvió para seguirlo. Podían escuchar al perro dar dos ladridos agudos a unos pocos cientos de pies de distancia. Cinco minutos después, ahora en lo profundo del bosque, encontraron a Quincy en un pequeño claro. El olor de humo de madera los había puesto nerviosos, pero a medida que se acercaban, vieron a una pequeña familia y se relajaron un poco. Eran cuatro, un hombre y una mujer y dos niños pequeños, un niño y una niña.

Partido De Incursión

"D*ale palabras al dolor. El dolor que no habla susurra al corazón abrumado, y le ordena que se rompa". -* **Shakespeare**

Era mediados de marzo y Chris había estado trabajando duro, preparando las camas para plantar. La fecha del último helada estaba a un mes o más de distancia, no muy diferente a lo que era en la ciudad natal de Chris, pero había mucho que hacer antes. Había subido al techo del granero y reparado las áreas que se habían desgarrado en una tormenta de invierno. Durante un período, había hecho que uno de los establos fuera inutilizable y habían movido a Ichabod a un establo más pequeño hasta que se pudiera reparar el agujero. Chris se había lanzado a su trabajo, deteniéndose solo para un bocado de pan y queso en el almuerzo. En estos días apenas comía, y generalmente se quedaba dormido temprano, abrazando a Carrie cerca en sus brazos durante la noche.

Una niebla de dolor había descendido sobre la granja Perdue. Habían enterrado al bebé tan pronto como Carrie estuvo lo suficientemente bien como para ser llevada al pequeño cementerio en la esquina sureste de la granja. La granja Perdue había estado en la familia durante cinco generaciones y, en consecuencia, tenía su propio terreno privado a 100 yardas al sur de la casa original.

La Sra. Jennings asistió, junto con la familia Carter-Owens, y John Carter tomó suavemente el pequeño ataúd de Fenton. El anciano parecía como si no hubiera dormido un momento en tres días y sus ojos estaban rodeados de rojo. Chris insistió en levantar a Carrie, aún débil y apática, y se negó a aceptar todas las ofertas de ayuda mientras sostenía a su esposa cerca y la llevaba al cementerio familiar.

El terreno era de un tamaño decente, quizás veinte pies por treinta. A lo largo de la cerca sur estaban los abuelos y padres de Fenton. En el medio del terreno estaban las tumbas de sus bisabuelos. También había tres pequeños lápidas junto a la lápida de su bisabuela que eran obviamente los bebés que no habían sobrevivido a la edad adulta. Chris recordaba que Fenton había mencionado que su abuelo había sido el único hijo que sobrevivió, al igual que Fenton había sido un hijo único, e Isaac después de él.

En la cerca norte estaba Molly, con un espacio abierto en la esquina noroeste para Fenton. Junto a la tumba de Molly descansaba la de Isaac. La esposa de Isaac, Amy, era la incorporación más reciente. John había llegado temprano esa mañana para ayudar a cavar el agujero para el bebé mientras Abigail preparaba el desayuno. Ella le había dado un ligero empujón en la dirección de Liza a su hijo Carl y le había hecho señas para que la llevara a caminar. En el pequeño cementerio, Chris había señalado dónde estaban las otras marcas de los niños y le había preguntado a Fenton si estaría bien enterrarla allí. Parecía correcto de alguna manera, que debería estar cerca de otros niños, incluso si su pequeña niña no tuvo la oportunidad de ser una niña. El anciano solo asintió y se alejó, moviéndose lento y pareciendo como si cada paso, cada respiración fuera una agonía.

Los últimos días lo habían envejecido.

El reverendo Thomas, junto con un pequeño grupo de residentes de Tiptonville que Chris conocía solo de pasada, apareció a media mañana y el funeral fue solemne. Carrie no hizo ningún sonido, no lloró en absoluto, hasta que el ataúd fue colocado en la tierra y comenzaron a echar tierra sobre él. Ella había insistido en estar de pie mientras el reverendo Thomas leía la bendición y el Padrenuestro, y cuando comenzaron a cubrir el pequeño ataúd, se derrumbó en el suelo, sollozando. Aquellos que no tenían lágrimas en los ojos las tenían al verla sollozando, desconsolada, en los brazos de Chris.

En las semanas posteriores, la cohesión de la familia había sido puesta a prueba. Fenton siempre había insistido en que la familia se reuniera para cada comida. Pero Carrie se quedaba en la cama y a menudo se negaba a comer. Se había vuelto huesuda y con ojos hundidos. Liza estaba callada, un contraste marcado con su ebulliciente y energética personalidad, y se desaparecía en el bosque sola y caminaba a la vieja casa o al cementerio. A veces estaría fuera la mayor parte del día, entrando solo cuando el sol se había puesto y las sombras de la noche habían robado la granja. El almuerzo como familia era casi inexistente y el desayuno y la cena eran asuntos silenciosos y tristes.

El punto de quiebre llegó en el desayuno en una fresca y clara mañana de domingo. Liza se había escabullido antes del amanecer y no había regresado para preparar el desayuno, una responsabilidad que compartía con Carrie, pero que había asumido completamente en las últimas semanas. Sin su café, que en realidad era una mezcla de chicoré y café (con mucho chicoré), Fenton no era alguien con quien bromeas. De hecho, parecía bastante enojado. Chris había estado haciendo las rondas matutinas de los animales y había visto a Liza escabulléndose alrededor del estanque, dirigiéndose hacia la vieja casa.

Ella había tomado la pérdida del bebé tan duro como él y Carrie. Sospechaba que se sentía responsable de alguna manera, aunque no podía imaginar cómo. A veces los bebés nacían prematuramente. Si era de la culpa de alguien, era de él.

No debería haber embarazado a Carrie. Era demasiado joven para tener un bebé. Recordaba las clases de 'planificación familiar' en la escuela secundaria que habían predicado la abstinencia como su tema principal. Su maestra había explicado que el cuerpo de una mujer no está completamente desarrollado hasta que tiene alrededor de veinte años, y que llevar un hijo pone mucha tensión en el cuerpo de cualquier mujer. Incluso había explicado que los adolescentes tenían una mayor probabilidad de un parto prematuro y una serie de otros problemas.

Su padre lo había sentado hace mucho tiempo antes de esa clase y le había explicado en detalle lo que significaba el sexo. Él había retorcido y deseado poder cerrar sus oídos. Es una cosa mirar a una chica bonita y dejar que tu imaginación corra desenfrenada. Es otra escuchar a tu padre recordarte que el sexo es cómo llegaste a existir. La idea de que sus padres hicieran eso todavía lo hacía sentirse un poco nauseabundo, y esa era una imagen que no necesitaba.

Michael Aaronson había reído al ver la expresión en la cara de su hijo y dijo: "Solo piénsalo así, hijo—cada vez que pienses en tener sexo, imagina que harás un bebé con esa chica. Si solo 'más o menos' la quieres, ¿cómo será tener un bebé y tener que criar a un niño durante los próximos veinte años con ella?"

Michael Aaronson había sido bastante relajado. El único hijo de dos hippies que se habían conocido y enamorado mientras asistían a la universidad en UC Berkeley, había pasado los primeros años de su vida en EastWind, una comunidad intencional ubicada en una zona remota de Missouri.

Él y sus padres habían dejado allí y se mudado a Kansas City después de un revuelo dentro de la membresía cuando él tenía doce años. Sus recuerdos del lugar habían sido ricos, y había compartido muchas historias de crecer en la propiedad—canotaje, explorando cuevas, y corriendo a través de los campos y los extensos jardines.

El gruñido de Fenton sacó a Chris de su ensoñación, "¿Dónde demonios está esa chica?" Había estado tan perdido en sus pensamientos que Fenton había llamado dos veces antes de gruñir con frustración.

Chris se puso en alerta, "¿Señor?"

Fenton lo miró con enojo, "Deja de llamarme eso, muchacho".

"Sí, señor", Chris se encogió de hombros, "Quiero decir... Abuelo".

Fenton solo hizo un movimiento con los ojos en exasperación y preguntó de nuevo, "¿Dónde está Liza?"

"La vi dirigiéndose alrededor del estanque hace unos minutos", respondió Chris.

En ese momento, un grito llegó resonando desde los árboles. Ambos hombres reaccionaron instantáneamente, Chris dejó caer el cubo de agua y comenzó a correr por la puerta abierta del granero. Fenton estaba justo detrás de él mientras daba un giro brusco y comenzaba a correr por el camino al borde del estanque. Algunas gansas habían anidado para la noche por el borde del estanque y comenzaron a dispersarse mientras los hombres corrían a través de ellas, graznando fuertemente mientras se elevaban al aire o se arrastraban fuera del alcance aleteando sus alas en desesperación.

Hubo un grito más, que añadió alas a los pies de Chris. Ya Fenton estaba quedando atrás, luchando por mover sus viejas articulaciones más rápido.

Delante de él, un disparo se escuchó y Fenton rugió y cayó al suelo. Chris giró en el aire y se lanzó al suelo cuando otro disparo vino silbando. Había estado tan cerca que había sentido cómo pasaba por él en el aire.

Aquí, junto al estanque, había una especie de cobertura, la hierba muerta y las malas hierbas aún eran altas, inalteradas. Se dio la vuelta y se arrastró boca abajo de regreso a Fenton, tratando de mover al anciano fuera del camino claro y hacia las malas hierbas. Rápidamente examinó el hombro izquierdo de Fenton, que ahora tenía un agujero. Había tenido suerte, unos centímetros más abajo y habría golpeado su pulmón izquierdo, pero parecía que el proyectil había pasado recto a través. Él estaba sangrando y jadeando de dolor. Sosteniendo a Chris con su mano derecha, se arrastró hacia los arbustos mientras otro proyectil silbaba por encima de su cabeza.

"¿Estás armado, hijo?" Fenton susurró entre dientes apretados, su hombro ardía.

"Sí, señor, siempre". Chris no había olvidado el caos de Belton. Lo había atormentado lo fácil que había sido tomar la ciudad, lo fácil que había sido para los soldados reunir a tantos. "Tengo el .45, pero solo un cargador. ¿Tú?"

Fenton se encogió de dolor mientras Chris le golpeaba el hombro y sacó el arma y la puso en posición de disparo, "Olvidé el mío. Estamos en un mal lugar aquí y tenemos a Carrie y Joseph en la casa". Su mente giraba, trabajando en estrategia.

Chris quitó la seguridad y le entregó el .45 a Fenton. "Puedo arrastrarme de regreso, dar la vuelta al granero y usar el patio como cobertura y volver a la casa y conseguir más poder de fuego. Solo tengo miedo de que uno de nosotros le pegue a Liza si disparamos a ciegas".

Fenton negó con la cabeza, "Necesitas conseguirnos ayuda. Regresa al granero, sella al caballo y cabalga a la ciudad".

"Señor, estás herido. Entras en shock y tienen a Liza y un disparo abierto a la casa y a nuestro ganado con nada que los detenga". Chris sabía que Carrie y Joseph habían escuchado los gritos y los disparos. Estaba tranquilo aquí, el sonido se transmitía bien. Ahora, Carrie probablemente se estaba armando hasta los dientes y manteniendo un ojo atento en Joseph. Otro disparo silbó y pudieron escuchar sonidos apagados de una lucha. Liza estaba luchando con ellos diente y uña, por el sonido de ello. Pero ella era una cosa deslizante en comparación con un hombre adulto. No había manera de que pudiera ganar una pelea así. Pensó en Jess y se quemó por dentro.

¿Cómo había sido para ella en ese lugar horrible? ¿Cuánto tiempo había luchado antes de ser pateada y golpeada hasta la sumisión? Tenían que traerla de vuelta y defender la granja. Si esos saqueadores se mudaban, arrasarían sus almacenes, matarían a Chris, Fenton y Joseph, y luego matarían a Carrie y Liza después de violarlas de formas terribles.

Había habido meses de silencio desde los saqueos a finales del otoño. ¿Estos hombres eran nuevos en la zona? ¿O eran los mismos, regresados para más saqueos y asesinatos?

"Envía a Joseph", La voz del anciano era inestable, probablemente shock.

"Envía a Joseph en Ichabod y consigue ayuda. Los Austins deben estar muertos, porque ese grupo de árboles da a su propiedad, y no habíamos escuchado un susurro todo el invierno. La ciudad es nuestra única esperanza de conseguir más poder de fuego".

El tiempo era esencial. Chris sabía que Fenton se aferraría todo lo que pudiera, pero el hombre no era un pollo de primavera y estaba entrando en shock. Chris se dio la vuelta y comenzó a arrastrarse por la hierba, moviéndose lo más rápido que pudo e ignorando la masa de caca de ganso que decoraba el suelo y se filtraba entre sus dedos. Varios gansos grandes aún estaban en la zona y graznaban amenazadoramente mientras se movía.

Se congeló cuando uno se acercó, su cabeza baja y las alas extendidas, listo para atacar. El disparo que golpeó al ganso estaba destinado a él sin duda. Con ese disparo, y el grito ahogado que el ganso dio al morir, el resto del rebaño se elevó al aire, graznando y haciendo acrobacias en el cielo. Chris usó la distracción para saltar a sus pies y correr los últimos metros al refugio del granero.

Podía escuchar a Fenton disparar un disparo y un segundo mientras corría para silla a Ichabod, el caballo relinchando y arañando el suelo nerviosamente. Chris pensó que sería más fácil montar él mismo, conseguir ayuda y regresar aquí lo más rápido que pudiera. Estaba tan involucrado en preparar a Ichabod para irse que casi saltó de sus zapatos cuando una pequeña mano tiró de sus pantalones. "¡Jesucristo en un palo!" Joseph saltó y se encogió y Chris lo agarró y lo abrazó, "Joseph, ¿qué estás haciendo aquí?"

"Seguí a Gramps, y estaba parado allí cuando Liza gritó", el niño parecía asustado y Chris se dio cuenta de que Joseph pensaba que estaba en problemas. Lo abrazó.

"Joseph, vas a conseguir ayuda para nosotros. ¿Puedes hacer eso por mí, Joseph?" El niño asintió con entusiasmo y Chris lo levantó para Ichabod mientras un tercer disparo resonó desde el estanque y dos disparos sonaron de regreso.

"Voy a enviarte por la parte trasera. Quédate abajo, mantente cerca del caballo y ve a las torres de vigilancia. Diles que necesitamos ayuda de inmediato. ¿Puedes hacer eso, Joseph?"

El niño asintió de nuevo, asustado y decidido, y Chris condujo al caballo hasta la parte trasera del granero. Los saqueadores estarían vigilando la entrada y no esperando que el granero tuviera una salida trasera. Le dio un fuerte golpe a Ichabod en la grupa y el caballo relinchó y salió corriendo por el camino, Joseph aplanado contra el caballo, pasado la casa y en la distancia. Chris se apresuró a la casa.

Era un tiro directo para él, solo cincuenta pies y gran parte de eso oculto por el granero, y una hilera de árboles frutales que bordeaban el borde oeste del jardín. Voló por las escaleras, ahora a salvo de la vista y chocó contra la puerta delantera. Segundos después, Carrie desbloqueó el pestillo y lo dejó entrar, sus delicadas manos corriendo sobre él, comprobándolo por agujeros de bala.

"Fenton todavía está ahí fuera. Ha sido alcanzado y tenemos que volver a él". Las palabras de Chris salieron a borbotones mientras alcanzaba el rifle que Carrie tenía en la mano. Tenía que tratar de idear un plan para volver a Fenton, rescatar a Liza y detener a los saqueadores en seco.

Carrie ya había sacado cada arma que pudo encontrar del arma segura y otros lugares. Estaba medio vestida, solo jeans puestos debajo de su camisola de pijama y una chaqueta de viento encima de eso. Su cabello estaba enredado, y estaba descalza. No había habido más disparos desde que corrió al granero. El silencio había caído, excepto por el ocasional graznido enojado de los gansos. Chris corrió y miró por una de las ventanas. Podía distinguir apenas la bota de Fenton sobresaliendo de las malas hierbas altas. "Tengo que salir allí. Envié a Joseph por ayuda y deberían estar aquí pronto. Quédate en la casa".

"¡A la mierda lo haré! ¡Ese es mi abuelo y mi hermana ahí fuera!" Carrie gruñó mientras cargaba el preciado rifle de Fenton, agarró algunas balas extra y las metió en sus bolsillos. Su cara era huesuda y había círculos debajo de sus ojos. Pero para Chris, parecía más viva que en semanas. Se dirigió a la puerta, se dio la vuelta y lo miró, "¿Y bien?"

"Zapatos", dijo señalando sus pies, "Y necesitamos el botiquín de Liza". Carrie lo miró fijamente y corrió por el pasillo para conseguir el botiquín y los zapatos.

Chris escuchó cuidadosamente, mirando por las ventanas hacia el grupo de árboles y tratando desesperadamente de ver algo, cualquier cosa de los hombres que habían estado disparando a la granja. Segundos después, Carrie reapareció, con zapatos en los pies y el botiquín en una mano.

"No puedo llevar el botiquín y disparar al mismo tiempo", dijo, lanzándolo hacia él.

"Y soy el mejor tirador, así que, aquí tienes".

Era cierto; ella era precisa en su puntería. Era un hecho del que había sido dolorosamente consciente unos meses atrás cuando los saqueos habían hecho que todos estuvieran nerviosos y Fenton había insistido en que todos, excepto Joseph, mejoraran su puntería con un poco de práctica de tiro al blanco. Carrie había sido una tiradora experta, y él había estado terriblemente celoso de la facilidad con la que manejaba todo, desde un revólver hasta un rifle de caza.

Sus padres no habían tenido armas, y nunca se le había confiado una como recluta. Carrie tenía mejor puntería que él incluso con los ojos vendados.

"Al fondo del jardín, alrededor del granero".

"Sí, ese es el camino que necesitas tomar". Ella abrochó un revólver en su funda. "Me dirijo hacia el norte. Usaré el campo de maíz como cobertura y entraré desde esa dirección".

"Mierda. ¡Al menos espera a que llegue la milicia!" ¿Por qué demonios no habían tenido un plan preparado para esto?

"Arregla a Gramps. Detén el sangrado y asegúrate de que esté bien". Chris comenzó a objetar, pero la mirada en el rostro de Carrie lo detuvo,

"Por favor, Chris, ayuda a Gramps. Tengo que llegar a Liza antes de que la hagan daño". Ella lo abrazó y lo besó. "Por favor, Chris?" Todas las objeciones se derritieron ante su rostro sufrido.

Al salir por la puerta delantera, cada uno se lanzó en direcciones opuestas y corrió lo más rápido que sus piernas podían llevar, había silencio excepto por sus propios pies corriendo. Chris corrió a toda velocidad, detrás de las camas elevadas y la cobertura de los árboles y hasta el borde del granero. Miró alrededor, no vio nada y se agachó y corrió el resto del camino, deslizándose para detenerse boca abajo junto a Fenton, que aún observaba la línea de árboles, su rostro blanco como la cal y sudoroso. "Creo que se han ido. Escuché que un camión arrancaba, a cierta distancia. Ese motor no suena muy bien, suena áspero". Fenton gruñó de dolor mientras Chris presionaba un pliegue de gasa gruesa contra la herida sangrante. "¡Maldita sea, eso duele!" Lo empujó, "¿Por qué demonios te preocupas por un viejo cascarrabias como yo, nunca lo sabré. Ustedes necesitan ir tras Liza y esos hombres. Estaré bien".

Chris volvió a poner su mano contra la herida, ganando un ladrido de dolor del anciano. "Carrie se dirige hacia ellos, armada hasta los dientes".

"¿Qué? ¿Por qué en el mundo la dejarías hacer eso?"

Chris lo miró, su boca torciéndose en una sonrisa torcida. "Ella es una Perdue, no hubo ninguna dejando por mi parte. Además, es una mejor tiradora y aún más terco que tú. No hubo ninguna pregunta, solo una orden. Ella me dijo y eso fue todo". Agarró la herida y el anciano lanzó un ladrido agudo de dolor. "Ahora, si dejaras de luchar contra mí, ¡podría detener este sangrado!"

Detrás de ellos llegó el sonido de caballos. Detrás de los caballos llegó el sonido bienvenido de un camión. El camión se detuvo con un chirrido en el lado lejano del camino de grava y Chris escuchó la puerta cerrarse. Los hombres a caballo estaban fuera de vista, pero definitivamente allí, podía escuchar el resoplido de los caballos que habían sido cabalgados media milla en un gran apuro.

"¡Fenton!" Un voz gritó, Chris agitó su mano fuera de la hierba y se sentó. Sentía una chispa de ira. Bueno, ¿no era justo que fuera Wes Perkins quien viniera al rescate? El hombre apenas le hizo caso mientras corría agachado, manteniendo sus ojos fijos en la dirección de la vieja casa.

"Tienen a Liza. Escuché que se fueron hace quizás tres minutos". El anciano se tambaleó mareado mientras lo levantaban. "Chris dice que Carrie se dirige por el otro lado para que no le dispares cuando salga del campo de maíz. No han tenido mucho de un comienzo, así que si piensas que puedes alcanzarlos en ese viejo camión rechinante,"

Wes levantó una ceja al anciano, inseguro de cómo responder a su Dodge Ram F150 con acero reforzado y barra de ganado en su frente siendo referido como rechinante.

"Sería mejor que tomaras a este joven aquí". Señaló a Chris con un dedo ensangrentado, "Él no es muy bueno en la medicina".

"En eso". Wes respondió. Asintió bruscamente a Chris, "Vamos, soldado".

Dos hombres más habían llegado para entonces. Un hombre cubrió los árboles mientras el otro puso un brazo alrededor de Fenton, lo giró y se dirigió lentamente de regreso a la casa. Wes giró sobre sus talones, Chris detrás de él y corrieron hacia el camión.

"Nos dirigiremos hacia el sur en Mooring Road y trataremos de alcanzarlos".

Wes arrancó el motor con un rugido, puso en marcha y salió del camino de grava.

"¿Y luego qué?" Chris preguntó.

"¿Qué quieres decir, y luego qué?" Wes lo miró con desdén, "Los matamos".

"¿Sí? Oye, estoy de acuerdo con eso excepto por un pequeño detalle. Tienen a Liza y ¿cómo evitamos que ella quede en la línea de fuego?"

"Cualquier cosa es mejor que lo que esos idiotas le harán".

"¡Maldita sea, Wes! ¡Queremos que vuelva viva! ¿Por qué tienes que ser tan...?" Chris fue interrumpido cuando Wes frenó bruscamente y Chris golpeó el tablero con suficiente fuerza para hacer que su visión se llenara de estrellas.

"¿Entonces qué te importa, soldado? ¿No son esos saqueadores tu gente?" Wes acarició el cuchillo Bowie atado a su pierna, "¿Por qué te importa una pequeña niña con la que ni siquiera estás follando? ¿O también estás tocando eso?"

Su labio se torció y Chris pudo ver que estaba deseando una pelea, no importaba con quién.

"No soy un soldado".

"¿En serio?"

"Mataron a mi familia, violaron y mataron a mi hermana pequeña, y cuando no quise unirme a ellos, me tocó cavar letrinas y tumbas". Chris le gritó al hombre, "¿Ahora necesitamos tener esta discusión ahora? ¿O podemos encontrar una manera de salvar a Liza para que no tenga que decirle a mi esposa y a Fenton que también los fallé?"

Wes se sonrió y su rostro mostró una extraña mezcla de suficiencia y aprobación. Desabrochó la funda del muslo, entregó el Bowie y la correa a Chris y continuó conduciendo. "Te hará falta eso".

Mientras conducía, explicó que cuando Joseph había cabalgado hasta las torres de vigilancia, Wes había estado revisando todos los registros. "Hemos estado haciendo que todos los que viven en lugares apartados se registren mensualmente. La mayoría, como tú y los Perdues, aparecen en la ciudad en el Mercado de Intercambio y los tacho de nuestra lista. Los Austins, al sur de ustedes, no han venido a la ciudad en más de cinco semanas. Estaba a punto de enviar a Jeremy Black por allí cuando el pequeño Joseph llegó cabalgando como si el diablo mismo lo persiguiera. Así que ahí es adonde vamos". Menos mal, "Sabía que estabas envuelto en esa mierda del oeste, lo sabía".

"No sabes nada, Wes". Chris todavía estaba enojado. Ató el Bowie en su pierna.

"¿Sí? Bueno, sé esto. Sería mejor esperar hasta después de la oscuridad. Pensarán que han hecho una limpia. Será un elemento sorpresa a nuestro favor. Eso y la oscuridad".

"De ninguna manera. Tenemos como máximo una hora antes de que..." Chris cerró los ojos, Liza se parecía tanto a Jess, no había manera de que dejara que le pasara eso. "Tenemos que sacarla de esos animales y hacerlo ahora".

Wes suspiró y sacudió la cabeza, y giró hacia Upper Wynnburg Road y luego hizo otro giro rápido, saliendo de la carretera y subiendo por un camino lleno de baches. No era más que tierra compactada con hierba y maleza creciendo.

"Puedo llevarte un poco más, pero tendrás que ir a pie por aproximadamente media milla. Escucharán el camión si me acerco más". Miró hacia la carretera y vio huellas tenues. "Mierda. Así es como entraron y les dieron el desliz a los Austin, seguro". Detuvo el camión.

"¿Qué crees que deberíamos hacer?" Chris preguntó, su rencor hacia Wes desapareciendo rápidamente ante este enemigo compartido.

"Estoy pensando que estamos jodidos al entrar en esto de día es lo que estoy pensando". Wes se encogió de hombros, "No obtuvieron lo que querían, que era tu granja y toda su comida y ganado. Probablemente ya se lo están sacando con ella". Volvió a sacudir la cabeza. "Mierda. Está bien, pensemos aquí. Jeremy habrá asegurado la casa Perdue y luego seguido a través del bosque detrás de Carrie. Definitivamente tuvieron que tomar la vieja carretera de acceso. Va más allá de la parte trasera de la tierra Perdue y luego se dirige al noreste. Sé que la familia Wilkes está bien, porque vi a Tommy hace dos días, así que probablemente retrocedieron a los Austin. La pregunta es, ¿están en el nuevo lugar o en el viejo?"

Chris estaba deseando moverse, pero la mayor parte de lo que Wes había dicho era un misterio. "¿Mapa?"

Wes abrió su puerta, agarró un rifle del soporte y cerró la puerta silenciosamente. Miró a su alrededor por un momento y agarró un palo y comenzó a trazar en un parche de tierra lodosa. "Su vieja casa está aquí, la nueva está aquí, y luego hay un edificio de salida, un garaje, un edificio de salida".

Dibujó y señaló. "Aquí estamos nosotros y Carrie debería venir por este camino y estar en posición detrás de la nueva casa. Ahora, si Jeremy la alcanzó, entonces tenemos radio y podemos coordinar".

Revisó su radio y hubo una serie de respuestas de ida y vuelta. En total, tenían a Carrie y Jeremy al este, Chris y Wes llegando desde el suroeste, y dos hombres más estaban en camino desde la ciudad a caballo. Wes dirigió a los hombres a caballo para que se dirigieran por el camino principal a la casa, que estaba más al este en Upper Wynnburg.

"Ahora aquí está el campo norte, justo en medio de la vieja casa y granero y la nueva". Señaló con el palo un grupo de árboles, "Nos quedamos en los árboles y tendremos cobertura hasta los últimos diez metros. Apuesto a que están en el viejo lugar. No todo el mundo lo sabe. Ha sido años desde que estuvo ocupada".

Después de un poco de planificación y una actualización de Jeremy cuando alcanzó a Carrie, cerraron lentamente en la propiedad. Chris y Wes se acercaron a la vieja casa de los Austin desde el sur y Carrie y Jeremy se acercaron a la nueva granja desde el este. Estaba silencioso y no había camión ni hombres a la vista. Para cuando llegaron a la vieja granja, les golpeó el olor. Definitivamente no quedaba nadie vivo allí. Wes revisó doblemente, cubriendo su nariz con la camisa, entró. Un momento después emergió, líneas duras formándose en su frente, sus ojos marrones casi negros de ira y dolor.

Wes se detuvo fuera de la vieja granja y trató de calmar su respiración. Hablaba entonces, en voz baja, y Chris se esforzaba por escuchar sus palabras, "Están todos muertos. Parece que mataron a Lyle y a los chicos de inmediato. Han estado muertos por un tiempo, tal vez más de dos semanas. Pero Katherine y Maddie, esos bastardos los mantuvieron vivos por mucho tiempo". Su voz se quebró, "Parece que fue hace un par de días para Katherine y Maddie... bueno, tal vez anoche como máximo".

El corazón de Chris dolió en su pecho. Los saqueadores habían estado cerca, demasiado cerca, y él y los Perdues nunca sospecharon, nunca pensaron en revisar, mientras una familia inocente era masacrada.

Wes pasó una mano áspera por sus ojos y Chris estaba seguro de que había visto humedad, incluso una lágrima corriendo por la mejilla del hombre. Su visión de Wes cambió, se alteró, a medida que se daba cuenta de cuánto el hombre mayor se preocupaba por los residentes de su pequeña ciudad. No es de extrañar que hubiera sido tan idiota, Wes había sabido lo peligroso que era el Frente Occidental, y la idea de que incluso un desertor se mudara debió haber sido desconcertante.

Wes miró hacia arriba, enfocándose en la nueva casa en la distancia, "Vamos, tenemos que reunirnos con los demás". Diez minutos tensos después, todas las partes se reunieron frente a la casa de los Austin.

Carrie parecía pálida, "La casa principal está vacía. Deben haber matado a todos en la casa, los arrastraron al viejo lugar y han estado viviendo en la casa principal durante las últimas dos semanas. Hay sangre por todas partes allí". De hecho, Chris podía ver una larga y ancha pista marrón que iba desde la puerta principal hasta el porche y por las escaleras.

Incluso Jeremy, un hombre duro y con el pelo grasiento en sus treinta y tantos años, parecía enfermo, "Debieron haber sido al menos cinco o seis de ellos. Los Austin tenían dos hijos adultos junto con una hija adolescente. Y sé que Lyle Austin no se iba a ningún lado sin al menos una pistola y un cuchillo. Sería difícil que solo uno o dos de ellos les dieran el salto al resto".

Chris agarró el brazo de Wes, "¿Dijiste algo sobre los Wilkes en ese camino de acceso exterior? Bueno, si el camión no se dirigió aquí, entonces podría haberse dirigido en esa dirección en su lugar".

Wes se dio la vuelta sin decir una palabra y corrió hacia su camión. Si la familia Wilkes aún estaba viva, estaban luchando por sus vidas en este momento. Unos minutos después, todo el grupo estaba dando vueltas por el camino de acceso áspero, dirigiéndose a la granja de los Wilkes.

Una Carpa Para la Noche

"Intenté convencer a Serena y Brad de no dirigirse a Clinton. No quedaba nada de la ciudad, no había suministros, ni gente. Esperaba que vinieran con nosotros, más seguridad en números, pero Brad parecía decidido a regresar a su ciudad natal. Le advertí que habíamos visto tropas moviéndose en esa dirección y Serena se puso pálida y preocupada, pero debe haber sentido que le debía algo por salvarla del campamento. Nos separamos al día siguiente. Ella era bonita, una persona completamente diferente a la mujer destrozada que llegó a la ciudad hace menos de un año".—**Diario de Jess**

"¡Hola!" Jess llamó y el hombre se tensó, luego se relajó cuando vio a Jess con la cabeza diminuta de Jacob asomándose de las envolturas. Tenían una tienda grande, una fogata y varias piezas pequeñas de carne asándose en palos sobre la fogata. Probablemente conejos, por la forma de ellos. Quincy lamía con energía la cara del niño más joven, un niño que parecía tener la misma edad que Tina y que reía de alegría ante el ataque de la cachorra. La niña a su lado parecía seria. No sonrió a la perrita. Jess calculó que tenía unos diez, tal vez once años.

"¡Hola a ti!" la mujer llamó. Parecía joven, quizás unos años mayor que Jess, pero ciertamente no lo suficientemente mayor como para ser la madre de los dos niños. Se puso de pie lentamente, y Jess vio que estaba muy embarazada. Entonces el joven se puso de pie y Jess retrocedió rápidamente con alarma. Llevaba un uniforme del Frente Occidental. David miró detrás de él con terror, buscando una salida o una huida rápida en el bosque detrás de ellos.

"¡Espera!" el joven habló con urgencia. "No es lo que piensas. Me obligaron a unirme a ellos, y Serena aquí, bueno, nos escapamos juntos, hace unos cuatro meses". Sus brazos estaban a los lados. Miraba aprensivamente el revólver que había aparecido en la mano de Jess sin siquiera pensar en ello. David y Tina estaban como estatuas, listos para correr.

"Soy Brad, Brad Osterman, soy de Clinton". Puso un brazo alrededor de la mujer. "Esta es Serena, y ella es de Springfield. Encontramos al niño, Max, a unos veinte millas al sur de aquí, simplemente vagando por la carretera. La niña estaba en el campamento, no habla, así que solo inventamos un nombre. La llamamos Annie".

Annie estaba allí inmóvil, mirando el arma de Jess. Su cabello era rubio dorado y sus ojos eran azules como el centeno. Era una niña bonita, pero Jess podía ver la mirada de un trauma profundo y oscuro en sus ojos. Su respiración se atoró en su garganta mientras repasaba las palabras de Brad. La niña estaba en el campamento. No podía ser. Seguramente no la habrían tenido en la Carpa 5, y ella era tan joven.

El silencio siguió. Quincy había dejado de jugar con el niño y se acercó más al joven, oliendo su mano extendida y luego lamiendo. Jess bajó lentamente su arma. El perro confiaba en él, y Quincy era un buen juez de carácter. Si la cachorra pensaba que estaban bien, bueno, probablemente lo estuvieran. No se había equivocado hasta ahora. Después de todo, ella y Erin habían escapado vistiendo uniformes del Frente Occidental y eso no los había convertido en enemigos tampoco.

Serena habló entonces, "Parece que el clima se está poniendo mal. Tenemos algo de comida que podríamos compartir, y hay espacio en nuestra tienda si necesitan refugio". Era bonita, con cabello rubio y ojos azules. Sonrió a Tina y David y empujó a Max hacia ellos. "Max, di hola a la niña pequeña. ¿Cuál es tu nombre, cariño?"

La pregunta los sacó de su silencio y la banda comenzó a hablar al mismo tiempo, compartiendo nombres, dejando sus mochilas y sacando carne seca y hojas verdes para compartir la cena. Jacob volvió a hacer un fuerte y apremiante pedido de comida y Jess ajustó las capas y lo puso en su pecho para amamantarlo mientras Serena seguía robando miradas. "¿Cuántos meses tiene tu bebé, Jess?"

"Casi seis meses ahora. Nació en agosto. Su nombre es Jacob". Le acarició la cabeza, le acarició su pequeño botón de nariz, evitando la mirada firme de Serena y la pregunta que permanecía sin hablar.

Serena acarició su vientre. "Creo que han pasado unos siete meses ahora, tal vez ocho. No estoy totalmente segura". Se inclinó para que nadie más pudiera escuchar, "Brad no es el papá. Al menos, no creo que lo sea. Seguro desearía que lo fuera. Pero él me sacó de allí. Eso es mejor que la mayoría. El bastardo a cargo, mata a las mujeres cuando comienzan a mostrar".

Annie se había alejado de ellos, y Serena la señaló y se inclinó hacia Jess. "Ella tiene doce años. ¿Qué tipo de monstruo violaría a una niña de doce años?"

Jess sintió un escalofrío frío. "¿Dónde estaba el campamento cuando escaparon?"

Serena tembló. "Arkansas, cerca de la frontera con el Mississippi. Se dirigían al sureste, así que fuimos al noroeste. Robamos un camión, lo condujimos lo más lejos que pudimos antes de que la transmisión fallara. Brad es mecánicamente inclinado, pero simplemente no teníamos las piezas para arreglarlo. La Carretera 13 fue destruida justo al norte de Collins, así que tomamos la Ruta 54 hacia el oeste hasta Nevada. Nos escondimos allí durante la mayor parte de la parte mala del invierno después de que el camión nos fallara justo fuera de la ciudad. Después de eso seguimos la vía del ferrocarril hasta que llegamos a Montrose. Cuando llegamos allí, todo se abrió en campos y, bueno, parecía una mejor idea quedarse en algún tipo de cobertura". Se encogió de hombros, "Más difícil en el bosque, pero nos sentimos más seguros".

Jess cambió a Jacob al otro pecho; acarició su pecho libre y suavemente tiró de su collar. "Mi amiga y yo escapamos justo fuera de Springfield hace un año", se estremeció mientras Jacob succionaba más fuerte, casi mordiendo su pecho; se preguntó si estaba tejiendo. "Ella murió unos meses después. Ocurrió el otoño pasado, solo a dos días de caminata al este de aquí".

La expresión de Serena se tensó. "¿Estaba embarazada? ¿Ella, ella", se tragó y pareció pálida; "¿Murió en el parto?"

"¡No! Oh, no", Jess se sintió mal, obviamente la mujer estaba asustada por dar a luz sin un médico y un hospital, "Los soldados nos encontraron y no llegué a tiempo. La mataron". Se dio cuenta de que era la primera vez que hablaba de Erin desde unos días después de la granja, cuando le había contado a Madge su historia. Era menos doloroso esta vez, aún una herida, pero no tan doloroso como esos primeros días.

"Pero tú... Quiero decir..." Serena se veía incómoda y miró hacia su vientre, "Al menos, bueno, sabes lo que me pasó". Robó una mirada a Brad, que admiraba el arco compuesto y las flechas de David a cierta distancia. "No eran todos malos. Brad venía a verme a menudo, y nos sacó de allí cuando le dije que estaba embarazada". Se estremeció, "Ese bastardo Cooper, él..."

Jess interrumpió. Se sentía como si toda su sangre se hubiera convertido en hielo, y "¿Dijiste Cooper?"

"Sí, Scott Cooper, recordaré ese nombre de hijo de puta hasta el día de mi muerte", Serena casi escupió. "Me violó una y otra vez la primera noche después de ser tomada. Apenas podía caminar durante la mayor parte de una semana. Y Lucy Abernathy, oh Dios, pobre Lucy". Su cuerpo se tensó. "Lucy estaba en su lista la siguiente noche. La lastimó tanto que se mató dos días después". Las lágrimas brotaron, "Ella solo tenía catorce años, quiero decir, mierda, y solía cuidarla los martes por la noche cuando su mamá jugaba en la liga". Las manos de Serena temblaban. "Rezo todos los días para que este bebé sea de Brad. Pero sé que no lo es. Es del bastardo". Miró hacia arriba, miró fijamente a los ojos de Jess, "¿Crees que podré amarlo? Incluso si es de él?"

Mil recuerdos pasaron por su mente, pero a través de la niebla del dolor y el miedo, Jess recordó el momento en que había tenido a su hijo por primera vez. El amor que había sentido, la extraña y profunda sensación de curación. Robó una mirada a Jacob, amamantando silenciosamente en su pecho, sus ojos fijos en su collar. Su cabello era negro como el carbón, pero tenía sus ojos.

La respuesta de Jess fue simple y directa, "Sí".

El ladrido ahogado de Quincy interrumpió su intensa conversación. En su boca sostenía un liebre, las largas patas del animal moviéndose en vano. "¡Maldita sea! Me gusta este perro!" fue el único comentario que hizo Brad.

A medida que comenzaban a caer las primeras copos de nieve, ya tenían el conejo pelado, desollado y asándose sobre la fogata. Se abrió una lata de judías verdes y se pasó alrededor, junto con una pequeña bolsa de venado ahumado y bayas. Tina se sentó junto al niño, charlando, la niña mayor, Annie, observando en silencio.

A sus pies, Quincy mordisqueaba contenta una mano de huesos y los restos de una ardilla medio podrida que había desenterrado de algún lugar. No había mucho, pero la comida quitó el hambre a todos. Los copos comenzaron a girar con intensidad cuando terminó la cena, y la luz se desvaneció. Apagaron la fogata para evitar cualquier aviso no deseado y todos se amontonaron en la tienda. Era un ajuste apretado, pero el calor combinado de los cuerpos pronto hizo que la tienda fuera calurosa. Cuando dudaba, dormía, y eso fue lo que hizo el grupo, excepto Jess.

Los sonidos de los demás se calmaron y fueron reemplazados por respiraciones relajadas y lentas, y el ocasional ronquido suave de Tina, que tenía lo que sonaba como los comienzos de un resfriado. Jess permaneció despierta en el suelo duro, con los ojos abiertos y mirando al oscuro.

Scott Cooper. El viejo Coop había dicho que el nombre de su hijo era Scott. Pero mucha gente tenía ese nombre, ¿verdad? Cooper era un nombre común. No significaba que el hijo del viejo Coop fuera el mismo hijo de puta que había violado a Serena, Erin, Jess y a innumerables otros. Podría ser cualquiera, ¿verdad?

Su papá una vez había dicho que la vida era como un rompecabezas gigante y había momentos en que, después de intentar encajar pieza tras pieza, dos piezas se deslizan juntas como mantequilla y sabes, con certeza, que son un ajuste perfecto. "Las piezas se unen, se convierten en una, y sabes que así es como estaba destinado a ser. Esto es todo". Él le había dicho, "Lo sabrás, más allá de toda duda, cuál es la verdad, solo por la forma en que se siente".

Scott Cooper era el hijo de Arno Cooper. También era el padre de Jacob, y muy probablemente, el padre del bebé no nacido de Serena. Ella acarició la cabeza dormida de su hijo con la mano. Su cabello era suave como la seda, y olía tan bien. Lo amaba tanto. Todo lo que era, todo lo que crecería para ser... sería de ella y por ella. Su cabello oscuro era la única sugerencia de su padre hasta ahora. Jess sospechaba que Jacob también sería guapo, tal vez tener los mismos pómulos altos y una buena apariencia desenvuelta. El diablo mismo no podría ser más guapo que Scott Cooper. Pero ella sabía, en lo profundo de su corazón, que ahí es donde terminaría la semejanza. Jacob sería bueno y amable, ella se aseguraría de eso. Criaría a su hijo para que fuera el antítesis de su padre.

¿Y qué de Scott Cooper? ¿El padre de su hijo? ¿El padre del bebé de Serena? Ella no amaba a su hijo menos, pero juró para sí misma, aquella noche, que algún día lo encontraría. Encontraría a Scott Cooper. Tal vez incluso tendría que hacer cola para la oportunidad, pero haría todo lo posible para matarlo. La idea la hizo sonreír. Era una buena cosa que fuera la única despierto, y que estuviera oscuro. La sonrisa habría asustado a los demás habitantes de la tienda. Y con ese juramento firmemente en su lugar, permitió que el sueño la arrebatara.

Hola y Adiós

"Nos despedimos, aunque les rogué que cambiaran de opinión. Pensé en cómo habían enviado soldados en busca de Erin y yo. Ni siquiera habíamos robado un camión, y nos habían perseguido. Les advertimos, pero no escucharon, realmente desearía que lo hubieran hecho".—**Diario de Jess**

"No vayas a Clinton. No queda nada allí excepto huesos y cenizas". Su voz tembló. Le gustaba mucho a Serena. A los niños les iba genial, e incluso Brad era un buen tipo. "Ven con nosotros a Belton. Sé que si mi hogar está allí, podríamos hacerlo. Tenemos un poco de tierra, incluso estamos preparados para cultivar y criar animales de granja pequeños".

Serena parecía interesada, realmente interesada, pero Brad negó con la cabeza. "Mi familia está aquí. No estaban en el campamento, así que supongo que mantuvieron sus cabezas bajas. Estarán allí. Estaremos bien y mi mamá estará muy emocionada por un nieto". Miró a Serena y bajó la mano por su espalda. "Espero que sea un niño. Quiero nombrarlo después de mi abuelo".

Jess suspiró. Había hecho lo mejor que pudo; no iban a cambiar de planes. Cerró los ojos, deseando alejar la certeza de que estos dos morirían. Quería tanto que las cosas les fueran bien. La taza de té de diente de león y chicoré se había enfriado. La vació en el suelo.

La tormenta de nieve había sido intensa. Durante la noche, había caído seis pulgadas de nieve en el suelo y luego continuó nevando fuertemente durante la mañana. David recogió leña, y reiniciaron la fogata para poder cocinar las dos ardillas que Quincy había logrado sacar de sus guaridas. Debido a que la nieve significaba huellas, y las huellas podían significar problemas para cualquiera de las partes, acordaron quedarse hasta que se derritiera, lo que probablemente sería al día siguiente considerando lo cálido que se había vuelto después de que dejó de nevar.

Cuando Brad se ocupó de recoger leña para la fogata y reclutó la ayuda de los niños, Jess aprovechó la oportunidad para hablar más con Serena. Compartió más de sus propias experiencias y rogó a Serena que cambiara de opinión y se dirigiera hacia Belton. "Es la dirección opuesta a esos soldados y cualquier combate".

Serena solo sacudió la cabeza. "No sabes si está mejor que Clinton. Tú misma dijiste que no has estado allí en más de un año y medio. Por lo que sabes, toda la ciudad podría estar ocupada por el Frente Occidental o en ruinas". Ella agarró la mano de Jess. "Quédate con nosotros, somos más fuertes si nos quedamos juntos, y tengo miedo de estar sola cuando llegue el momento de tener a mi bebé. Tú has pasado por eso, y ahora sabes todas esas cosas de hierbas que aprendiste de la vieja mujer india. Quédate con nosotros". Parecía tan desesperada que Jess casi dijo que sí, pero se detuvo.

"No puedo. Tengo que ir a casa. Tengo que saber si mis padres están vivos o muertos". Jess abrazó a la mujer. "Estarás bien, ya sabes. No importa qué..." Tomó un profundo respiro, fortaleciéndose para las palabras que tenía que decir, "Creo que Jacob y tu bebé tienen el mismo padre". Miró al suelo en lugar de enfrentar la mirada sorprendida de Serena. "Miro a Jacob y estoy segura de ello. Por lo que has dicho sobre el momento de tu embarazo, creo que tal vez sea lo mismo para ti". Serena se arrancó la mano de Jess y comenzó a darse la vuelta.

"Serena, espera, escúchame. Sé que esto no es algo que quieras escuchar ahora, pero... un anciano me dijo algo que tampoco quería escuchar, solo unas semanas antes de que naciera Jacob. Dijo que Jacob era inocente, un hijo de Dios, y que merecía mi amor. Y lo hizo, Serena, lo hizo. Lo amo tanto. Quería que estuviera muerto, quería estar muerta en lugar de tenerlo creciendo dentro de mí, pero todo cambió cuando nació. Lo amo, completamente, irrevocablemente, y lo haré hasta que muera. Será lo mismo para ti, Serena. No importa qué, este bebé es parte de ti. Nunca lo olvides".

Las lágrimas brotaban en los ojos de Serena, "Oh Jess... yo..." Buscaba las palabras, mientras las lágrimas se deslizaban por sus mejillas, tomó un profundo respiro y dijo con valentía, "Recordaré lo que dijiste. Y si las cosas no funcionan en Clinton, le diré a Brad que quiero ir a Belton. No quiero que nuestro primer saludo sea un adiós para siempre".

Al día siguiente, temprano y brillante, los dos grupos se separaron. Tanto Serena como Jess se despidieron con lágrimas en los ojos. Luego, un grupo se dirigió hacia el este, hacia una ciudad vacía y quemada, mientras que el otro se dirigió hacia el oeste y luego hacia el norte, hacia lo desconocido.

Gracia Salvadora

"Solo logramos la salud interior a través del perdón - el perdón no solo de los demás, sino también de nosotros mismos".—**Joshua Liebman**

Grace Wilkes estaba deseando cumplir trece años. Solo faltaban tres semanas más. Secretamente esperaba una fiesta sorpresa, pero sabía lo improbable que era. Solo mamá, papá, Tommy y Vic. Mamá le había prometido que podría tener una fiesta de quince años en unos años y parecía que eso era lo mejor que podía esperar.

Salió sigilosamente de la casa con Danny, un cachorro de border collie todavía travieso, y se dirigió al arroyo. Tommy le había estado diciendo estos días que se quedara cerca de la casa y siempre a la vista. Mamá y papá también, después de escuchar algunos relatos susurrados de cosas que habían pasado recientemente. Tommy había llegado a casa varias veces enfermo y asustado, y no le decía nada, solo iba directo a papá y le contaba en voz baja lo que había visto cuando salía con la milicia.

Hace dos semanas, mamá le había tomado aparte y le explicó que a veces hombres malos hacían cosas a las niñas, cosas que entendería cuando fuera mayor. Grace supo inmediatamente de qué estaba hablando: violación, asesinato. Había caminado con cuidado durante días, asustándose con el mínimo ruido, entrando en pánico si Danny se alejaba demasiado de ella. Pero todo estaba tranquilo. Nadie se escondía en el bosque, y sus miedos se desvanecieron rápidamente.

Estaba a punto de cruzar la carretera exterior y ver si los castores estaban fuera de su madriguera. Le encantaba observarlos y había incluso logrado que Danny se quedara en silencio a su lado en lugar de ladrar y perseguirlos. Al cruzar la carretera, podía escuchar un camión acelerando. Iba ruidoso y áspero.

Cuando entró en vista desde la curva, Danny comenzó a ladrar. No era su ladrido de "quién va allí", sino uno fuerte y defensivo. Un rizo se había formado a lo largo de su espalda y sus dientes estaban al descubierto mientras gruñía y ladraba furiosamente. Grace se sorprendió por su ferocidad. El único que venía por aquí era Maddie Austin, o a veces Thomas o James, que venían a visitar a sus hermanos. Maddie era dos años mayor que Grace, pero estaba loca por Tommy, aunque él tenía casi ocho años más que ella. Había un tiempo en que Maddie y Grace habían sido más cercanas, pero últimamente, con nadie yendo a la escuela en la ciudad y las cosas aún estando en tal revuelo, habían pasado semanas desde que Maddie había visitado o Grace había sido permitida de visitar a los Austin.

El camión estaba frenando, y trató de ver dentro de las ventanas manchadas de barro, preguntándose si James o Thomas habían comprado un proyecto de restauración. El camión se detuvo, su motor funcionando ruidoso y áspero. Danny estaba en un frenesí completo ahora, y Grace vio que había dos hombres dentro de la cabina y dos más en la parte trasera con una niña de cabello rubio. Ella estaba luchando cuando uno de ellos, un hombre de cabello oscuro y apuesto, le abofeteó, haciendo que su cabeza golpeara fuertemente contra la cama del camión. Miró hacia arriba, tomó nota de Grace y Danny, este último seguía ladrando frenéticamente, y sonrió. Era una sonrisa aterradora. Ella se quedó clavada en su lugar mientras el ladrido de Danny fue interrumpido por el cuchillo del hombre de cabello oscuro.

Lo lanzó casi casual, y se curvó en el aire, enterrándose profundamente en el pecho de Danny. Uno de los hombres de la cabina la agarró, la tiró a la cabina, se deslizó detrás de ella y cerró la puerta antes de que pudiera siquiera pensar en luchar. Un cuchillo en su garganta y se encogió contra el hombre que la tenía. Olía mal. Danny estaba en el suelo aullando y retorciéndose, un cuchillo enterrado profundamente en su pecho. La sangre se acumulaba en su pelaje.

"¿Cuántos?" El hombre que la tenía le preguntó.

"¿Cuántos qué?" ella susurró, temblando tanto que sus dientes castañeteaban. Danny había dejado de hacer ningún ruido. Se retorció una vez más, luego quedó inmóvil.

"¿Cuántas personas hay en tu casa?" Riley le dio un sacudón para ayudarla.

"Solo... solo... mis padres y mis... mis hermanos". Grace vaciló, demasiado aterrorizada para mentir. El hombre apretó uno de sus pequeños senos dolorosamente fuerte. "Mi dos hermanos, pero... pero... Vic solo tiene diez".

"Buena niña". Asintió al hombre de la parte trasera, "Podemos tomarlos". En esto, Eckhardt aceleró el motor, y el camión comenzó a retroceder por la carretera de acceso exterior, dirigiéndose directamente a la granja de los Wilkes.

No había mucho camino por recorrer. Cuando se detuvieron a unos pocos metros de la casa, los cuatro hombres saltaron, arrastrando a la niña medio consciente de la parte trasera, y Riley mantuvo un fuerte y doloroso agarre sobre Grace. No había punto en luchar. Era demasiado fuerte. Grace pudo ver bien a la niña y se dio cuenta de que era Liza Perdue. Tenía la misma edad que Maddie Austin, pero las dos nunca habían sido cercanas. Maddie era muy femenina y Liza era una niña traviesa, que pasaba el tiempo con los chicos y leía ciencia ficción.

La boca de Liza estaba hinchada y su nariz sangraba. A la orden, comenzó a resistir al atractivo hombre de cabello oscuro que la tenía. La abofeteó de nuevo, la acercó y le susurró algo en la oreja que la hizo mirar a Grace y volverse blanca como un fantasma. Su resistencia desapareció.

El grupo estaba a solo unos pies de la puerta principal cuando se abrió para revelar a Anthony Wilkes y un rifle de caza grande en sus manos. "Vas a poner eso abajo ahora mismo", dijo el hombre de cabello oscuro que tenía a Liza. Asintió a Riley, quien volvió a poner el cuchillo en la garganta de Grace. "No dudará y perderás a tu pequeña niña".

Anthony Wilkes no se movió, y Cooper gritó, "Riley, corta la garganta de esa niña si este hijo de puta estúpido no baja su rifle en cinco segundos". Pausó por un latido del corazón. "Uno... Dos... Tres".

"Está bien, está bien, solo no la lastimes". Anthony bajó su rifle y lo colocó en el suelo. En ese mismo momento, una bala resonó desde el sur. Ninguno de ellos había notado a Tommy Wilkes espiando desde el granero. Había estado ordeñando las vacas cuando escuchó el camión acercarse. La bala entró en la oreja derecha de Oliver Riley y le arrancó un pedazo de hueso y cuero cabelludo a Scott Cooper, cortándolo profundamente y interrumpiendo su agarre sobre Liza. La primera bala fue seguida rápidamente por una segunda que atrapó a Derek Kimmel, de pie directamente detrás de Riley, justo en su masa corporal, y lo derribó al suelo de tierra apisonada instantáneamente.

Liza se torció para escapar de Cooper y agarró la mano de Grace, tirándola hacia la izquierda. No había lugar para refugiarse, ningún refugio de ningún tipo. Eckhardt apuntó hacia el granero, disparando una bala al azar, y agarrando a Cooper, quien sangraba abundantemente de una profunda herida en el lado de su cara. Cooper también disparó ciegamente en la dirección del granero.

Tommy se agachó de nuevo en el granero. Liza y Grace corrieron entonces, a toda velocidad de regreso hacia el bosque en el que Grace había estado caminando solo momentos antes. Detrás de ellas, Cooper y Eckhardt tropezaron de regreso al camión, con la intención de retirarse.

Fue Karen Wilkes quien disparó la bala fatal en la espalda de Eckhardt mientras corría hacia el camión. Mientras Eckhardt se desplomaba al suelo, una segunda bala rozó el costado de Cooper y cortó limpiamente su meñique derecho, dejándolo efectivamente desarmado. Corrió, arrancó el camión y lo hizo girar de regreso por donde habían venido. Una tercera bala rompió el parabrisas trasero, haciendo que el vidrio saliera despedido en todas direcciones. Aceleró y desapareció alrededor de la curva de la carretera.

El F150 de Wes rugió con poder por el camino irregular y lleno de baches. A la derecha, Chris pudo ver breves destellos del Lago Reelfoot a través de los árboles. Carrie estaba apretada en el asiento del medio y Jeremy se aferraba con los nudillos blancos en la parte trasera abierta mientras volaban por el camino de tierra y grava. Podían escuchar disparos por delante y a la derecha.

A veces, el tiempo puede moverse tan lentamente. Los próximos minutos, el tiempo pasó de destellos de luz y disparos resonando en los oídos a un lento y prolongado gruñido. Chris recordaría ese momento por mucho tiempo después.

Recuerda ver el viejo camión destrozado dar la vuelta a la esquina, huyendo de la granja de los Wilkes. Recordó voltear y ver la expresión en el rostro de Wes mientras luchaba por girar el volante a tiempo. Lo que más destacó para Chris, lo que lo atormentó por noches después, fue la visión del rostro del hombre que conducía hacia ellos.

A pesar de las heridas y la sangre, lo conocía. Sabía exactamente quién era. En el medio segundo antes del impacto, Chris Aaronson cruzó la mirada con el hombre que había violado y matado a su hermana y brutalizado a innumerables otras mujeres. Y luego no hubo más que vidrio, ruido y dolor.

Serían días antes de que despertara. Y serían meses antes de que pudiera caminar sin un dolor insoportable. Su tobillo izquierdo, que se había curado relativamente bien desde la primavera pasada, se rompió de nuevo, junto con su pierna izquierda inferior. Varias costillas se habían fracturado, y había sufrido una conmoción cerebral significativa. Wes y Carrie también habían sufrido heridas relativamente pequeñas, y el pobre Jeremy había roto ambas piernas en el accidente resultante. Había tomado todo el conocimiento médico que Liza podía reunir para asegurar que el hombre alguna vez caminara de nuevo.

Había tomado casi media hora para que Liza, ayudada por Tommy Wilkes y su enlutada madrastra, Karen Wilkes, llegaran al sitio del accidente a pie. Para cuando llegaron, Scott Cooper había desaparecido.

Marzo había llegado y pasado, y la tierra comenzaba a calentarse de nuevo. Ya Carrie y Liza habían salido a preparar las camas elevadas del jardín para plantar. Chris se sentaba en el porche en una silla de ruedas cómoda, su pierna envuelta en una escayola, uno de los bastones de Fenton apoyado contra la silla. Saltó cuando la voz de Liza resonó junto a su oído.

"Wow, realmente estabas perdido en tus pensamientos. ¡Te dije tu nombre dos veces!" Le sonrió. Su rostro se había curado rápidamente, las moretones de la paliza que había recibido se desvanecieron de púrpura a verde a amarillo, y luego desaparecieron. Sin embargo, todavía era nerviosa y saltaba ante cualquier ruido repentino. Tampoco había ido a caminar sola.

Pero Liza era fuerte, a pesar de su juventud, y solo había sido golpeada y abofeteada. No había tenido tiempo para nada más. Chris había preocupado por eso y finalmente le pidió a Carrie que se asegurara. De alguna manera, la seguridad de que no había habido ninguna violación sexual de Liza o Grace lo hizo sentir un poco mejor.

"¿Estás bien, Chris?" La sonrisa de Liza vaciló un poco. Ella ponía una fachada valiente, pero era solo eso, una fachada valiente. Había sido una llamada de atención cercana, y había sobrevivido, pero Cooper todavía estaba ahí fuera. Eso se quedaba en los pensamientos de los Perdue día tras día.

Chris le sonrió a su cuñada, "Sí, estoy bien". Alcanzó y apretó su mano. "¿Cuándo puedo quitarme esta maldita escayola?"

"Dale otra semana".

Ella se dio la vuelta para irse y Chris la sujetó. "¿Estás bien, Liza?" Había escuchado su grito en la noche varias veces en las últimas semanas.

Liza se detuvo, lo miró y sonrió. "Sí. Voy a ver a Grace Wilkes el viernes. Carl va a venir a recogerme y llevarme allí. Su mamá ha tenido un mal rato, perdiendo al Sr. Wilkes como lo hizo. Le dije que le ayudaríamos a ella, a Tommy y a Vic a preparar el terreno para plantar. Si nos quedamos juntos..."

Chris sonrió, "Todos estaremos mejor".

El sol se estaba poniendo. Carrie y Joseph se dirigieron desde el granero, ambos armados. Carrie y Liza habían pasado varias semanas con Joseph, asegurándose de que entendiera la seguridad con las armas y la postura adecuada, así como la precisión. En cuanto a Cooper, si era inteligente, se había ido muy, muy lejos de aquí. La milicia seguía manteniendo un ojo agudo y había reclutado el doble de miembros que antes de la incursión. Pero en caso de que Cooper decidiera regresar para una visita o para vengarse, los Perdues y los Aaronsons estaban listos para él.

A kilómetros al este, Scott Cooper caminaba. Ya no era guapo. Los fragmentos de hueso del cráneo de Riley le habían arrancado la mejilla derecha, desgarrando la piel. Luego, el impacto del choque había roto su nariz y su mandíbula en dos lugares. El hecho de que Cooper hubiera sobrevivido al accidente, huido y logrado sobrevivir con tales heridas testificaba de su propia voluntad oscura de vivir.

Por ahora, Chris y Carrie, los Perdues y todo Tiptonville estaban a salvo.

Casa

"Mi papá solía decir, 'Jess, nunca subestimes el poder de la mente para engañarse a sí misma'. Nunca pensé que podría pasarme a mí. Era fuerte y era una sobreviviente y todo eso. Pero en realidad, esa chica Pollyanna? Ella no tiene nada sobre mí. Logré engañarme a mí misma durante más de un año. Tal vez me mantuvo viva, tal vez me dio un propósito, pero aún así, la verdad, cuando finalmente me enfrenté a ella, fue devastadora".—**Diario de Jess**

Thurman Banks observó cómo el grupo harapiento se acercaba a la ciudad. Subieron por Y, que estaba lleno de casas quemadas y en ruinas. Cuando el Frente Occidental había arrasado, las casas al sur habían sido destruidas. Todavía había una o dos granjas en las afueras de la ciudad que eran reacias, pero estaban solas, demasiado dispersas para que la milicia de Belton las protegiera. Hasta que Y se cruzara con Main Street, prácticamente no había nada ni nadie para dar la alarma. Thurman ajustó el zoom en los potentes binoculares, Farley había insistido en que todos los binoculares de vigilancia policial fueran asignados a miembros de la milicia. Eran muy poderosos. Había podido ver al grupo con claridad a más de una milla y contar sus uñas desde una buena media milla.

La más alta, una adolescente con lo que parecía un bebé envuelto en una bolsa al pecho, le resultaba un poco familiar, pero los dos niños más pequeños no eran de los que reconocía. Maldita sea, si no tenían un perro con orejas caídas liderando el camino. El perro trotaba una yarda delante de la adolescente, con la nariz pegada al suelo y las orejas hacia adelante.

Belton no era una ciudad grande, pero tampoco era tan pequeña, y no los podía ver bien desde los visores del rifle. Parecían relativamente inofensivos; ciertamente no eran ninguno de esos malditos soldados del Frente Occidental que venían a cazar los restos de su querida ciudad y hogar. Bajó el rifle, lo colgó lentamente sobre sus hombros y se puso de pie, rígido por haberse sentado tanto tiempo en la misma posición. Al menos el clima estaba cálido. Hoy era solo el primer día de abril, pero ya los días estaban en los 70 grados. Era hora de empezar a plantar.

Desde la invasión, los que habían sido perdonados habían formado una milicia informal. Hacían lo que podían para vigilar los puntos de entrada a la pequeña ciudad y reportar si veían algo de interés acercándose. Sacó una hoja de papel, escribió un mensaje corto y extendió la mano hacia el pastor alemán que estaba quieto a sus pies.

Isa estaba a su lado al instante, perfectamente quieta, pero su pelaje se erizó y se puso rígido. Eran extraños, pero eran pequeños, similares a los pequeños que solían jugar en las casas cercanas cada día. Esos niños habían desaparecido. Isa había olido algunos de ellos, su olor a miedo, a veces incluso el olor a muerte dolorosa, en los días del frío, cuando los habían tomado los hombres malos. Echaba de menos a los pequeños. Olfateó el aire, olió a la mujer-niña y al pequeño abrazado contra ella, el olor a chico agudo y divertido (eran los mejores para jugar), y una niña-niña a su lado. La cachorra galopaba delante de ellos y la vista de ella hizo que la perra mayor gruñera territorialmente en la garganta. A pesar de la distracción, su atención seguía estrechamente enfocada en su amo. Isa sabía su lugar, sabía su parte en la manada, y esperaba órdenes del anciano que tanto amaba.

Le habló suavemente mientras metía la nota en un pequeño cilindro de película que colgaba de su collar. "Isa, ve a ver a Farley. ¡Vamos!" La perra saltó hacia adelante, corrió por las escaleras empinadas a un lado del edificio y desapareció por la esquina, dirigiéndose al oeste hacia el viejo juzgado.

Thurman siguió a la perra hasta las escaleras, moviéndose mucho más lento, con las articulaciones crujiendo. Las noches seguían siendo frías y sus rodillas le dolían intensamente hasta la tarde. Bajó lentamente las escaleras y salió del techo de la vieja tienda de comestibles. A nivel de la calle, aún se podía ver la mayor parte del letrero, B—ks Grocers. Thurman había heredado la tienda de su padre, se la había legado a su hijo Mark y suponía que aún la poseía, aunque ahora estaba vacía hasta los huesos. Los estantes estaban vacíos, habían estado medio vacíos aquel fatídico día en que el Frente Occidental había pasado por allí. Ahora ambas ventanas estaban rotas y no quedaba nada dentro para vender o robar, ni siquiera los estantes o la caja registradora. Había lavado la sangre de su hijo de las paredes y el suelo y lo había enterrado en el cementerio, junto a su madre y la esposa de Mark,

Annette. Thurman agradecía a Dios y al destino y a todo lo demás cada día desde entonces que su Mary había muerto y sido enterrada antes de ese terrible día. Le habría matado saber que su único hijo y nuera estaban muertos y su nieto precioso desaparecido y muy probablemente perdido para ellos también.

Se dirigió al sur hacia el pequeño grupo que se acercaba. Farley vendría pronto con refuerzos si era necesario. Thurman dudaba que fueran una amenaza, pero Farley era ahora el alcalde, y podía decidir eso.

Jess estaba nerviosa, asustada hasta la muerte, en realidad. Los interminables kilómetros que habían caminado, los peligros, el hambre, solo para poder "volver a casa" de repente parecían tan ridículos y temerarios. ¿Cómo podía saber si Belton había sido perdonado? ¿Qué pasaría si su hogar había desaparecido y los soldados enemigos ocupaban la ciudad? Las palabras de Serena resonaban en su cabeza y David y Tina la miraban expectante, incluso un poco asustados. También se preguntaban en silencio, ¿y si esta ciudad no era mejor que las otras por las que habían pasado?

Vio al anciano acercándose y lo reconoció. Thurman Banks vivía dos cuadras al norte de la casa de sus padres. El viejo Thurman era el abuelo de Allen, y solía cortar el césped para el abuelo en el verano, luego bajar a la casa de Jess para ver a su amigo Chris. Que el viejo Thurman estuviera vivo y aquí en Belton le trajo un suspiro de aire a sus pulmones. Sonrió de alivio. "¡Sr. Banks! Oh, Sr. Banks, ¿me recuerda? Soy Jess Aaronson, la hija de Michael y Julie".

"¿Jessie? Dios mío, Jessica Aaronson", Thurman estaba asombrado, ninguno de los tomados en la primera oleada había regresado. Hacía mucho tiempo que había dado por muertos a los niños y sus padres.

"¿Dónde está Chris? ¿Tus padres?" Tomó a Jess y la abrazó, y luego se separó, "¿Tienes noticias de mi nieto, Allen?"

Todas las esperanzas de Jess se estrellaron y murieron en ese momento. Los últimos diecisiete meses habían estado llenos de horror, lucha e incluso éxito. Dios mío, ella estaba viva. También lo estaban David, Tina y el pequeño Jacob. El milagro de eso no se le había escapado. Pero todo el tiempo, en el fondo de la mente de Jess, se había aferrado a la creencia de que su mamá y papá habían sobrevivido. No habían estado en el campamento, pero tampoco había visto a Chris, aunque Allen le dijo que estaba allí.

No sabía cuándo había decidido, con tal certeza Pollyanna, que mamá y papá seguían en Belton. Pero lo había hecho.

Y ahora se sentía como si le hubieran disparado en el pecho.

"¿Mis padres no están aquí? ¿Y Chris y Allen, no regresaron?" Su mente comenzó a girar. Había estado tan segura, tan absolutamente segura, de que mamá y papá estarían aquí, esperándola. Había imaginado su reunión una y otra vez. Su alegría al verla, el amor que mostrarían por Jacob, y la certeza de que estaría a salvo de nuevo, para siempre, en sus brazos.

También había imaginado que Allen y Chris habían salido aquella noche como Allen dijo que lo harían. Seguramente lo habían hecho. La culpa por no ayudarlos, por no tener un plan que incluyera a ellos y a ella y a Erin juntos, todo explotó como fuegos artificiales en su cabeza. Sus piernas se sintieron como goma y se arrodilló lentamente en el suelo, su cerebro y corazón girando más y más rápido. No mamá. No papá. No Chris. Erin muerta, su sangre derramada en una granja abandonada tan lejos de aquí.

Recordó vomitar lo poco de comida que tenía en su estómago antes de que el mundo se volviera negro, primero en los bordes y luego por completo. Desde muy lejos, podía escuchar a Tina gritar su nombre y David gritar por ayuda mientras se desmayaba en el suelo duro.

Finalmente estaba en casa, pero aquellos que habían hecho de ella un hogar para regresar ya no estaban aquí. Farley y varios otros llegaron a tiempo para verla desmayarse en el suelo duro.

Nota del Autor

Gracias por leer *La Tormenta*. A continuación está el Libro 2, *Un Mundo Feliz*, y espero que esté interesado en leer el resto de la historia de Jess y Chris.

Este libro fue traducido utilizando Claude Sonnet 3.5 y DeepSeek. Mi intención es brindarle una excelente experiencia de lectura y, si hay algún problema del que deba ser informado, no dude en enviarme un correo electrónico a shuckchristine@gmail.com y hacérmelo saber.

Soy una autora de varios géneros, y puede obtener más información sobre los libros que he escrito, leer los primeros capítulos de ellos o suscribirse a mi boletín visitando christineshuck.com.

Gracias nuevamente por leer, ¡espero su reseña en Amazon!

Christine

Suspense Romántico

Mercenario a Sueldo

Humo y Acero Código Roto

Código Roto

Tentando al Destino (¡próximamente!)

Ciencia Ficción

G581: Partida

G581: Marte

G581: Tierra

G581: Cuentos de la Plaga

G581: *G581: El Mundo de Zarmina*

Ficción Distópica

El Fin de la Guerra: La Tormenta

El Fin de la Guerra: Un Mundo Feliz

El Fin de la Guerra: Historias del Collapso

Ficción Independiente

El Hijo del Invierno
La Carretera del Destino
No Ficción
Organízate, Permanece Organizado
La Guerra contra las Drogas, un Cuento de Viejas
Èxito en Alquileres de Corto Plazo

www.ingramcontent.com/pod-product-compliance
Lightning Source LLC
Chambersburg PA
CBHW030354310726
48979CB00001B/298
* 9 7 8 1 9 5 5 1 5 0 5 4 5 *